회가 남은 제이 수염

화가 남궁 씨의 수염 하근찬 전집 4

초판 1쇄 발행 2023년 11월 11일

지은이 하근찬
펴낸이 강수걸
편집 오해은 강나래 신지은 이선화 이소영 이혜정 김소원
디자인 권문경 조은비
펴낸곳 산지니
등록 2005년 2월 7일 제333-3370000251002005000001호
주소 부산시 해운대구 수영강변대로 140 BCC 626호
전화 051-504-7070 | 팩스 051-507-7543
홈페이지 www.sanzinibook.com
전자우편 sanzini@sanzinibook.com
블로그 http://sanzinibook.tistory.com

ISBN 979-11-6861-192-4 04810
ISBN 978-89-6545-749-7 (세트)

하근찬 전집 4

화가 남궁 씨의 수염

산지니

밑바닥을 향한 진실한 시선

세상은 속도에 차이는 있겠지만 늘 변해왔다. 그 변화에 사람들은 순응하기도 하고 저항하기도 하면서 발걸음을 맞춰왔다. 좋은 작가에게 우리가 거는 기대가 있다면, '새로운 눈'으로 세상의 변화를 보여주는 것이다. 작가가 보여주는 세계는 새로운 세상의 창조와 같다. 작가가 개성적으로 바라보는 창조적 관점은 세계에 새로운 옷을 입히는 것과 같기 때문이다.

하근찬은 한국전쟁 이후의 상처를 민중의 관점에서 어루만지면서 '치유의 서사'를 펼쳐 보인 좋은 작가다. 그는 전쟁 이후의 혼란한 세계 속에서 '새로운 눈'으로 창조적 소설 작품을 써낸 존재다. 진실을 향한 집념을 가진 작가는 좋은 작품들을 남긴다. 하근찬은 '새로운 눈'과 '진실을 향한 집념'으로 사실의 기록자에 머물지 않고 진정한 창작자가 되었다.

작가는 맑고 정상적인 눈을 가져야 한다. 건강한 눈으로 항상 세상을 골고루 넓게, 그리고 똑바로 바라보아야 한다. 똑바로 바라본다는 것은 바꾸어 말하면 어떤 현상의 밑바닥에 흐르는 진실을 꿰뚫어 보아야 한다는 뜻이다.

세상을 골고루 넓게 바라보는 것도 중요하지만, 똑바로 바라보는, 즉 꿰뚫어 보는 안광이 작가에게는 더욱 중요하다. 그렇지 않고서는 세상이 빚어내는 갖가지 일들의 의미를 파악할 수가 없는 것이다.(하근찬,「진실을 꿰뚫어야 하는 안광(眼光)」,『내 안에 내가 있다』, 엔터, 1997, 274쪽.)

하근찬은 세상을 바라보는 '눈'에는 두 가지가 있다고 보았다. 하나는 '세상을 골고루 넓게' 바라보는 눈이고, 또 하나는 '세상을 똑바로' 바라보는 눈이다. 그렇다면 작가가 강조하는 '똑바로 바라보는 눈'이란 무엇일까? 그것은 나타나는 현상에만 머물지 않고, 그 현상의 밑바닥에 있는 원인을 꿰뚫는 혜안을 말한다. '사건이 있었네!'에서, '왜 이 사건이 일어났을까?'라고 질문하는 탐구정신이기도 하다. 하근찬은 '바로 본다는 것'은 보이는 것에만 시선을 두지 않고, "밑바닥에 흐르는 진실"을 밝히는 것이라고 했다. 진실을 위해서는 깊이, 그리고 많이 생각해야 하고, 현상 이면에 담긴 원리와 작용하는 힘을 밝혀내는 노력을 해야 한다.

하근찬은 밑바닥에 흐르는 진실을 탐구한 작가였다. 웅숭깊은 그의 이 시선과 거룩한 문학적 성취는 한국문단에서 보기 드문 문학적 자산이다. 그럼에도 그의 문학세계를 전체적으로 살필 수 있는 전집이 없었으며, 참고할 만한 좋은 선집도 간행되지 못했다는 것은 참으로 안타까운 일이었다.

하근찬 탄생 90주년을 맞아 구성된 '하근찬 문학전집' 간행위원회는 다음과 같은 목표를 설정하였다.

첫째, 하근찬 작품 세계 전체를 충실히 복원하고자 했다. 그간 하근찬의 소설세계는 단편적으로만 알려져 있었다. 하근찬의 등단작 「수난이대」는 일제강점기와 한국전쟁으로 이어져온 민중의 상처를 상징적으로 치유한 수작이다. 그러나 그의 문학세계는 「수난이대」로만 수렴되는 경향이 있었다. 하근찬은 「수난이대」 이후에도 2002년까지 집필 활동을 하면서, 단편집 6권과 장편소설 12편을 창작했고 미완의 장편소설 3편을 남겼다. 문업(文業)만으로도 45년을 이어온 큰 작가였다. '하근찬 문학전집' 간행위원회는 하근찬의 작품 세계를 '중단편 전집' 8권과 '장편 전집' 13권으로 나눠 총 21권을 간행함으로써, 초기의 하근찬 문학에 국한되지 않는 전체적 복원을 기획했다.

둘째, 하근찬 문학세계의 체계적 정리, 원본에 충실한 편집, 발굴 작품 수록을 통해 자료적 가치를 확보하려고 노력했다. 하근찬 문학전집은 '중단편 전집'과 '장편 전집'으로 구분하여 간행했다. 먼저 '중단편 전집'은 단행본 발표 순서인 『수난이대』, 『흰 종이수염』, 『일본도』, 『서울 개구리』, 『화가 남궁 씨의 수염』을 저본으로 삼았다. 이때 각 작품집에 중복 수록된 작품은 제외하여 편집하였다. 또한 단행본에 수록되지 않은 알려지지 않은 하근찬의 작품들도 발굴하여 별도로 엮어냈다. 이를 통해 전집의 자료적 가치를 높였다. 다음으로, 장편의 경우 하근찬 작가의 대표작인 『야호』, 『달섬 이야기』, 『월례소전』, 『산에 들에』 뿐만 아니라, 미완으로 남아 있는 『직녀기』, 『산중 눈보라』, 『은장도 이야기』까지 간행하여 전체 문학세계를 조망할 수 있도록 했다.

셋째, 젊은 세대들의 감각과 해석을 반영하여 그의 문학에 새로운 생명력을 불어넣고자 했다. 하근찬의 작품세계가 펼쳐 보이고 있는 한국현대사의 진실한 풍경들도 젊은 세대들에 의해 읽히지 않으면 의미가 반감될 수밖에 없다. 하근찬 문학의 새로운 해석의 발판을 마련하기 위해, 젊은 연구자들의 충실하고 의미 있는 해설을 덧붙였다. 또한, 개작, 제목 바뀜, 재수록 등을 작품 연보에서 제시하여 실증적 가치를 높이기 위해서도 노력했다.

한 작가의 문학적 평가는 전집이 간행되었을 때 비로소 그 발판이 마련된다고 한다. 1957년에 등단, 집필기간만도 45년의 문업을 이루어온 장인적 작가에 대한 본격적 연구의 발판이 60여 년이 지난 이제야 비로소 마련되었다는 것은 안타까운 일이다. 하근찬의 문학세계에 대한 새로운 조명이 2021년 문학전집 간행과 함께 활기를 띨 수 있기를 기대한다.

2021.10.
『하근찬 문학전집』 간행위원회
송주현 · 오창은 · 이정숙 · 이중기 · 장수희

일러두기

1) 『하근찬 중단편전집』과 『하근찬 장편전집』은 하근찬의 소설세계를 일반 독자들에게 널리 소개하고, 그 문학적 의미가 현대적으로 재해석되도록 하는 데 목적이 있다.

2) 이 책의 작품 수록 순서는 단행본으로 발간된 순서에 따랐으며, 출전을 작품의 끝부분에 밝혀두었다.

3) 작가가 지문에서 사용한 방언과 비표준어는 작품을 훼손하지 않는 범위 내에서 현대어로 바꾸었으며, 작가가 의도적으로 구분해서 사용한 '목덜미'와 '목줄기'는 그대로 살렸다.
　　예 : 밑둥(밑동), 끄나불(끄나풀), 성냥곽(성냥갑), 넓데데한(넙데데한),
　　　　아리숭(아리송), 열적어(열없어), 나꿔채다(낚아채다), 후줄그레한(후줄근한),
　　　　열어제끼다(열어젖히다) 등.

4) 작가 고유의 표현은 그대로 살렸다.
　　예 : 오리막(오르막), 고깃전(어물전), 변솟간(변소), 동넷방(동네 방),
　　　　생각키는/생각히는(생각나는) 등.

5) 한 작품에서 같은 뜻의 단어를 표준어와 비표준어 또는 방언을 혼용해서 사용한 경우 하나로 통일했다.
　　예 : 뒤안/뒤란 → 뒤안, 복받치는/북받치는 → 복받치는,
　　　　홀홀단신/혈혈단신 → 혈혈단신, 질굽/질겁 → 질겁,
　　　　부시시/부스스 → 부스스, 돋우다/돋구다 → 돋우다 등.

6) 명백한 오류에 해당하는 표현과 문장은 바로잡았다.
　　예 : 병신스럽게 → 병신같이, 고물스런 → 고물 같은,
　　　　못지않는 것 → 못지않은 것, 엄청나는 → 엄청난, 마지못하는 듯 → 마지못한 듯,
　　　　대추만씩한 열매 → 대추만큼씩 한 열매 등.

7) 영어 표현의 경우 현행 '외래어표기법'에 따르는 것을 원칙으로 했다.

차례

공예가 심 씨의 집

근래에 와서는 주로 장도(粧刀)를 만든다는 공예가 심 씨는 코밑이며 턱에 수염을 기르고 있었다. 은빛으로 곱게 센 수염인데, 풍성하지는 못하고, 염소수염 같았다.

바지저고리에 옥색 조끼를 입고 있었다.

"오, 어서 오시오."

지 형(池兄)을 반가이 맞이하며, 그 뒤에 서 있는 나를 힐끗 보았다.

"자, 올라와요."

지 형이 먼저 구두를 벗었고, 나도 뒤따랐다.

장판에 기름이 자르르 흐르는 듯한 널찍한 방에 안내되어 지 형의 소개로 나는 심 씨와 인사를 나누었다. 심 씨는 머리도 백발이었다. 그러나 얼굴에 주름이 거의 없고, 피부에 윤기가 있을 뿐 아니라, 혈색도 연한 도화(桃花)빛 같아서 마치 하얀 가발과 가수(假鬚)를 달고 있는 듯한 인상이었다. 아마 회갑을 조금 넘지 않았을까 싶었다. 모발이 일찍 세는 형인 모양이었다.

지상을 통해 잘 알고 있다면서 심 씨는 적어도 대여섯 살은 아래인 나를 정중한 표정으로 반겼다. 그리고 문갑 속에서 명함을 한 장 꺼내어 주었는데, 어쩐지 좀 격에 어울리지 않는다 싶었다.

"저는 명함을 갖고 있지 않아서……."

나는 약간 미안해하며 받아 쥔 명함을 들여다보았다.

공예가협회 이사, 청인사(青刃社) 대표라는 두 직함과 '심용'이라는 성명이 눈에 들어왔다. 한쪽 가의 집 주소에 틀림없는 자잘한 글씨와 전화번호는 돋보기를 안 끼고는 알아볼 수가 없었다. 이름이 매우 독특하다는 생각이 들었다. '용' 자는 흔히 이름에 쓰이는 터이지만, '심' 자 성 밑에 외자로 '용' 자가 붙으니 어쩐지 좀 거창하다 할까, 요란하다 할까, 그러면서도 어딘지 모르게 중국적인 냄새도 풍기는 듯했다. 염소수염을 달고 있는 심 씨의 용모에는 어울리지 않는 이름이라는 느낌이었다. 글자 그대로 속에는 용 같은 것이 가라앉아 있는지는 알 수 없지만 말이다.

나는 심용이라는 그 성명이 처음이었다. 공예가협회 이사라면 그 방면에 꽤 관록이 있는 모양인데, 그런 공예가가 있는지를 몰랐다. 본래 글 쓰는 사람과는 달리 공예가란 신문이나 잡지에 자주 오르내리질 않는 터이니 그럴 수밖에 없다.

청인사 대표라는 직함도 눈길을 끌었다. 대표라는 직함보다 '청인사(青刃社)'라는 사호(社號)가 눈길을 끌었다는 게 옳겠다. 푸른 칼날을 뜻하는 '청인(青刃)'이라는 두 글자를 사호에 갖다 붙였다면……. 나는 대뜸 이 양반이 장도를 파는 가게를 가지고 있거나, 아니면 장도를 만드는 조그마한 공장 같은 것을 소유하고 있는 모양이라고 생각했다.

이 심 씨가 근래에 와서는 주로 장도를 만드는 공예가라는 사실은 이 집을 찾아오기 조금 전에 지 형한테 들어서 알고 있었다. 지 형은 지방에서 대학에 나가고 있는 친군데, 서울에 볼일이 있어 올라오면 꼭 나에게 전화를 한다. 중학교 시절의 학우인 것이다. 이번에도 전화가 와서 내가 종로 쪽으로 나와 점심을 같이 했다. 점심 먹는 자리에서 지 형은,

"오후에 별일 없으면 같이 세검정 쪽으로 안 가보겠나? 그쪽에 칼 만드는 사람이 있는데, 그 집에 볼일이 있거든."

하고 말했다.

"칼 만드는 사람이라니, 대장장이 말인가?"

"대장장이가 아니라, 공예가지. 한 고향 사람인데, 요즘은 주로 장도를 만들고 있지. 이번에 우리 학교에 박물관이 새로 문을 열게 됐어. 주로 민속 관계 자료를 전시하는 박물관인데, 내가 책임을 맡았어. 그래서 거기 진열할 장도를 종류별로 몇 가지 그 사람한테 주문을 했어. 그걸 찾으러 가는 걸세."

"응, 좋아. 같이 가세."

장도라는 말에 나는 묘하게 구미가 당겼다. 장도를 만드는 공예가의 집이라면 글쟁이의 직업의식에서랄까, 일부러라도 한 번 가볼 만한 곳인데, 좋은 기회가 아닌가. 어쩌면 재미있는 소재가 생길지도 모른다는 생각이 들었다. 그래서 점심을 마치고, 택시로 세검정 쪽으로 향했던 것이다.

심 씨의 집은 자하문이 있는 세검정 고개 너머 산비탈에 있었다. 큰길에서 조금 올라가는 위치였는데, 대문 앞에서 바라보는 전망이

그만이었다. 북한산의 봉우리들이 한눈에 들어오는 것이었다.

"하—"

"좋은데……."

지 형과 나는 고개를 끄떡이며 잠시 그 수려하고 장엄하기도 한 산세에 넋을 잃었다. 겨울이어서 흰 눈에 뒤덮인 봉우리며 산줄기들이 햇빛을 받아 산뜻하고 눈부시게 빛나고 있었다. 그대로 한 폭의 거대한 동양화였다.

"이런 곳에 살면 좋겠는데……."

지 형의 말에,

"글쎄 말이야."

나도 전적으로 동감이었다.

심 씨와 지 형은 잠시 서로 문안 비슷한 얘기를 나누었다. 나는 방 안을 둘러보았다. 글씨 두 폭과 동양화 한 폭이 벽에 걸려 있고, 탈도 한 개 눈에 띄었다. 입술이 붉고, 안면은 흰 빛인 상좌탈*(산대놀음이나 오광대 탈놀음에서 중 노릇을 하는 사람이 쓰는 탈)이었다. 그리고 한쪽에 그다지 크지 않은 사절 병풍*(네 폭 병풍)이 펼쳐져 있었다. 춘하추동 네 계절을 수묵으로 그리고, 글씨를 곁들인 문인화 병풍이었다. 그런 것은 흔히 볼 수 있는 것이어서 그저 심상했으나, 한 가지 눈길을 끄는 게 있었다.

액자에 담긴 칼이었다. 물론 장도인데, 짙은 꽃자주색의 공단인 듯한 천을 배면에 깔고, 칼집을 뽑은 칼을 세워 놓은 것이었다. 칼집도 함께 나란히 세워져 있었다. 그러나 장도에 으레 달려 있기 마련인 능주끈은 보이지가 않았다.

장도를 장식해 놓은 액자를 처음 보는 것은 결코 아니었다. 그런 전시회에도 가 본 적이 있었다. 그러나 지금까지 내가 본 것은 전부 칼집에 꽂혀 있는 장도였지, 저렇게 칼집을 뽑아 칼날을 드러내어 장식을 한 액자는 처음이었다.

얼른 보기에도 오래된 장도라는 것을 알 수 있었다. 그 자루며 칼집에는 별다른 장식이 없었다. 그저 나무의 결이 그대로 문양을 이루고 있는데, 오랜 세월에 퇴색되어 흐릿하게 가라앉아 보였다. 그러면서도 어딘지 모르게 고풍스러운 무게 같은 것이 느껴졌다. 칼날 역시 그 모양이랄지 빛깔이 옛것이라는 걸 느끼게 했다. 칼의 모양이 근래의 것처럼 반듯하고 정교하기보다는 어쩐지 좀 무디어 보이고, 자로 잰 듯한 직선이 아니라, 약간은 휘어지지 않았나 싶은 선을 이루고 있어서 조금 투박하다 할까, 촌스럽다 할까, 그런 느낌을 주었다. 빛깔 역시 오랜 세월에 둔탁하게 가라앉아 있었다. 그런데도 어디서 이는 기운인지는 몰라도 묘하게 섬뜩하면서도 외경스럽다 할까, 그런 가벼운 전율 같은 것을 자아냈다.

액자의 한쪽 위에 '금강부양 일편심도(金剛不壤 一片心刀)'라는 글자가 세필로 씌어 있었다. 그 종이의 빛깔 역시 꽤 오래된 듯 바래보였다. 그 붓글씨는 심용 씨가 쓴 것 같았다. 그리고 장도의 명칭도 어쩌면 심 씨가 지은 게 아닌가 하는 생각이 들었다.

어쨌든 무슨 내력이 있는, 값진 물건인 것만은 틀림없는 것 같았으나, 초면에 인사를 나누고서 바로 그런 질문부터 꺼내는 게 좀 뭣해서 나는 그저 속으로 궁금해하며 그 액자에서 시선을 거두었다.

문안 비슷한 얘기가 끝나자 지 형이,

"주문한 것 만드시느라 수고가 많으셨죠? 몇 가지나 만드셨는지…… 어디 좀 볼까요."

하고 용건을 꺼냈다.

심 씨는 말없이 일어나 방문을 열고 나가더니, 곧 두 손으로 길쭉하고 납작한 나무 상자 몇 개를 포개어 들고 들어왔다. 그리고 그 상자들의 뚜껑을 하나하나 열어서 방바닥에 늘어놓았다. 모두 여섯 개였다.

물론 장도였다. 상자 하나에 각기 모양이 다른 장도 한 개씩이 담겨 있었다. 상자는 오동나무인 듯한 목재로 얇게 만든 것이고, 상자의 바닥에는 주홍색의 부드러운 천이 깔려 있으며 장도의 허리에는 하나하나 빛깔이 다른 고운 능주끈이 달려 있었다. 그리고 한쪽 위에 조그맣게 장도의 명칭이 종이에 세필로 적혀 있었다.

백동 매화문 을자도(白銅 梅花紋 乙字刀), 우각 국화문 사각도(牛角 菊花紋 四角刀), 대모 연화문 팔각도(玳瑁 蓮花紋 八角刀), 비룡문 을자 은장도(飛龍紋 乙字 銀粧刀), 봉황문 사각 은장도(鳳凰紋 四角 銀粧刀), 원앙문 팔각 은장도(鴛鴦紋 八角 銀粧刀).

이렇게 먼저 한글로 쓰고, 괄호 안에 한자를 넣었다. 대학의 박물관에 소장할 것이라 하니, 학생들이 쉬 읽고 알 수 있도록 했으며, 달리 손볼 것도 없이 뚜껑을 열어 그대로 진열장 안에 갖다 놓으면 되도록 유념을 했다.

잘 살펴보면 장도의 모양과 무늬, 그리고 무늬를 새긴 장식의 재료를 가지고 명칭을 삼았다는 것을 알 수가 있다. 을자도는 자루와 칼집의 끝부분이 서로 반대편으로 약간 휘어져 있어서 마치 '乙' 자 같은 모양이고, 사각도는 몸집이 네모를 이루고 있으며, 팔각도는 팔각을 이루고 있다. 그러니까 장도의 형태에 따라 붙여진 명칭이다. 백동 매화문이란 글자 그대로 백동에 매화 무늬가 새겨져 있고, 우각 국화문은 쇠뿔에 국화 무늬가 새겨져 있는 것이다.

대모 연화문의 '대모(玳瑁)'가 뭔지 알 수가 없어서,

"이 대모라는 건 뭘 말하는 겁니까?"

나는 두 글자를 가리키며 심 씨에게 물어보았다.

"대모란 거북이 등껍데기를 말하는 거죠. 대모갑(玳瑁甲)이라고도 해요."

"아, 그래요?"

고개를 끄떡이며 나는 장도의 허리에 박혀 있는, 연화 무늬가 새겨진 그 대모라는 것을 눈여겨 바라보았다.

"거북이 등껍데기 같으면 아주 귀한 것 아닙니까?"

지 형도 약간 놀라는 표정을 지었다.

"귀한 거죠."

심 씨는 기분이 좋은 듯 싱그레 웃으며 무의식중에 한 손을 턱에 돋아난 수염으로 가져가 가만가만 쓰다듬어 내렸다.

세 개의 은장도 역시 을 자, 사각, 팔각의 형태였고, 명칭 그대로 용과 봉황과 한 쌍의 원앙이 각각 은장식에 새겨져 있었다. 그런데 은장도는 다른 세 개에 비해서 능주끈도 한결 화사한 빛깔이었다.

"이 정도면 대학의 박물관엔 적당할 것 같아서……. 이 밖에도 몇 가지 종류가 더 있긴 하지만……."

심 씨의 말에 지 형이,

"원형도도 있죠?"

하고 말했다.

"있죠. 같은 을자도라는 것도 있고, 을자맞배기, 평맞배기라는 것도 있어요. 대학 박물관에 그렇게까지 골고루 다 갖출 건 없고……

비용도 많이 들 테니까…… 이 정도면 괜찮지 싶어요.”

“예, 좋습니다.”

그러면서 지 형은 은장도 하나를 집어 들고 칼집을 뽑아 보았다. 반듯하고 끝이 예리한 칼날이 차갑게 반질거렸다. 칼의 한가운데에 ‘일편심(一片心)’이라는 세 글자가 조그맣게 새겨져 있었다.

그런데 묘하게 나는 그 반질거리는 은장도의 칼날에서는 액자에 장식되어 있는 칼에서 느낄 수 있었던 그런 섬뜩하면서도 외경스러운 기운은 전혀 감지할 수가 없었다. 그저 산뜻하고 아담하다는 느낌뿐이었다.

칼의 이모저모를 살펴보고서 지 형이 칼집에 꽂으며 물었다.

“은장도 크기가 다른 것보다 좀 작네요?”

“그건 여자용이라 그런 거예요.”

“아, 그렇습니까.”

“예부터 여자용은 좀 작고, 남자용은 좀 크죠.”

그러고 보니 은장도는 몸집이 약간 작으면서도 장식이나 새겨진 무늬가 어딘지 모르게 더 섬세하고 우아하게 느껴져 나도,

“그렇군요. 흠—”

곧장 고개를 끄떡였다.

방문이 열리고, 가정부인 듯한 아가씨가 차를 날라 왔다. 유자차였다. 아가씨가 돌아서 나가려 하자 심 씨가,

“술상도 차려 와.”

하고 일렀다.

따끈따끈한 유자차를 마시며 지 형이 다시 사무적인 말을 꺼냈다.

“청구서를 써 주시면 좋겠는데요. 결제를 맡아야 대금이 나오기

18

때문에…….”

“그러죠.”

심 씨는 마시던 찻잔을 놓고 문갑을 열었다. 그 안에 그런 용지와
도장, 인주 같은 사무용품이 비치되어 있었다.

심 씨가 청구서를 쓰는 동안 지 형은 장도가 담긴 상자들의 뚜껑
을 하나하나 닫아 가지런히 포개었다. 청구서를 써서 지 형에게 건
네주고, 심 씨는 일어나 밖으로 나가더니 곧 포장용 종이와 비닐봉
지를 들고 들어왔다. 그리고 여섯 개의 상자를 포장지에 한꺼번에
싸서 비닐봉지에 넣어가지고 지 형 곁에 놓았다. ‘청인사’라는 세 글
자가 비닐봉지에 찍혀 있었다. 그리고 그 밑에 좀 작은 글씨로 ‘한양
아케이드 27호’라는 소재와 전화번호 두 개가 표시되어 있었다. 그
러니까 ‘청인사’는 사호라기보다는 상호였다.

내가 그 상호에 관심을 가지는 듯하자 심 씨는,

“한양 아케이드에 직매점이 있죠. 집에서 장도를 만들어서 그곳에
내다 파는 거죠. 그러니까 그곳도 청인사고, 우리 집도 청인사인 셈
이에요. 허허허…….”

웃었다.

국번이 다른 전화번호가 두 개 적혀 있는 게 그래서이구나 싶으며
나는,

“장도를 사 가는 사람들이 많습니까?”

물어보았다.

“주로 외국 사람들이 사 가죠. 관광 여행을 와서 기념품으로…….”

“그렇겠죠.”

그러자 지 형이 말했다.

"요즘은 관광객들이 늘어서 재미가 괜찮겠는데요?"

"괜찮은 셈이죠. 금년에는 지방에도 두어 군데 직매점을 낼까 해요."

"그럼 단단히 수지가 맞는 모양이군요."

"하루에 몇 개만 팔아도 장사는 되니까요."

"수출도 가능하지 않을까요?"

"글쎄요…… 일용품이 아니니까 대량으로야 안 되겠지만, 불가능한 것도 아니겠죠."

"칼이니까 일용품이 될 수도 있잖아요. 수출도 해서 큰 기업으로 키워 보세요."

"허허허……"

큰 기업이라는 말에 심 씨는 기분이 좋은 듯 껄껄거렸다.

술상이 왔다. 공예가의 집답게 상도 정교하게 만든 호족반(虎足盤)이었고, 상 위에 얹힌 술병과 잔도 예스러운 자기였다. 술병은 순백자(純白磁)로 된 거위병이고, 잔은 백자에 갈색의 매화 무늬가 은은히 비치는, 크지도 작지도 않은 그런 것이었다.

"자, 한잔 합시다. 매실준데 어떨는지……."

하면서 심 씨는 잔에 술을 따랐다.

"아, 좋지요."

"집에서 담근 것인 모양이죠?"

지 형과 나는 상 앞으로 다가앉았다.

"우리 집 가용주는 매실줍니다. 해마다 봄에 큰 독으로 한 독 가득 담그지요."

우리는 세 개의 잔을 살짝 부딪치고 입으로 가져갔다. 안주는 족발이었다.

"지 선생이 족발을 좋아해서……."

심 씨의 말에 내가,

"저도 족발을 좋아합니다."

하고 웃었다.

지 형이 온다는 연락을 받고 일부러 족발 안주를 준비해 놓은 모양이었다.

주거니 받거니 몇 잔 마시자, 곧 주기가 눈언저리를 화끈거리게 했다. 매실주라 그런지 술기운이 빠른 것 같았다. 나는 눈앞이 약간 아른해지는 것을 느끼며 불쑥 입을 열었다.

"저 액자에 담긴 장도는 옛날 것이죠?"

"예, 꽤 오래된 것입니다."

"보기에 예사로운 칼이 아닌 것 같은데…… 무슨 내력이라도 있는 건지요?"

"잘 보셨어요. 저 장도는 보통 칼이 아니지요. 우리 증조부께서 만드신 건데……. 그 내력을 한 번 들어 보시겠어요?"

심 씨는 무슨 대단히 소중한 이야기라도 꺼내는 듯 얼굴에 약간 근엄한 표정까지 떠올렸다.

심만술은 경기도 여주 관아에서 대장장이 열여섯을 거느렸던 이름난 야장(冶匠)이었다.

그가 서른을 조금 넘었을 때의 일이다. 그 무렵까지는 아직 시골 장터에다가 조그마한 대장간을 내고 있던 보잘것없는 대장장이였는데, 하루는 그의 가게 앞에 관원의 행차가 멎었다.

"야, 이 사람아, 날세. 나 모르겠는가?"

남여(籃輿)에 앉은 채 관원은 심만술을 향해 훤하게 웃음 띤 얼굴로 말했다.

심만술은 당황했다. 뜻밖에도 예조정랑 박광윤(朴光允)이었던 것이다.

박광윤은 심만술의 죽마고우였다. 그는 과거에 급제하여 서른에 이미 예조정랑이라는 높은 벼슬아치가 되어 있었다. 시골장터의 대장장이인 심만술과는 그 지체가 현저히 달랐다. 그러나 박광윤은 고향에 내려온 길에 옛 어린 시절의 친구를 찾았던 것이다.

심만술은 박광윤을 집으로 모셨다. 그리고 황급히 주안상을 차리게 하여 대접했다. 박광윤은 심만술의 허름한 초가삼간 툇마루에 앉아 술잔을 기울이며 옛정을 나누었다. 그리고 일어서면서 한 가지 청을 했다. 장도를 하나 잘 만들어 달라는 것이었다.

"자네가 만들어 준 장도를 언제나 곁에 두고 쓸 생각이네. 칼이 잘되거든 한 번 한양 구경 겸 올라오게나."

그 말은 심만술의 가슴속 깊은 곳에 울렸다. 옛 친구의 그 정을 깊이 간직하고서 심만술은 한 달이나 걸려 쇠붙이를 구했고, 일 년 동안 심혈을 기울여 장도 한 개를 만들었다.

일 년 내내 심만술은 그 일을 새벽에 했다. 일찍 일어나 맑은 샘물로 얼굴과 손발을 씻고, 해가 떠오를 때까지 밝아오는 동녘 하늘을 바라보면서 일을 했다. 쇠를 달구어 그것이 종이처럼 얇어질 때까지 망치질을 했다. 그 종이 같은 쇠를 여러 겹으로 접어서 화덕에 넣어 풀무질을 해서 다시 달군다. 그리고 꺼내어 종이처럼 될 때까지 또 두들긴다. 그렇게 거듭할수록 쇠 녹이 빠지고 시우쇠로 벼려지는 것이다. 낮으로는 생계를 위한 평소의 대장일을 하고, 새벽으로만 그렇게 수백 번을 거듭하며 심만술은 옛 친구에 대한 우의와 정성을 그 쇠붙이 속에 쏟아 넣었던 것이다.

장도가 완성되자, 심만술은 그것을 소중히 싸 들고 한양으로 올라갔다. 일 년이 지나서야 찾아온 심만술을 박광윤은,

"소식이 없길래 내 청을 잊어버렸는가 했지."

하고 반가이 맞았다. 진수성찬을 가운데 두고 마주 앉아 술잔을 나누면서 비단보자기에 소중히 싸가지고 온 장도를 꺼냈다. 장도를 받아본 박광윤은,

"이건가? 허허허……."

너털웃음을 웃었다. 약간 어이가 없는 듯한 그런 웃음이었다. 얼른 그 눈치를 알아차린 심만술은 그럴 줄 짐작했다는 듯이 얼굴에 웃음을 떠올리며,

"왜 그러시는가? 마음에 안 드시는 모양이지?"

하고 물었다.

"마음에 안 든다기보다도…… 너무 수수한 것 같아서……."

"겉에 장식이 없어서 하시는 말씀이구려. 장식은 일부러 안 했다네. 겉모양이 무슨 소용이 있겠나 싶어서……."

"흠, 그래?"

"칼을 한 번 뽑아 보시게나."

박광윤은 칼집에서 칼을 뽑아 시퍼렇게 번쩍이는 칼날을 잠시 눈여겨보다가 역시 또,

"허허허……."

큰 소리로 웃었다. 이번 웃음은 조금 전의 너털웃음과는 약간 그 의미가 다른 듯했다. 표정도 조금 달라 보였다. 꽤 섬뜩하게 날이 섰

네. 그러나 어쩐지 좀 칼날이 반듯하지 못한 것 같지 않은가…… 라는 말을 웃음으로 대신하고 있는 것 같았다.

그런 박광윤의 마음속을 꿰뚫어 보면서도 심만술은,

"왜 웃으시는가?"

시치미를 떼고 물었다.

"날을 세우느라 꽤 공을 들인 것 같네."

"그러신가? 허허허……."

이번에는 심만술이 웃었다. 자기가 일 년 동안 그 칼에 쏟아 부은 정성에 비해서 박광윤의 대답은 너무 대수롭잖은 것이어서 절로 웃음이 나왔던 것이다. 그리고 말했다.

"이 사람아, 꽤 공을 들인 정도가 아닐세. 내 있는 정성을 다 그 칼 속에 쏟아 부었다네. 일 년 내내 새벽으로만 일을 했지. 동이 터오는 동녘 하늘을 바라보면서 말일세."

"아, 그랬는가? 흠―"

박광윤은 고개를 크게 끄덕이며 손에 든 칼을 눈앞으로 조금 가까이 가져다가 새삼스럽게 눈여겨 살펴보더니,

"그런데 어찌 좀 빤듯*('반듯'의 방언)하지가 못한 것 같아. 안 그런가?"

하고 말했다. 코언저리에 비식 내비치려는 웃음을 애써 뭉개버리면서 말이다.

"그렇게 보이시는가? 그렇다면 할 수 없지. 그러나 그것도 말하자면 겉모양인 셈이지. 나는 이번 일에 있어서는 겉모양 같은 것은 크게 염두에 두지 않기로 했었다네. 겉모양보다 나의 온 정성을 칼날 안에다가 몽땅 쏟아 붓는 데만 전심전력했어. 그러니까……."

심만술은 잠시 뜸을 들이듯 잔을 들어 꿀꺽꿀꺽 술을 두어 모금

마시고 나서 말을 이었다.

"말하자면 나의 혼을 칼 속에다가 불어넣은 셈일세."

"뭐 혼을? 칼 속에?"

박광윤의 두 눈이 약간 휘둥그레지며 번쩍 빛을 띠었다.

"그렇네."

"그럼 이 칼 속에 자네 혼이 들어 있단 말인가?"

"거짓말이 아닐세."

"흠—"

박광윤은 놀랍기도 하면서 얼른 믿어지지가 않는 듯한 그런 표정으로 다시 그 칼날을 가만히 바라보았다.

"내 말이 믿어지지 않는 모양인데…… 이리 줘 보시게."

심만술은 칼을 받아 우선 상 위에 놓았다. 그리고 먼저 자기 앞의 숟가락과 젓가락을 한데 모아 쥐었고, 박광윤 앞에 놓은 숟가락과 젓가락도 거두어 한데 합쳤다. 놋쇠로 된 제법 굵고 긴 수저들이었다. 그러니까 정확히 숟가락 두 개와 젓가락 네 개, 모두 여섯 개의 놋쇠 가락이었다. 그것을 거꾸로 가지런히 해서 왼손으로 불끈 쥐었다. 그리고 오른손으로 칼을 쥐었다.

박광윤은 난데없이 이 사람이 남의 앞에 놓인 수저까지 전부 모아 쥐고 뭘 어쩌려는 것인지, 약간 당돌하다 싶으면서도 호기심 어린 눈으로 지켜보았다. 심만술은 어금니를 지그시 무는 듯하더니, 칼로 왼손에 쥔 그 놋쇠의 뭉텅이를 탁 내리쳤다. 싹뚝! 하고 여섯 개의 놋쇠 도막이 방바닥에 떨어졌다. 그다지 힘을 주어 내리친 것 같지 않은데, 여섯 가락의 놋쇠가 깨끗하게 잘려진 것이다.

박광윤은 눈이 휘둥그레졌다.

다시 심만술은 칼을 내리쳤다. 싹뚝! 또 내리쳤다. 싹뚝! 또, 싹뚝! 싹뚝! 싹뚝!…… 마치 무를 베듯이 쌈빡쌈빡 부드럽게 놋쇠를 잘라 나갔고, 방바닥에 놋쇠 도막이 수없이 굴렀다.

박광윤은 그만 입까지 벌어지고 말았다.

"어떠신가?"

칼질을 멈추고, 키가 절반도 더 줄어들어 난쟁이처럼 되어 버린 숟가락과 젓가락 토막을 상 위에 놓으며 심만술은 싱긋 웃었다.

"놀랐네. 정말 칼 속에 자네 혼이 들어 있는 모양일세. 그렇지 않고서야……."

박광윤은 더 뭐라고 말을 잇지 못했다. 얼굴엔 놀라움과 어떤 두려움 같은 것이 외경의 표정이 되어 떠올라 있었다.

그 놀라운 장도의 대가로 박광윤은 백 냥을 내놓았다. 백 냥이면 은장도 열 개를 사고도 남을 대금이었다. 자기를 위해서 일 년 내내 새벽으로만 일하며 칼날 속에 혼을 불어 넣듯 정성을 다한 옛 고향 친구의 정의가 무척 고마워서 그 구차한 생활에 도움이 되도록 박광윤은 큰 선심을 쓰려고 했던 것이다.

그러나 심만술은 손을 내저었다.

"아닐세. 자네한테 돈을 받으려고 이 칼을 만든 게 아니네. 어린 시절의 친구를 잊지 않으시고, 예조정랑이라는 높은 벼슬에 오르신 자네가 미천한 대장장이를 찾아주시다니, 정말 감복하여 백분의 일이나마 그 옛정을 보답하고자 했을 따름이네."

"그렇지만 나로서는 얼마나 고맙고 또 미안한 일인가. 일 년 동안이나 새벽으로 온 정성을 쏟다니…… 그리고 많은 노자를 들여 그것을 가지고 한양까지 나를 찾아와 주지 않았는가. 어찌 내가 가만히 있겠는가. 이백 냥도 오히려 약소하지 않나 싶으네."

"무슨 그런 당치도 않은 말씀을……. 나는 그저 예조정랑이 되신 자네 집에 와서 이렇게 진수성찬에다가 좋은 약주까지 대접 받은 것만으로도 흡족하고 또 분에 넘치네."

"이 사람아, 그런 소리 말고 어서 받아 두게나. 돌아가는 데도 노자가 필요하지 않은가."

"돌아가는 노자까지 다 준비해 가지고 왔으니 염려 마시게. 내가 만일 그 돈을 받는다면 일 년 내내 쏟은 정성이 아무 뜻이 없게 돼 버리지 않는가. 안 그런가?"

"음—"

박광윤은 그 말에 고개를 천천히 무겁게 끄덕이며 더는 돈 얘기를 하지 않았다.

그 대신 박광윤은 그를 당분간 자기 집에 머물러 있도록 붙들었다. 그리고 그의 그 놀라운 성품과 솜씨를 조정에 알려 관가의 야장으로 천거했다. 곧 일이 이루어져, 박광윤은 심만술에게 돈 대신 흐뭇한 선물을 안겨 주었던 것이다. 그렇게 해서 관가의 야장이 된 심만술은 그 사람됨 그대로 성심껏 일해서 나중에는 경기도 여주 관아에서 부하 대장장이 열여섯을 거느리는 처지가 되었던 것이다.

그런데 박광윤은 천수를 다하지 못 하고 마흔일곱에 병사했다. 어쩌면 그것이 그의 천수인지도 모르지만. 자기는 이제 다시 일어날 가망이 없다는 것을 안 박광윤은 자식들에게 그 장도의 내력에 관해서 자세히 얘기했다. 그리고 끝으로, "내가 죽거든 이 칼을 심만술 그 사람에게 돌려주도록 해라."

하고 말했다.

"아버님, 그이가 아버님을 위해서 정성을 다해 만들어 선사한 것인데, 도로 돌려주다니요?"

"물론 나에게 선사한 것이니 돌려준다는 것은 얼른 생각하면 실례가 되는 좀 이상한 일 같지만, 그러나 이 칼은 보통 칼과 달리 심만술 그 사람의 혼이 깃들어 있어서 세상에 이것 말고 또 있을까 말까 한 그런 귀중한 칼이지. 다시 말하면 대단히 무서운 칼이며, 대단히 값진 칼이지. 내가 죽은 다음에 이 값진 칼을 너희들이 간직하는 것보다 그 사람에게 돌려주어서 그 자손들이 대대로 가보로 보관하는 편이 옳을 것 같애. 그 사람의 혼이 깃들어 있는 물건이니 그 자손들이 소중히 보관하는 것이 옳지 않겠어? 말하자면 그 사람의 혼을 그 사람의 자손들이 섬기는 셈이 되는 거지. 안 그래?"

"듣고 보니 지당하신 말씀이네요."

그리하여 박광윤이 운명한 다음, 그 장도는 도로 심만술에게 돌아갔고, 그 이후 대를 세 번 거쳐 지금은 심용 씨에게 가보로 전해져 내려와 있는 것이다.

"아, 그런 칼이군요."

"정말 귀중한 가보네요."

나와 지 형은 감탄 어린 눈으로 벽에 걸려 있는 액자 속의 그 장도를 새삼스럽게 바라보았다. 칼의 유래를 알고서 보니 어쩐지 그 속에 심만술이라는 분의 혼이 정말 지금도 깃들어 있는 듯 더욱 섬뜩하면서도 외경스럽게 느껴졌다. 술기운 탓인지 나는 으스스 소름이 끼치기까지 해서 가볍게 몸을 떨었다.

"옛날에나 있을 수 있는 일이지요."

심 씨는 얘기를 늘어놓느라 목이 좀 마른 듯 술잔을 들어 단숨에 쭉 들이켰다. 그리고 잔을 지 형에게 건넸다.

"옛날 사람들은 요즘 사람들과 달리 유장한 데가 있었던 것 같아요."

지 형은 잔을 받으면서 말했다.

"유장한 데라…… 좋은 말이군요. 그런 것 같죠?"

"그렇지 않고서야 어디 칼 하나를 가지고 일 년 동안이나 정성을 쏟을 수가 있겠어요?"

그 말에 나도 끼어들었다.

"옛날 사람들은 정도 얄팍하지가 않고, 두터웠던 모양이죠? 물론 옛날 사람이라고 다 그런 것은 아니겠지만……."

"정뿐 아니라, 생각도 깊은 데가 있었어요. 박광윤이라는 그분이 임종을 하면서 저 장도를 우리 증조부께 돌려주도록 유언을 한 그런 일은 생각이 깊지 않고서는 안 되는 거지요. 그분의 그런 깊은 생각이 없었더라면 저 장도가 우리 집안의 가보로 전해져서 저렇게 내 손에 들어올 수가 있었겠어요? 그런 점에서 그 박광윤이라는 분을 존경하고, 또 그 대목이 가장 감명 깊기도 하다니까요. 허허허……."

술이 꽤 거나하게 된 심 씨가 농담 반 진담 반으로 말하고 웃자,

"옛날 분들과는 다른데요. 상당히 이기적이신데……."

하고 지 형도 따라 웃었다. 물론 나도 웃었다.

그 장도에 관한 화제가 끝나자, 잠시 후 지 형은 문득 생각이 난 듯이 심 씨에게 물었다.

"따님은 어떻게…… 잘 지냅니까?"

그런데 그 묻는 어조나 표정이 어쩐지 꺼내기 어려운 질문을 술기운에 힘입어 꺼낸 것 같은 느낌이어서 나는 무슨 사연인가 싶어 심

씨를 가만히 바라보았다.

"예, 뭐 그저 그렇게……."

술이 거나한데도 심 씨는 곤혹스러운 듯한 표정을 살짝 떠올리며 우물우물 말끝을 흐렸다. 그리고 얼른,

"지 선생 큰딸은 대학을 졸업했지요?"

하고 말머리를 돌렸다.

"예, 작년에 졸업했어요."

"그럼, 시집을 보냈나요?"

"아니요, 대학원을 다니고 있죠."

"그렇군요. 세월 참 빠르다……."

두 사람의 대화는 이렇게 흘러가고 있었으나, 나는 심 씨의 딸에 관해서 짤막하게 주고받은 그 대목에 관심이 머물러 있었다. 무슨 사연이 있는 것 같아 궁금했다. 그렇다고 내가 그걸 굳이 물어볼 수는 없는 일이었다. 심 씨의 얼굴에 떠올랐던 그 곤혹스러운 표정으로 보아서 말이다.

두 번째 가지고 온 술병마저 바닥이 나자, 우리는 자리에서 일어났다. 오후이긴 했지만, 낮술이라 그런지 나는 목덜미까지 화끈거렸다.

"작업실을 좀 구경할 수 없을까요?"

방을 나서면서 나는 술기운에 불쑥 말했다.

내가 지 형과 함께 장도를 만드는 공예가인 이 심 씨 집을 찾아온 것은 그 일차적인 목적이 작업실 구경에 있었다. 장도를 만드는 작업이 어떤 것인지, 바짝 호기심이 머리를 쳐들었던 것이다. 심 씨의 방에서 가보라는 그 옛 장도를 보았고, 그에 얽힌 재미있는 이야기를 들어서 뜻밖의 소득이 있었으며, 또 취하도록 술을 대접 받기도

했지만, 그러나 작업실을 구경 안 하고 그대로 물러날 수는 없었던 것이다.

"그러죠. 이리 오세요."

심 씨는 순순히 앞장을 섰다.

현관 옆에 계단이 있었다. 그런데 이 집 계단은 올라가는 것이 아니라, 아래로 내려가게 되어 있었다. 그러니까 바깥에서 얼른 보면 단층집 같지만 실은 이층집이었다. 위치가 산비탈이어서 아래층 뒷부분이 거의 땅 밑으로 묻혀 들어가 마치 지하층처럼 되고, 이층 옆구리 쪽에 대문이 붙어 있는 그런 묘한 구조였다.

심 씨의 뒤를 따라 지 형과 나는 계단을 조심조심 내려갔다. 취기 때문에 어쩐지 계단이 조금 흔들리는 것 같아 나는 중간쯤에서 잠시 난간을 짚고 가만히 멈추어 서기도 했다.

아래층은 그대로 온통 넓은 작업실이었다. 처음부터 그렇게 지었는지, 그런 식으로 개조했는지 알 수 없었으나, 좌우간 널따란 한 개의 공간으로 되어 있었다.

작업실의 광경을 본 나는,

"허허……."

절로 웃음 같기도 하고, 헛바람 비슷하기도 한 그런 소리가 목에서 새어 나왔다. 예상했던 것과 너무 달랐던 것이다.

장도를 만드는 작업실이란 우선 그다지 넓은 공간이 아닐 것이라고 나는 생각했었다. 조그마한 칼을 만드는 데 뭐 그리 넓은 장소가 필요할 것인가 싶었다. 그저 보통 좀 넓은 방에서 돗자리 같은 것을 깔아 놓고, 주인과 도제(徒弟) 한두 사람이 앉아서 오순도순 일을 하는 그런 장면을 연상했다. 한쪽 벽에는 고풍스러운 낡은 병풍이 펼쳐져 있을 것도 같고, 어쩌면 가야금이나 거문고 같은 악기 하나쯤이 구석에 기대 세워져 있을 것도 같았다. 장도를 만드는 일은 말하자면 일종의 민예(民藝)인 셈이니, 자연히 그런 광경이 머리에 그려졌던 것이다.

그런데 눈앞에 펼쳐진 작업실의 광경은 예상과는 판이했다. 한마디로 조그마한 공장 같았다. 일하는 사람의 수효가 열서너 명 되었고, 돗자리 같은 것을 깔아 놓고 그 위에 앉아서 작업을 하는 것이 아니라, 큼직한 작업대 세 개가 놓여 있고, 그 양쪽에 가지런히 걸상에 앉아서 일들을 하고 있었다. 거의가 여자들이었다. 그러니까 그들은 도제라기보다 그대로 직공이었다.

실내에 병풍이나 가야금, 거문고 같은 것은 눈에 띄지가 않고, 대신 한쪽 벽에 선반이 줄줄이 마련되어서 거기에 장도를 만드는 가지가지 재료가 수북수북 쌓여 있었다.

그리고 나는 작업실의 소음에도 약간 놀라지 않을 수 없었다. 주인과 한두 사람의 도제가 앉아서 깎고, 다듬고, 살짝살짝 두들기는 작업이라면, 자그락자그락…… 싹싹싹…… 똑딱똑딱…… 그런 소리가 날 것으로 알았는데, 그게 아니라, 윙윙윙…… 찍찍찍…… 차르르차르르차르르…… 뚝딱뚝딱뚝딱…… 꽤나 강도 높은 갖가지 소리가 뒤섞여 정신이 얼얼해질 지경이었다. 술기운 탓에 그런 소음이 한결 멍멍하게 귓속에 울리는 것 같았다. 기계들이 작동하는 소리였다. 장도가 손으로 만들어지고 있는 것이 아니라, 기계로 만들어지고 있는 셈이었다.

나는 장도의 칼날까지 요즘 세상에 직접 대장간 같은 것을 차려 놓고 집에서 만드리라고는 물론 생각하지 않았다. 강철인 그 부품은 공장에서 주문해 온다 하더라도, 그것을 다듬고 갈고 하는 일, 또 나무로 자루와 칼집을 만드는 일, 그리고 갖가지 장식용 재료에 무늬를 새기는 작업 같은 것은 손으로 직접 하는 줄 예상했었다. 그런데 그런 과정을 각자가 분담해서 거의 다 기계로 해내고 있는 것이었다. 그러니까 이미 그것은 민예라기보다 가내공업이었다.

"야— 바로 공장일세그려."

주기가 올라 벌게진 얼굴로 지 형은 서슴없이 내뱉었다. 그 역시 나처럼 예상 밖인 모양이었다. 지 형은 심 씨와 동향이고, 이번에 장도를 여러 개 주문하긴 했으나, 직접 심 씨 집을 방문하기는 처음인 것 같았다.

"글쎄 말이야."

내가 곧장 고개를 끄덕이자,

"이 정도면 큰 기업인데…… 중소기업에 들어가는 것 아닙니까?"

지 형은 심 씨를 바라보며 말했다.

"허허허……."

심 씨는 중소기업이라는 말이 우스우면서도 매우 기분이 괜찮은 듯 하얀 수염을 쳐들며 껄껄거렸다. 그리고 말하자면 공장장인 듯한 중년의 남자 쪽을 향해,

"경주로 내려 보낼 것 내일은 다 되겠지?"

하고 억양이 높은 목소리로 외치듯 물었다.

"예, 모레 아침에는 발송할 수 있을 것 같습니다."

"모레 아침이면 늦어. 내일 오후에는 발송할 수 있어야 돼. 오늘 야근을 해서라도 내일은 늦게라도 좋으니 발송할 수 있도록 하라구."

"예, 그래 보지요."

"부여 쪽에서도 삼백 개 주문이 들어왔잖아. 월말까지. 그러니까 부지런히 서둘러야 돼."

어쩐지 지 형과 나에게 들으라고 과시를 하는 것 같은 말투였다.

"경기가 좋은 모양인데요?"

지 형이 말하자,

"뭐, 그저 그래요. 나쁘진 않은 셈이죠. 허허허……."

심 씨는 겸손한 체하면서도 또 껄껄 기분 좋게 웃었다.

"흠, 그렇구나……."

나는 중얼거리며 곧장 고개를 끄덕였다. 그리고 귓속에서 윙윙 울리는 소음에 견디지 못해 이맛살을 찌푸리며,

"갑시다."

하고 계단 쪽으로 돌아섰다. 지 형과 심 씨도 뒤따랐다.

계단을 오르며 나는,

"하루에 보통 몇 개나 만드나요?"

심 씨를 뒤돌아보았다.

"대중없어요. 주문이 밀리면 야근까지 시켜서 오십 개까지 뽑아내고, 그렇지 않을 때는 보통 삼십 개 정도 만들고 있죠."

"하, 그럼 한 사람이 하루에 두세 개는 보통 만든다는 얘기군요. 급하면 네댓 개도 만들고……."

"그런 셈이죠. 혼자서 한 개를 완성시키는 것은 아니지만……."

"흠—"

나는 문득 심 씨 방 벽에 걸렸던 그 옛 장도가 생각나서,

"옛날에는 한 자루를 만드는 데 일 년이 걸리기도 했는데……."

하고 혼자 중얼거리듯이 말했다. 그러나 취중에도 아차, 그런 말을

입 밖에 내는 것이 아닌데 싶어서,

"허허허……."

얼버무리듯이 웃었다. 그러자 지 형이 얼른 입을 열었다.

"그건 특이한 예가 아닌가. 옛날이라고 어디 다 그랬겠어."

"물론."

"요즘 세상에 그런 식으로 해서야 어디……."

"장사가 안 되지. 안 되고말고. 많이 만들어서 많이 파는 게 옳아. 암, 옳지."

심 씨에게 약간 무안을 준 것 같은 생각이 들어서 나는 일부러 취기가 대단한 것처럼 큰소리로 아무렇게나 지껄여댔다. 심 씨는 아무 말도 하지 않았다.

계단을 다 올라가 현관으로 내려서려 하자,

"잠깐, 이리……."

심 씨는 우리를 안쪽으로 안내했다. 아까 심 씨의 방과는 반대 방향으로 꺾어지더니, 구석 쪽의 방문 앞에 멈추어 섰다. 그리고 나를 돌아보며,

"딸애 방이지요."

하고 말했다. 표정과 말투가 조금 전 아래층 작업실에서의 그 과시조와는 달리 착 가라앉아서 오히려 싸늘하고 무겁게 느껴졌다.

방문을 열고 심 씨가 먼저 들어가고, 뒤따라 지 형과 내가 발을 들여 놓았다.

"하—"

약간 입이 벌어졌다.

"흠— 그렇구나."

지 형도 곧장 고개를 끄덕였다.

말하자면 그곳도 작업실이었다. 그러나 아래층의 공장 같은 그런 광경과는 판이하게 달랐다. 내가 예상했던 민예의 작업실 같은 분위기였다. 머리에 그렸던 그대로는 물론 아니었다. 병풍이 펼쳐져 있지도 않았고, 가야금이나 거문고가 눈에 띄지도 않았다. 가야금이나 거문고 대신 기타가 한쪽 구석에 세워져 있었다. 그리고 벽에 반추상으로 그린 유화가 한 점 걸려 있었고, 행글라이더로 사람이 마치 새처럼 하늘을 날고 있는 패널이 걸려 있기도 했다. 그런 것은 어쩐지 민예의 작업실에는 어울리지 않았다. 그러나 다른 쪽 벽에는 장방형의 자수와 길고 현란한 매듭이 장식되어 있었고, 뜻밖에 커다란 연이 눈길을 끌었다. 태극무늬가 선연하고, 기다랗게 두 가닥의 꼬리까지 달고 있는, 곧 날아오를 듯한 연이었다. 그리고 방 윗목에 완성된 여러 개의 공예 작품과 아직 미완성인 것이 놓여 있었고, 가지가지 연장이 흩어져 있기도 했다.

방바닥에는 화문석이 깔려 있었다. 화문석 위에 담요를 두 겹으로 접어서 깔고, 그 위에 심 씨의 딸이 앉아서 일을 하고 있었다.

그런데 심 씨의 딸은 우리가 들어서도 거의 무표정한 얼굴로 힐끗 한 번 바라보았을 뿐, 계속 작업에 열중이었다. 하— 하고 내 입이 절로 벌어진 것은 방 안의 분위기도 분위기지만, 그것보다도 이 심 씨의 딸 때문이라고 할 수 있었다. "흠— 그렇구나." 하고 지 형이 중얼거린 것도 아마 틀림없이 그래서일 것이다.

심 씨의 딸은 마치 백랍과도 같은 새하얀 얼굴을 하고 있었다. 맑기가 그지없고, 어딘지 모르게 우수의 그늘이라 할까, 병색 같은 것이 서려 보였다. 그런 얼굴에 아무 표정이 없으니, 한마디로 새하얀 은화식물 같았다. 그런 느낌은 그녀의 발을 보았을 때 더욱 짙게 다가왔다.

그녀는 통이 헐렁한 치마를 입고 있었다. 짙은 자줏빛 치마였다. 그 치맛자락 밖으로 한쪽 발이 나와 있었다. 그런데 발바닥을 위로 드러내고 있는 그 발이 고들고들 시들어진 것처럼 힘없이 담요 위에 늘어져 있었다. 그 발 역시 거의 백랍에 가까운 빛깔이었다. 겨울인데도 방 안이 훈훈하고, 방바닥이 따스해서 그런지 양말을 신지 않고 있었다.

그 새하얗고 조그마한 발을 보았을 때 나는 가벼운 충격 같은 것을 느끼지 않을 수 없었다. 그리고 그제야 아까 술을 마시면서 지 형이 심 씨에게 딸의 안부를 물었던 일이 생각났다. 심 씨가 뭐 그저 그렇게…… 하고 대답을 얼버무린 까닭을 이제야 알겠는 것이었다.

방문이 있는 쪽의 벽 구석에는 두 개의 목발이 세워져 있었다. 그러니까 한쪽 다리는 성한 모양이었다.

여고생처럼 어깨에 닿을 듯 말 듯한 단발머리를 하고 있었으나, 얼른 보아도 서른이 다 되지 않았을까 싶었다. 결혼할 나이를 넘긴 노처녀인 셈이었다. 그녀는 앞에 놓인 밥상만 한 작업대 위에서 은인 듯한 납작한 쇠붙이에다가 무늬를 새기고 있는 중이었다. 아래층에서처럼 그 일을 기계로 하는 것이 아니라, 연장을 가지고 손으로 꼼꼼히 작업을 하고 있었다. 가만히 눈여겨보니 두 마리의 새를 음각하고 있는데, 아마 원앙새인 것 같았다. 암수 두 원앙이 부리를 맞대고 있고, 그 둘레에 꽃이 만발해 있는 그런 무늬인데, 그 선이 어찌나 섬세하고 우아한지 나는 절로 고개가 끄덕거려졌다. 그러면서도 거의 무표정한 얼굴로 그런 무늬를 골똘히 새기고 있는 그녀의 처연한 모습에 나는 취중인데도 가볍게 몸을 떨었다. 등줄기를 어떤 짜릿한 아픔 같은 것이 긁고 내려갔던 것이다.

작업대 옆에 별로 크지 않은 갸름한 나무상자 하나가 놓여 있었다. 그 상자에다가 붙일 장식을 만들고 있는 중인 듯했다.

"보석 상자인 모양이죠?"

나는 작은 목소리로 가만히 심 씨에게 물었다.

"아닙니다. 반짇고리지요."

심 씨도 낮은 목소리로 대답했다.

"하하, 반짇고립니까?"

지 형이 약간 놀란 듯이 얼른 입을 떼었다.

옛날 여자들이 시집을 갈 때 바늘과 실, 골무 그리고 헝겊 쪼가리 같은 것을 담아가지고 가서 평생을 곁에 두고 썼다는 반짇고리라는 말에 나는 더욱 어떤 짜릿한 것이 가슴에 와닿는 느낌이었다.

그러고 보니 윗목에 놓여 있는 완성된 공예품들도 전부가 여자들의 혼수용이라고 할 수 있었다. 경대 두 개와 상 세 개, 다섯 층으로 된 찬합이 한 개, 나무쟁반이 여러 개, 그리고 촛대도 서너 개 완성되어 있었고, 반짇고리를 만들기 위한 나무 상자가 몇 개 포개어져 있었다. 전부가 나무에 장식을 붙여서 만든 공예품인데, 하나하나 그 형태가 다 달랐다. 대체로 전부가 일상 사용하는 실용품보다는 좀 작은 편이었고, 그 형태나 장식, 혹은 색채에서 현대적인 감각이 드러나면서도 어딘지 모르게 짙은 우리의 고전미도 느껴지는 그런 작품들이었다. 나는 그 작품들이 공예품이라기보다는 어쩐지 민예품 쪽이라는 생각이 들었다.

그 아담하고 우아한, 귀물스러운 작품들은 물론 아까 심 씨의 방에서 본 옛 장도처럼 섬뜩하고 외경스러운 느낌을 주지는 않았으나,

대신 어떤 짜릿한 아픔 같은 것이 짙게 풍기는 듯해서 나는 묘하게 숙연해졌다. 갖가지 장식들이 현란하게 반짝이는 그 작품들이 어쩌면 한 불행한 처녀의 비애의 결정인 것처럼 느껴졌다. 벽에 걸려 있는 행글라이더의 패널과 곧 날아오를 듯 꼬리까지 달고 있는 연과 더불어 방 안을 온통 야릇한 슬픔으로 가득 채우고 있는 듯해서 나는 그녀의 치마 밖으로 흘러나와 힘없이 늘어져 있는 하얗고 조그만 발을 힐끗 보며 가볍게 몸을 떨었다.

지 형이 방 안의 그런 무거운 분위기를 의식했는지 일부러 더 취기가 어린 듯한 웃음 섞인 목소리로,

"그 상 참 이쁘게 만들었다. 야물상(夜物床)으로 쓰면 알맞겠는데……."

하고 말했다.

재래식 혼례 때 첫날밤에 신방에 들여놓는 주안상인 야물상이라는 말이 지 형의 입에서 나오자, 나는 어쩐지 좀 얼굴이 화끈해지는 느낌이었다. 심 씨 딸 앞에서 그런 말을 꺼내서는 안 되는데 싶었던 것이다. 힐끗 그녀의 표정을 보니 그 말을 들었는지 못 들었는지, 들어도 야물상이라는 말이 무슨 뜻인지 모르는지, 표정에 아무런 변화가 없었다.

말을 해놓고 보니 아차, 싶은 듯 지 형은,

"자, 그만 가세."

하고 방문 쪽으로 돌아섰다.

그녀의 표정으로 그 심중을 헤아려서인지, 일에 열중하고 있는데 방해가 되지 않기 위해선지, 아무튼 심 씨는 끝내 딸을 우리에게 인사를 시키지 않았다. 어쩌면 작업실로 손님을 데리고 가는 일이 금

기처럼 되어 있는지도 몰랐다.

　방을 나와 현관으로 걸어가며 심 씨가 묻지도 않는 말을 혼자 지껄이듯이,

　"작품 하나를 가지고 반년을 끌기도 해요. 여간 정성이 아니지요. 작품이 더 좀 완성되면 개인전을 열어 줄까 하죠."

　나직한 목소리로 말했다.

　"아, 그렇습니까."

　"좋은 일이죠."

　지 형과 나는 곧장 고개를 끄덕였다.

　심 씨 집을 나와 약간 비탈진 길을 걸어 내려가며,

　"심 씨 딸은 저희 고조부처럼 작품 속에 혼을 불어넣고 있는 것 같지?"

　지 형이 먼저 입을 열었다.

　"글쎄 말이야. 혼을 불어넣고 있다면 어두운 혼인 셈이지. 자기 고조부가 그 칼 속에 불어넣은 혼이 말하자면 밝은 혼이고……. 친구를 위해서였으니까."

　"그렇지."

　잠시 걸어가다가 이번에는 내가,

　"혼이라기보다는 한이라고 하는 편이 옳지 않을까? 사무치는 한을 불어넣고 있는 것 같잖아?"

　하고 수정을 하듯 말했다.

　"한이 서린 혼이라고 해둘까?"

　형이 잘 받아넘겼다.

화가 남궁 씨의 수염

오후 세 시가 조금 지나서였다. 그날 써야 할 원고를 마치고 누워서 쉬고 있는데, 따르르……. 전화벨이 울렸다.

"계시는군요. 지금 뭐 하세요? 방해가 되지 않아요?"

낮고 부드러우면서도 어딘지 모르게 소녀티가 풍기는 그런 음성이 수화기를 통해 흘러왔다. 진수정 여사였다.

"괜찮아요. 일을 끝내고 누워 쉬고 있는 중이에요."

반가웠다.

"오래간만이죠? 한 달이 넘은 것 같네요. 그동안 별일 없으셨어요?"

"예."

"왜 통 안 들르시죠?"

"글쎄, 그렇게 됐네요. 재미가 어떠세요?"

"불경기예요. 파리를 날리고 있죠."

"겨울에 무슨 파리가 있나요?"

"호호호……."

필요 이상 간드러지고 나서,

"같이 안 가실래요?"

약간 애교를 띤 듯한 어조로 말했다.

"추운데 어디로요?"

"남궁 화백이 화실을 옮겼어요. 한 번 안 가보실래요?"

"어디로 옮겼는데요?"

"말죽거리 쪽이래요. 자세히 위치를 가르쳐 주더군요. 쉽게 찾을 수 있을 것 같애요."

"가볼까요."

진수정 여사는 인사동에서 '水靜'이라는 화랑을 경영하고 있는, 오십 대 중반의 여자다. 수정은 자기 이름이다. 그러나 본명은 수정(秀貞)이다. 음을 그대로 살려서 평소에 수정(水靜)이라고 쓰고 있다. 간혹 수필도 써서 여성잡지 같은 데에 발표한다. 말하자면 멋쟁이다.

그림을 좋아하는 나는 화가인 친구를 통해서 그녀를 알게 되어 벌써 칠팔 년 가까이 사귀고 있다. 심심하면 그 화랑에 들러 그림을 구경하고, 그녀와 차를 나누며 한담도 즐긴다. 때로는 일요일에 몇몇 친구와 함께 그녀도 불러내어 야외로 바람을 쏘이러 나가기도 하고, 등산을 가기도 한다.

그녀는 술도 홀짝홀짝 제법 마신다. 화가들의 술자리, 혹은 글 쓰는 사람들의 주석에 섞여 앉아서 우스갯소리도 잘하고, 좀 야한 농담도 스스럼없이 받아넘겨 준다. 술기운이 오르면 발그레 물든 얼굴에 웃음을 띠며 곧잘 자칭 기생이 되기도 한다.

"자, 기생이 한잔 따르죠. 늙은 기생도 기생은 기생이죠?"

이런 식이다. 그래서 그녀가 끼는 술자리는 언제나 유쾌하고 떠들썩하며, 웃음으로 넘친다.

특히 남궁 화백과 그녀와 나, 세 사람이 만나면 재미있다. 어떤 연유인지는 알 수가 없으나, 세 사람은 남달리 친숙한 관계를 이룩해 온 것 같다. 이상하게도 세 사람이 어울리면 분위기가 한결 부드러워지고, 무슨 말을 지껄여도 신경이 쓰이지 않고 편안하다. 마치 어린 시절의 소꿉장난 친구들 사이였던 것 같다. 남궁은 충청도고, 그녀는 전라도, 나는 경상도, 이렇게 각기 고향도 다른데 말이다. 묘한 일이다.

진 여사를 신사동에 있는 다방에서 만났다. 꽤 추운 날씨였다. 그녀는 까만 외투에 하얀 여우 목도리를 감고 있었다. 그런 차림새 때문인지 마치 옛날 만주의 하얼빈 같은 데서 온 여인 같았다. 김이 오르는 유자차를 한잔씩 마시고 일어났다. 택시를 타고 말죽거리 쪽을 향해 가면서 그녀는 말했다.

"맨손으로 갈 수는 없죠?"

"술이나 한 병 사가지고 가죠 뭐."

"화실을 옮긴 것도 이사는 이산데, 술만 사가지고 가서 되겠어요?"

"그럼, 술은 내가 살 테니, 진 여사는 성냥이나 뭐 그런 걸 사세요."

"요즘은 성냥보다도 하이타이나 화장지 같은 걸 사가지고 가더군요."

"그러세요. 화실에 하이타이는 필요 없을 것이고, 화장지 쪽이……."

"그게 낫겠죠?"

말죽거리에 이르자, 어떤 가게 앞에서 택시를 내렸다. 나는 정종을 사 홉 들이로 한 병 샀고, 그녀는 화장지를 한 꾸러미 사 들었다. 목덜미에 와 닿는 바람결이 제법 싸늘해서 나는 코트 깃을 세우고 그녀와 나란히 걸었다. 그녀는 곧장 사방을 두리번거리면서,

"맞아요. 이 길이에요. 이쪽으로 가는 것 같애요."

하고 혼자 중얼거리며 걸음을 옮겼다.

어렵지 않게 화실을 찾을 수가 있었다. 어떤 아파트 근처의 길가에 기다랗게 세워진 상가 비슷한 건물의 이층에 있었다. 그 일대는 아직 집들이 차곡차곡 다 들어서지 않고, 공지로 남아 있는 터가 많았다. 길 건너 저편에는 밭도 눈에 띄었고, 그 밭 너머는 야트막한 산이었다. 겨울이라 그런지 야산의 풍경도 을씨년스럽기만 했다. 화실이 들어 있는 이층짜리 건물 역시 제대로 어울린 상가라기보다 억지로 가게랍시고들 꾸미기는 했으나, 장사가 되지 않아 반휴업 상태에 있는 것처럼 보였다. 위치부터가 한쪽 구석진 곳이어서 겨울바람 속에 버려져 있는 듯한 인상이었다.

이층으로 올라가는 계단도 겨울 들어서는 한 번도 소제를 안 한 듯 불결했고, 계단의 중간 꺾어지는 곳의 벽 쪽에는 헌 볼박스*(일본어 투의 말인 '보루박스'를 고쳐 쓴 것으로 보임. 종이상자) 같은 것이 지저분하게 쌓여 있기도 했다.

계단을 다 올라가 화실 문 앞에 이르자, 안으로부터 불경 외는 소리가 은은하게 흘러나오고 있었다. 노크를 하고 문을 열자, 독경 소리가 별안간 쏟아져 나오듯 크게 들렸다. 카세트에서 흘러나오는 소리였다. 불경을 틀어놓고 들으면서 남궁은 그림에 열중하고 있었다.

우리가 들어서자, 그는 뜻밖이라는 듯이 붓을 든 채 자리에서 일어나며,

"오우, 어서 오시오. 이 추운데……."

활짝 반가운 표정을 지었다. 그런데 꽤 오래 수염을 밀지 않은 듯 코밑과 턱주가리가 검실검실한 얼굴이었다.

"진 여사가 자꾸 꼬셔서 나왔지."

내가 말하자, 진 여사는 공연히 기분이 좋은 듯 호들갑스럽게 웃고 나서,

"야, 화실 한 번 넓다."

하고 놀란 듯이 입을 딱 벌렸다.

과연 넓은 화실이었다. 초등학교 교실 두 칸을 터놓은 것만 한 넓이가 되지 않을까 싶었다. 넓어서 나쁠 것은 없을 것이다. 그러나 알맞게 넓어서 잘 짜여져야지, 이건 마치 휑한 창고 속에 화구들을 갖다 차려놓은 것 같은 느낌이었다. 바닥부터가 시멘트 그대로였고, 천정이나 벽 역시 마찬가지였다. 덜렁하게 크기만 해서 건물을 지은 뒤로 임대가 되지 않아 그대로 방치해 두었던 것 같았다.

"땐스 파티를 열어도 되겠군요."

진 여사의 말에,

"날짜를 잡아 한 번 그래 볼까요? 연말도 가까워 오는데……. 허허허……."

남궁은 기분이 좋은 듯 너털웃음을 터뜨렸다.

실내 한가운데에 난로가 놓여 있고, 그 곁에 화구들이 차려져 있으며, 소파와 탁자도 갖추어져 있었다. 그리고 한쪽 벽에 완성된 그림이랑 액자, 캔버스 같은 것이 세워져 있었다.

진 여사와 나는 난로 가에 세워진 이즐*(러시아어인 '이즐'은 '이젤'이다) 앞으로 가서 멈추어 섰다. 남궁은 붓을 씻고, 늘어놓은 화구를 대충 치우기 시작했다.

남궁이 지금 그리고 있는 그림도 여전히 시골 홍시가 익어가는 마을 풍경이었다. 그는 근년에 와서 줄곧 시골 홍싯골을 소재로 택하고 있었다. 그전에는 주로 연등을 그렸었다. 그러니까 불교적인 것으로부터 토속적인 것으로 옮겨 앉게 된 셈이다. 그의 그런 작품 동향과 화풍을 잘 알고 있기 때문에 대뜸 한눈에 지금 캔버스에 어렴풋이 떠오르고 있는 것이 홍시가 익어가는 마을이라는 것을 알 수가 있었지만, 그의 작품 세계를 모르는 사람은 지금 무엇을 그리고 있는 것인지 잘 알아차릴 수가 없을 것이다. 아직 완성이 되지 않아서 그렇기도 하지만, 그의 화법은 특이한 데가 있어서 더욱 그렇다. 그림이 선으로 이루어지는 것이 아니라, 점으로 형성되어 있는 것이다. 점묘인 셈이다. 수없이 많은 비슷한 색의 입자가 한데 뒤엉겨 하나의 면을 형성하고, 그 면과 면의 접촉부분이 자연히 선으로 표현되는 그런 기법이다. 그래서 완성되기 전에는 캔버스에 수없이 많은 점이 난무하고 있다고나 할까, 채색된 굵은 입자의 안개를 보는 듯한 느낌이다. 그 안개가 차츰 하나하나의 형체로 고정되어 산이 되고, 집이 되고, 나무가 되고, 홍시로 떠오르는 것이다.

"이번에는 처녀인 모양이죠? 처녀가 물동이를 이고 감나무 밑을 지나가는 것 같은데요."

'처녀'라는 말에 묘하게 악센트를 넣으며 진 여사가 말했다. 내 눈에도 그렇게 비쳤다.

"처녀라서 샘이 나는 모양이죠?"

하려다가 남의 그림을 가지고 농담을 하는 게 어쩐지 실례되는 일 같아 나는 그저 웃음을 머금으며 고개를 끄떡였다.

진 여사와 나는 들고 온 술병과 화장지를 난로에서 조금 떨어진 곳에 있는 조그마한 책상 위에 갖다 놓았다. 그리고 소파에 허리를 묻었다.

"너무 소리가 크잖아요?"

나의 말에 그녀는 얼른 탁자 위에 놓인 카세트의 볼륨을 좀 낮추었다. 은은한 독경소리가 실내에 잔잔하게 넘치고, 난로가 알맞게 열을 내뿜고 있어서 기분이 썩 괜찮았다.

"난로 멋있는데⋯⋯."

내가 말하자,

"글쎄요. 고전적인데요."

그녀도 고개를 끄떡였다.

"괜찮지? 톱밥난로야."

화구를 대강 치운 남궁은 대야의 물에 손을 씻고 수건으로 닦으며 소파에 와서 마주 앉았다.

난로가 마치 옛날 기차를 발명했을 무렵의 기관차 비슷한 모양이었다. 위로 커다랗게 벌리고 있는 아가리에 톱밥을 가득 부어 놓으면 그것이 서서히 밑으로 떨어지면서 탄다는 것이다. 진 여사 말마따나 고전적인, 옛날에나 볼 수 있는 그런 난로가 놓여 있는 게 신기하고 멋있었다.

"이런 난로를 어디서 구했지?"

나는 곧장 난로의 이모저모를 훑어보면서 물었다.

"어떤 친구가 구해 주더군. 여기서 별로 멀지 않은 데서 제재소를 하는 고향 친군데, 톱밥도 그 집에서 대주지."

그리고 남궁은 진 여사를 정면으로 새삼스럽게 바라보더니 약간 어조를 높였다.

"야, 그 목도리 멋있는데…… 여우 아니요? 백여우."

"멋있어요? 신난다."

"요즘은 밍크 시댄데, 어디서 그런 백여우 목도릴 구했죠? 밍크보다 훨씬 나은데……."

그 말에 나도 한마디 거들었다.

"옛날 만주의 할삔*(하얼빈)에서 온 여자 같잖아?"

"고전적이라 그 말이죠?"

진 여사는 기분이 매우 좋은 듯, 그러면서도 조금 수줍기도 한 것처럼 얼른 목도리를 풀어 한쪽에 놓았다.

"자, 한잔 해야지."

남궁이 곁에 놓인 전화기의 다이얼을 돌리기 시작했다.

"술을 사가지고 왔잖아."

"안주가 있어야지. 뭐가 좋을까? 탕수육? 팔보채? 진 여사, 뭘 좋아해요?"

"잡채나 한 그릇 시켜요."

"그럴까……."

중국음식점에 잡채를 주문하고 나서 남궁은 책상 위에 놓인 정종병을 가서 집어 들고,

"술을 다 사가지고 오느라고…… 내가 살 텐데……."

중얼거리며 주위를 두리번거렸다.

눈치가 빠른 진 여사가 얼른 소파에서 몸을 일으키며,

"여기다 뎁히면 되겠네요."

하고 시멘트 바닥에 내려놓은 두 되들이쯤 되어 보이는 주전자를 집어 들었다.

잠시 후, 따끈한 정종에 배달해 온 잡채를 안주 삼아 술자리가 벌어졌다. 잔은 물을 따라 마시는 컵이었다. 정종에는 어울리지 않았으나, 그런대로 조금씩 따라서 주거니 받거니 했다.

남궁은 화실을 옮기게 된 까닭을 누가 묻지도 않았는데 마치 무슨 변명이라도 하듯 얘기했다. 어설프게 넓기만 한 이런 곳으로 옮기게 된 게 조금은 창피하게 느껴지는 모양이었다. 남궁은 나와 마찬가지로 아파트에 살고 있었다. 자기 집이 있는 그 아파트의 같은 층에 전세로 하나를 더 얻어 그곳을 화실로 사용하고 있었는데, 기한이 되어 주인이 비워달라고 해서 급히 이곳으로 옮겨오게 되었다는 것이다.

"그래서 경황이 없어 그동안 면도도 못한 모양이죠?"

진 여사가 약간 발그레해진 눈자위에 살짝 미소를 띠며 말했다.

"그게 아니라, 수염을 길러 볼까 해서……."

남궁은 조금 멋쩍은 듯 한손으로 턱에 돋아난 검실검실한 수염을 슬슬 어루만졌다.

"아, 그래?"

나 역시 진 여사와 마찬가지로 화실을 옮기느라 분망해서 얼마 동안 면도를 안 한 줄로 알았는데, 뜻밖이었다. 수염을 기르다니, 재미있는 일이 아닐 수 없었다.

"아주 길게 기른단 말이에요?"

진 여사가 호기심 어린 표정으로 물었다.

"예, 자라는 대로 내버려 둬 볼까 해요."

"수염을 기르면 멋있을 거예요. 남궁 화백 얼굴에 썩 잘 어울릴 걸요."

그렇게 말하면서도 그녀는 재미있다는 듯이 곧장 생글생글 미소를 지었다.

"왜 그런 생각을 하게 됐지? 동기가 뭐야?"

내가 물었다.

남궁은 정종을 쭉 들이켜고 나서 잡채를 크게 한 젓가락 집어 입에 갖다 넣었다. 우무적우무적 씹어 한 번 꿀꺽 넘기고 나서,

"수염을 길러보려고 생각한 건 벌써 오래 전부터지. 노인은 얼굴에 수염이 있어야 된다고 생각해. 수염이 하나도 없는 맨숭맨숭하게 밀어버린 노인의 얼굴은 정말 삭막하거든."

하고 말했다.

나는 가만히 남궁의 얼굴을 새삼스럽게 바라보았다. 연등을 그리고, 시골 고향의 홍시가 익어가는 마을을 즐겨 소재로 택하며, 또 그림을 그릴 때 곧잘 카세트를 틀어 불경 외는 소리가 실내에 가득 넘치도록 해놓는 터이고 보면 능히 그런 말이 그의 입에서 나올 법한 일이지만, 흔히 아무에게서나 들을 수 없는 얘기여서 나는 속으로 흠— 하면서 고개를 끄덕였다.

"좋은 말이에요. 정말 수염이 너불너불한 노인을 보면 의젓해 뵈고, 넉넉하고 편안하게 느껴져요. 옛날에는 그런 노인들이 많았는데, 요즘은 거의 다 빡빡 밀어 버리더군요. 하지만 그런 뜻에서 수염을 기른다면 벌써 스스로 노인이 됐다고 생각하는 거 아니겠어요? 젊게 살아야죠."

진 여사는 이렇게 말했다.

"젊게 사는 것도 좋지만, 의젓하고 넉넉하게 사는 것이 더 좋지 않을까요? 어차피 오십 중반인데…….."

남궁의 말에 어쩐지 나는 동의하고 싶었다. 평소에는 나도 젊게 살려고 노력하는 편이지만, 남궁의 수염론이라 할까, 그 얘기는 묘하게 나를 그쪽으로 끌어당기는 듯한 느낌이었다.

"맞아. 오십 중반이면 별수 없이 노인 축에 들지 뭐. 아등바등 해봐야 청춘이 돌아오는 것도 아니고……."

나는 힐끗 진 여사에게 시선을 주며 일부러 '청춘'이라는 말에 좀 악센트를 넣어 말했다. 그러자 그녀는,

"두 늙은이하고는 말이 안 통한다니까. 아이 재미없어."

재미없다면서도 실은 몹시 재미있는 듯 묘한 웃음까지 머금었다.

"노인들의 수염이 좋아 보인 건 어릴 때부터지. 우리 할아버지가 아주 너불너불한 허연 수염을 기르고 계셨거든."

남궁은 약간 주기가 오른 듯 여느 때보다 조금 억양이 높은 목소리로 자기 조부의 수염 이야기를 늘어놓았다.

남궁의 조부는 시골에서 농사를 지었지만, 손에 흙을 묻히는 일은 없고, 감농(監農)이나 하는 그런 꽤 괜찮은 처지였다고 한다. 종가이기도 해서 선영을 지키고, 고향 마을을 돌보며 한평생을 보냈다.

남궁의 아버지는 장남이었다. 종가의 맏이면 대를 이어 고향에 살면서 가문의 법도를 좇아야 마땅하다. 그러나 남궁의 조부는 보는 눈이 열린 편이었던 모양으로 맏이에게 신문학의 길을 허용했고, 그 뒷바라지를 해 주었다. 그래서 남궁의 아버지는 보통학교를 마치자

대처로 나가 농림학교를 다녔고, 졸업을 하고는 전매서에 취직이 되어 줄곧 이곳저곳 옮겨 다니며 객지 생활을 했다. 남궁이 태어난 곳도 물론 객지였다.

객지이긴 했지만 같은 도내여서 남궁의 아버지는 비교적 자주 고향에 다니러 가는 편이었다. 설날과 추석 같은 명절 때는 고향 마을의 사당에서 제향이 올려지기 때문에 빠지는 일이 거의 없었고, 그밖에 부모의 생신이나 집안의 제사 때도 직장의 사정이 허락하는 한 고향을 찾았다. 내외가 함께 가기도 했고, 혼자 가기도 했다. 자기가 못 갈 형편이면 안사람, 즉 남궁의 어머니를 대신 보내기도 했다.

남궁의 아버지는 고향에 갈 때 곧잘 어린 남궁을 데리고 갔었다. 내외가 함께 갈 때는 물론이고, 혼자 갈 때도 남궁의 손을 잡고 같이 갔다. 남궁이 학교에 다니게 된 뒤로는 방학이 되면 으레 고향에 데려다 놓고, 그곳 할아버지 할머니 밑에서 지내도록 했다. 남궁 역시 맏이였다. 그래서 어쩌면 남궁의 아버지는 객지에서 태어나 객지에서 자라는 아들에게 시골 고향이라는 곳이 얼마나 좋고 소중한 곳인가를 알게 하고, 고향에 대한 그리움이 절로 몸에 배도록 하기 위해서 그랬는지도 모른다.

남궁의 기억에 떠오르는 최초의 고향 행은 네 살인가 다섯 살 때가 아닌가 싶다. 물론 그전에도 여러 번 고향에 갔을 터이지만, 어머니의 손을 잡고 제 발로 걸어서 갔던 네 살인가 다섯 살 때의 일이 맨 처음의 기억으로 떠오르는 것이다.

고향집을 그때 남궁의 아버지는 "할아버지 집"이라고 했다. 할아버지 집은 오래된 기와집으로 안채와 사랑채가 뚝 떨어져 있고, 사랑채 앞에도 별도로 뜰이 있어서 마치 한 담 안에 두 개의 살림집이 있는 듯한 느낌이었다. 아닌 게 아니라 안채에는 할머니가 바느질을 하고 다듬이질을 하며 살고 있었고, 사랑채에는 할아버지가 긴 담뱃 대를 물고 뻐끔뻐끔 담배를 피우며 살고 있었다. 그래서 어린 남궁 은 사랑채만 할아버지 집이고, 안채는 할머니 집이라고 생각했다.

그런데 아버지는 전부 할아버지의 집인 것처럼 말했으니, 아버지 는 바보라고 속으로 생각했다.

할아버지 집인 사랑채 앞뜰에는 화단이 있고, 그 한쪽 가에 대추 나무가 한 그루 서 있었다. 물론 어린 남궁은 그것이 무슨 나무인지 알 수가 없었지만, 잎사귀가 곱슬머리처럼 온통 곱슬곱슬하고, 빨간 열매가 수없이 주렁주렁 열린 게 신기하기만 했다. 그러니까 아마 추석에 차례를 지내러 갔을 때였던 모양이다.

그러나 그런 것보다 어린 남궁의 눈에 훨씬 신기하고 희한하게 비 쳤던 것은 할아버지의 수염이었다. 남궁의 아버지는 고향집에 들어 서자, 남궁을 데리고 먼저 사랑채로 갔다. 부친에게 인사를 하기 위 해서였다. 방문을 열고 들어가니 방 안에 노인 한 사람이 누워 있다 가 일어나 앉았다. 남궁은 그 노인이 할아버지라는 것을 대뜸 알 수 가 있었다. 그런데 할아버지의 얼굴은 온통 허연 수염에 뒤덮여 있 는 듯했다. 양쪽 귀밑으로부터 시작해서 코밑이랑 턱에 수염이 너불 너불한데, 그 허옇고 푸짐한 수염이 앞가슴까지 시원스레 흘러내리 고 있었다. 어린 남궁의 눈에 그 수염은 신기하고 놀랍기만 했다. 그 래서 남궁은 두 눈을 반짝거리면서 가만히 할아버지의 수염만 바라 보고 있었다.

먼저 아버지가 방바닥에 두 손을 짚고 너붓이 할아버지에게 절을 했다. 그리고 남궁을 돌아보며,

"할아버지시다. 인사드려라."

하고 일렀다.

남궁은 아버지가 한 대로 얼른 조그마한 두 손을 방바닥에 짚고 납작 엎드렸다 일어났다. 그러자 할아버지가,

"아이고 이 녀석 절도 잘하는구나. 어디 이리 와 봐라."

하면서 두 손을 앞으로 내밀었다.

남궁은 스스럼없이 할아버지에게 가서 안겼다. 할아버지는 어린 손자 녀석이 귀엽기만 한 듯 조그마한 궁둥이를 토닥토닥 두들겨 주며 주름이 접힌 얼굴에 은은한 미소를 지었다. 남궁은 할아버지에게 안긴 채 그 너불너불한 수염을 빤히 바라보다가,

"할아버지 수염 참 좋다."

불쑥 말하고는 얼른 두 손으로 수염을 만지작거렸다.

"할아버지 수염을 그러면 안 돼."

아버지가 살짝 눈을 흘겼다. 그러나 할아버지는,

"좋으냐? 그 녀석. 허허허……."

기분이 좋은 듯 너털웃음을 웃었다.

남궁은 아버지의 눈치를 한 번 보고는 할아버지의 수염에다가 제 볼때기를 갖다 대보며,

"참 좋다. 간질잔질하다. 히히히……."

재미가 좋은 듯 킬킬거렸다.

마을의 사당에서 제향을 올릴 때에 본 할아버지의 수염은 어린 남궁의 눈에 더욱 경이롭고 위엄 있는 것으로 비쳤다.

사당은 마을 안쪽 호젓한 곳에 깊숙이 자리 잡고 있었다. 많은 일가친척들이 모여 푸짐하게 차려진 다례상 앞에서 제향을 올리는데,

그 한 가지 한 가지 절차를 시종 할아버지가 이끌어 나갔다. 할아버지는 하얀 모시 두루마기에 갓을 쓰고 있었다. 그런 차림에는 그 허옇고 너불너불한 수염이 한결 잘 어울리는 것 같았다. 아버지 역시 두루마기를 입고 있었는데, 두루마기 입은 아버지의 모습을 처음 보는 남궁은 기분이 이상하기만 했다. 할아버지는 그런 모습이 잘 어울리는데, 아버지는 어쩐지 좀 얄궂어 보였다. 아버지는 역시 양복을 입어야 되는 모양이라고 속으로 생각했다. 다른 제관(祭官)들도 모두 한복 차림이었고, 갓을 쓴 노인도 몇 사람 있었다. 그러나 그런 가운데서도 어린 남궁의 눈엔 할아버지가 유난히 돋보였다. 의젓하고 늠름했고, 훤하기까지 했다. 제향의 절차를 이끌어 나가는 제주(祭主)여서 그렇기도 했지만, 그래서보다도 그 너불너불하게 흘러내린 허옇고 푸짐한 수염 때문이었다. 만일 할아버지의 얼굴에 수염이 없었다면, 있어도 좀스럽게 쪼뼛*('뾰족'의 방언)하거나 곱슬 곱슬해서 보잘것이 없었다면 결코 그런 위엄이 우러나 보이지는 않았을 것이다.

제향이 어지간히 진행되어 음복하는 차례가 왔다. 제주를 제관들이 차례차례 나누어 마시고, 밤이나 대추를 한 개씩 집어 먹는 절차였다. 할아버지가 맨 먼저 잔을 들어 한 모금 마시고, 제기에 수북이 담긴 대추를 한 개 집어 입으로 가져갔다. 그리고 잔을 다음 제관에게 넘겼다. 잔은 친족의 항렬과 촌수에 따라서 차례차례 돌아갔다. 잔을 받아 한 모금씩 마시고 대추를 집는 사람도 있었고, 밤을 집는 사람도 있었다. 대체로 늙은네들은 대추를 집었고, 젊은 축들은 밤을 집었다. 음복 때 대추를 집어 먹으면 대추처럼 쪼글쪼글해질 때까지 살고, 밤을 집어 먹으면 깎아놓은 하얀 알밤 같은 아들을 낳는다고 해서 그러는 것이다.

잔이 제관들 하나하나를 다 거치고 나자, 할아버지는 어린 남궁을 가까이 오도록 불러서,

"자, 너도 음복을 해야지. 종손인데……."

하고 잔을 건네주었다.

남궁은 약간 어리둥절했으나, 서슴없이 잔을 받았다. 놋쇠로 된 술잔을 두 손으로 들고 그 속에 절반가량 담긴 뿌우연 술을 들여다보다가 그만 꼴깍꼴깍 다 마셔 버렸다. 그리고 약간 콧등을 찡그리며,

"야, 맛 좋다. 좀 시그럽다*('시다'의 방언)."

하고 킥 웃었다.

그러자 제관들은,

"야, 이거 과연 우리 종손일세."

"남자는 그래야지. 암, 그래야 대장부지."

"나중에 큰 인물 되겠는데……."

"술 잘 마신다고 큰 인물 되나."

"하하하……."

"허허허……."

떠들썩하게 웃어 댔다.

"대추를 먹든지 밤을 먹든지, 한 개 집어 먹어."

하고 할아버지도 기분이 좋은 듯 허연 수염을 쓰다듬어 내렸다.

남궁은 먹음직스럽게 깎아놓은 하얀 알밤을 한 개 집어 뽀도독 깨물었다.

제청(祭廳) 밖에서 제사 일을 거들면서 구경을 하고 있던 아낙네들도 대견하고 재미있고 귀엽기도 해서 서로 수군수군 웃음들을 나누

었다.

말하자면 그때 마신 술이 남궁으로서는 최초의 음주인 셈이었다. 별로 크지 않은 잔에 절반가량 담긴 술이었으나, 집에서 빚은 것이어서 취기가 대단했었다. 온통 얼굴이 발그레 물들어가지고 비실거렸으나, 묘하게 가슴이 두근거리며 눈앞이 아른아른한 것이 결코 기분이 나쁘지는 않았었다.

"술을 마실 소질은 타고났던 것 같애. 그 후부터는 제사 때면 으레 음복을 하는 것으로 알고, 혹시 나를 빠뜨릴 눈치면 나도…… 하고 손을 내밀어 사람들을 웃기기도 했다니까. 제사라면 곧 술이 머리에 떠올랐지 뭐야."

남궁의 말에 진 여사는,

"말하자면 그때부터 중독이 된 셈이군요."

하고 히힉 웃었다.

"남자들은 누구나 어릴 때 제사를 지내며 음복을 한 게 술을 배우게 된 시초라고 할 수 있지. 나도 그랬거든. 보자…… 나도 처음으로 음복을 한 게 일곱 살인가 여덟 살 때로 기억되는군."

내가 말하자, 그녀가 다시 익살스럽게 받았다.

"남궁 화백보다 삼사 년 늦게 술꾼이 된 셈이네요."

"진 여사 정말 말재주가 비상해. 알아줘야 된다니까."

남궁은 무척 유쾌한 듯 정종 컵을 쭉 비우고, 그것을 그녀에게 건넸다.

그리고 다시 수염 이야기를 계속했다.

"할아버지는 그렇게 수염이 대단했는데, 아버지는 별로 신통치가 않았어. 아버지 역시 말년에는 고향에 돌아가 사시며 수염을 길렀는데……."

이번에는 아버지의 수염에 대한 얘기였다.

남궁의 부친은 해방이 되자, 전매서의 책임자 자리에 앉게 되었다 한다. 전매서장으로 이 고장 저 고장을 전전하다가 정년퇴직이 되자, 객지생활을 청산하고 고향 마을로 돌아갔다. 그때는 아직 남궁의 조부가 생존해 있었는데, 몇 해 후 팔십의 장수를 누리고 돌아가시자, 그 뒤를 이어 남궁의 부친이 가문의 종손으로서 선영을 지키고, 사당에서 제향을 주재(主宰)하고, 마을을 돌보게 되었다. 그렇게 되자, 남궁의 부친 역시 선고처럼 수염을 길렀다.

그런데 남궁의 부친의 수염은 할아버지의 수염처럼 푸짐하지도 않았고, 너불너불하게 앞가슴까지 흘러내리지도 않았으며, 또 말년이 되어도 허연 빛깔로 곱게 바뀌지도 않았다. 한마디로 할아버지의 수염에 비하면 어림도 없었다. 그렇다고 아주 볼품없는 그런 것은 아니었다. 할아버지처럼 귀밑에서부터 볼을 덮으며 더부룩하게 자라나는 구레나룻은 아니었지만, 코밑이랑 턱에 그런대로 짙게 돋아났다. 그러나 턱에 돋아난 수염도 시원하게 아래로 흘러내리질 않고, 중도에 시들어져 버린 듯한 꼴이었다. 그리고 수염이 어딘지 모르게 부드러운 느낌이 없고, 건조해 보였다. 할아버지의 수염은 부드러우면서도 윤기까지 느껴졌었는데 말이다. 빛깔 역시 말년이 되어도 허옇게 바뀌지가 않고, 검은 것과 흰 것이 뒤섞여 마치 회색의 수염인 것만 같았다.

남궁은 미술대학을 나와 고등학교에서 그림 선생 노릇을 하다가 삼십 대 중반부터는 화단에 두각을 나타내게 되어 직장을 그만두고 그림만을 그리는 직업 화가가 되었는데, 고향에 다니러 가면 화가이기 때문에 그런지 부친의 수염을 예사롭게 보아 넘기지 않았다. 회색의 수염이라는 생각이 든 것도 말하자면 화가의 눈이기 때문일 것이다.

남궁은 부친의 수염을 볼 때마다 절로 할아버지의 수염이 떠오르곤 했다. 할아버지의 수염은 그처럼 아주 훌륭했는데, 부친의 수염은 왜 훨씬 미치지 못하는 것일까 하는 안타까운 생각이 들기도 했고, 두 분의 수염이 나란히 머릿속에 그려지면서 할아버지는 매우 큰 사람으로 떠오르고, 부친은 상대적으로 그보다 작은 사람으로 떠오르기도 했다. 단순히 두 수염의 비교에서 오는 연상인지, 다른 어떤 의미가 가미되어서의 일인지는 잘 알 수가 없었으나, 아무튼 그런 생각이 들어 부친에 대해 조금 미안스럽기도 했고, 부친의 수염을 보는 게 약간 민망스럽기도 했다.

남궁이 그처럼 고향에 다니러 가서 부친의 수염을 보고 할아버지의 수염을 떠올리며 고인이 된 할아버지에 대한 은근한 흠모감에 젖곤 했던 것은 말하자면 어린 시절에 대한 그리움이기도 했고, 옛 고향에 대한 아련한 향수 같은 것이라고도 할 수 있었다.

"나도 수염을 길러볼까 하는 생각이 든 것은 이삼 년 전의 일이지. 선물로 큼직한 앨범이 한 개 들어와서 묵은 사진들을 정리하다가……."

남궁은 술이 꽤 된 듯 약간 혀가 매끄럽게 돌아가지 않는 것 같은 그런 목소리로 얘기를 이어나갔다. 진 여사도 눈자위가 조금 거슴츠레해가지고 여전히 교태를 풍기는 듯한 표정으로 듣고 있었고, 나 역시 혼혼한 취기에 젖어 찔끔찔끔 정종으로 계속 입안을 추기면서 색다르다면 색다른 남궁의 얘기에 귀를 기울였다.

고등학교에서 그림 선생 노릇을 할 때의 어떤 제자로부터 이삼 년 전에 큼직한 고급 앨범을 하나 선물로 받은 남궁은 묵은 사진들을 하나하나 정리해서 연대순으로 차례차례 그 앨범에 붙여나갔다 한다. 그 앨범의 맨 첫 장에 붙인 사진이 다름 아닌 할아버지의 회갑연 때 사진이었다. 남궁이 지니고 있는 사진들 가운데서 가장 오래된 것으로 꽤나 누렇게 퇴색되어 있었다. 차일 밑에 교자상이 차려지고, 그 정면 한가운데에 할아버지와 할머니가 앉고, 둘레에 가족과 친척들이 앉거나 서거나 해서 찍은 사진이었다. 남궁은 어머니의 품에 안겨 있었다. 두어 살 되어 보였다. 그 회갑연 때의 사진 속에서도 할아버지의 수염은 벌써 너불너불하게 흘러내리고 있었다.

할아버지의 사진은 두어 장 더 있었다. 어느 사진에서나 다 수염이 그 위용을 자랑하고 있었다. 그리고 부친이 수염을 기른 모습으로 등장하는 사진도 몇 장 앨범에 붙여졌다.

그렇게 사진들을 정리해서 앨범에 붙여나가면서 남궁은 문득 내가 수염을 기르면 어떻게 될까, 나도 수염을 한 번 길러 봐야지, 하는 생각을 했다. 할아버지와 부친의 두 수염과 연관시켜서 자기의 수염은 어떤 위치에 놓이게 될까, 두 수염의 중간이 될까, 맨 아래가 될까, 아니면 할아버지의 수염과 동격이 될까, 혹은 그 이상이 될까, 하는 호기심이 작용했다고 할 수 있다.

이삼 년 전에 그런 생각을 했었지만, 실제로 이번에 수염을 기르기 시작한 데에는 그럴 만한 까닭이 있었다.

"호호호……."

남궁은 좀 쑥스러운 듯 묘하게 웃고 나서,

"요 얼마 전에 술을 마시고 귀가하다가 길에서 미끄러졌지 뭐야.

눈이 오는 밤이었어. 아침에 일어나 보니까 코밑 한쪽에 상처가 생겼더라니까. 엎어졌을 때 땅바닥에 부딪친 모양인데, 코는 아무렇지도 않고, 입술 위 여기에 상처가…….”

하면서 남궁은 손가락으로 한쪽 코밑을 가리켜 보였다.

“그래서 상처를 캄푸라치하기 위해 수염을 기르기 시작했다 그 말이군요. 호호호…….”

참 재미있다는 듯이 진 여사는 깔깔거렸다.

“그 계기가 술꾼답군.”

나도 빙글빙글 웃지 않을 수 없었다.

벌써 면도를 안 한 지가 꽤 되는 듯 남궁의 수염은 제법 검실검실해서 손가락으로 가리키기까지 했으나, 이미 잘 가려져 그 자리에 상처 같은 것은 보이지 않았다.

이듬해 늦은 봄 어느 날 오후, 나는 볼일이 있어 인사동 쪽으로 나갔다가 용무를 마치고 수정엘 들렀다. 오래간만이었다.

화랑에는 젊은 화가들의 그룹전이 열리고 있었다. 그림들을 대충 둘러보고 사무실로 갔다. 문을 열고 들어서니,

“어머, 어서 오세요.”

진 여사가 약간 놀라듯이 반기며 자리에서 일어났다. 그녀는 벌써 하늘하늘한 반팔 블라우스에다가 밝은 낙타색의 짧은 치마를 입고서 오십 중반인데도 제법 신선한 여름 맛을 풍기고 있었다.

“오, 마침 잘 오는군.”

남궁도 거기 앉아 있었다.

두 사람의 젊은 화가가 인사를 했다. 그룹전에 출품한 화가들인

데, 그 이름은 얼른 떠오르지 않았으나, 안면은 있는 사람들이었다. 둘러앉아 깡맥주*(캔맥주)를 기울이고 있는 중이었다.

"먹을 복이 많으시군요. 자, 이리 앉으세요."

진 여사가 깡맥주 하나를 쭉 따서 내게 건넸다.

"먹을 복이 아니라, 마실 복이지."

웃으면서 나는 그것을 받았다. 그리고 자리에 앉았다.

진 여사는 그동안 두어 차례 만났으나, 남궁은 그의 화실에 찾아갔던 그 이후로 처음이었다. 그러니까 어느덧 다섯 달 만이었다.

남궁의 얼굴 모습은 다섯 달 전과 매우 달라져 있었다. 물론 수염 때문이었다. 수염이 꽤나 더부룩하게 자라 있었다. 귀밑으로부터 시작되는 구레나룻은 아니었으나, 코밑과 입언저리 그리고 턱이 제법 검은 수염으로 덮여 있었다. 그러나 수염이 길지 않고, 곱슬곱슬하게 뒤엉긴 듯이 보였다. 어쩐지 제대로 쑥쑥 뻗어나질 못하고, 박토에 돋아난 풀처럼 영양실조에 걸려 오그라들고 있는 느낌이었다.

그러나 나는,

"자네 수염 꽤 볼 만하군."

이렇게 말했다. 마치 그 말을 기다리고 있기라도 했다는 듯이 진 여사가 입을 열었다.

"그렇잖아도 지금 그 얘기를 하고 있던 중이에요. 어때요. 괜찮죠? 그런데 자꾸 남궁 화백은 틀렸다는 거예요"

"틀렸어. 아무래도 시원찮아."

남궁은 멋쩍은 듯 턱주가리에 돋아난 수염을 두어 번 쓱쓱 쓰다듬었다.

"괜찮은데 그래……."

나는 일부러 정색을 하고 말했다. 솔직하게 말하면 나 역시 신통찮다고 생각하고 있었다. 그러나 그 정도면 틀렸다고까지는 할 수 없을 것 같았다. 그런대로 더부룩하게 얼굴의 아랫부분을 덮고 있으니 말이다. 멋있고 의젓한 것은 못 되지만, 결코 남 보기에 을씨년스러운 수염은 아닌 것이다.

"반년이 다 되어 가는데도 이 모양이니 어디……."

남궁의 말과 표정에서 어쩐지 그가 자기의 조부와 부친, 두 분의 수염과 견주어서 하는 말인 것 같은 느낌이 문득 들어서 나는,

"자네 할아버지의 수염보다는 못한 것 같고…… 어떤가? 부친의 수염과 비교하면은……."

이렇게 물어보았다. 전번에 그에게서 들은 얘기로 미루어 보아 그의 부친의 수염과는 어느 정도 비슷한 수준이 아닐까 하는 생각이 드는 것이었다.

"못해."

남궁은 한마디로 잘라 말했다.

"그래? 들은 얘기로 짐작건대 부친의 수염과는 비슷하지 않을까 싶었는데……."

"아냐, 우리 아버지의 수염도 괜찮았어. 이것보다는 훨씬 수염다웠지."

그러면서 남궁은 이번에는 약간 자조적으로 코밑을 덮고 있는 수염을 손가락 끝으로 아무렇게나 쓱쓱 비비듯이 옆으로 문질러 보였다.

"그럼 뭐 이제 판정이 난 셈이군요. 삼등으로……."

진 여사가 말하자,

"맞아요. 삼등이야, 삼등. 꼴찌지, 꼴찌."

하고 남궁은 꿀컥꿀컥 크게 두어 모금, 깡맥주를 기울였다. 그러나 할아버지와 아버지에게 못 미친 셈이니 뭐 별로 창피하거나 서운할 것은 없다는 그런 표정이었다.

두 젊은 화가는 무슨 얘긴지 자세히는 알 수 없으나, 대충 짐작은 가는 듯 흥미 있게 듣고 있다가 그중 한 사람이 불쑥 입을 열었다.

"말하자면 삼대의 수염 품평인 셈이군요."

'품평'이라는 말에 나는 어쩐지 실소를 금치 못했다. 직계 삼대의 수염을 비교해서 삼등이니 꼴찌니 하는 터이니, 말하자면 품평임엔 틀림없다. 그러나 선배 화가의 면전에서 그 집의 수염 얘기를 두고 서슴없이 품평이라는 좀 실례되는 말을 내뱉다니, 그 젊은 화가의 당돌함이라 할까 무례함이라 할까 그런 점에 나는 속으로 약간 놀라지 않을 수 없었다. 그러면서도 충분히 재치는 있는 표현이라고 생각했다. 요즘 젊은 사람들의 어떤 전형적인 면을 보는 듯했다. 나는 남궁의 표정을 힐끗 보았다.

"품평이라……."

남궁은 고개를 두어 번 끄덕이며 비시그레 코언저리에 웃음을 떠올렸다. 좀 곤혹스러운 기색이 엿보였다.

"그런데 말이야……."

남궁은 목소리를 약간 높여,

"내 수염이 왜 할아버지와 아버지보다 못한지 모르겠어."

하고 말했다. 어떻게 들으면 마치 바보가 지껄이는 말 같았다.

"그 이유를 모르겠단 말이야……."

그러자 진 여사가 두 화가에게 남궁의 조부와 부친의 수염에 대해서 들은 대로 대충 얘기해 주었다. 그리고 남궁이 수염을 기르게 된 것도 말하자면 두 선대와 비교해 보고 싶은 호기심이 그 동기인 것 같다고 덧붙였다.

　"아, 그렇군요. 그럼 뭐 순리대로 된 셈이네요. 할아버지가 일등이고, 아버지가 이등, 남궁 선생이 삼등…… 하하하……."

　품평이라는 말을 꺼낸 그 젊은 화가였다. 이번에도 역시 품평이라는 말을 지껄였을 때와 마찬가지로 어딘지 모르게 약간은 무례함이 내비치는 그런 어투였다. 아마 본래 그런 성품인 듯 그 얼굴에서 어떤 짓궂음이나 고의 같은 것은 전혀 느낄 수가 없었다. 그래서 나는 되도록 자연스럽게,

　"순리대로는 된 셈이지만, 왜 그렇게 차례차례 수염이 못해 가는지, 그 까닭이 궁금하다는 거 아니요."

하고 말했다.

　"거기 무슨 이유가 있겠습니까? 자연히 그렇게 된 거지."

　그러자 남궁이 좀 굳어진 듯한 표정으로 입을 열었다.

　"자연히 왜 그렇게 되느냐 그 말이야. 자연히 그렇게 되는 게 순리라면 말하자면 자꾸 퇴화하는 게 순리가 된다는 얘기 아닌가. 안 그래?"

　"퇴화가 순리라…… 글쎄요……."

　그 젊은 화가도 얘기가 그렇게 되니 무엇에 부딪친 듯한 느낌인 듯 좀 수긋해졌다.

　"얘기가 재미있게 되는데요."

　진 여사가 흥미진진하다는 듯이 눈에 반짝 미소를 띠며 깡맥주를

한 모금 꼴칵 마셨다. 남궁이 별안간 젊은 사람들에게서 흔히 볼 수 있는 철학적인 치기라 할까, 그런 것을 내풍긴다는 생각은 들었으나, 나 역시 화제가 재미있게 돌아간다 싶어,

"그렇지, 퇴화가 순리라면 진화론을 수정해야 될 판이군."

하고 약간 농담조로 남궁의 편을 들 듯 말했다.

그 젊은 화가는 한 대 먹은 기분인 듯 묘한 냉소와 함께 얼굴이 이지러지더니, 곧 반격을 가하듯 내뱉었다.

"그럼 수염이 자꾸 길어지는 것이 진화론이겠군요. 우린 고등학교 시절에 그렇게 배우질 않았는데요."

"핫핫하……."

크게 웃음을 터트린 것은 그의 동인인 또 한 사람의 젊은 화가였다. 냅다 박수를 치는 듯한 그런 웃음이었다. 이번에는 내가 한 대 먹은 느낌이었다.

"호호호……."

진 여사도 웃었다.

그러니까 말하자면 좌중이 세 갈래로 갈렸다고 할 수 있었다. 두 젊은 화가가 한패고, 남궁과 내가 같은 패이며, 진 여사는 이쪽도 저쪽도 아닌 중간자 비슷한 위치라고 할까.

"미스터 배, 이제 보니 재치가 대단하군요. 어떻게 그렇게 척척 말을 잘 받아넘기죠?"

그러니까 그 약간 당돌하고, 무례하기도 한 것 같은 젊은 화가의 성이 배 씨였다. 진 여사의 그 말에 미스터 배는,

"뭐 그저 보통이죠."

하고 마치 무슨 토론에서 승리를 거두기라도 한 듯 득의연한 표정

을 지었다. 그러나 나와 남궁을 의식해서 얼굴에 떠오르려는 웃음을 애써 뭉개 버리는 것 같았다.

그러자 진 여사는 어쩐지 자신이 두 젊은 화가의 편에 선 것 같았는지 재빨리 자기 의견을 내놓았다.

"나는 유전이라고 생각해요. 차례차례 수염이 못해가는 게 남궁 화백 집안의 유전이지 뭐겠어요. 안 그래요?"

"유전이라…… 그렇게 말하면 할 말이 없지."

남궁은 그 말에 두 손을 드는 듯하다가 다시 이의를 달았다.

"유전의 법칙이 꼭 그렇게 아래로 내려갈수록 못해지는 건가요? 그럼 퇴화가 곧 유전의 법칙이라는 말 아니요."

"유전의 법칙이 반드시 그런 건 아니겠지만, 좌우간 남궁 화백네 가계의 유전이지, 그럼 뭐겠어요? 수염에다가 비료를 덜 주어서 그런 것도 아니고……."

"헛헛허……."

이번에는 나부터 폭소를 터뜨렸다. 두 젊은 화가는 말할 것도 없고, 남궁 자신도 냅다 웃어 젖혔다.

웃음판이 가라앉자, 내가 말했다.

"후천적인 요인도 무시할 수가 없을 거예요."

'비료를 덜 주어서'라는 말에서 나는 문득 후천적인 요인이 작용할 수도 있지 않을까 하는 생각이 들었던 것이다. 유전은 순전히 선천적인 것을 의미하는데, 선천적인 것과 함께 후천적인 요인도 작용해서 수염이 선대 때보다 못해질 수도 있는 게 아닌가 말이다.

"후천적인 요인이라뇨? 구체적으로 어떤 것……?"

진 여사의 표정이 진지해졌다. 다른 사람들도 모두 나에게 시선을 집중시켰다.

"가령 예를 들면 장질부사 같은 열병을 앓고 나면 머리카락까지 다 빠지지 않아요? 어릴 때 그런 큰 병을 앓았다든지, 혹은 폐결핵 같은 병에 오래 시달렸다든지 하면 그 영향으로 노년에 수염 자라는 것도 시원찮을 수가 있지 않을까 그런 얘기죠. 그런 큰 병은 유전인자에게 어떤 작용을 할 수도 있지 않겠는가…… 물론 실제로 그런지 과학적인 것은 알 수가 없지만…… 말하자면 그런 게 후천적인 요인이죠."

"과학적으로 그런 것까지는 밝히지 못할 거예요."

"병과 유전인자와의 상관관계인 셈인데, 글쎄요…… 요즘 유전공학이라는 게 놀랄 정도로 발달했다고 하니 실제로 어떤지 알 수가 없지만, 아마 아직 거기까지는 미치지 못했겠죠. 어릴 때, 가령 다섯 살 때 장질부사를 앓았다면 그 영향이 오십 년 후인 오십오 세 때 수염 기르는 일에 작용을 하는지 어떤지……. 장차는 그런 것까지 밝힐 수 있을지 모르지만, 아직은 불가능할 거예요."

두 젊은 화가 중에 지금까지 아무 말이 없던 쪽이 입을 열었다. 그는 다른 한 친구와는 달리 조용한 성품인 듯 말투도 차분했다.

"후천적인 요인이라면 물론 병도 큰 요인이겠지만, 환경도 중요한 요인이 되지 않을까요?"

"환경?"

진 여사의 반짝이는 시선이 그쪽으로 갔다.

"생활환경 말입니다. 무엇보다도 우선 공해 같은 거 말이죠."

"공해라…… 흠—"

이번에는 내가 매우 재미있는 의견이다 싶어 고개를 끄떡였다.

"자나 깨나 마시고 있는 공기부터가 옛날에 비해 월등히 오염이 되어 있지 않습니까. 시골은 그렇지도 않겠지만…… 그리고 물도 약품으로 정화시킨 물이고, 또 소음은 어떻습니까? 온통 소음 속에서 살아간다고 해도 과언은 아니잖아요. 그런 것도 병에 못지않게 영향이 있을 것 같애요."

"음식도 그렇다고 볼 수가 있죠. 요즘의 인스턴트 음식에는 거의 다 방부제가 들어 있지 않아요. 농작물에는 농약이 묻어 있고……."

진 여사가 동감이라는 듯이 말했다. 나도 동의를 표하듯 덧붙였다.

"공해뿐 아니라, 사람이 너무 밀집해 사는 것도 한 가지 요인이 될지도 몰라요. 아파트 생활을 생각해 보세요. 그게 제대로 사람 사는 주거 형태라고 할 수 있어요? 토끼장 속에 토끼가 사는 꼴이지. 남궁도 아파트에 살고, 나도 아파트에 사는데…… 정말 어떤 때는 답답해서 숨이 막힐 것 같기도 하단 말이야. 남궁은 어때? 안 그래?"

"정말이야. 때로는 여간 신경이 피로하지가 않아. 그림을 그리고 있을 때 이웃집에서 냅다 피아노를 쳐대기라도 하면 질색이지. 화실을 옮긴 뒤론 그런 일이 없어서 좀 낫더군."

"아파트는 특히 예술 하는 사람들에겐 안 맞을 거예요. 좀 넓은 정원도 있고 해서 화초도 심고, 정원수도 가꾸고 해야……."

진 여사의 말에 이어 미스터 배가 불쑥 입을 열었다.

"아파트뿐인가요. 어딜 가나 사람 때문에 진절머리가 나요. 긴장, 초조, 불안, 공포, 우울, 고독…… 이런 현대인의 정신 장애가 말하자면 다 사람들이 너무 많이 밀집해 사는 도시라는 괴물 때문에 생긴 거죠. 그런 건강하지 못한 정신 상태가 어쩌면 유전인자에게 영향을 주는 결정적인 요인일지도 몰라요. 정신이 육체를 지배한다고 해도 과언이 아니니까요."

"그렇다면 현대인은 누구나 다 수염이 잘 자라기는 글렀군요."

진 여사가 웃으며 말하자,

"보세요. 바로 남궁 선생 수염이 실증을 하고 있잖아요. 그래서 현대인들은 아예 수염을 기르질 않고, 싹싹 밀어버리는 거죠. 볼품없는 수염은 없는 것보다 못하거든요. 노인들의 턱에서 수염이 사라진 게 다 까닭이 있는 거예요."

미스터 배는 이렇게 받아넘기고서 힐끗 남궁의 표정을 살피듯 바라보았다. 수염을 기르고 있는 선배 화가 앞에서 좀 말이 노골적이 아니었는가…… 이번에는 그런 생각이 드는 모양이었다.

그러나 남궁은 별로 언짢은 기색이 없이 오히려 두어 번 고개를 끄덕이고서,

"충분히 일리가 있는 얘기야. 현대인과 수염은 잘 어울리지도 않는 것 같애. 양복을 입고 아파트에 살면서 수염을 길게 기른다는 게 어쩌면 난센슨지도 몰라."

그리고 진 여사 쪽으로 시선을 돌리며 말을 이었다.

"나는 말이지. 내 수염이 할아버지나 아버지보다 못한 게 아무래도 고향을 등졌기 때문이 아닌가 하는 생각이 들어요. 일부러 내가 고향을 등지려고 한 건 아니지만, 처음부터 객지에서 태어났고, 객지에서 자랐으며, 성인이 되어서는 줄곧 서울에 살아서 이제 말하자면 서울에 뿌리를 내린 셈이니, 결과적으로 고향을 등진 격이 됐거든. 평생을 고향을 지키며 사신 할아버지가 제일 수염이 훌륭했고, 객지생활을 하다가 고향으로 돌아가신 아버지의 수염이 그 다음이며, 내가 꼴찌인 걸 보면 그런 생각이 들기도 하거든. 어때요? 허허

허……."

"그럴듯한 생각이군요."

진 여사의 말에 이어 미스터 배도,

"고향을 등졌다는 건 곧 도시인이 됐다는 뜻이니까 결국 현대인과 수염의 관계와 비슷한 얘기죠."

이렇게 동의하는 쪽으로 말했다. 남궁이 다시 덧붙였다.

"더구나 나는 종손이거든요. 고향을 지킬 의무가 있는 종손이 고향을 등졌으니……."

"벌을 받아 수염이 잘 자라지 않는다 그 말인가요?"

조용한 성품의 젊은 화가가 몹시 재미있는 모양이었다. 나 역시 실소를 금치 못하면서도,

"말하자면 후천적인 요인 중에도 윤리적인 측면인 셈이군."

하고 고개를 크게 끄덕였다.

그때, 따르르…… 전화벨이 울렸다. 진 여사가 얼른 일어나 전화기 쪽으로 가서 수화기를 들었다.

"…… 응, 그래, 곧 나가지. 알았어."

그러자 남궁이,

"자, 깡맥주도 떨어졌고…… 일어서 볼까. 시시한 얘기 많이 했네."

하면서 자리에서 몸을 일으켰다. 나도 자리에서 일어나며 말했다.

"시시하다니, 자네 수염 덕분에 재미있고 유익한 얘기 많이 했어. 근래에 이런 좋은 얘기 나눠본 일이 없다니까."

"허허허…… 이 친구 왜 이래?"

"정말이라니까."

정말 나는 재미있는 얘기라는 생각이 들었다. 좀 허황하기도 하고,

치기 같은 것이 느껴지기도 하지만, 그러나 이색적인 화제가 아닐 수 없었다.

두 젊은 화가도 일어섰다.

"자, 이차로 갑시다. 사천집에 가서 한잔 더 합시다."

미스터 배가 기분이 좋은 듯 뇌까리며 앞장을 서 사무실을 나섰다.

"사천집에들 가 계세요. 친굴 잠깐 다방에 가서 만나고, 그리로 갈께요."

진 여사의 말에 남궁이,

"예쁜 친구 같으면 친구도 데리고 와요."

하면서 히죽 웃었다.

남궁의 개인전이 열린 것은 그해 늦은 가을이었다. 그의 개인전 소식을 나는 신문 문화면에서 보았다. 물론 집으로 초대장이 보내와 있을 터였지만, 나는 그 무렵 시골 고향 쪽에 내려가 있었다. 시골에서 처남이 과수원을 경영하면서 젖소도 여러 마리 키우고 있는데, 그 처남의 주선으로 밭을 삼천 평가량 구입해서 거기에 포도나무를 심느라고 처남 집에 가 있었던 것이다. 그 무렵뿐 아니라, 그해는 그런 일 저런 일로 나는 서울을 떠나 있는 일이 많았다. 그래서인지 수정 화랑에서 깡맥주를 마시며 수염 이야기를 나눈 뒤론 한 번도 남궁을 만나질 못했다.

신문에서 그의 개인전 소식을 안 나는 전람회가 열리고 있는 동안에 한 번 서울을 다녀오기로 마음먹었다. 포도밭 만드는 일을 내 손으로 직접 하는 것은 아니었으나, 일이 여간 많고 번거로운 게 아니어서 처남에게만 내맡길 수가 없어서 나도 그 일에 매달려 있었던 것이다.

전람회 기간이 일주일이었는데, 닷새쩬가 되는 날이 마침 토요일이어서 그날 나는 시골을 떠나 서울로 향했다. 서울에 도착한 것은 오후 세 시경이었다. 나는 곧바로 전람회장으로 갔다. 동숭동에 있는 미술회관에서 열리고 있었다.

회장에 들어서니, 입구 쪽에 놓인 소파에 남궁이 미술대학 학생인 듯한 아가씨 두 사람과 앉아서 얘기를 나누고 있었다. 프로그램을 한 장 받아 쥐고 다가가니,

"오우, 오래간만이야."

남궁이 일어나 손을 내밀었다. 보니까 그의 얼굴에서 수염이 사라지고 없었다.

"축하하네."

악수를 나누고서 나는 대뜸,

"아니, 수염을 단념한 모양이지?"

하고 말했다.

"벌써 언제 깎아 버렸다고. 보자…… 그러고 보니 자네 만난 지가 퍽 오래됐군."

"그때 왜 수정 화랑에서 만나 깡맥주를 마시며 자네 수염 얘길 했었잖아. 그리고 사천집엘 갔었지. 늦은 봄이었던가. 그 후 처음이지."

"맞어. 그 뒤 한 달가량 더 길러 봤는데 역시 안 되겠더군. 그래서 깎아 버렸지."

"그랬군, 앉아 얘기하라구. 그림 좀 구경하고……."

"그래, 곧 진 여사도 올 거야. 오픈 때 왔었는데, 또 놀러온다고 조금 전에 전화가 왔어."

"잘 됐군. 오래간만에 한잔 해야지."

그리고 나는 그림 쪽으로 걸음을 옮겨갔다.

넓은 전시장을 큼직큼직한 그림이 온통 메우다시피 하고 있어서 장관이었다. 프로그램을 보니 세 번째 개인전으로 되어 있었다. 칠 년 만이라고 한다. 그러니까 칠 년 동안의 남궁의 그림이 대부분 전시되어 있는 셈이었다. 그리고 제작 연대에 따라서 차례차례 걸어놓은 것 같았다.

먼저 연등을 소재로 한 그림을 볼 수가 있었다. 그 앞을 지나자, 다음은 홍시가 익어가는 시골 마을의 풍경이었다. 향토색 짙은 구상적 추상화라고 할까. 남궁의 독특한 화법인 무수한 점이 뒤엉겨서 어렴풋이 형체를 이루며 떠오르는 풍경과 인물은 언제 보아도 좋았다. 물동이를 인 아낙네가 발그레 익어가는 감나무 밑을 지나가는 그런 그림 앞에서 나는 아련한 향수 같은 것에 젖기도 했다.

감나뭇골을 소재로 한 그림이 끝나자, 이번에는 매우 특이한 그림들이 전시장의 마지막 벽면을 장식하고 있었다. 연등에서 볼 수 있는 종교적인 것도 아니고, 홍시를 소재로 한 토속적인 것도 아닌 새로운 세계였다. 얼른 보기에 추상화 같았다. 그러나 흔히 볼 수 있는 현대적 감각의 추상화가 아니라, 어딘지 모르게 고풍스럽고, 서구적이라기보다는 동양적인 그런 분위기를 지니고 있는 추상화처럼 보였다. 지금까지의 그림들은 반추상이어서 내용이 무엇인가를 알 수가 없었는데, 이번에는 그게 무엇을 그린 것인지 쉬 알 수가 없었다.

나는 그 새로운 그림의 첫 번째 작품 앞에 한참 멍하게 서 있었다. 기법은 여전히 전과 다름없이 점을 바탕으로 하고 있었다. 무수한 점이 뒤엉겨서 마치 가랑비가 내리는 것 같은 가느다란 선의 세계를 이루고 있었다. 흰색의 점과 회색의 점으로 이루어져서 화면이 회백색의 격조 높은 분위기를 풍겼다. 그러면서도 어딘지 모르게 고풍스러운 맛을 느끼게 했다. 처음에 나는 그게 가랑빈지, 아니면 눈이 내리는 광경을 표현한 것인지…… 싶었다. 눈으로 보기에는 너무 선을 이루고 있었고, 가랑비로 보기에는 그 선들이 은은히 흔들리고 있는 듯 유연한 곡선미를 띠고 있었다.

"하하, 그렇구나."

번쩍 머리에 와닿는 것이 있어서 나는,

"흠— 과연……."

하면서 고개를 천천히 크게 끄덕였다. 그리고 그 자리에 가만히 선 채 다음 그림 쪽으로 시선을 보냈다. 역시 마찬가지로 회백색의 은은한 선들이 흘러내리고 있는데, 그것이 이번에는 다발을 이루듯 아래로 내려올수록 그 폭이 좁아지고 있었다. 그 그림에는 윗부분에 느껴질 듯 말 듯하게 희미한 청록색의 산봉우리 같은 것도 어른거리고 있었다.

"틀림없어. 틀림없다니까."

속으로 중얼거리며 나는 첫 번째 그림 앞으로 바싹 다가갔다. 그림의 제목을 보기 위해서였다. 작품들의 크기에 비해서 제목을 적은 종이는 너무 작았다. 명함 한 장만 한 종이에 타이프로 찍은 듯한 필체로 제목이 있는데 보니 〈회귀 1〉이었다. 다음 그림은 〈회귀 2〉로 되어 있었다. 나는 말없이 가만가만 고개를 끄덕이며 차례차례 그림들을 보아나갔다. 순서대로 〈회귀 7〉까지 있었다. 물론 전부가 회백색을 주조로 한 선들로 이루어진 작품인데, 하나하나가 그 선의 질감도 다르고, 색채도 조금씩 달랐다. 그리고 산을 비롯해서 나무랄

지, 정자랄지, 혹은 냇물이나 구름 같은 느낌의 형체가 엷은 청록색
으로, 흑갈색으로, 또는 등황색으로 작품마다 보일 듯 말 듯 먼 배경
처럼 어른거리고 있었다. 그런데 그런 형체들도 묘하게 고풍스럽게
느껴졌다. 동양적인 고전미라고 할까, 한적하면서도 유현한 맛을 풍
겼다.

  그런 그림들을 보며 나는 문득 노자와 장자가 머리에 떠올랐다.
어쩌면 노자의 세계, 장자의 세계가 저런 것이 아닐까 하는 생각이
들었다. 노장의 경지를 그림으로 표현한다면 아마 저런 것이 될 듯
싶었다. 남궁의 새로운 그림 세계가 매우 놀랍다고 생각하면서 흐뭇
해하고 있는데 누군가가,

  "오래간만이군요."

하면서 옆으로 다가왔다. 진 여사였다. 그녀는 짙은 남색 바바리에
흰 털실로 짠 모자를 쓰고 있었다.

  "시골에 내려가 계신다더니 언제 올라왔어요?"

  "조금 전 도착해서 곧바로 이리 왔죠."

  "나한테 전활 안 하시고……."

  그녀는 살짝 곱게, 그러나 장난스럽게 눈을 흘겼다.

  "그림 좋은데요."

  내가 말하자,

  "뭔지 알겠어요?"

하고 물으면서 공연히 재미있는 듯 미소를 머금었다.

  나는 일부러 대답을 안 하고 빙긋이 웃기만 했다.

  "수염이에요. 수염. 그럴듯하죠?"

  내 말에 그녀는,

"수염이라도 노자나 장자의 수염 같잖아요?"

"노자나 장자……? 어머, 그렇게 말하니 그런 느낌이 드는군요. 그런 세계 같아요. 정말……."

가볍게 두어 번 고개를 끄덕이고는 새삼스럽게 가만히 그림을 바라보았다.

《동서문학》(1985. 12)

이국(異國)의 신

잠이 깨어 찌뿌듯한 눈을 떴으나, 정신은 몽롱하기만 했다. 흐릿한 시야 속에 들어온 것은 창 쪽의 희읍스름*(맑지 않고 조금 흰 듯하다)한 박명이었다. 그리고 창문의 문살이 그 형체를 드러냈다.

"아, 일본 동경이지."

문살의 형체를 보자, 그제야 나는 우리 집이 아니라는 것을 알고 입속으로 중얼거렸다.

일본 동경의 '아까사까'에 있는 장원이라는 여관이었다. 그 여관에 여장을 푼 지 사흘째 되는 날 아침이었는데도, 잠을 깬 나는 여전히 생소한 느낌이 들어 여기가 어딘가 싶었다. 지난 해 5월의 일이다. 동경에서 국제펜대회가 열려 그 회의에 갔던 나는 친구인 K가 경영하는 여관에 들었었다. K는 삼십 년 전 부산에서 같은 대학에 다닌 학우인데, 그 무렵부터 무척 가까운 사이였다. 그는 일본으로 건너가 동경에서 여관업을 하면서 글도 쓰는 시인이다. 그 여관에는 일행 가운데 아홉 사람이 묵었다.

"아으윽—"

나는 이부자리 속에서 커다랗게 기지개를 켰다. 온몸이 뻐근하고, 팔다리가 노자근했다. 간밤에 마신 술이 아직 덜 깨어 있었다.

간밤에는 일본의 민속주점이라 할까, 그런 스타일의 술집에 갔었다. 일본 고유의 술은 정종인 셈이다. 정종을 그들은 '오사께'(御酒)라고 한다. 술에 존칭사인 '어'(御)자를 붙여 부르고 있다.

술집 벽에 붙어 있는 메뉴에서 '오사께'라는 것을 보고 나는 처음엔 그게 무슨 술인가 싶어 K에게 물었더니, 정종이라고 한다. 자기네 고유의 술을 그처럼 높이어 부르고 있다는 것을 알고 나는 역시 이 녀석들이 다르긴 다르군 싶었다. 우리는 임금이 신하에게 내리는 술을 어주(御酒)라고 했다. 그런데 이들은 자기네 고유의 술을 그렇게 부르고 있는 것이다. 자기네 것을 높이고 아끼는 국민성이라 할까, 그런 것을 엿볼 수가 있는 듯했다.

술심부름을 하는 종업원들은 모두 남자였다. 이십 대에서 삼십 대들이었는데, 사십이 넘어 보이는 사람도 있었다. 어떤 종업원은 마치 씨름꾼 같은 덩치에 뒷골목에서 주먹질이나 하며 노는 그런 상판을 하고 있었다. 그런데 그런 험상궂은 남자도 이쪽에서 부르면,

"하이(예)!"

분명하고 공손한 목소리로 대답을 하고는 얼른 다가오곤 하는 것이었다. 겉보기와는 달리 더없이 나긋나긋하고 상냥했다. 참 신기한 일이라는 생각이 들 정도였다.

그런 점은 어느 술집, 어느 식당, 혹은 어떤 상점에 들어가도 마찬가지다. 별로 친절하다고 할 수 없는 생활환경 속에서 살아 온 우리

로서는 어쩐지 낯간지럽기까지 했다. 그러나 결코 기분이 나쁠 까닭은 없다. 그야말로 고객은 왕이라는 식으로 모시는 터이니 말이다. 일본 사람들이 친절하다는 것은 들어서 알고 있었으나, 실제로 그 나라에서 그런 사람들을 겪으니 기분이 야릇하기만 했다.

나는 일본이 처음이었다. 나뿐 아니라, 그 여관에 머문 아홉 사람 가운데 한 사람을 빼고는 모두가 초행이었다.

우리는 '오사께'를 마시고 약간은 취해서 노래를 부르기까지 했다. 여행을 하면 기분이 고조되는 법이다. 더구나 외국엘 가면 이국 정서라 할까, 그런 것까지 가미되어서 한층 묘하게 들뜬다고 할 수 있다. 그래서 절로 노래판이 벌어졌던 것 같다. 국내에서 같으면 그 정도로는 노래가 나오지 않았을 터인데 말이다.

술자리가 끝나고서였다. 일어나 마루 끝으로 가서 구두를 찾아 신으려던 나는,

"흠—"

절로 고개가 끄덕거려졌다.

마루 밑이 온통 환한 것이 아닌가. 마루 끝의 밑 부분에 조그만 전구를 일정한 간격으로 여러 개 부착해 놓은 것이었다. 벗어놓은 구두를 취안으로도 쉽게 찾아 신을 수 있도록 한 배려였다.

나는 서투른 일본어로 종업원에게,

"이거 참 잘해 놓았군요."

하고 말했다.

"소오데수까(그렇습니까)."

종업원은 기분이 좋은 듯 싱글 웃었다. 씨름꾼 같은 험상궂게 생긴 종업원이었다.

손님들의 가려운 데를 긁어주듯 그렇게 세세한 부분까지 잘 신경을 쓰는 게 일본사람들의 상술인 것 같았다. 어쩌면 그런 상술이 기술 개발과 손발을 맞추어서 지금은 온통 세계를 주름잡는 경제대국이 된 것이 아닐까.

이런 생각을 하면서 이부자리 속에 그대로 노자근한 팔다리를 축 늘어뜨리고 묻혀 있는데, 난데없이 까마귀 울음소리가 들려왔다.

까욱까욱 까욱까욱까욱…….

"아니, 이게 뭐야?"

나는 가만히 귀를 기울였다. 틀림없는 까마귀 울음소리였다. 여러 마리의 까마귀들이 새벽하늘을 휘저으며 울어대다니, 참 별일이었다.

그러고 보니 첫날 새벽에도 어렴풋이 그런 소리를 들은 것 같았다. 그러나 그때는 아직 잠결이어서 그것이 까마귀 울음소리라는 것까지는 모르고 지나쳤었다.

나는 부스스 이불을 걷어붙이고 일어났다. 저만큼 떨어진 곳에 B선생은 아직 가볍게 코를 골며 자고 있었다. 한 방에 두 사람씩 묵고 있었는데, 시인인 B선생은 육십 대 후반으로 나보다 십 몇 년이나 연상이어서 매사가 조심스러웠다.

B선생이 깨지 않도록 가만히 창 쪽으로 다가가서 일본식 미닫이를 소리가 나지 않게 열었다. 그리고 상반신을 밖으로 내밀어 여관 위쪽 하늘을 쳐다보았다. 그러나 추녀가 꽤 폭이 넓어서 하늘이 잘 시야에 들어오질 않았다.

까욱까욱 까욱까욱까욱…….

까마귀들의 모습은 볼 수가 없었으나, 울음소리는 여전히 들렸고,

어디론지 사라지는 듯 그 소리가 차츰 멀어지고 있었다.

5월인데도 새벽 공기는 조금 썰렁한 편이었다.

"까마귀지요?"

언제 잠을 깼는지 B선생이 이부자리 속에 누운 채 나를 향해 말을 하고는 커다랗게 하품을 했다.

"참 이상하네요. 동경 한복판인데, 까마귀들이 날아다니고 있다 니⋯⋯."

"동경에는 까마귀가 많아요."

B선생은 예사롭게 말했다.

"그래요? 별일이군요. 대도시의 한복판에서 새 소리를 듣는다는 것도 신기하지만, 그게 까마귀 소리라니⋯⋯."

나는 정말 뜻밖이었고, 기이하기만 했다.

"까치나 비둘기라면 멋진 건데⋯⋯."

"글쎄 말입니다. 도대체 까마귀들이 어디 사는 거죠? 어디 살길래 저렇게 새벽에 하늘을 휘젓고 다니죠?"

"동경에는 녹지대가 많아요. 굉장히 넓고, 숲이 울창해요. 우리 서울의 고궁들과는 비교가 안 돼요. 어제 명치신궁에 가봤죠? 그 숲이 어때요?"

"대단하더군요."

"그런 숲에 까마귀가 살아요. 물론 다른 새도 살고⋯⋯."

B선생은 옛날 일제강점기에 동경에서 대학을 다닌 터이라, 그런 데까지 자세히 알고 있었다.

나는 화장실에 가서 볼일을 보고 세수를 한 다음 여관을 나섰다. 새벽 산책을 하기 위해서였다. 머리가 아직 약간 무지근하기는 했으나, 거리에 나서니 공기도 알맞게 썰렁해서 상쾌하게 피부에 와 닿아 기분이 좋았다. 새벽 산책이란 언제나 어디서나 좋은 법이다. 낮에는 어수선하고 시끄럽던 거리도 새벽에 거닐면 호젓하게 가라앉은 맛이 있고, 공기도 비교적 신선한 편이어서 기분이 괜찮다. 새벽의 묘미가 그런 데 있다고나 할까. 더구나 일본의 동경 거리가 아닌가. 이국의 새벽 산책이니 더욱 기분도 이색적일 수밖에 없다. 이곳에 와서 새벽에 여관을 나서보기는 처음이었다.

'아까사까'는 동경에서도 번화한 지대에 속한다. 거리의 상점들은 벌써부터 문을 연 곳이 많다. 쇼윈도에 진열된 가지가지 상품들을 구경하면서 천천히 걸어간다. 음식점의 쇼케이스에 진열되어 있는 메뉴들이 특히 눈길을 끈다. 먹기 위한 음식이라기보다 눈으로 보기 위해 차려놓은 것처럼 형형색색인데, 깔끔하고 오밀조밀하기가 그지없다. 마치 손재주 좋은 계집아이들이 소꿉놀이를 하면서 정성껏 차려놓은 음식 같은 느낌이다. 거리의 간판들도 정갈하고, 어떤 것은 우아하기까지 하다. 거의가 세로로 된 간판이다. 일본사람들은 자기네 문화를 소중히 여기고 지키려는 생각이 강해서 교과서를 비롯한 신문, 잡지, 단행본 등 모든 인쇄물이 옛 그대로 세로쓰기를 고수하고 있다. 그래서 그런지 거리의 간판들 역시 가로로 된 것은 잘 눈에 띄지가 않는다. 거의가 세로로 되어 있기 때문에 어수선하지가 않고, 가지런히 잘 정비가 되어 있는 것같이 느껴진다.

슬슬 구경을 하면서 한참 거닐다가 보니 저쪽에 우거진 숲이 눈에 띄었다. 공원인가 싶어 그쪽으로 가보았더니 '도리이'(鳥居)가 눈에 들어온다. 신사(神社)인 것이다.

"흠—"

나는 고개를 두어 번 끄덕였다. 신사 경내를 한 번 산책해 보는 것도 괜찮겠다 싶어 그쪽으로 다가갔다.

　'이나진쟈'(稻神社)라고 새겨진, 비석처럼 커다란 대리석 표지가 있고, 그 곁에 신사에 모신 신에 대한 자세한 설명이 적힌 안내판이 세워져 있었다. 곡신(穀神)을 모시는 신사를 '이나리진쟈'(稻荷神社)라고 한다고 알고 있다. 그런데 그곳은 '이나리'가 아니라, '이나'였다. 그러니까 곡신 가운데서도 벼의 신을 모신 신사인 모양이었다. 설명문을 읽어보니 짐작대로였다.

　그런데 그 벼의 신이 신화에 나오는 그런 막연한 신이 아니라, 구체적으로 일본의 역사에 등장했던 인물이었다. 그 인물이 벼의 보급에 힘을 써서 크게 성과를 거둔 공로로 신으로 모시게 되었다는 설명이었다. 그러니까 요즘 말로 하면 농업 진흥, 특히 벼 수확량 향상에 크게 이바지한 역사적인 인물인 셈이다.

　일본사람들은 그처럼 자기네 역사 속의 특출한 실제 인물을 신으로 섬겨 신사라는 것을 세우고 거기에 모신다. 물론 건국 신화 속의 여러 신들도 모시지만, 고을마다 있는 자그마한 신사에는 그 고장 특유의 전설적인 인물이나 옛 공로자를 신으로 떠받들어 자기들의 수호신으로 모시고 있는 것이다. 다시 말하면 조상 가운데서 훌륭한 업적을 남긴 분을 신으로 받들어 숭앙하는 민족 종교인 것이다. 그것을 신도(神道)라고 하는데, 말하자면 조상 숭배에서 비롯된 것이라고 할 수 있다.

　어제 구경했던 명치신궁의 그 어마어마한 규모는 곧 신도의 위엄을 말해 주고 있다고 해도 과언이 아니다. 명치신궁은 일본의 유신(維新)을 주도한 명치천황을 신으로 모셔놓은 곳인데, 그 자리 잡은

터가 엄청나게 넓고, 하늘을 찌를 듯이 솟은 삼목(杉木)의 숲이 가히 천고의 비경을 연상케 하며, 그 깊숙한 안쪽에 들어앉은 전각들 또한 육중하기 그지없었다. 그러니까 일본 근대화의 위업을 높이 받들어서 그처럼 거대한 규모의 성역을 만들어 놓고 명치천황을 거국적으로 경배의 대상으로 삼고 있는 것이다.

심지어 '야수꾸니진쟈(靖國神社)'라는 것도 있다. 전쟁에 나가 죽은 넋들을 무수히 한데 모아놓고, 나라를 위해 충의를 다한 신으로 받들어 섬기고 있는 것이다. 말하자면 우리의 국립묘지에 해당된다고 할까, 충혼탑 비슷한 것이라고 할까. 그런데 그들은 그런 잡다한 죽음들마저도 신으로 격상시켜 우러러 받들고 있는 것이다.

그들이 근대에 와서 저지른 전쟁이란 청일전쟁, 노일전쟁을 비롯해서 만주사변, 중일전쟁, 그리고 태평양전쟁이다. 그러니까 시종 남의 나라를 짓밟은 전쟁이다. 그런 침략전쟁에 나가 죽은 군인들의 넋을 한데 모아놓고 신으로 받들고 있는 셈인데, 그래서 '야수꾸니진쟈'에 대해서는 일본 국민들 사이에도 왈가왈부 말이 많은 것으로 알고 있다. 우리로서는 그런 곳에는 아무리 관광이지만 발도 들여놓고 싶지 않음은 물론이다.

아무튼 일본이라는 나라는 불교니 유교니, 혹은 기독교니 하는 외래 종교가 아닌, 자기네 고유의 신도라는 종교를 가지고 있는데, 어쩌면 그것이 일본의 눈에 보이지 않는 저력이 되어 있는 게 아닌가 하는 생각이 든다. 국민성 형성에도 크게 영향을 미친 것 같고, 국력의 밑바탕에도 어쩌면 그런 정신적인 동력이 거대한 뿌리처럼 뻗어 있는 게 아닌가 여겨진다.

이런 생각에 젖으며 나는 천천히 '도리이' 밑을 지나 신사의 경내로 걸어 들어갔다. 약간 비탈진 길을 비스듬히 돌아 올라가니 다시 '도리이'가 나타나고, 거기서부터는 자잘한 자갈이 정갈하게 깔려 있었다. 밟으면 자그락자그락 마치 염주를 헤아리는 듯한 소리가 발밑을 간지럽힌다. 절로 걸음이 조심스러워진다. 아마도 참배객들의 심리 상태가 더욱 경건해지도록 하기 위해서 그렇게 자잘한 자갈을 깔아놓았는지도 모르겠다. 어제 본 명치신궁에서도 마찬가지였다. 신전으로 가는 넓은 길이 온통 반질반질한 세석으로 뒤덮여 있었던 것이다.

나는 참배객이 아니다. 일본의 신을 내가 참배할 까닭이 없다. 그저 호기심으로 산책의 걸음을 이곳까지 옮긴 것뿐이다. 그런데도 묘하게 다리의 근육에 힘이 뻗치는 듯 걸음걸이가 약간 조심스러워지는 것이 아닌가. 발밑의 자갈 탓만은 결코 아니었다. 그러나 경건해지는 그런 심리 상태라고는 할 수 없었다. 오히려 반대로, 뭘 어떻게 꾸며 놓고서 벼의 신이라고 야단인 건지…… 이런 좀 시건방진 거부 반응 같은 것이 일고 있었다. 그러면서도 가벼운 긴장이 온몸을 휩싸는 듯한 야릇한 상태에서 벗어날 수가 없었다.

그런 야릇한 긴장은 이른 아침인데도 벌써 활짝 열린 신전의 정문을 들어서자 더 짙어지는 듯했다. 맞바로 보이는 신전의 으슥한 내부에서 우렁우렁 마치 무슨 유령의 음성 같은 소리가 흘러나오고 있었기 때문이다.

나는 가만히 걸음을 멈추었다. 독경이었다. '간누시'(神主)가 신에게 바치는 글을 묘한 가락을 붙여 낭송하고 있는 것이었다. 날은 밝았으나 아직 인적이 없는 새벽인데, 어둠침침하고 어쩐지 으스스하게 느껴지기도 하는 신전의 으슥한 내부에 혼자 앉아서 독경을 하고 있다니……. 그리고 그 낭송하는 가락이 묘하면서도 매우 진지하고 엄숙한 데가 있는 것 같아 나는 어떤 외경감 같은 것을 느끼지 않을 수가 없었다. 산사에서 새벽 염불 소리와 목탁 소리를 들었을 때의 무한히 편안하면서도 신비롭기도 한 그런 외경감과는 질이 좀 다른 것이기는 했지만, 아무튼 숙연해지는 느낌이었다.

그리고 그 독경 소리가 결코 생소하지 않다는 생각이 문득 들기도 했다. 처음 듣는 소리가 아니었던 것이다. 내 기억 속의 아득히 먼 곳에서 그 소리가 은은한 메아리처럼 들려오는 듯했다.

나는 신전 쪽으로 다가가려다 그만두었다. 자그락자그락 자갈 밟는 소리를 내며 그 독경 소리 쪽으로 다가가기가 어쩐지 좀 무엇했던 것이다. 주변을 둘러보니 저만큼 앉을 자리가 눈에 띄었다. 신전 둘레에 회랑이 있는데, 한쪽 회랑에 긴 나무의자가 두 개 놓여 있었다.

나는 그쪽으로 가서 의자에 앉았다. 의자가 놓인 쪽 회랑의 벽에는 벽화가 그려져 있었다. 이 신사에 모셔져 있는 벼의 신에 관한 벽화였다. 우리의 고분 속에서 발견된 삼국시대의 벽화와 어딘지 모르게 비슷하다는 느낌이었다.

의자에 앉은 채 나는 고개를 뒤로 돌려 잠시 벽화를 구경하고 나서 가만히 눈을 감았다. 어젯밤의 술 탓인지 약간 피로가 느껴졌다. 독경 소리는 여전히 우렁우렁 계속되고 있었다. 나는 내 기억 속의 아득히 먼 곳에서 메아리처럼 은은히 들려오는 듯한 독경 소리 쪽으로 의식을 기울였다.

국민학교 1학년 때의 여름방학이었다고 기억된다. 그러니까 어느덧 사십오륙 년 전의 일이다.

그 무렵 우리 가족은 대구에 살고 있었고, 나는 '미까사마찌(三笠町)' 공립국민학교에 다니고 있었다. 물론 일제시대다. '미까사마찌' 공립국민학교는 지금의 삼덕국민학교의 전신이다.

여름방학이 시작되는 날 담임선생은 방학책과 숙제를 내주고, 인쇄된 카드를 한 장씩 나누어 주었다. 그리고 그 카드에 대해 설명을 해주었다. 매일 아침 일찍 일어나 달성정(達城町)에 있는 신사에 가서 참배를 하고, 그 카드에 도장을 받아야 된다는 것이었다. 방학 중의 '신사참배 카드'였다.

집에 돌아온 나는 저녁에 아버지 앞에 학교에서 받아온 방학책*(방학 동안에 공부하도록 만든 책)과 그 카드를 내놓으며,

"아부지, 이기 뭐예?"

하고 물었다. 그 카드에 대해 학교에서 담임선생으로부터 설명을 들었으나, 일곱 살짜리인 나는 도대체 그게 뭘 어떻게 하라는 것인지 잘 알 수가 없었던 것이다.

아버지는 그 카드를 받아 잠시 들여다보더니,

"흥! 잘 논다."

콧방귀를 뀌며 툭 내뱉었다.

그것을 몹시 못마땅해한다는 것을 나는 아버지의 그런 말투와 표정으로 쉬 알 수가 있었다. 그러나 아버지는 나를 보더니 얼른 얼굴빛을 바꾸었다. 못마땅한 듯한 그런 기색을 싹 씻고,

"이기 뭐하는 긴고 하면, 매일 아침 일찍 일어나서 달성정에 있는 신사에 가서 절을 하고, 여기다가 도장을 받으라는 기다, 알겠나?"

하고 꼭 그렇게 해야 된다는 투로, 다시 말하면 부모로서의 교육적

인 입장에서 말했다.

　아버지의 설명 역시 담임선생의 말과 다를 바가 없었다.

　"신사에 가서 절을 하고, 와 여기다가 도장을 받아예?"

　나는 빤히 아버지를 바라보며 물었다.

　"절을 했다는 표시로 도장을 받는 기라. 그러니까 도장이 안 찍힌 날은 신사에 안 갔다는 걸 알 수 있지."

　"아부지, 그럼 여기 한 칸 한 칸에 다 도장을 받아야 되겠네예?"

　"그렇지."

　카드의 한쪽에는 방학 동안의 날짜와 같은 수효의 네모진 칸이 인쇄되어 있었다.

　"아부지."

　"응?"

　"신사가 뭐하는 데예? 와 매일 아침 거기 가서 절을 해예?"

　그러자 아버지는 좀 난처한 듯 묘한 표정을 짓더니 불쑥 내뱉듯이,

　"아마데라수오오미까미(天照大御神)를 모셔 놓았단다."

하고 대답했다.

　"아마데라수오오미까미가 뭐예?"

　"일본의 시조 앙이가."

　"시조……?"

　나는 시조라는 말도 무슨 뜻인지 알 수가 없어 손가락 하나를 입에 물며 아버지의 설명을 기다렸다.

　"첫 조상이라는 말이지. 일본이라는 나라를 만든 사람이란다. 나중에 6학년이 되면 다 배우니까……."

　이제 그만 물어라, 귀찮다는 투로 말을 흐렸다. 그런 설명을 하는

아버지의 어조는 어딘지 모르게 좀 빈정거리는 듯이 들렸다.

아버지는 국민학교 교원이었다. 그러나 우리가 대구에 살던 그때는 공립학교가 아닌 실습학원이라는 데에 강사로 나가고 있었다. 실습학원이란 중학교 진학에 실패한 학생들에게 일 년간 다음번 수험을 위해 준비 교육을 시키는 사설 강습소였다. 말하자면 요즘의 재수생을 위한 학원이다. 요즘은 주로 대학입시에 떨어진 학생들이 재수를 하는데, 그 무렵엔 중학교 진학에 실패한 학생들이 재수를 했던 것이다.

아버지는 대구 근처의 칠곡군에 있는 동명공립국민학교에 근무할 때, 일본인 교장과 심하게 다투는 바람에 파면을 당하고 말았었다. 일본인 교장이 어찌나 고약한 사람이었는지, 선생들 가운데는 이미 교장에게 반발하다가 좌천이 되어 간 사람이 두엇 있었다. 그 학교로 전근이 되어 간 아버지는 다른 선생들과 마찬가지로 불만과 굴욕을 참으며 근무를 하다가 삼십 대 초반의 혈기 왕성하던 아버지는 마침내 일 년도 채 못 되어 교장과 정면으로 부딪치고 말았던 것이다. 그래서 아버지는 결국 파면 처분을 당했고, 그 일본인 교장은 산간벽지의 조그마한 학교로 좌천이 되어 갔다.

이튿날 아침, 나는 일찍 일어나 아버지와 함께 집을 나섰다. 물론 달성정에 있는 신사에 참배하기 위해서였다. 달성정이 어디쯤인지, 신사가 그곳 어디에 있는지, 어린 내가 알 턱이 없어서 아버지가 길을 가르쳐 주려고 함께 나선 것이었다. 우리 집은 칠성정(七星町), 그러니까 지금의 칠성동에 있었다. 칠성동에서 달성동까지는 꽤 먼 거리다.

이른 아침이라 아버지는 산책을 나온 기분인 듯 표정이 매우 밝아

보였다. 아버지의 한쪽 손을 잡고 걸어가면서 나는 길을 잘 익혀 두려고 곧장 사방을 두리번거렸다.

신사는 달성정의 야산 비슷한 녹지대 안에 있었다. 지금의 달성공원이다. 신사참배를 하러 모여드는 학생들이 길에 줄을 잇고 있었다. 국민학교 학생들뿐 아니라, 중학생들도 방학 동안 신사참배를 하도록 되어 있는 모양이었다. 말 같은 여학생들이 삼삼오오 떼를 지어 시시덕거리며 걷고 있는 모습도 보였다.

계단을 오르고, '도리이' 밑을 지나 신전 앞으로 다가가니, 은은히 무슨 글 읽는 듯한 소리가 흥얼흥얼 들려왔다. 신전 안쪽에서 흘러나오는 소리였다.

조금 목이 쉰 듯한 굵은 남자의 목소린데, 그 가락이 보통 글 읽는 것과는 달라서 나는 힐끗 아버지를 바라보았다. 저게 무슨 소리냐고 물으려는데, 아버지가 고갯짓으로 다른 학생들을 가리키며 살짝 나를 앞으로 떠밀었다. 저 학생들처럼 참배를 하라는 것이었다.

나는 서너 걸음 더 앞으로 나가서 다른 학생과 마찬가지로 차려 자세를 취한 다음, 먼저 두 손을 가슴 앞에 모아서 손바닥을 가볍게 짝짝 두 번 두들겼다. 그리고 그대로 합장을 한 채 깊이 머리를 숙여 '사이께이레이'(最敬禮)를 했다. 그것이 신사에 참배하는 방식이었다.

그 방식은 국민학교 1학년짜리인 나도 이미 잘 익히고 있었다. 학교에 조그마한 간이 신사인 셈인 '다이마호우안뎅'(大麻奉安殿)이라는 것이 있는데, 그 앞에서 그런 식의 참배를 하고 있었던 것이다.

참배를 마치고 나서 나는 좀 멋쩍은 듯 입에 손가락 한 개를 물며 아버지를 돌아보았다. 멀뚱히 서 있던 아버지는 씩 묘하게 웃었다.

귀엽게 잘했다는 그런 웃음인 것 같기도 했으나, 어딘지 모르게 별로 기분 좋은 것 같지도 않은, 코언저리에 감도는 듯한 그런 웃음이었다.

참배를 마친 학생들이 카드에 도장을 받기 위해 줄을 지어 늘어서 있는 쪽으로 아버지는 나를 데리고 갔다. 나는 그 줄의 맨 꽁무니에 붙어 섰다. 카드에 도장을 한 개씩 쾅쾅 찍어 주는 일이기 때문에 줄은 쉽사리 줄어들어서 곧 차례가 왔다.

무표정한 얼굴로 책상 앞에 앉아서 도장을 찍어 주고 있는, 신사의 직원인 듯한 중년남자 앞으로 다가서서 나는 꾸뻑 절을 하고는 카드를 내밀었다. 쾅! 도장을 한 개 찍어서 그 중년남자는 카드를 살짝 옆으로 밀어냈다. 기계적인 손놀림이었다. 나는 그것을 집어 들고 다시 꾸뻑 머리를 숙이고는, 서서 기다리고 있는 아버지한테로 뛰어갔다.

뛰어가 나는 아버지에게 카드를 내밀었다. 도장 한 개 받은 게 무슨 큰일이라도 되는 듯 나는 가슴이 벅찼다. 카드를 받아든 아버지는 힐끗 거기 찍힌 도장을 보더니 또 묘하게 씩 코로 웃었다. 그리고,

"됐다. 알겠제? 매일 아침 여기 와서 이렇게 도장 받아야 된다."
하면서 그 카드를 도로 나에게 주었다.

아버지와 함께 걸으면서 나는 카드에 찍힌 도장을 그제야 자세히 들여다보았다. 보통 어른들의 도장보다 좀 크고 둥근 도장인데, 날짜와 함께 '다이뀨진쟈'(大邱神社)라는 글자가 찍혀 있었다. 그런데 그 색깔이 빨갛지가 않고, 파랬다. 스탬프였던 것이다.

"아부지, 이거 오늘 날짜지예?"

"그래."

"내일 오면 내일 날짜 찍어 줍니꺄?"

"그래."

그 스탬프의 날짜가 하루하루 바뀌다니, 어쩐지 나는 신기하기만 했다.

'도리이' 밑을 지나 계단을 내려가면서 나는 아까 그 신전 안에서 들려오던 글을 읽는 듯한, 좀 이상한 가락의 소리가 문득 떠올라,

"아부지."

하고 다시 입을 열었다.

"아까 그 소리가 뭐하는 소리예?"

"무슨……."

"글 읽는 것 같은 소리가 신사 안에서 안 납띠꾜."

"응, 그거……."

아버지는 잠시 망설이더니,

"간누시가 독경하는 소리 앙이가."

하고 툭 내뱉듯이 대답했다.

'간누시'라는 말도 '독경'이라는 말도 도무지 나는 무슨 뜻인지 알 수가 없었다. 그래서 다시 물어보려고 아버지를 바라보자, 아버지는 얼른 내 궁금증을 알아차리고,

"간누시라는 것은 뭐라 카면 좋을까…… 절에 있는 스님과 마찬가 진 셈이지. 아침저녁으로 그렇게 독경도 하고, 가미사마한테 제사도 지내고, 신사를 맡아서 관리하는 사람이지."

이렇게 설명해 주었다.

"독경은 뭔데예?"

"독경이란 경을 읽는다는 뜻 앙이가."

"경은 뭐고예?"

"경은 뭐라 칼까…… 기도를 하는 글인 셈이지. 그런 건 나중에 크면 다 알게 된다."

"6학년 되면 다 압니꾜?"

"그래. 허허허……"

아버지는 재미있다는 듯이 웃었다.

신사의 경내를 벗어나 거리로 나서자, 길가의 점포들이 이 집 저 집 문을 열기 시작하고 있었다. 이미 문이 열린 잡화점 앞을 지나다가 아버지가,

"눈깔사탕 하나 사 주까?"

하면서 그 점포 안으로 들어섰다.

"박하사탕 사 줘예."

눈깔사탕도 맛있지만, 입안에서 화하게 녹는 박하사탕이 나는 훨씬 좋았다.

아버지는 박하사탕 두 개를 사 주었다. 한 개는 호주머니에 넣고, 한 개는 얼른 입으로 가져갔다. 눈깔사탕보다 박하사탕 쪽이 훨씬 굵어서 입에 넣으면 한쪽 볼때기가 불룩하게 튀어나올 지경이었다. 입 안에서 박하사탕을 녹이면서 아버지의 손을 잡고 집으로 돌아가는 길은 올 때보다 월등히 상쾌하고 즐거웠다. 나는 이따금 폴짝폴짝 뛰기도 했다.

이튿날부터 나는 매일 아침 일찍 일어나 혼자서 신사를 찾아가 참배를 하고, 카드에 도장을 맡았다. 하루하루 카드에 찍히는 스탬프의 날짜가 바뀌는 게 신기하기도 하고 재미가 좋았다. 그러나 처음 일주일가량은 그렇게 매일 아침 열심이었으나, 차츰 게을러지고 싫

증이 나서 한 번 두 번 빼먹기 시작한 것이 나중에는 흐지부지 그만 두고 말았다.

맨 처음 빼먹게 된 날은 비 때문이었다. 아침에 일어나니 비가 부슬부슬 내리고 있었다. 억수로 쏟아지는 것도 아니고 부슬부슬 내리는 비니까 마음만 먹으면 우산을 들고 나서면 되었다. 그러나 나는 슬그머니 싫증을 느끼기 시작하던 터이라, 온몸을 주리를 틀 듯 기지개를 켜댔다. 그런 나를 보고 아버지는 씩 웃었다.

"비가 와서 참배하러 가기 싫다 그 말이제?"

"히히히……."

"그래, 비가 오니까 오늘은 그만둬라."

"야! 신난다."

나는 무슨 대단히 기쁜 일이라도 생긴 듯 환성을 질렀다.

그렇게 한 번 빼먹고 나니 다음부터는 긴장이 풀린 듯 곧잘 아침에 늦게 일어나게 되어 빼먹는 횟수가 잦아졌다. 사흘인가 나흘을 계속 참배하러 안 가자 아버지가 물었다.

"니 신사참배 인제 안 하기로 했나?"

"아니예."

"그럼? 계속 안 가더네."

"……."

"가기 싫나?"

"예."

나는 불쑥 대답해 버렸다. 대답하고 나서 혹시 혼나지 않을까 싶어 힐끗 아버지의 눈치를 살폈다. 그러나 아버지는 혼을 낼 기색은 없고, 잠시 망설이는 듯하더니,

"가기 싫거든 가지 마라, 까짓 놈의 것……."

이렇게 내뱉듯이 말했다.

"야! 신난다 신난다."

나는 이번에는 더욱 환성을 질렀다.

방학이 끝나고, 학교에 갈 날이 내일로 다가와서 나는 방학 동안
의 숙제를 이것저것 다 챙겼다. 다른 것은 그런대로 다 잘된 셈인데,
문제는 그 신사참배 카드였다. 삼분의 일가량밖에 도장이 찍히지 않
은 것이다. 나는 걱정이 되어 아버지에게 말했다.

"아부지. 이거 우야지예?"

"뭐?"

"이거예."

하면서 나는 그 카드를 아버지에게 내밀었다.

저녁을 먹고 마루에 누워 부채질을 하고 있던 아버지는 그대로 누
운 채 카드를 받아 보더니,

"온통 허옇구나."

혼자 중얼거리듯이 말하고는 씩 웃었다.

그 카드를 보면서 웃는 아버지의 웃음은 여느 때의 웃음과는 좀
달리 묘하게 코언저리에 감도는 듯한 그런 웃음이었다. 나는 아버지
의 입에서 어떤 말이 떨어질지 몹시 궁금했다.

"오냐, 내가 너거 선생한테 야기하지. 걱정 말아라."

이렇게 말하고는 어조를 좀 돋우어,

"다른 숙제는 다 했나?"

하고 물었다.

"예."

"하나도 빠짐없이 다 했어? 아부지가 검사해 볼까?"

"예."

나는 자신 있게 대답했다.

"어려워서 잘 모르겠는 건 없더나? 그런 기 있거든 지금 아부지한테 물어."

"어렵운 거 없어예. 다 했심더."

"응, 그럼 됐어."

나의 대답이 분명하고 자신 있게 느껴졌던지 아버지는 누운 채 고개를 조금 끄덕이듯 움직였다.

아버지는 숙제 같은 것에 대해 엄한 편이었다. 학교에서 해오라고 시키거나 지시를 한 일을 안 하면 으레 꾸지람이었다. 어떤 때는 대갈빼기를 콱 쥐어박기도 했고, 빗자루를 거꾸로 쥐고 궁둥이를 때리기도 했으며, 대나무 자 같은 것으로 종아리를 치기도 했다.

그런 아버지가 카드에 도장 받는 일, 즉 매일 아침 신사참배를 하러 가는 일만은 선심을 쓰듯 나의 게으름을 묵인해 주었던 것이다. 그리고 삼분의 일가량밖에 도장을 받지 못한 그 카드에 대해 담임선생에게 잘 얘기해서 혼나지 않도록 해 주겠다고까지 나왔던 것이다.

나는 이상하다, 아버지가 참 별일이다 싶었다.

이튿날 학교에 가서 숙제와 함께 물론 그 카드도 담임선생에게 제출했다. 며칠 뒤 담임선생은 숙제를 다 안 해온 학생과 그 카드에 도장을 제대로 안 받은 학생을 불러내어 꾸지람을 했다. 그러나 나는 불러내지 않았고 아무 말도 없었다. 나는 조그마한 불알이 오그라붙는 듯 조마조마하다가 무사히 넘어가자, 후유— 크게 숨을 내쉬었다. 그리고 속으로,

"아부지하고 우리 선생님하고 잘 통하는 모양이다. 야— 신난다."
이렇게 환호를 하며 어깨가 으쓱해졌다.

아버지와 담임선생, 즉 같은 선생끼리는 잘 통하게 되어 있구나 하는 것까지는 알 수 있었지만, 그러나 아버지가 왜 다른 숙제와는 달리 그 신사참배 카드에 대해서만은 나를 그처럼 보아주었는지 그 까닭은 여전히 알 수가 없었다.

자그락 자그락…… 자갈을 밟으며 걸어오는 인기척에 나는 아득한 지난날의 회상에서 깨어나듯 고개를 돌려 그쪽을 바라보았다. 아가씨였다. 스물한둘 되어 보이는 아가씨가 한쪽 어깨에 핸드백을 길게 걸고 자그락자그락 걸어오고 있었다. 얼른 보아도 산책을 나온 것 같지는 않았다. 핸드백을 어깨에 걸고 새벽 산책을 나오는 사람이 어디 있겠는가. 그렇다면 이 이른 시각에 무슨 일일까. 나는 가만히 그 아가씨를 지켜보듯 바라보고 있었다.

아가씨는 회랑의 의자에 앉아 있는 나를 보았는지 어떤지 알 수가 없었다. 내가 그녀에게 시선을 보낸 후로는 전혀 내 쪽을 바라보지 않고 얌전하고 경건한 몸가짐으로 걸어오고 있었다.

신전의 정문을 들어서자, 아가씨는 그 자리에 다소곳이 멈추어 섰다. 그리고 두 손을 가슴 앞에 모으고 가볍게 두 번 손뼉을 치는 합장을 한 채 깊숙이 머리를 숙였다. 그야말로 몸이 직각으로 굽어지는 최경례였다.

그 동작이 어쩌나 공손하고 경건한지 나는 약간 긴장이 될 지경이었다. 결코 그저 몸에 밴 습관적인 동작은 아니었다. 이웃나라의 낯선 방문객 하나가 찾아와 앉아 있기는 했지만, 아무도 없는 것과 다를 바가 없는 호젓한 새벽에, 다시 말하면 아무도 보는 사람이 없다고 할 수 있는 그런 시각에 그처럼 경건하게 참배를 하다니 대견한 일이 아닐 수 없었다. 그녀의 마음에 깃들어 있는 신심이 어떤 것인가를 짐작할 수가 있었다.

참배를 하고서 아가씨는 내가 앉아 있는 맞은편 회랑 쪽을 또각또각 하이힐을 울리며 걸어갔다. 나의 시선은 여전히 그녀를 좇고 있었다. 스물한둘인데다가 새벽녘이라 그런지 몸 전체에서 풍기는 게 신선하기만 했다. 특히 그녀의 곧게 뻗은 살결이 고운 다리는 싱싱하게까지 느껴졌다. 회랑의 중간쯤에 출입문이 있었는데, 그녀는 그 문을 통해 모습을 감추었다.

나는 공연히 훅— 숨을 크게 들이마셨다. 잠시 후, 신전 쪽에서 울려오던 독경 소리가 멎었다. 독경 소리가 멎자, 사위는 기분이 이상할 정도로 고요해졌다. 나는 의자에서 일어났다. 그리고 독경이 멎은 신전 쪽으로 걸음을 떼 놓았다.

일본의 신도는 무엇을 상징으로 택하고 있는 것일까, 하는 호기심을 나는 나리타공항에 내릴 때부터 가지고 있었다. 다른 여러 가지에 대해서도 알고 싶었지만, 특히 나는 그들의 신도에 대해 관심이 짙었다. 왜냐하면 일제 말엽에 그들의 교육을 받았는데, 그 밑바탕에 흐르고 있었던 것이 곧 신도라고 해도 과언이 아니라는 것을 알았고, 또 태평양전쟁 때 그들이 보여주었던 대단히 무섭고 한편 놀랍기도 한 멸사보국의 정신, 그 철저한 어쩌면 광적이라고도 할 수 있는 애국심의 바탕이 바로 신도라는 사실도 알고 있기 때문이었다. 그리고 신도는 그 후에도 일본사람들의 정신 속에 은연중 그대로 뿌리가 살아 있었고, 근래에 와서 그것이 차츰 더 숭앙되는 경향이 나타나고 있기도 해서 관심이 가지 않을 수 없었다. 불교의 상징은 불상이라고 봐야겠고, 기독교의 상징은 십자가이다. 종교에는 다 상징이 있는 법인데, 그렇다면 일본 고유의 종교인 신도의 상징은 무엇일까…… 호기심이 머리를 쳐들 만한 일이 아닌가. 그것의 좋다 나쁘다를 떠나서 말이다.

나는 신전 앞으로 바싹 다가갔다. 그리고 안을 기웃거렸다. 바로 그 상징이 어떤 것인가 찾아보기 위해서였다. 신전 내부는 어두컴컴했다. 독경을 하던 '간누시'의 모습은 이미 보이지 않았고, 깊숙한 안쪽 한가운데에 꽤 큰 둥글넓적한 것이 눈에 띄었다. 어두컴컴했지만 그것은 구리나 놋쇠로 만들어진 물건이라는 것을 알 수 있었다. 누르스름한 빛으로 둔중하게 빛나고 있었다.

"바로 저게 틀림없군."

나는 속으로 중얼거리며 고개를 두어 번 끄덕였다.

어제 명치신궁엘 갔을 때 역시 나는 그 상징에 관심을 두고 살펴보았는데, 바로 지금 저 눈앞의 것과 똑같은 둥글넓적한 쇠붙이가 눈에 띄었던 것이다.

그것은 해를 의미하고 있는 것 같았다. 얼른 떠오르는 게 일본의 국기였다. 하얀 바탕에 붉은 해 한 개가 달랑 그려져 있는 '히노마루노하다'(일본국기)와 그 둥글넓적한 쇠붙이는 아무래도 유사한 것이라고 보지 않을 수 없었다. 그러면 결국 신도의 상징은 해, 즉 빛이라고 할 수 있겠다.

나의 그런 짐작이 들어맞는 것인지 어떤지 알 수가 없었지만, 십중팔구 틀림없을 것이라고 생각했다. 빛을 상징으로 한 종교를 가진 사람들이 남들에게는 가차 없이 어둠을 던져주었던 지난날의 역사가 머리에 떠올라 나는 어떤 짙은 아이러니를 보는 것 같았다. 비 시그레 코가 이지러지는 듯한 느낌이었고, 절로 쓴웃음이 나왔다.

조금 전에 아가씨가 사라졌던 그 출입문으로 나가보았다. 신사의 뒷마당인 셈인데, '간누시'의 사택인 듯한 집이 있었고, 사무실로 여겨지는 그런 건물도 보였다. 아까 그 아가씨는 아마 이곳의 직원인 모양이었다. 출근이 그처럼 이르다니 좀 납득이 가질 않았다. 그 아가씨는 어디로 사라졌는지 아무 인기척도 없고, 덜렁하게 크고 오래된 목조건물들은 새벽의 적막 속에 무겁게 가라앉아 있었다.

건물 뒤편은 숲이었다. 어제 명치신궁에서 본 그 울울창창한 삼나무 숲에 비하면 빈약한 것이었으나, 그런대로 제법 활엽수들이 짙은 녹음을 이루고 있었다. 숲속으로 오솔길이 있어서 걸어 들어가니 곧 비탈이었다. 제법 긴 계단이 보였다. 계단을 내려가면 행길*('한길'의 방언)인 것 같았다. 그런데 묘한 것은 그 좁은 계단에 즐비하게 조그마한 '도리이' 비슷한 형태의 목조물이 아치처럼 세워져 있는 것이 아닌가. 그 빛깔이 번질번질한 붉은 색이어서 어쩐지 섬뜩한 느낌이었다.

숲속의 계단에 설치되어 있는 번질거리는 그 수많은 목조물들이 무엇을 의미하는 것인지 나로서는 알 수가 없었다. 으스스하기는 했지만 그 계단이 지름길인 것 같아 나는 천천히 내려가기 시작했다. 아치처럼 세워진 그 붉은 목조물들은 내 머리에 닿을 듯 말 듯한 높이였다. 나는 절로 고개가 움츠러들지 않을 수가 없었다.

고개를 움츠리고 한 계단 한 계단 약간 조심스레 내려가던 나는 문득 머리에 와닿는 생각이 있어 하하— 싶었다. 신전으로 가는 길에 깔려 있는 자잘한 자갈과 이 목조물은 어쩌면 동일한 성격의 것이 아닌가 하는 생각이었다. 자잘한 자갈을 깖으로써 그 위를 걷는 사람이 절로 조심스러워지고 경건해지듯이, 이 계단을 걸어서 올라가거나 내려가는 사람들 역시 번질거리는 붉은 목조물 때문에 자연히 고개가 움츠러들어 몸이 굳어지고, 어떤 두려움마저 느끼게 되는 터이니 말이다.

그런 생각이 들자, 나는 무슨 대단한 사실이라도 깨달은 듯 그 자리에 멈추어 서서 머리 위의 그 붉은 목조물을 빤히 쳐다보며,

"그렇군, 그래."

입 밖으로 내어 중얼거렸다.

그러자 그때, 푸드득 푸드득 새들 날개 치는 소리와 함께 까욱까욱 까욱까욱까욱…… 냅다 우짖어대는 소리가 일어났다. 나는 깜짝 놀라 하마터면 비명을 지를 뻔했다. 나뭇가지에 앉았다가 날아오른 까마귀들은 아마 나의 인기척에 놀랐던 모양으로 곧장 까욱까욱 까욱까욱까욱…… 우짖으며 어디론지 날아갔다. 그러나 숲에 가려 보이지는 않았다.

나는 등골에 식은땀이 지르르 흐르는 것 같아 몸을 부르르 떨었다. 그리고 얼른 그 기분 나쁜 분위기에서 벗어나려고 계단을 성큼성큼 잰걸음으로 내려갔다.

《외국문학》(1985. 6)

조상의 문집

낮 한동안 아직 더위가 남아 있기는 했으나, 송 노인은 어느덧 가을이구나 싶었다. 햇볕을 보면 알 수가 있었다. 햇볕이 현저히 엷어진 것처럼 느껴지는 것이다. 방문 창호지에 비치는 햇살이 어쩐지 새하얗고 깨끗해 보인다. 여름 내내 절로 이맛살이 찌푸려지도록 이글거리던 그 두꺼운 햇볕이 말이다.

요 며칠 사이 눈에 띄게 엷어진 햇살이 새하얗게 비치는 방문 창호지를 누워서 비스듬히 바라보고 있던 송 노인은 콜록콜록 기침을 하기 시작했다. 목에 가래가 끓는 그런 기침이다.

여름철에도 기침을 했다. 그러나 가을로 접어들면 한결 가래가 성해지고 기침이 잦아지곤 했다. 그러니까 송 노인에게 있어서는 무덥고 지겨운 여름이 가고 가을이 온다는 것은 상쾌한 일이면서도 한편 은근히 두려운 노릇이기도 했다.

송 노인은 일어나 앉아 한참 자지러지게 기침을 해댄다. 기침이 멎자, 가벼운 현기증이 눈앞을 지나갔다. 새하얗던 창호지가 흐물흐물 흐려지면서 붕 뜨는 것 같다. 송 노인은 눈을 감으며 도로 자리에 눕는다. 눕는다기보다 가벼운 물체가 비실 쓰러지는 느낌이다.

송 노인의 몸집은 여느 노인들보다 꽤나 작다. 국민학교 4학년짜리 손자 녀석과 키가 비슷하고, 몸집은 오히려 더 가냘프다. 그런 몸에 옥색 조끼를 입고 있어서 어쩐지 더 풍신이 왜소해 보이고 가볍게 느껴진다. 그 대신 여간 맑지가 않다. 노인들이란 대체로 부스스하고 을씨년스럽게 느껴지는 법인데, 송 노인은 그렇지가 않고, 언제 보아도 맑고 깔끔해 보인다. 그리고 그 얼굴엔 어딘지 모르게 만만치 않은 것이 깃들어 있어 보이기까지 한다. 콧등이 쪽 곧게 뻗었고, 눈꼬리가 약간 위로 쳐들렸으며, 입 다문 모습도 언제나 반듯하다. 여든이 가까운 터이지만 아직 눈빛이 흐릿하지가 않고, 초점이 선명하다. 비록 왜소하고 가볍게 느껴지기는 하지만 속에 만만치 않은 심지가 박혀 있는 노인이라는 것을 알 수가 있다.

현기증이 멎고 기침이 깊숙이 가라앉은 듯해서 송 노인은 잠시 후 눈을 떴다. 흐늘흐늘 흐려졌던 창호지의 햇살이 다시 새하얗게 눈에 비쳐온다. 힘없이 누워서 그 새하얀 햇살을 멀뚱히 바라보고 있던 송 노인은 아무래도 이제 멀지 않은 것 같은데 싶었다. 아무래도 이제 시원찮다는 생각이 들자 송 노인은 가볍게 몸을 떨었다.

그런 생각이 들기는 처음 일이다. 지금까지는 아무리 기침이 자지러지고, 현기증 같은 것이 엄습해 와도, 혹은 딴 병으로 몸져눕게 되어도 결코 그런 불길한 생각이 들지는 않았다. 아직 끄떡없지, 끄떡없고말고…… 이렇게 마음이 도사려지곤 하였다. 그런데 오늘은 어찌 된 셈인지 문득 그런 불길한 예감이 머리를 스치는 것이 아닌가. 창호지에 비치는 새하얀 햇살 속에 죽음의 그림자 같은 것이 어른거리는 듯한 느낌이라고나 할까.

가볍게 몸을 떤 송 노인은 잠시 끝없는 낭떠러지 밑으로 뚝 떨어져 가는 듯한 아찔한 기분에 휩싸였다. 그것은 무서움이기도 했고, 슬픔이기도 했다. 죽음의 손길이 몸에 와닿는 듯한 그런 섬뜩한 절망감이다. 그런데 그런 절망감이 곧 야릇한 허탈감으로 바뀌면서 망연해지더니, 묘하게도 이번에는 편안한 기분 속으로 부드럽게 가라앉는 느낌이다. 생각하면 지겨운 한세상, 그 몸부림에서 벗어난다는 것은 얼마나 편안한 일인가. 송 노인은 다시 지그시 눈을 감는다.

얼마나 지났을까. 송 노인은 부스스 일어나 윗목에 놓인 반닫이 쪽으로 간다. 오래된 골동품 같은 반닫이다. 그 속에 송 노인의 옷가지랑 소중한 물건들이 간직되어 있다. 송 노인은 반닫이를 열고 깊숙이 손을 집어넣는다.

한 권의 책이다. 한지로 된 표지가 누렇게 변색이 되어 있는, 꽤 두툼한 옛 책자다. 그것을 꺼내든 송 노인은 잠시 멀뚱히 그 표지에 씌어 있는 예서체의 글씨를 바라본다. 〈매산문집(梅山文集)〉이라고 씌어 있다.

송 노인은 책장을 한 장 한 장 넘겨나가기 시작했다. 한시다. 장마다 한시가 세필로 정연하게 씌어져 있다. 그러나 송 노인의 눈길은 그 위를 건성으로 미끄러진다. 그저 한시이거니 하고 지나갈 따름이다. 그럴 수밖에 없는 것이 송 노인은 거의 까막눈인 것이다. 하늘 천자니, 사람 인자니, 날 일자 따위 아주 쉬운 글자는 더러 주워 읽을 수가 있었으나, 그런 정도로는 그 책과는 거리가 아득하다.

한 장 한 장 넘겨나가던 송 노인은 이번에는 듬뿍 이삼십 장을 한 꺼번에 넘겼다. 그 부분은 시가 아니다. 문장이다. 세필로 쓴 한자가 온통 빽빽이 책장을 메우고 있다. 다시 듬뿍 장을 넘긴다. 거의 끝부분이다. 거기에는 한자와 언문이 뒤섞인 글이 씌어져 있다.

―일몰ᄒ니 천지가 적막ᄒ고 망국의 비애가 흉회(胸裏)에 ᄌᄌ드니 산간거사의 심사가 울울ᄒ도다…….

이런 식이다. 그러나 송 노인은 그 정도의 문장도 어림이 없다. 언문은 그런대로 주워 읽을 수가 있으나, 한자는 몇 자를 빼고는 그저 새까맣기만 하니 말이다.

송 노인이 반닫이 속에 깊숙이 간직해 놓은 그 문집을 꺼낸 것은 그것을 펼쳐서 다만 몇 자 억지로라도 내용을 더듬어보려는 그런 생각에서가 아니라, 오늘따라 그 책자가 한결 소중한 것으로 머리에 다가들었기 때문이다. 조금 전에 죽음의 그림자 같은 것을 느꼈기 때문인지도 모른다. 죽기 전에 문집을 펴내어 사람들에게 널리 읽히도록 해야겠다는 생각이 간절하게 가슴을 쳤던 것이다.

송 노인이 그 문집을 펴내어 진가를 널리 세상에 알려야겠다고 생각한 것은 벌써 수십 년 전부터의 일이다. 정확하게 말하면 8.15 해방이 된 그해 가을부터라고 할 수 있다. 그해 가을 추수를 하면서 송 노인은, 물론 그 무렵은 송 노인이 아니라 송 서방이었지만, 아무튼 그는 해방이 되어 우리나라를 도로 찾게 되었으니, 그 소중한 우리 글로 된 문집을 세상 사람들에게 널리 자랑해야 되지 않겠느냐 하는 생각이 문득 들었던 것이다.

그러나 책을 펴내는 일이 그렇게 쉬운 일이 아니었다. 더구나 책 같은 것과는 거리가 먼 농사짓는 사람이었으니 말이다. 생각은 늘 있었지만 일에 쫓기고, 살림에 쫓기느라 한 번도 발 벗고 나서보질 못한 채 세월만 흘러 어느덧 사십 년이 지나버린 것이다. 그러니까 그저 송 노인의 막연한 염원이었을 뿐이라고 할 수 있다.

그러던 것이 오늘 불쑥 절실한 과제로서 눈앞에 다가든 셈이다.

송 노인의 조부의 문집인 것이다. 〈매산문집〉의 '매산'은 조부인 송인도의 아호다.

송인도는 구한말에 꽤나 학문이 깊었던 사람으로, 전국적인 인물은 못 되었으나, 향리가 있는 고장 일대에서는 알아주는 선비였다. 나라가 일제에 병합이 되자, 송인도는 망국의 비애를 어쩌지 못해 식음을 전폐하고 자리에 드러눕기까지 했었다. 그가 굶어서 죽기를 각오하고서 그랬는지 어떤지는 알 수가 없으나, 꼬박 열하루를 누웠다가 가족들의 읍소에 못 이겨 일어났었다. 나라를 향한 그의 그런 충정은 고장 사람들의 숭앙을 더욱 짙게 하기에 이르렀다.

나라가 없어지고, 일본인의 횡포가 날로 심해지자 송인도는 세상을 비관한 나머지 술로 세월을 보내는, 뜻을 잃어버린 사람이 되고 말았다.

송 노인의 기억에 떠오르는 조부는 수염이 제법 너불너불하고, 하얀 두루마기에 갓을 단정하게 쓴 깨끗한 어른이다. 그러나 그것은 집을 나설 때의 모습이고 해질녘 집에 돌아올 때의 모습은 그와 정반대라고 할 수 있었다. 갓은 뒤로 휘딱 넘어가 있기도 하고, 옆으로 비스듬히 기울어져 있기도 했으며, 두루마기 고름은 헐렁해져서 곧 풀어질 듯 너덜거렸고, 수염에는 탁주랑 김칫국 같은 것이 지저분하게 묻어 있기도 했다. 걸음걸이는 말할 것도 없이 이리 비틀 저리 휘청하였고, 흥얼거리는 시조도 입에서 침과 함께 질질 흘러내리는 듯했다.

말하자면 그것은 송인도의 허물어져 가는 모습이었다. 그러나 송 노인의 기억 속에 그런 허물어져 가는 조부의 모습만 남아 있는 것이 아니라 의젓하고 당당한 자랑스러운 모습도 떠오르는 것이다.

한 번은 송 노인이 조부를 따라 유림들의 모임에 간 적이 있었다. 그때 송 노인의 나이는 일곱인가 여덟이었다. 무슨 생각에서인지 송 인도는 어린 손자의 손목을 이끌고 모임엘 갔던 것이다.

어떤 마을의 뒷산 기슭에 있는 전각에서 모임이 베풀어졌는데, 송 인도가 도착했을 때는 이미 수십 명의 유림들이 전각의 널따란 마 루를 메우고 앉아 있었다. 모두가 의관을 단정히 한, 그 고장 일대의 내로라하는 선비들이었다.

손자의 손목을 이끌고 송인도가 모습을 나타내자, 앉아 있던 선 비들이 너나 할 것 없이 모두 자리에서 일어나며, "매산 선생 오십니 까." "매산 선생 오래간만에 뵙겠습니다." "매산 선생 이리로 오시지 요."라고 온통 매산 선생, 매산 선생 하면서 반겨 맞이했다. 송인도 는 좌중의 정면 한가운데에 안내되어 좌정했다.

그런 조부의 모습을 보는 어린 손자의 눈은 절로 휘둥그레지고, 가슴이 뿌듯했다. 모두가 한결같이 갓을 쓰고 흰 두루마기를 입었는 데도 그 가운데서 유독 조부가 눈부시게 돋보이는 것이 아닌가. 전 각의 기둥에 기대서기도 하고 난간에 걸터앉기도 하며, 모임이 끝날 때까지 구경을 했는데, 무슨 모임인지 어린 눈에는 잘 알 수가 없었 으나, 좌우간 시종 조부를 중심으로 일이 진행되어 나간다는 것을 알 수 있었다. 그날의 의젓하고 당당하기까지 한 조부의 모습은 어 린 손자의 머리에 놀라움과 커다란 자랑스러움으로 깊이 박혔다.

그렇게 조부가 돋보인 것은 비단 그 모임에서뿐이 아니라, 집에 손님이 찾아왔을 경우도 마찬가지라고 할 수 있었다. 집으로 조부를 찾아오는 손님은 열이면 아홉은 고장의 선비들이었다. 젊은 선비도 있었고, 늙은 선비도 있었다. 노소를 불문하고 찾아온 선비들은 두 손을 방바닥에 짚고 머리를 깊이 숙여 조부 앞에 먼저 절을 했다. 물론 조부도 마주 절을 했으나, 조부의 머리는 조금 숙여질 뿐 손님처럼 깊숙이 내려가는 법이 없었다.

그리고 손님과 대좌해서 나누는 이야기에서도 조부의 의젓함을 엿볼 수가 있었고, 주안상을 마주하고 대작을 할 때 역시 손님은 두 손으로 잔을 받았다. 손님이 돌아갈 때는 으레 대문 밖까지 조부가 배웅을 했으나, 그것은 예절을 중히 여기는 조부의 손님에 대한 지극한 성의일 뿐 결코 손님이 조부보다 우위여서 그러는 게 아니라는 것을 어린 손자의 눈으로도 알 수가 있었다. 대문 밖에서 헤어질 때 손님은 허리를 깊이 꺾어 작별의 인사를 했고, 조부는 그저 조금 머리를 숙일 뿐이었으니 말이다.

그처럼 남들이 우러러 섬기는 송인도도 결국은 뜻을 되찾지 못 하고 과도한 음주로 실의의 세월을 살다가 예순 고개를 못 넘긴 채 그 하나 밑에서 고인이 되고 말았다. 쉰아홉이면 그 무렵으로서는 단명이었다고 할 수 없으나, 아무튼 천수를 다한 것으로 볼 수가 없다.

운명을 할 때 송인도가 마지막으로 남긴 말은 "너무 허망하구나. 너무 허망해."였다 한다. 가족들이 지켜보고 있는데도 다른 유언 같은 것은 한마디도 없이 이미 초점을 잃은 눈을 천장으로 멍하게 향한 채 마지막 한숨을 쉬듯,

"너무 허망하구나. 너무 허망해."

하고는 숨을 거두었던 것이다.

'너무 허망하다'는 말의 의미가 망국의 비애를 뜻하는 것인지, 아니면 인생이 허무하다는 것인지, 그 두 가지가 다 포함되어 있는 건지 분명하지는 않았으나 어쨌든 그 말은 곧 널리 퍼져서 매산 선생의 마지막 일화가 되었다.

장례 때는 근동은 말할 것도 없고, 먼 타지방에서까지 선비들이 모여들어 가히 인산인해를 이루었다. 상여 뒤를 따르는 만장이 스무 개나 넘었으니, 고을 선비의 마지막 가는 길치고는 대단한 것이 아닐 수 없었다.

그때 송 노인은 아홉 살인가 열 살이었는데, 조부가 돌아가셔서 슬프다는 생각보다도 그 많은 사람들과 줄줄이 휘날리는 만장이 그저 놀랍고 한없이 자랑스럽기만 했었다.

그렇게 조부는 송 노인의 머리에 자랑스러움으로 깊이 박혔는데, 그 조부가 남긴 유일한 유물이 바로 〈매산문집〉인 것이다. 그러니 더없이 소중한 것일 수밖에 없다. 물론 그 문집은 부친의 손을 거쳐 자기에게로 물려졌는데, 그것을 송 노인은 유일한 가보로 여기며 반닫이 속에 깊숙이 간직해 오고 있는 것이다.

조부의 말년 무렵부터 가세가 기울어 부친은 조금 학문을 익히기는 했으나, 이것도 저것도 아닌 어중간한, 말하자면 반풍수가 되어 가산을 더욱 움츠러들게 하고는 해방의 감격도 맛보지 못 하고 불귀의 몸이 되고 말았다. 움츠러든 가산을 이어받은 송 노인은 그것을 알뜰히 주물러서 아들을 대학까지 보냈고, 넷이나 되는 딸들도 다 여학교를 마치게 해서 출가를 시켰다. 일흔이 넘고 늙은 마누라가 앞서 가자, 농사를 감당해나갈 수가 없어서 농토를 정리하고 서

112

울에서 월급쟁이로 그런대로 자리를 잡은 하나뿐인 아들한테 와서 얹혀 지내는 몸이 되어 있는 것이다.

그런 빠듯한 세월이어서 조부의 값진 유물인 문집을 책으로 펴내어 널리 세상에 알리지 못하고, 지금까지 반닫이 속에 깊숙이 묻어 두고 있는 것이 송 노인으로서는 늘 죄스럽게 여겨졌다. 자손의 도리를 다 못한 것만 같았다.

농토를 정리하고 서울로 올라왔을 당시, 일을 서둘렀더라면 아마 벌써 여러 해 전에 문집이 세상에 빛을 보았을 터인데, 그때는 그때대로 칠십 평생을 몸담아 살아온 고향 땅을 떠나느라 미처 정신이 그런 데에 미치질 못했고, 또 농토를 처분한 돈도 곧 아들의 수중에 들어가고 말았던 것이다.

말하자면 늘 생각은 머리에서 떠나지 않았으면서도 막상 일을 성취시키려고 대들어보질 못하고 미적미적 여든이 가까운 이 가을까지 흘러와 버린 셈이다.

"오늘 저녁에 상의를 해봐야지."

송 노인은 혼자 중얼거리면서 마지막 장까지 펼쳐보고 난 문집을 한손에 들고 손바닥으로 그 표지를 소중스레 어루만졌다. 그리고 문집을 도로 반닫이 속에 넣었다. 깊숙한 밑바닥에 넣질 않고 맨 위에 넣어 놓았다.

아들이 퇴근해 오면 상의를 해서 이번 가을에 어떠한 일이 있어도 책을 만들어 널리 펴내야겠다고 마음먹었다. 그렇지 않을 경우 조부의 문집은 영원히 반닫이 속에서 곰팡이가 슬어 쓸모없는 종이뭉치가 되어 버리고 말 게 틀림없는 것이다. 아들 녀석이 그 문집의 진가를 알 리가 없고, 또 알려고 들지도 않으니, 그것을 그녀석이 펴내기

를 기대한다는 것은 어리석은 일이라는 걸 송 노인은 잘 안다. 과거에 더러 아들에게 들으라고,

"조부의 문집을 책으로 펴내야 될 건데…… 썩혀서는 안 되는데……."

혼자 중얼거리듯 입을 떼 보았으나 들은 척도 안 하고 고개를 돌려버리기 일쑤였던 것이다. 히죽 비웃는 듯한 묘한 웃음을 코언저리에 떠올리기도 하면서 말이다.

"요즘 아이들은 어떻게 돼먹었는지 도무지 조상을 모른단 말이여."

송 노인은 쓰쓰레 입맛을 다셨다. 아들이 사십을 넘은 터이지만, 송 노인에게는 아이로밖에 여겨지지가 않는다. 반드시 아들 녀석을 두고 하는 말만은 아니다. 요즘 젊은 축들은 다 그런 것 같아 못마땅한 것이다.

낮잠을 한숨 자고 나서 송 노인은 별로 멀지 않은 곳에 있는 노인정으로 슬슬 소일을 하러 나가 보았다.

저녁에 아들 명준이 귀가하자, 송 노인은 상의할 일이 있으니 밥상을 물리거든 자기 방으로 좀 오라고 하였다.

명준인 술이 약간 되어 있었다. 퇴근길에 한잔 한 모양이었다.

명준은 어떤 제약회사의 홍보실에 다니고 있었다. 사십을 두엇 넘은 터인데도 차장 대우를 받고 있었다.

"무슨 일인데요?"

하면서 명준이 방문을 열고 들어오자, 아랫목에 누웠던 송 노인은 부스스 일어나 앉았다.

아들의 얼굴을 보니 주기가 있어서 그런지 표정이 풀어져 있으면서도 귀찮다는 기색이 엿보였다. 막내둥이 외아들로 애지중지 키워서 그런지, 타고난 성미 탓인지 도무지 사십이 넘은 터인데도 늙은 애비에게 수굿하고 부드럽게 대하는 일이 드물었다. 늘 버르장머리가 없다고 할 수 있는 그런 뻣뻣한 태도고, 거북한 말투였다.

송 노인은 아랫배에 지그시 힘을 주었다. 그리고,

"앉아라."

하고는 윗목으로 가서 반닫이를 열었다.

문집을 꺼내가지고 아랫목으로 돌아온 송 노인은 그것을 아들 앞으로 살짝 밀어놓으며 대뜸,

"이 문집을 책으로 펴내야겠다."

불쑥 들이대듯이 말했다. 순한 말로 해서는 먹혀들어 갈 것 같지가 않다는 것을 알고, 말하자면 오늘밤은 강경하게 나가는 셈이다.

명준의 풀어진 표정이 조금 굳어들며 아버지를 똑바로 바라본다.

"어떠냐? 니 생각은."

명준은 아무 대답이 없이 앞에 놓인 문집을 멀뚱히 내려다본다.

"왜 말이 없지? 이번 가을에는 어떠한 일이 있어도 이 문집을 책으로 펴낼 생각이다. 니 의향은 어떠냐? 말해 봐라."

그제야 명준은 불쑥 한마디 한다.

"난 모르겠어요."

송 노인은 눈언저리가 화끈해지는 느낌이다. 녀석의 입에서 그런 말밖에 안 나올 줄 알았지만, 괘씸하기 짝이 없다. 그러나 송 노인은 애써 느긋하게 마음을 먹으며,

"모르겠다니, 그게 말이 되느냐?"

하고 가라앉은 목소리로 말했다.

명준은 뭐라고 대꾸하려다가 말고, 주둥이를 삐죽 빼문다.

"안 그러냐? 생각해 봐라, 너한테는 증조부가 아니냐. 멀지도 않은 증조부의 문집을 세상에 펴내자는데 모르겠다니, 그게 자손으로서 할 소리냐?"

'멀지도 않은 증조부'라는 말에 명준은 웃음이 나오려는 것을 참는다. 한 번 본 적도 없는 증조부가 멀지 않다니 그럼 누가 멀단 말인가. '증조부'라는 말 자체가 명준은 벌써 멀고 서먹한 것으로 들리는 것이다. 할아버지라면 본 일이 없다 하더라도 아버지의 아버지니까 멀지 않다고 하겠지만, 아버지의 아버지의 그 아버지가 멀지 않다니 말도 안 된다고 생각한다. 사십이 넘어 어느덧 머리에 새치가 희끗희끗 섞이기 시작하는 터인데도 명준은 생각이 그런 식이다.

그러나 차마 그런 투로 대꾸를 할 수는 없는 듯 말문을 다른 쪽으로 연다.

"세상에 펴낼 가치가 없는 거니까 그러죠."

"가치가 없다니, 너 그게 무슨 말이냐?"

송 노인은 눈이 휘둥그레진다. 아들의 입에서 그런 말이 서슴없이 나오다니, 정말 놀라지 않을 수가 없다는 표정이다.

"요즘 세상에 이런 책이 무슨 가치가 있단 말입니까? 책을 만들어 보았자 읽지도 못하잖아요. 생각해 보세요. 이렇게 한문투성인 책을 누가 거들떠보기나 할 것 같애요?"

그러면서 명준은 문집을 아무렇게나 팔랑팔랑 서너 장 넘겨본다.

송 노인은 잠시 말문이 막힌다. 하기야 그 말도 일리가 없는 것은 아닌 듯하다. 그러나 아직도 세상에는 한문을 읽을 줄 아는 사람이

많을 게 아닌가 싶어,

"아니다, 그렇지 않다."

하고 고개를 내젓는다.

"니 생각보다는 한문을 아는 사람이 세상에는 아직 많다. 족보를 보려무나. 요즘 족보를 책으로 만들어내는 일이 얼마나 많으냐?"

"족보는 다르죠."

"다르긴 뭐가 달라. 족보도 다 한문으로 된 거 아니냐. 자손 된 도리를 다할 생각이 있으면 족보나 문집이나 다를 게 없는 거여. 그리고 설사 많은 사람이 읽지 않는다 하더라도 다만 몇 사람만이라도 읽어서 그 진짜 가치를 알게 된다면 그것으로 족한 거여. 어디 꼭 많은 사람이 읽어야만 가치 있는 책인가."

그 말에 명준은 아버지의 얼굴을 새삼스럽게 멀뚱히 바라본다. 노인이 제법 그럴듯한 말을 한다 싶은 것이다. 그러나 그는 코언저리에 엷은 웃음을 떠올리며,

"책을 만드는 데 돈이 얼마나 드는지 아세요?"

하고 말했다.

송 노인은 또 눈언저리에 열이 화끈 오르는 느낌이다. 마침내 얘기의 요점으로 들어선 셈이 아닌가.

"뭐 많이 찍어낼 것도 아닌데, 들면 얼마나 들겠어."

"모르시는 소리 마세요."

"그럼 몇 백만 원 든단 말이냐?"

"그렇게 안 들 줄 알아요?"

"한 이삼백 권 만들 건데, 그렇게 많이 들 턱이 없다."

"이삼백 부 찍어도 조판하기는 마찬가지란 말이에요. 조판비가 얼

마나 비싼지 알기나 해요? 더구나 한글도 아니고 한자잖아요. 요즘 잘 안 쓰는 한자도 많은 것 같은데, 그런 것은 일일이 활자를 새로 새겨야 된단 말이에요. 표지는 옵세트로 해야 되니까. 그게 또 얼마나 비싸게 먹히는데요."

명준은 회사 홍보실에서 잡지 만드는 일에 종사한답시고 득의연하게 지껄여댔다.

조판이 뭔지, 옵세트가 무슨 말인지 알아듣지도 못하는 터이라, 송 노인은 이맛살을 약간 찌푸리며 슬그머니 고개를 돌린다.

"돈이 좀 들더라도 좌우간 만들어야겠어. 그만한 가치가 있는 거니까."

"가치가 있는지 없는지 아버지가 어떻게 아세요?"

읽을 줄도 모르면서 곧장 가치를 내세우는 게 왈칵 못마땅한 듯 명준은 내지르듯이 말한다.

"나는 안다. 나는 일자무식이다마는 이 문집에 가치 있는 글이 담겨 있다는 것은 누구보다도 내가 잘 안단 말이다. 우리 조부가 어떤 분인지 너는 잘 모르겠지만, 나는 알어. 그분은 학식이 높은 선비면서 애국자여, 애국자."

송 노인의 어투에 야릇한 열기가 풍긴다.

'애국자'라는 말이 튀어나오자, 명준은 코가 실룩 이지러진다. 증조부가 우국적인 선비였다는 것은 과거에 여러 번 들어서 알고 있는 터이지만 애국자라는 말을 들먹이자 어쩐지 웃음이 나왔다. 애국자라는 말 자체가 김이 다 새버린 용어처럼 싱겁게 들릴 뿐 아니라, 벌써 칠십 년 전에 돌아가신 옛 학문을 한 시골 선비인 증조부에게는 결코 어울리지 않는 말로 여겨지는 것이다.

아들의 그런 표정을 아랑곳하지 않고 송 노인은 계속 열기 띤 어조로 말했다.

"우리나라가 왜놈들에게 먹혀 버리자, 분하고 원통해서 조부는 열하루를 굶고 자리에 눕기까지 하셨어. 그런 분의 글이니 읽지는 못해도 다 그 내용을 알 수 있는 거여. 나라 잃은 슬픔이 이 문집에는 가득 담겨 있어. 틀림없어. 이런 가치 있는 문집을 썩혀 버리다니 될 말이 아니지."

"지금은 시대가 다르단 말이에요."

"다르다니?"

"나라 잃은 슬픔 같은 옛날 일은 잊어버릴 때란 말이에요. 일본과 친밀하게 지내야 할 새로운 시대가 됐는데, 그런 옛날 일은 자꾸 들먹여서 뭘 하겠어요."

"아무리 시대가 달라졌다 하더라도 과거를 잊어버려서는 안 되는 거여. 사람은 쓸개가 없는 건 사람이 아니여. 앞으로 친밀하게 해 나가는 건 좋지만, 과거를 생각해서 늘 단단한 쓸개를 달고 있어야 된다 그 말이여."

"……."

"왜놈은 지금도 왜놈이여. 그 종자가 그 종자지, 뭐 딴 종잔 줄 아냐? 가깝게 지내게 될수록 정신을 바짝 차려야 된다 이거여. 알겠냐?"

사실 아버지의 말에 그른 점은 조금도 없었다. 그런데도 명준은 묘하게 반발 같은 것을 느꼈다. 열기를 머금은 그 어조가 너무 당당하고, 위압적이기까지 해서 그런지도 모른다. 그래서 일부러 부아를 돋우려는 듯이 빈정거리는 투로 말했다.

"이 문집을 펴내면 정신을 훨씬 더 차리게 된다 그 말인가요? 읽지도 못할 이런 한문책 나부랭이가 뭐라고……."

"무엇이? 나부랭이?"

송 노인의 위로 처들린 양쪽 눈꼬리가 바르르 경련을 일으킨다.

아버지의 표정이 새파래지자 명준은 더 이상 앉아서 지껄였다가는 안 되겠다는 듯이 벌떡 궁둥이를 들고 자리에서 일어선다.

"엑키, 이 고얀 녀석 같으니라구. 조상도 모르는 너 같은 녀석한테 얘기를 꺼낸 내가 잘못이지. 내가 잘못이여."

방문을 열고 나가는 아들 녀석의 뒤통수를 송 노인은 저주스러운 눈길로 흘겨본다. 그리고 곧 쿨룩쿨룩 쿨룩쿨룩 심한 기침을 쏟아 놓는다. 감정이 격해져서 그런지 여느 때보다 월등히 기침소리가 고통스럽다.

"아이 답답해, 답답해."

명준은 마루로 나서며 늙은이의 생각이란 정말 답답해서 상대를 못 하겠다는 듯이 고개를 설레설레 내젓는다.

송 노인이 고향으로 내려간 것은 사흘 뒤의 일이었다. 아들 녀석과의 의논이 아무 소용없는 것이 되어 버리자 생각한 끝에 송 노인은 고향으로 내려가 일가친척들을 설득해서 그들한테서 희사를 받아 문집으로 펴내리라 마음먹은 것이다. 아들 녀석의 소위로 보아서는 "너 이놈, 논 판 돈 내놓아라 그것으로 문집을 찍어내겠다." 하고 들이대고 싶었으나, 그것은 너무 감정적이고, 어쩌면 부자간의 의리를 끊어 버리는 그런 결과가 될지도 모를 일이어서 속으로 눌러 삭이고, 며느리한테만 그저 가을도 됐으니 고향에 다녀오겠다, 이번엔 아마 두어 달 거기 머물지도 모른다 하고, 노자를 좀 넉넉히 얻어 서울을 떠났던 것이다.

고향의 일가친척들은 의외로 협조적이었다. 누구 하나 송 노인의 얘기에 고개를 가로젓는 사람이 없었다.

"그저 참 좋은 일이지요."

"우리 가문의 자랑이지요."

"진작 그랬어야 될 일인데……."

"우리도 협력을 해야 되고말고요."

이렇게 말했다.

물론 송 노인은 주로 노인들을 만나 얘기를 꺼냈다. 더러 젊은 축에게 얘기를 해도 속으로는 어떻게 생각하는지 모르지만 겉으로는 결코 못마땅한 기색을 보이지 않았다. 히죽히죽 웃으면서,

"연로하신데 서울에 편안히 계시지 않고…… 몸소 수고가 많으시네요."

이런 투로 말하는 사람도 있긴 했지만 말이다.

송 노인의 육촌동생 되는, 예순을 넷인가 넘는 송삼수라는 노인이 가장 협조적으로 나왔다. 그는 옛날에 한문을 꽤나 읽은 터여서 그 문집을 속속들이 해독하지는 못했으나, 대충은 뜯어볼 수 있는 눈을 지니고 있었다. 그래서 누구보다도 송 노인의 일에 찬의를 표하고 자기도 발 벗고 나서는 것이었다. 송 노인이 서울로 떠나기 전 고향에서 농사를 짓고 있을 때도 그 동생과는 열댓 살 나이 차이가 있는데도 각별히 가까이 지낸 터였다.

송 노인은 그 송삼수와 함께 장부를 만들어서 들고 일가친척을 찾아다녔다. 장부에다가 희사할 금액을 적도록 하는 것이었다. 대체

로 '일금 일만 원' '일금 이만 원'이었고, 간혹 '일금 오만 원'을 적는 집도 있었다. 어떤 집에서는 '백미 일 두'라고 적기도 했고, '벼 일 석'이라고 서슴없이 적는 집도 있었다.

그처럼 생각했던 것보다 후하게 선뜻선뜻 적는 것은 여든이 가까운 송 노인의 열성에 대한 숙연한 생각과 송삼수의 구변 좋은 설득 탓인 듯했다.

모금 행각을 하면서 송 노인은 역시 고향이란 좋은 곳이라는 생각을 몇 번이나 했는지 모른다. 서울에서 아들 녀석과 입씨름을 하던 일을 생각하면 정말 고향 인심은 눈물겹도록 고맙고 좋은 것이 아닐 수 없었다. 그래서 한 번은 들길을 걸으면서,

"고향이 역시 좋다니까."

하고 송 노인은 후련한 산야를 휘둘러보며 감회에 젖은 목소리로 말했다.

그러자 송삼수는 그 말의 참뜻을 모르는지라,

"서울이 살기가 훨씬 편하고 좋을 텐데요."

하고 힐끔 육촌형의 늙은 얼굴을 바라보았다.

모금이 예상외로 순조롭게 이루어져 나가자, 당장 돈이 전액 수중에 들어온 것은 아니었으나, 우선 모인 것으로 착수금을 지불하고서 읍내에 있는 인쇄소에서 일을 시작했다. 인쇄소에 맡기는 일은 마침 송삼수의 둘째아들이 군청 서기로 다니고 있어서 그에게 전적으로 의뢰할 수가 있었다. 서른을 갓 넘은 터이지만 송 서기는 그런 일이 결코 우스운 일이 아니라고 생각하는 듯 기꺼이 맡아서 자기가 책임 지고 책을 잘 만들어 내겠다는 것이었다.

송 노인은 거듭 고향의 흐뭇함을 느끼지 않을 수 없었다. 시골 고

향 사람들은 젊은이까지도 아직 생각이 이지러지지 않고 제대로 바르게 뿌리박혀 있구나 싶은 것이었다. 그럴수록 서울의 아들 녀석의 그 조상 귀중한 줄도 모르는 시건방지고 빗나간 머리가 새삼 한심스러웠다.

송 노인이 책으로 된 〈매산문집〉 사십 권을 꾸려들고 서울로 돌아온 것은 한 달 보름 남짓 만이었다. 이백 부를 찍었는데, 비용을 깨끗이 청산하지 못해서 우선 백 부만 찾아 육십 부는 고향의 일가친척들에게 나누어 주고, 사십 권만 들고 서울로 온 것이다. 희사금을 전액 거두어 들여서 비용의 나머지를 청산하고, 백 부마저 찾으면 송삼수가 그것을 가지고 서울로 한 번 올라오기로 한 것이다. 그러니까 일의 마무리를 송삼수 부자에게 떠맡긴 셈이다.

한 달 보름 남짓 만에 집으로 돌아온 송 노인은 얼굴이 좀 검게 그을린 듯했고, 피로한 기색이 역력해서 한결 초췌하고 늙어 보였다. 그러나 두 눈만은 맑게 빛나고 있었다. 어떤 큰일을 해낸 다음의 만족감이 조용하게 빛나는 그런 눈빛이었다.

송 노인은 그런 맑은 눈에 웃음을 담으며 가지고 온 문집을 맨 먼저 손자인 국민학교 4학년짜리 윤국이에게 한 권 주었다. 학교에서 돌아와 할아버지 방의 방문을 열고 들어서며,

"할아버지 돌아오셨어요?"

하고 오래간만에 보는 할아버지에게 인사를 하자,

"오냐, 잘 있었냐? 윤국아, 자, 이것 받아라."

하면서 사가지고 온 사탕 한 봉지와 함께 문집 한 권을 내밀었다.

"이게 무슨 책이에요? 할아버지."

윤국이는 표지에 씌어 있는 '매산문집'이라는 글자를 보면서 물었다.

"우리 조부의 문집 아니냐. 그러니까 너한테는 고조부로구나. 고조부의 문집을 이번에 책으로 찍어낸 거다."

"아, 저 반닫이 속에 들어 있던 그 책 말이군요."

"그렇지."

"고조부는 할아버지의 할아버지지요?"

"그래, 그래. 이번에 할아버지가 고향에 가서 책으로 만들어가지고 왔지."

"이 책 만들러 할아버지 고향에 가셨어요?"

"그래, 너의 애비가……."

송 노인은 내뱉으려다가 그만둔다.

윤국이는 책을 뒤적거려보면서,

"이거 순 한문 아냐, 후졌다, 후졌어."

하고 투덜거린다.

"후지다니, 그게 무슨 소리냐?"

"틀렸다 그 말이에요."

"틀리다니……."

"순 한문이라 읽을 수가 있어야죠. 틀렸지 뭐예요."

"엑키, 이 녀석, 너도 꼭 너거 애비하고 같구나. 한문이지만 아주 가치가 있는 책이다. 아느냐? 나중에 너도 커서 한문도 배워가지고 읽어보도록 해라. 우리 집안의 가보 같은 책이란 말이다."

"가보가 뭔데요?"

"집안의 보물이란 말이여."

"이게 보물이에요?"

"그래."

"히히히…… 예, 알겠어요. 할아버지. 히히히……."

윤국이는 곧장 킬킬거리며 방문을 탁 닫고 나가 버린다.

저녁에 퇴근해 온 명준이가 방문을 열고 인사를 하고서 큰방으로 건너가려 하자 송 노인은,

"이리 좀 들어오너라."

하였다.

명준이 방으로 들어오자, 송 노인은 문집 한 권을 꺼내어,

"이것 봐라."

하면서 건네주었다.

그것을 받아든 명준은 조금 표정이 굳어지며 몇 장을 넘겨볼 뿐, 아무 말이 없었다.

"고향에 가서 일가친척들한테 모금을 해가지고 만든 거다. 이백 부를 찍었는데, 돈이 아직 덜 걷혀서 우선 백 부만 찾아가지고 육십 부는 그곳에서 나누어 주고 사십 권을 가지고 왔다."

"……."

"돈이 다 걷히면 나머지 백 부를 찾아서 삼수가 가지고 올라오기로 했다. 삼수 알지? 내 육촌동생 말이다."

"예, 알아요."

명준은 들릴 듯 말 듯한 목소리로 대답했다.

"그 동생이 이번에 얼마나 수고를 했는지 모른다. 자기 일처럼 발 벗고 나서더라니까. 그 동생 아니었더라면 나 혼자 힘으로는 어려울 뻔했어."

"……."

"그리고 그 동생 둘째아들이 군청에 다니는데, 그 애도 얼마나 힘을 써 주었다고."

명준은 듣고 있기가 매우 곤혹스러운 듯 슬그머니 자리에서 일어나며,

"수고했어요."

기어들어 가는 듯한 소리로 말하고는 방문을 열고 나가 버렸다.

마치 무슨 죄라도 지은 사람처럼 어깨를 펴지 못하는 아들의 태도에 송 노인은 마음의 응어리가 조금은 풀리는 듯했고, 자기가 이겼다는 그런 생각이 들며 기분이 흐뭇해지기도 했다.

큰방으로 돌아간 명준은 공연히 화가 난 얼굴을 하고서 그 책을 마치 무슨 재수 없는 물건이기나 한 것처럼 아무렇게나 픽 방 윗목 한쪽 구석으로 던져 버렸다.

이튿날 송 노인은 아침을 먹기가 바쁘게 그 문집 여남은 권을 보자기에 싸 들고 노인정으로 나갔다. 한 달 보름 남짓 만에 돌아온 터이라 서울의 늙은 친구들이 그립기도 했고, 또 그 책으로 찍어낸 문집을 자랑하고 싶기도 했던 것이다.

송 노인이 얼굴을 나타내자, 벌써 먼저 나와 앉은 늙은이들이,

"아, 이 영감, 고향에 가서 죽은 줄 알았더니 살아 왔네 그려."

"고향 재미가 좋았던 모양이지? 어찌 이리 늦었소?"

하고 반겼다.

송 노인은 들고 나간 보자기를 펼쳐서 문집을 한 권씩 나누어 주었고, 그것을 받아든 노인들은 이게 뭐냐는 듯이 펼쳐보며,

"돈 내라는 건 아니지?"

"고향 갔다 온 선물인가?"

"요새 책 아니로구나. 보기 드문 책이로구나."

하고 지껄였다.

송 노인은 기분이 좋아서 싱글싱글 웃는 얼굴로 그것이 바로 자기 조부의 문집이라는 것과, 그 책을 만들기 위해서 이번 가을에 고향에 갔었다는 이야기를 자랑스럽게 늘어놓았다. 그리고 전에도 더러 입 밖에 낸 일이 있었지만, 내친김에 또 조부의 자랑을 한바탕 지껄여대기도 했다.

"좋은 일 했구먼."

"자손의 도리를 다했어."

"훌륭한 일이지. 훌륭한 일이여."

노인들은 저마다 고개를 끄덕이며 칭송을 아끼지 않았다.

송 노인은 가지고 나간 문집을 그날 노인정에 나온 늙은이들에게 골고루 한 권씩 다 나누어 주었다. 노인정의 늙은 친구들에게뿐 아니라 송 노인은 집에 볼일이 있어 찾아오는 이웃사람들에게도 곧잘 그것을 자랑하며 한 권씩 선사를 했다.

고향에서 나머지 백 부가 마저 오면 이번에는 아들에게 부탁해서 여러 도서관에 기증도 하고, 서점에 내놓고 좀 팔아보기도 해야지 생각하며 송 노인은 혼자 가슴이 부풀기도 했다. 설마 아들 녀석도 그런 부탁은 들어주겠지, 저한테 돈 내라는 것은 아니니까 싶었다.

송 노인의 이번 가을은 그렇게 보람 있는 즐거움과 부푼 기대감 속에 저물어 갔다.

추위가 닥치자, 송 노인의 기침은 한결 심해졌다. 기침뿐 아니라,

몸도 쇠약해져서 현기증이 곧잘 일어나곤 했다. 입맛도 떨어졌다. 가을에 고향에 내려가 문집을 책으로 만드느라고 한 달 보름 남짓 설치고 다닌 것이 여든이 가까운 노령에는 무척 무리였던 모양이다. 어디 뚜렷하게 아픈 데가 있는 것은 아닌데 자리에 몸져눕게 되고 말았다.

한약을 지어다 달여 주는 것을 먹어도 기침은 조금 누그러드는 것 같았으나, 기력은 여전히 회복되지가 않았다. 어찌된 셈인지 밤으로 잠은 더 오지가 않았다. 오줌이 찔끔찔끔 자꾸 마려워서 애를 먹었다.

그렇게 몸져누워서도 송 노인은 고향에서 왜 아직까지 문집 나머지 백 부가 오질 않는지, 그것이 노상 마음에 걸렸다. 돈이 아직 다 걷히질 않았는지, 걷힌 것을 혹시 딴 데 우선 변통해 쓴 것이나 아닌지, 그렇지 않으면 송삼수가 무슨 다른 집안일 때문에 그 일을 뒷전으로 미루고 있는 것인지, 궁금하기 짝이 없었다. 어서 나머지가 올라와서 해가 바뀌기 전에 깨끗이 매듭을 지어야 할 것인데…… 걱정이었다.

그래서 답답한 나머지 아들을 불러서 편지를 한 번 해 봐달라고 일렀다.

"예, 알았어요."

하고 대답을 했으나, 그녀석이 서둘러 편지를 써서 보낼 것 같지가 않아 입맛이 쓰기만 했다.

희끗희끗 첫눈이 나부끼는 저녁이었다. 퇴근길에 술을 한잔 하고, 혼혼한 기분으로 돌아오던 명준은 집으로 들어서는 골목 어귀에서 호떡 한 봉지를 샀다. 첫눈이 내리기 때문인지 호떡을 굽고 있는 여자의 빨간 스웨터가 한결 고와 보였고, 호떡까지가 어쩐지 먹음직해 보였다. 평소에는 별로 거들떠보지 않던 호떡이었다.

천 원어치를 샀는데, 덤으로 한 개 더해서 열한 개를 종이로 만든 봉지에 담아 주었다.

아버지가 사가지고 온 뜨뜨무리한*('뜨뜻미지근하다'의 방언) 호떡 봉지를 받아든 윤국이는,

"야, 호떡이다."

하고 좋아했다.

국민학교 1학년짜리 윤미도,

"호떡 나도 줘. 나도 먹을 거야."

하면서 호떡 봉지로 달려들었다.

두 오누이가 공연히 욕심을 내어 서로 호떡을 많이 차지하려고 들자,

"얘들이 호떡 첨 봤나. 할아버지도 두어 개 갖다 드려."

하고 엄마가 눈을 흘겼다.

윤국이는 봉지에 호떡 두 개를 남겨가지고 할아버지 방으로 갔다.

방문을 열고 윤국이가 들어오자, 송 노인은 자리에 누운 채 멀뚱히 바라본다.

"할아버지, 호떡 잡수세요."

윤국이가 호떡 봉지를 내민다.

"웬 호떡이냐?"

"아버지가 사 왔어요. 두 개 들었어요."

"두 개는 많다. 한 개만 놔두고, 한 개는 니가 먹어라."

"예, 할아버지."

윤국이는 종이봉지에서 한 개를 얼른 꺼내 들고 나가 버린다.

방바닥에 놓인 호떡 봉지를 무심히 바라보고 있던 송 노인은,

"아니."

깜짝 놀란다. 자기도 모르게 벌떡 몸을 일으키며 얼른 그 호떡 봉지를 집어 든다.

"이럴 수가, 이럴 수가……."

송 노인의 두 눈이 화끈해진다. 온몸의 피가 머리로 치솟고, 눈으로 모이는 느낌이었다.

"어떤 놈이 이런 짓을…… 어이쿠……."

비명에 가까운 신음소리를 내뱉으며 송 노인은 온몸을 와들와들 떤다.

호떡 봉지를 만든 종이는 다름 아닌 바로 책으로 찍어낸 문집을 뜯어서 만든 것이었다. 종이에 한자가 다닥다닥 박혀 있어서 쉬 알 수가 있었다.

도대체 어떤 놈이 이런 짓을 했는지, 분해서 도저히 참을 수가 없어 와들와들 떨던 송 노인은 벌떡 일어섰다. 당장에 달려가서 그놈이 어떤 놈인지 잡아서 요절을 내주고 싶었다.

그러나 벌떡 일어선 송 노인은 눈앞이 아찔해지며 전기가 나간 것처럼 캄캄해지는 것이 아닌가. 전기는 여전히 켜져 있는데 말이다. 짙은 현기증이 머리를 때렸던 것이다.

그리고 다리에서 힘이 쭉 빠지며 휘청 무릎이 꺾어졌다. 비실 방바닥에 송 노인은 내려앉듯 쓰러져 버렸다. 곧 쿨룩쿨룩 쿨룩쿨룩 심한 기침이 뒤따랐고 온몸에 경련이 이는 듯 바르르 떨렸다.

큰방에서는 텔레비전 연속극을 보느라 정신들이 없어서 건넌방의

자지러지는 듯한 기침소리를 듣지 못했다.

바깥에는 첫눈이 여전히 소리 없이 내리고 있었다.

송 노인이 숨을 거둔 줄을 안 것은 이튿날 아침이었다. 밥상을 들고 들어간 며느리가,

"어머나."

눈이 휘둥그레졌다.

시아버지의 조그마한 몸뚱이가 방바닥에 아무렇게나 구겨지듯 쓰러져서 싸늘하게 굳어져 있는 것이 아닌가.

"아이고……."

며느리의 입에서 비명이 터져 나왔다.

명준은 이미 출근한 뒤였고, 학교에 가려던 윤국이와 윤미가 놀라 할아버지 방으로 뛰어들어 왔다.

그날 오후, 터미널에 도착한 어떤 고속버스에서 노인 한 사람이 내렸다. 한복 위에 검정 외투를 입고, 허름한 중절모를 눌러쓴 노인은 손에 보자기에 싼 큼직한 짐을 들고 있었다.

"서울은 많이 춥구나, 벌써 눈도 내렸네."

하면서 노인은 목을 움츠리고 대합실을 나와 버스 타는 쪽으로 걸어갔다. 손에 든 짐이 꽤나 무거워 보였다.

송삼수 노인이었다. 보자기로 싼 짐은 물론 나머지 문집 백 권이었다.

《한국문학》(1984. 12)

화초 갈무리

베란다에 오후의 햇살이 화사하다. 거실 소파에 앉아서도 내다보이는 저 건너 언덕배기 한쪽 그늘에는 잔설이 하얗게 묻어 있다. 베란다 바깥쪽 문을 열면 바람결은 아직 찰 것이지만, 햇살은 눈부시고 따스해 보인다.

"아아, 봄이로구나."

나는 별안간 머릿속이 환해진다. 조금 전까지도 전혀 느낄 수 없었던 봄이 문득 눈에 살짝 와 닿은 것 같은 기분이다.

조춘(早春). 틀림없이 이제 겨울은 사위어 가고, 봄이 어렴풋이 다가서고 있다.

거실 한쪽에 놓인 화분들이 우중충하게 눈에 띈다. 나는 소파에서 몸을 일으킨다. 화분을 한 개 한 개 베란다에 들어내기 시작한다. 전부 여덟 분이다. 단풍, 느티나무, 매화, 영산홍, 소철, 석란이 각 한 개씩이고, 장미가 두 개다.

나는 분재에 별로 취미를 느끼지 못하고 있다. 베란다가 허전하니까 그저 꽃집에서 마음 내키는 대로 몇 가지 한쪽 구석에 들여놓았었다.

이따금 물을 주기는 했다. 그러나 거의 잊어버리다시피 했었기 때문에 한 개 한 개 베란다로 들어내며 자세히 보니 말이 아니다. 잎에 먼지가 앉아서 뿌옇기도 하고, 단풍이나 영산홍 가지에는 하늘하늘한 거미줄이 걸려 있기도 하다.

여덟 개의 분을 베란다의 화사한 햇살 속에 갖다 놓고 먼지를 털기도 하고, 거미줄을 걷어내기도 한다. 그리고 물을 준다.

그런데 여덟 개의 분 가운데 아무리 보아도 느티나무와 석란이 시원치가 않다. 고사한 게 아닌가 싶다.

느티나무는 굵기가 제법 어른 팔뚝만 하다. 이십 센티 정도에서 뭉텅 잘려 가지를 옆으로 뻗고 있다. 마치 나무토막을 흙에 꽂아 움을 트게 한 것 같다. 여덟 개의 분 중에서 가장 튼튼해 보이고, 아무렇게나 가꾸어도 잘 자랄 것 같은 분재다. 그런데 이놈이 바싹 말라서 껍질이 버석버석 곧 부스러질 것 같다.

석란도 온통 잎사귀가 버실버실*('버슬버슬'의 방언)하다. 뿌리께에 조금 푸르스름한 기운이 남아 있을 뿐이다.

다른 것들은 대충 손질을 하고, 물을 주고 나니 한결 생기가 돌아 보인다. 매화에는 살짝 곧 터질 듯한 꽃망울이 달려 있고, 영산홍과 장미에도 푸릇푸릇 새잎이 움트고 있다. 소철은 물에 씻긴 이파리가 암녹색으로 번질거린다. 단풍나무의 잔가지들도 햇살에 바르르 떠는 듯 싱싱해 보인다.

나는 느티나무의 껍질을 조금 벗겨 본다. 물기라곤 조금도 없이 바싹 말랐다. 쑥 잡아 뽑아 본다. 뿌리가 썩었다.

"알 수 없는 일이군. 알 수 없는 일이야."

석란도 뽑아 본다. 역시 마찬가지다.

석란은 보기에도 연약하게 생겼으니까 그럴 수 있다 치더라도 아무렇게나 던져놓아도 상관없을 것 같은, 가장 실해 보이는 느티나무가 겨울을 넘기지 못하고 말라죽어 버리다니, 아무래도 알 수가 없다. 다른 분들과 마찬가지로 물을 줄 때는 주었고, 같은 온도의 거실에 놓아두었는데 말이다.

"알 수 없는 일이라니까."

신기할 것도 아무것도 없는 범상한 일인데, 왠지 자꾸 그런 일이 신기하게 생각되어 혼자 곧장 중얼거린다. 내 나이도 이제 오십을 넘었다. 그래서 그런지도 모른다.

고사한 느티나무와 석란을 쓰레기통에 갖다 버린다. 그리고 화초가 뽑혀나가고 흙만 남은 두 개의 분은 베란다의 한쪽 구석으로 밀어붙여 놓는다.

"집에 있었군. 뭐 하나?"

"화분을 좀 손봤지."

"그런데 말이지. 상한이가 또 입원을 한 모양이야."

"또? 그 병으로?"

"그런 것 같애. 날씨도 좋고 하니 어때? 한 번 안 가보겠나?"

"그럴까."

"슬슬 내 사무실로 나오라구."

"그러지."

수화기를 놓고, 나는 커다랗게 기지개를 켰다. 그리고,

"상한인 몸이 약해서 큰일이야."

혼자 중얼거리면서 주섬주섬 옷을 갈아입기 시작했다.

서대문 쪽에 새로 솟아오른 빌딩의 십육 층에 있는 곽두명의 사무실에 들어선 나는 절로 미소가 지어졌다. 이 친구 알아줘야 돼. 이런 소리가 곧 입에서 튀어나올 듯했다.

그의 사무실을 찾을 때마다 나는 늘 약간의 놀라움을 금치 못한다. 친구들 가운데서도 아주 가까운 사이라 그의 사무실엘 비교적 자주 들르는 셈인데, 그럴 때마다 사무실의 분위기라 할까 환경이라 할까, 그런 게 전과 달라져 있는 것이다. 직원들의 책상 배치가 변경되어 있기도 하고, 벽에 걸린 액자의 위치가 달라져 있기도 하며, 하다못해 응접 테이블 위에 놓인 꽃병이 새 것으로 바뀌어졌기도 한 것이다.

이곳 빌딩 십육 층으로 옮긴 뒤론 두 번째 걸음인데, 전번에 왔을 때 눈에 띄지 않던 소철이 문을 열고 들어서자 앞을 가로막듯 서 있는 것이 아닌가. 거대한 소철이었다. 높이가 이 미터는 실히 될 것 같고, 밑둥치의 굵기는 아이들의 팔로 능히 한 아름은 될 듯싶었다. 식물원의 온실 속에서나 볼 수 있는 그런 소철이었다.

거대한 소철을 담아 떠받치고 있는 분도 따라서 거창했다. 번질거리는 청회색의 도자기 분이었다.

"소철이 물건이군."

사장실로 들어서며 내가 말하자, 곽두명은,

"괜찮지?"

하면서 빙그레 웃었다. 번드레한 이마가 한결 넓고 시원해 보였다.

곽두명은 그렇게 매사에 큼직한 구석이 있는 친구다. 그러면서도 끊임없이 새로운 것을 추구하기도 했다. 인생이란, 특히 사업을 하는 사람이란 늘 새로운 것을 찾지 않으면 안 된다는 게 그의 지론이다. 물이 흐르지 않고 고여 있으면 썩기 마련이듯이, 사업도 한 자리에서 맴돌면 침체해져서 결국 경쟁에 뒤지기 마련이라는 것이다. 그래서 사무실 환경부터 늘 새롭게 가꾸곤 하는 모양이다.

그의 모습에서도 언제나 새로운 싱싱함이 엿보이는 듯했다. 오십고개를 넘은 터인데도 노상 밝고 화사한 빛깔의 넥타이를 사흘이 멀다 하고 갈아매었고, 양복도 한 가지를 계속 걸치는 일이 없었다. 이것저것 그때그때 기분 내키는 대로 갈아입었다. 머리 역시 늘 헤어크림을 살짝 묻혀 빗어 넘긴 듯 새까맣게 반질거렸다. 실상은 그도 별수 없이 희끗희끗 흰 머리카락이 눈에 띄게 섞이게 된 터인데, 염색으로 위장을 해가지고서 말이다.

그런 겉모습에서뿐 아니다. 그에게서는 언제나 활력이라 할까 정력이라 할까, 그런 싱싱한 것이 내풍겼다. 오십 고개를 넘었는데도 삼십 대 사십 대들 못지않은 왕성한 의욕을 가지고 사업에 임했고, 또 생활을 즐기기도 했다. 술자리 같은 데서 그는 곧잘 '인생은 오십부터'라느니, '오십은 청춘'이라는 말을 내뱉었다. 그럴 때의 그는 실제로 청년으로 착각이 될 정도로 스태미너가 넘쳐 보였고, 술도 거침없이 대음을 했다.

호기와 함께 그에게는 또한 놀랄 정도의 끈기라 할까 투지라 할까, 그런 강인한 것도 있었다. 요즘 벌이고 있는 컴퓨터 사업 이전에 몇 차례나 업종을 바꾸었고, 고전을 하기도 했는데, 한때는 빚쟁이들에게 몰려 행방을 감춘 일까지도 있었다. 그러나 그는 꺾어져 버리지 않고 다시 고개를 들고 일어났고, 뛰었고, 기어이 성공을 거머쥐었다. 그래서 지금은 사무직원만도 삼십 명가량 되는 탄탄한 회사의 주인이 되어 있는 것이다. 한마디로 집념의 사나이라고 할 수 있다.

그의 그런 집념은 중학생 시절부터 싹이 보였다. 그와 나는 중학교 동기생인데, 양상한과 함께 우리 셋은 삼총사라고 할까, 각별히 친했다. 하숙을 한 방에서 같이 하기도 했고, 방을 얻어서 함께 자취 생활을 한 일도 있었다.

하숙을 할 때의 일이었다. 그의 집은 넉넉한 편이 못 되었다. 하숙비를 제때 못 내어 주인아주머니한테 싫은 소리를 듣기 일쑤였다. 그는 마침내 하숙비를 자기 힘으로 벌기로 결심하고 신문배달을 시작했다. 새벽에 일찍 일어나 두어 시간을 뛰고 돌아왔다.

그런데 상한이와 나는 그가 신문배달을 하는 줄을 한동안 몰랐었다. 그럴 수밖에 없는 것이 우리가 아직 잠들어 있는 동안에 배달을 마치고 돌아와 오히려 우리를 깨워주는 형편이었으니 말이다.

그가 신문배달을 한다는 사실을 우리는 주인아주머니한테 들어서 알았다.

"야, 너 신문배달 한다면서? 신문배달 하면 한 달에 얼마 버는데?"

"부지런도 하다. 어떻게 매일 새벽에 일어나지? 몇 집이나 돌리니?"

상한이와 나는 이렇게 예사롭게 말을 하며 가볍게 웃기까지 했다. 그러나 나는 내심 이 친구 알아줘야겠군, 하고 약간 감탄을 하지 않을 수 없었다.

신문배달을 몇 달 계속하다가 그가 불쑥 우리에게 방을 하나 얻어서 자취를 하자는 제의를 했다. 자취라는 말에 사내 녀석들이 무슨 자취냐고 우리는 웃었으나, 그는 진지한 표정이었다. 자취를 하게 되면 밥 짓는 일은 자기가 도맡아 하겠으니, 걱정 말고 방을 하나 구하자는 것이었다. 하숙을 하는 것은 사치요 낭비라고 힘주어 말했다.

그의 입에서 그런 말이 나오게 된 것은 신문배달을 해서 직접 자기 힘으로 돈을 벌어보니 돈 귀하고 아까운 줄을 알았기 때문이었을 것이다. 중학생이 벌써 돈맛을 안 셈이었다.

상한이와 나는 그에게 못 이겼다. 그래서 우리 셋은 자취생활을 시작했는데, 자취를 하면서도 그는 신문배달을 계속했다. 배달을 해서 번 돈으로 하숙비 충당은 못 되었으나, 자취 비용은 되고도 남았다. 어쩌면 그가 그 점을 노렸던 것인지도 몰랐다. 그런 사실을 안 나는 그가 새삼스럽게 바라보였고, 속으로 혀를 내두르지 않을 수 없었다.

또 한 가지 잊혀지지 않는 것은 자취생활에 배달을 하는 처지에 어여쁜 여학생 하나를 낚아 올린 사실이다. 신문을 배달하는 집 딸이었다. 여중 3학년인 그녀에게 혹한 그는 사랑의 편지를 무려 열세 통이나 써서 전했다. 번번이 퇴자를 맞았는데도 단념을 하지 않고, 열세 번이나 사랑을 호소하다니 보통 정열이 아니었다. 어쩌면 정열이라기보다도 기어이 해내고야 말겠다는 집념이라 할까, 오기라고 하는 편이 옳을지도 몰랐다. 아무튼 그런 점에 감동이 되었는지 마침내 소녀는 그에게 무너져왔던 것이다.

소녀를 함락시킨 그는 기쁨을 어쩔 줄 모르며 우리에게 한턱 썼다. 저녁에 바께쓰를 들고 나가 뿌연 막걸리를 거의 반 바께쓰나 받아 왔었다. 바께쓰 채 방 한가운데에 놓고 김치를 안주 삼아 자, 마시자 하면서 식기로 듬뿍듬뿍 떠서 나와 상한이에게 권하고, 저도 한 그릇 가득 퍼서 단숨에 꿀꺽꿀꺽 마셔버리고는 제법 끄르르 트림까지 하며 하하하…… 파안대소를 하는 것이다.

우리는 그때 중학교 4학년생들이었다. 삼십여 년 전 그 무렵은 아직 중학교와 고등학교가 분리되지 않고, 중학이 5년제로 되어 있었다. 중학교 4학년인 열일곱 여덟 살짜리들이 그날 밤 떠들고 노래 부르며 반 바께쓰나 되는 막걸리를 깨끗이 바닥내 버렸었다.

그렇게 그에게는 벌써 그 무렵부터 끈질긴 집념이 싹을 내밀고 있었고, 곁들어 호기도 엿보였다.

"그럼, 가볼까."

곽두명은 번쩍거리는 팔목시계를 보며 소파에서 몸을 일으켰다. 나도 일어났다.

그의 차로 대학병원을 향해 가면서 나는 중얼거리듯 말했다.

"이번엔 수술을 하는지 모르겠네. 수술을 해버리는 게 나을 텐데……."

"글쎄 말이야, 잘라내 버리면 될 것을. 상한인 도무지 답답해서…… 썩어가는 창자를 달고 있으면 좋을 게 뭐냔 말이야."

곽두명은 정말 그 친구 답답해서 못 견디겠다는 듯이 내뱉었다.

"벌써 십 년은 된 것 같은데…… 위장이 나쁘다고 끌끌거린 게."

"대체, 위장 나쁘단 사람 난 알 수가 없어. 운동을 안 하니까 그래. 군대에 가보라구. 속이 거북하고 안 좋은 사람 약 줄 테니 나오라고 해서 연병장을 돌게 하잖아. 두세 바퀴만 돌면 속이 안 좋은 게 다 어딨어. 쑥 내려가고 말지."

"허허허……."

나는 웃었다. 곽두명의 사람됨을 그런 말투에서도 느낄 수가 있는 것 같아 재미있었다.

입원실 문을 열고 들어서니 병상에 반듯이 누워있던 양상한은,

"오."

하면서 몸을 일으키려 했다.

"가만히 누워 있으라구. 환자가 일어나다니……."

곽두명이 다가가며 제지했다.

"아이고, 어서 오세요. 바쁘실 텐데 이렇게……."

양상한의 아내가 걸상에서 일어나며 인사를 했다.

"안녕하세요?"

나란히 앉았다가 일어난 것은 딸이었다. 배가 불룩했다. 지난해 가을 그녀의 결혼식에 참석했었는데, 벌써 배가 거의 만삭인 듯싶었다.

나는 병원 매점에서 사 들고 간 선물용 오렌지 박스를 걸상 한쪽에 가만히 놓았다. 그리고,

"걱정이 많으시겠습니다."

부인에게 인사말을 하고, 병상 곁으로 다가섰다.

"언제 입원했나?"

"그저께 별안간 배가 못 견디게 땡기고 아파서……."

양상한은 미간을 살짝 찌푸리며 힘없는 목소리로 대답했다. 얼굴이 꽤나 수척해 보였다.

"맹장염인가?"

"아니야, 십이지장궤양이잖아, 전에도 그래서 입원을……."

그러자 곽두명이 불쑥 입을 열었다.

"잘라버리라구, 수술을 해버리면 개운할 것 아냐. 이번에 해버리라구."

"글쎄……."

"글쎄는 무슨 글쎄야. 잘라버릴 것은 잘라버려야 끝나는 거야. 아까워서 그러나?"

그 말에 모두 살짝 웃었다. 배가 만삭인 딸은 몹시 우스운 듯 손으로 입을 가리고 큭큭거리며 창 쪽으로 가만히 돌아섰다.

"자, 이리 좀 앉으세요."

부인이 권해서 곽두명과 나는 걸상에 궁둥이를 내렸다. 별로 길지 않은 나무 걸상이어서 부인과 딸은 한쪽에 서 있어야 했다.

입원실 안에 병상은 두 개였다. 저쪽 환자는 수술이라도 한 듯 중환자처럼 늘어져 누워 눈을 감고 있었고, 팔에 링거가 꽂혀 있었다. 중년 여자가 무표정하게 의자에 앉아 지키고 있었다. 환자의 가족인지, 간병을 직업으로 하는 여자인지 잘 알 수가 없었다.

친구의 딸이 밖으로 나가 자동판매기에서 뽑은 커피를 두 잔 들고 와서 곽두명과 나에게 하나씩 권했다.

커피를 마시고, 잠시 얘기를 나누다가 우리는 일어났다.

"내 말 듣고 이번엔 잘라버리라구. 무조건, 알겠지?"

병실을 물러나면서도 곽두명은 다짐을 받듯 양상한에게 말했다.

양상한은 말없이 그저 조금 웃기만 했다.

병원의 긴 복도를 나란히 걸으면서 곽두명은,

"운동을 해야 돼. 운동 안 하면 상한이 꼴 된다구."

하고 또 운동 얘기를 꺼냈다.

내가 아무 말이 없자, 계속 지껄여댔다.

"수영이 좋더군. 집 근처에 실내 수영장이 생겨서 수영을 시작했더니 글쎄, 배도 들어가는 것 같고, 그만이더라니까. 골프보다 나은 것 같애. 골프는 매일 칠 수가 없잖아. 수영은 아침저녁 마음 내키는 대로 언제든지 손쉽게 할 수가 있거든. 요즘은 매일 식전에 가서 삼십 분씩 하지. 자네도 한 번 해보라구. 정말 좋더라니까. 전신운동으로 수영이 제일이라는 거야."

이 친구 좀 수다스러울 정도군, 싶으면서 나는 힐끗 그의 아랫배께로 눈을 주었다. 눈에 띄게 부은 것은 아니었으나, 허리통이 아무래도 나보다 더 굵어 보였다. 나는 히죽 웃으며 입을 열었다.

"난 등산을 하고 있잖아."

"참 자넨 등산 쪽이지."

"일요일이면 비가 오나 눈이 오나 산엘 간다니까. 기독교 신자나 불교 신도들이 일요일에 교회나 절에 가듯이 말이야. 집에 가만히 못 있다구."

"그렇다면 종교인 셈이로군. 허허허."

"그렇다고 볼 수가 있지."

"좋지, 등산도 좋을 거야."

"등산도 매일 할 수는 없으니까. 집에서 요가를 하지."

"요가도 좋다더군."

"요가라고 해서 뭐 본격적으로 하는 것은 아니고, 책을 보고 내 나름대로 몇 가지 배워서 체조처럼 하고 있지. 그리고 말이야……."

나도 절로 말이 많아졌다. 엘리베이터 승강구에서 기다리면서 계속 지껄였다.

"기는 운동도 하고 있어."

"기는 운동이라니?"

"거실을 짐승처럼 기어 다니는 거야. 무릎을 들고 말이야."

"허허허, 보기 좋겠는데."

"보긴 좀 흉하지만, 운동치곤 제일인 것 같애. 어떤 건강 잡지에서
보고 시작했는데, 그야말로 전신운동이더군. 아마 수영 못지않을 거
야. 한 오 분 기고 나면 온몸이 뻐근하고, 땀이 쭉 난다니까."

"군대에서 기합 받을 때 기기도 하잖아. 힘들지. 그건 운동이라기
보다도…… 허허허……."

"매일 하는 건 아니고, 몸이 찌뿌듯하면 요가를 하고서 기어보기
도 하지. 집 안에서 할 수 있는 운동으론 그만인 것 같애. 아침저녁
으로 오 분씩만 매일 계속하면 어떤 만성병도 다 낫는다는 거야."

"자네처럼 집에서 글 쓰는 사람에겐 안성맞춤이겠군."

"허허허, 그런 것 같애."

엘리베이터에서 내려 차가 대기하고 있는 곳으로 걸어 나가면서
도 우리의 얘기는 계속되었다. 곽두명이 말했다.

"상한이도 등산을 하든지, 기든지, 아니면 나처럼 수영을 하든지,
좌우간 운동을 해야 되는데…… 가뜩이나 약질이 운동도 안 하니 입
원이나 할 수밖에. 오십이 넘으면 건강관리가 제일이야."

"상한이라고 그걸 모르겠어. 제 나름대로 뭘 하고 있겠지 뭐."

"하긴 뭘 해. 운동 같은 것 안 할 녀석이야. 그러니까 늘 고랑고랑
병치레나 하는 거지. 글쎄, 십이지장인지 뭔지 썩어가는 창자를 잘라
내는 것도 망설이니 무슨 일이 되겠어. 잘라낼 것은 싹 잘라내고서
운동으로 건강을 되찾는 거야. 안 그래? 그 친구 생각만 해도 답답

하다구."

곽두명은 정말 답답해서 못 견디겠는 듯이 고개를 설레설레 내젓기까지 했다. 우리는 광화문에서 내려 한잔 나누고서 헤어졌다. 술자리에서도 얘기는 주로 건강에 관한 것이었다. 술이 거나해지자 곽두명은 서슴없이,

"상한이 그 녀석 오래 못 산다구. 두고 보라구."

이런 소리까지 뇌까렸다.

양상한으로부터 퇴원을 했다는 전화가 온 것은 열흘쯤 후의 일이었다. 목소리는 여전히 힘이 없었으나, 어딘지 모르게 밝게 느껴졌다.

"수술을 했나?"

"아니."

"그럼?"

"그냥 약으로 가라앉혔지."

"잘했네. 이제 식사도 제대로 하고?"

"아직 밥은 못 먹고, 죽을 먹지. 집에서 약을 복용하면서 두어 달 안정을 하라는 거야. 일주일에 한 번씩 병원에 다니면서."

"잘됐군."

그러면서도 나는 웃음이 나왔다. 썩어가는 창자를 달고 있으면 좋을 게 뭐냐 말이야, 잘라버리라구, 아까워서 그러나? 이런 말을 내뱉던 곽두명의 얼굴이 떠올랐던 것이다. 그에게도 물론 퇴원인사로 전화를 했거나, 할 터인데, 그때 곽두명이 전화에다 대고 뭐라고 말했는지, 혹은 말할 것인지, 그 말이 능히 짐작되고, 또 그 표정이 눈에 보이는 듯해서 재미있었다.

그렇게 해서 양상한은 이번에도 십이지장을 잘라내지 않고 약으로 다스려 건강을 되찾았고, 보따리 장수식의 출판업이긴 하지만 다시 일에도 손을 대게 되었다. 그리고 간혹 만나면 맥주 두어 컵은 기울였다. 곽두명은 술이 거나해지면 늘 그에게 운동을 하라, 건강이 제일이다, 오래 살아야지, 하고 판에 박은 듯한 소리를 했다. 그럴 때면 양상한은 아직 어딘지 모르게 반 건강 상태로 보이는 얼굴에 그저 희미한 웃음을 떠올리기만 했다.

"고랑고랑 팔십이라고 병이 좀 있는 사람이 오래 산다구."

내가 양상한의 편을 들 듯 말하면 곽두명은,

"고랑고랑 좋아하네. 그건 다 옛날 사람들의 잠꼬대 같은 소리지. 건강해야 오래 사는 거지, 병이 있는데 어떻게 오래 살아. 그런 엉터리 같은 소리가 어딨어."

하고 일소에 붙이듯 뇌까리고는 껄껄 웃어댔다.

여름도 가고, 가을이 짙어가는 어느 날 아침, 세수를 하고 있는데 때르르때르르…… 전화벨이 요란하게 울렸다.

주방에서 아침 준비를 하고 있던 아내가 가서 받더니,

"아니, 뭐라고요? 어머나!"

깜짝 놀라는 것이 아닌가.

"여보 여보, 전화 받아 봐요. 글쎄, 곽두명 씨가 간밤에……."

나는 무슨 일인가 싶어 얼굴을 수건으로 대충 닦는 둥 마는 둥 하고, 얼른 거실로 가서 수화기를 들었다.

"곽두명 씨가 간밤에 돌아가셨습니다."

낯선 남자의 목소리였다.

나는 순간 귀를 의심했다.

"누가요? 누가 돌아가셨다구요?"

"곽두명 씨가 돌아가셨습니다."

"곽두명이가?"

"예."

"아니, 그게 정말입니까?"

"예, 정말입니다. 간밤에 돌아가셨습니다."

"집에서 말입니까?"

"예."

"아니, 아무렇지도 않던 사람이 난데없이 죽다니…… 도대체 무슨 일입니까?"

"잘 모르겠습니다. 아마 심장마빈가 봐요."

그리고 전화는 끊겼다. 그저 사망한 사실을 알리는 사무적인 어조가 더욱 충격으로 다가오는 듯했다.

양상한과 만나서 곽두명네 집을 찾아간 것은 두어 시간 뒤의 일이었다. 빈소에 안치되어 있는 곽두명의 사진을 보자, 나는 더욱 어이가 없기만 했다. 사진 속의 곽두명은 너무나 번질번질하고, 의젓하고, 정정하기만 했다. 입언저리에 살짝 미소를 머금고 있던 것이 더욱 삶에의 어떤 자신감 같은 것을 느끼게 하고 있었다.

향에 불을 붙여 향로에 꽂고, 양상한과 나란히 서서 두 번 절을 했다. 연보라 빛의 향연이 곽두명의 미소를 머금은 얼굴 앞으로 가느다랗게 나부껴 오르고 있었다. 운동을 하라구, 건강이 제일이야, 오래 살아야지, 하고 곽두명은 양상한을 향해, 그리고 나를 향해 은은하게 웃으며 지껄이고 있는 듯했다. 나는 그저 멍멍하고, 뭐가 뭔지 알 수가 없는 그런 심정이었다.

유족들의 얘기를 들으니, 간밤에 곽두명은 수영을 하러 갔다는 것이다. 수영은 매일 새벽에 가서 하는데, 간밤엔 무슨 마음이 씌었는지 말렸는데도 굳이 밤에 수영을 하러 가더라는 것이다. 한 시간 가량 수영을 하고 돌아와서 기분 좋다고 하면서 잠자리에 들었는데, 삼십 분도 안 되어 비명을 지르고 신음을 해대더니, 그만 거짓말처럼 잠잠해져 버렸다 한다.

"알 수 없는 일이군."

나는 혼잣말처럼 중얼거렸다.

바람이 스산하게 불고 있다. 베란다 밖으로 내다보이는 저 건너 언덕배기에 낙엽이 흩날린다. 햇살도 한결 여위어 보인다. 겨울이 저만큼 다가선 느낌이다.

"화분을 거실로 들여놓아야겠군."

혼자 중얼거리며 나는 소파에서 일어나 베란다로 나간다.

화분은 모두 여덟 개다. 봄에 느티나무와 석란이 말라죽어서 다섯 분이 남았었는데, 그동안에 은행나무와 오색크로톤, 아펜델라 세 가지를 사들였던 것이다.

한 개씩 분을 들어다가 거실 한쪽 구석에 가지런히 갖다 모아놓으며 나는,

"이놈은 어떨까."

"이놈은 견뎌낼까."

"이놈은 무사할까."

이런 소리를 곧잘 중얼거린다.

여덟 개의 분을 죄다 들여놓으니 별안간 거실 한쪽이 꽃밭이 된

느낌이다. 나는 팔짱을 끼고 서서 물끄러미 꽃밭을 내려다본다.

"이번 겨울엔 어느 게 갈 것인지……."

보기엔 아무래도 아펜델라가 시원찮은 것 같다. 벌써 잎사귀가 추워만 보인다.

"그러나 알 수 없는 일이지. 알 수 없는 일이고말고."

내가 멀뚱히 서서 혼자 중얼거리자, 화장실에서 나온 아내가,

"무엇이 알 수 없는 일이란 말이에요?"

하면서 다가온다.

나는 아무 말이 없다.

"예? 무엇이……."

"아니야, 아무 일도 아냐."

나는 소파로 가서 푹신 묻혀 앉아 버린다.

아내는 싱거운 사람도 다 본다는 듯이 살짝 눈을 흘긴다.

《광장》(1984. 10)

잉어 이야기

그 기이한 이야기를 들은 것은 남원의 광한루에서였다. 오륙 년 전의 일이다. 나는 아내와 함께 한여름에 전주에 있는 친구 두천을 찾아갔었다. 두천은 그곳 대학에서 교편을 잡고 있는 친구로, 중학교 동기생이다. 중학교 시절부터 각별히 친하게 지내온 사이인데, 부인과 함께 한 번 놀러 오라기에 여름에 바다를 찾는 대신 그 친구한테 놀러 갔던 것이다.

전주에서 하룬가 이틀 쉬고, 우리는 남원으로 광한루 구경을 갔다. 친구의 부인인 안 여사가 아내를 위해서 남원 광한루 구경을 가자고 제의했던 것이다.

나는 그 고장이 고향은 아니나, 소년시절에 그곳에 살았고, 중학교도 그곳에서 다녔기 때문에 전주는 물론이고 남원도 몇 차례 가본 일이 있었다. 그러나 아내는 그쪽이 첫걸음이었기 때문에 그 고장의 자랑거리라고 할 수 있는 춘향의 명소인 남원 광한루를 한 번 구경

시켜야겠다고 안 여사가 말을 꺼냈었다.

일행은 여섯이었다. 두천의 제자이며 고등학교에서 교편을 잡고 있는 김학수라는 좀 젊은 친구 내외도 동행이 되었다. 두천의 집 근처에 살고 있었고, 몇 차례 술자리에서 어울린 적이 있었기 때문에 동행이 되어도 별로 어색할 게 없었다. 그쪽도 여름방학 중이어서 남원으로 부부 동반해서 바람 쐬러 가자는 안 여사의 전화에 즐겁게 응했던 것이다.

버스가 남원에 도착하자 우리는 곧바로 광한루를 향했다. 한여름이어서 광한루는 능수버들의 녹음 속에 묻혀 있었다. 경내의 조경이 전과 달리 새롭게 잘 가다듬어져 있어서 옛날에 구경 왔을 때보다 한결 넓어진 듯 깨끗하고 후련한 느낌을 주었다.

춘향각 속에 안치되어 있는 성춘향의 영정도 옛것이 아니고, 새로 그린 듯 그 빛깔이 화사하고 선연하며, 모습 또한 미려하고 단아하기 그지없었다. 그 서릿발 같은 정절을 지닌 열녀의 모습으로는 너무 부드럽고 곱다는 느낌이었다. 좀 섬뜩한 그런 기품도 내비쳐야 되지 않을까 싶었다.

이도령이 바람을 쐬러 나와 난간에 서서 멀리 능수버들 휘늘어진 가지 사이로 그네에 흔들리고 있는 꽃 같은 춘향이를 발견했다는 광한루, 그 육중한 전각은 예나 이제나 변함이 없었다. 난간을 이리저리 거닐며 사방 경치를 즐기고 나서 우리는 오작교 쪽으로 내려갔다.

오작교는 다리도 그럴듯하지만, 그 밑의 물에 노니는 고기 떼가 일품이다. 암녹색의 물 표면으로 떠올라 떼를 지어 헤엄치며 먹이를 찾고 있는 잉어들이 눈부실 지경이다. 빨간 놈, 벌건 놈, 누런 놈, 거무스름한 놈, 새까만 놈…… 가지가지 빛깔의 잉어들이 또한 죄다 장정의 팔뚝보다 굵고, 탱탱하고 미끈미끈하기가 처녀 장딴지 같으니, 절로 입이 딱 벌어진다.

지느러미를 하느작하느작 흔들며 천천히 미끄러지는 수많은 잉어들을 향해 두천이 내외와 우리 부부는 먹이를 던지며 즐거워했다. 연못가에서 번데기 먹이를 팔고 있었던 것이다.

물 위에 떨어진 먹이를 서로 먹으려고 몰려들어 입을 동그랗게 빵긋거리는 잉어들을 내려다보며,

"물고기를 보면 절로 식욕이 동한다니까."

하고 두천은 군침이 돌기라도 하는 것 같은 표정으로 웃었다.

"맞어, 술 생각이 나지."

나도 싱긋 미소를 지으며 말했다.

'물고기를 보면 식욕이 동한다'는 말과 '술 생각이 난다'는 말이 그럴듯하고 재미있는 듯 아내와 안 여사는 약속이라도 한 것처럼 까르르 소리를 내어 웃었다.

우리가 그처럼 웃으며 즐거워하는 것과는 달리 김학수의 내외는 이상하게도 얼굴에 조금도 재미있는 듯한 그런 기색이 보이질 않고, 오히려 긴장이나 한 것 같은 굳어진 표정이었다. 특히 김학수의 부인은 무슨 두려운 것이라도 본 듯 얼른 시선을 돌리고 슬금슬금 먼저 오작교를 건너가고 있었다. 김학수 역시 잉어들을 잠시 내려다보긴 했으나 시선을 거두고 슬금슬금 부인의 뒤를 따르듯 걸음을 떼놓고 있었다.

그런 그들 부부가 어쩐지 이상해서 내가 곁에 있는 두천에게,

"저이들은 잉어에 별로 흥미가 없는 모양이지?"

하고 입을 떼었다.

그러자 두천은,

"저 내외는 그럴 까닭이 있지. 흥미가 없는 정도가 아닐걸."

하고 말했다.

그 말을 받아 안 여사도,

"순주 씨가 더할걸요."

한마디 했다.

김학수의 젊은 부인 이름이 순주인 모양이었다.

그들 부부는 잉어와 어떤 의미심장한 사연이 있는 것 같았다. 나는 매우 호기심이 움직였다.

"무슨 일인데? 잉어를 먹고 식중독에 걸리기라도 했었단 말인가?"

"아니지. 그런 얘기가 아니라, 흔히 있을 수 없는 기이하다면 기이하고, 뭐랄까…… 신비하다면 신비한 얘기지."

"무슨 일이 있었는데, 어디 한 번 얘기해 보라구."

"얘길 하자면 길지, 나도 들은 얘기니까…… 저기 가서 본인들한테 직접 들어보는 게 재미있겠지. 자, 우리도 가세."

두천은 잉어에게 던지던 먹이도 다 떨어지고 해서 손바닥을 털고 앞장서 걸어갔다.

오작교를 건너면 호젓한 섬처럼 생긴 휴식처가 있었다. 그곳 나무 그늘 아래에 우리는 자리를 잡고 앉았다. 안 여사가 집에서 마련해 가지고 온 술이랑 음식을 꺼내어 점심 겸 한잔하기로 했다.

술은 집에서 담근 매실주였다. 잘 익어서 향기도 좋고, 맛도 그만이었다. 주거니 받거니 몇 잔 하자 꽤 주기가 올랐다. 두천도 눈언저리가 발그레 피어나고 있었고, 김학수도 목줄기가 불그레 물들었다.

안 여사도 두어 잔 마셔서 한결 안색이 화사해 보였다. 아내와 김학수의 부인 순주만이 술을 입에 대지 않고 점심을 먹었다.

술기운이 훈훈해지자 나는 불쑥 입을 열었다.

"김 선생은 잉어하고 무슨 사연이 있다면서요?"

그러자 김학수는 좀 멋쩍은 듯 힉 웃기부터 하고는,

"사연은 무슨 사연요. 자, 한잔 더 하시죠."

하면서 술잔을 또 내 앞으로 내밀었다.

"무슨 사연이 있는 것 같던데, 한 번 얘기해 보시구료."

그러면서 나는 그의 부인을 힐끗 바라보았다.

밥을 먹고 있던 순주는 나의 뜻밖의 말에 움찔 놀란 사람처럼 젓가락질을 멈추고 약간 긴장된, 그러면서 좀 쑥스러운 듯한 그런 표정이 되어 있었다.

"얘기해 보지 그래. 얘기 못할 게 뭐 있어."

두천이 입을 떼었다.

"얘기 못할 건 없지만……."

하면서 김학수는 부인의 의향을 묻듯 힐끔 바라보았다. 시선이 마주치자 순주는 멋쩍고 창피한 일이라는 듯이 그러나 굳이 얘기 안할 것도 없지 않느냐, 이미 아는 사람은 다 아는 얘긴데…… 하는 그런 표정을 지었다.

"그럼 얘길 해볼까요."

김학수는 좀 쑥스러운 듯 눈을 끔벅거리며 잠시 무슨 생각을 하는지 뜸을 들이더니,

"벌써 삼 년 전 일이네요."

하고 입을 열었다.

삼 년 전 여름, 어느 날 해질 무렵에 김학수는 혼자서 밤낚시질을 하러 집을 나섰다. 김학수는 낚시광이라고 할 수 있을 정도로 낚시질을 좋아했다. 일요일은 말할 것도 없고, 한가한 시간이 생기면 으레 낚싯대를 챙겨 가지고 집을 나서는 것이었다.

김학수가 결혼을 한 것은 사 년 전의 가을이다. 삼 년 전 여름이면 결혼한 지 일 년도 채 못 되는 신혼시절, 그러니까 아직 밀월의 연속이라고 해도 과언이 아닌 그런 땐데, 그는 예사로 혼자 낚시질을 다녔고, 그날은 서슴없이 밤낚시질까지 하러 집을 나선 것이다.

그런 남편, 그때는 신랑이라고 하는 편이 어울릴 것이다. 그런 신랑을 좋아할 아내, 아니 신부가 어디 있겠는가. 순주는,

"아니 당신, 날이 저무는데 낚시질을 가요?"

약간 의아한 표정을 지었다.

"밤낚시질이 얼마나 좋다고."

마루 끝에 걸터앉아 농구화 끈을 매며 김학수는 예사롭게 대답했다.

"밤낚시질이라니, 여보, 밤에도 낚시질을 다 해요?"

"허허허…… 진짜 낚시꾼은 밤에 하는 거요."

"몇 시에 돌아와요?"

순주는 얼굴에 좀 못마땅한 기색을 떠올리며 물었다.

"내일 새벽에……."

"뭐요? 그럼 밤을 꼬박 새우며 낚시질을 한단 말인가요?"

"밤낚시를 하고 있으면 언제 날이 새는지도 모른다니까. 안 해본 사람은 그 진미를 모르지."

"나 참 기가 막혀서……."

"될 수 있는 대로 일찍 돌아오도록 하겠으니……."

"좋아요. 맘대로 해요."

순주는 토라져서 방문을 쾅! 소리가 요란하게 닫아버렸다. 결혼을 한 지 일 년도 채 안 됐는데 마누라를 혼자 집에 두고 밤을 새워 낚시질을 하러 가다니, 말하자면 외박을 하려 들다니, 뭐 저런 남자가 다 있나 싶어 순주는 방바닥에 엎어져서 울고 싶은 심정이었다.

그렇다고 채비를 다 하고서 농구화의 끈까지 다 맸는데, 그만둘 수도 없는 노릇이어서 김학수는,

"열두 시 전에 돌아오도록 할 테니까 너무 화내지 말아요. 하두 오래 밤낚시를 안 가서 근질근질해서 견딜 수가 있어야지. 결혼하곤 첨이잖어. 여보, 화 안 내는 거지? 왜 대답이 없지?"

타이르듯 사정하듯 은근한 목소리로 말하고는 집을 나섰다.

결혼한 뒤론 처음 가는 밤낚시여서 마음이 설레면서도 마누라가 토라지는 바람에 김학수는 별로 기분이 좋지가 않았다. 한편 슬그머니 걱정이 되기도 했다.

순주는 임신 사 개월이었다. 몸을 조심히 가져야 할 때인데, 공연한 일로 화를 내어 이 더운 때에 방문을 쾅! 요란하게 닫기까지 했으니 태아에게 이로울 턱이 없는 것이다. 임신을 한 뒤론 꽤나 신경이 날카로워진 듯한데, 혹시 무슨 잘못이라도…… 싶으니 김학수는 입맛이 쓰고, 조금 불안하기까지 했다. 그러나 그는,

"쓸데없는 걱정을 다……."

하고 내뱉으며 심호흡을 했다. 그리고 걸음을 크게 떼어 성큼성큼 골목길을 빠져나가며, 나도 이제 꽤 소심해졌구나 싶어 억지로 히죽

히죽 웃었다.

버스로 시내를 벗어나 이십 분가량 달리면 못이 있었다. 김학수가 곧잘 찾아가는 못이었다. 못이 깊고 꽤 넓기도 해서 고기가 비교적 잘 잡히는 편이었다. 그러나 도로에서 한참 걸어 들어가야 되기 때문에 일요일에도 비교적 한적했다.

그날은 일요일이 아니어서 못가에는 낚시를 드리운 사람이 두어 사람 보일 뿐이었다. 김학수는 여름방학 중이라 요일에 상관이 없었다.

늘 자리를 잡고 앉는 위치에 김학수는 그날도 자리를 정하고, 낚시를 드리웠다. 어느덧 해가 저물고, 땅거미가 깔려오고 있었다. 하늘 한쪽에는 달이 둥실 걸려 있었다. 달이 좋은 때였다. 그래서 김학수는 밤낚시를 떠났던 것이다.

조그마한 고기 두어 마리를 손쉽게 낚고 나서 보니 저쪽에서 낚시질을 하고 있던 두어 사람 가운데 한 사람만 보였다. 그 한 사람 역시 낚싯대를 거두고 있었다.

"오늘밤은 혼자로구나. 진짜 기분 나겠는데……."

김학수는 중얼거렸다.

지금까지 그러니까 결혼하기 전에 여러 차례 밤낚시를 했었지만 달랑 혼자서 밤에 낚시질을 한 적은 한 번도 없었다. 달이 좋은 밤에 아무도 없는 못가에 혼자 앉아 낚시질을 하다니…… 조금 으스스한 일이기도 했지만, 그럴수록 그전의 밤낚시에서는 느낄 수 없던 색다른 기분일 것만 같아 김학수는 가슴이 뿌듯하게 부풀어 오르기도 했다.

크게 심호흡을 하고는 사가지고 온 술병을 땄다. 국산 대중 양주였다. 김학수는 술을 자주 마시지는 않았지만, 주량은 큰 편이었다. 밤낚시를 할 때면 양주를 스트레이트로 홀짝홀짝 한잔씩 목을 축이듯 마시는데, 새벽녘에 보면 술병이 절반 이상 줄어 있기가 예사였다.

병마개에 한잔 따라서 쭉 넘기고는,

"카—"

소리를 내며 약간 콧등을 찡그렸다. 목구멍을 적시며 내려가는 양주의 톡 쏘는 것 같은 짜릿한 맛이 좋다는 표정인 것이다. 그리고 대구포를 한 점 입에 넣어 질근질근 씹었다.

그렇게 이따금 지루하거나 몸이 뻐근하면 홀짝 한 모금 마시고 일어나 기지개를 켜기도 하면서 고기를 낚아 올렸다. 시장기가 치밀자 사가지고 온 김밥을 두어 덩이 먹기도 했다.

밤이 깊어질수록 달빛은 한결 휘영청 밝아지는 듯했고, 간간히 지나가는 바람에 수면에는 잔물결이 일었다. 물결 위에 찰랑찰랑 부서지는 달빛이 찬란한 꿈결처럼 눈부시기도 했다. 저 건너 산의 검은 모습이 물 위에 시꺼멓게 떠 있는 것도 짙은 묵화처럼 유현한 정취를 자아냈다.

고기도 심심찮게 잘 낚였고, 술기운도 알맞게 온몸에 고루 퍼져 있어서 기분이 그만이었다. 처음엔 좀 으스스할 것 같았는데, 그런 염려는 조금도 없었다. 마치 태초의 어떤 신비경 속에 몸을 담고 앉아 유유히 낚시질을 즐기고 있는 듯한 느낌이었다.

밤이 얼마나 깊었을까. 두세 번 하품도 나오고 몸도 무지근해 왔다. 무심코 팔목시계를 보았다. 그런데 야광으로 된 숫자가 제대로 잘 분간이 가질 않았고, 두 개의 바늘도 어느 것이 긴 것이고, 어느 것이 짧은 것인지 식별되지가 않았다. 눈의 초점이 약간 흐려진 것 같다고나 할까.

피로해서 그런가 보다고, 김학수는 술을 또 홀짝 한 모금 마셨다.

결혼 전에 밤낚시질을 할 때는 동녘이 희뿌옇게 밝아올 무렵까지 꼬박 앉아서 고기를 낚아도 별로 피로한 줄을 몰랐는데, 아직 자정이 지났을까 말까 한 시각인데도 벌써 이렇게 눈의 초점이 흐려질 정도라니, 역시 결혼이란 사람 몸의 진을 빼는 일인 모양이라고 생각하며 그는 힘없이 웃었다.

이제 그만 낚시를 거두고 집에 돌아갈까 싶기도 했다. 그러나 이미 버스는 끊긴 지 오래고, 시골 도로에 이 밤중에 빈 택시 같은 것이 지나갈 턱도 없었다. 걸어서 가기에는 무리인 거리였다. 도리 없이 못가에서 밤을 새우는 수밖에 없었다.

집을 나설 때 아내에게 될 수 있는 대로 일찍 돌아오도록 하겠다고 한 말은 마지못해 한 빈말이었다. 밤낚시는 밤을 새우며 하는 것이 진미가 아닌가. 오래간만에 밤낚시를 흠뻑 즐겨보리라 마음먹고 집을 나섰던 것인데, 이렇게 벌써 슬그머니 싫증이 나다니…… 김학수는 아으윽— 크게 기지개를 켜고서 또 술을 홀짝 마셨다.

술잔을 입에 가져가는 횟수가 잦아졌고, 온몸에 퍼져 있는 주기도 점점 짙어지고 있었다.

그럴 즈음, 먼 하늘에 번쩍 마른번개가 쳤다. 달빛이 휘영청 해서 번개가 선명하게 비치지는 않았으나, 그 뒤를 따르는 우렛소리가 멀면서도 뚜렷했다.

사방이 짙은 정적에 휩싸여 있는 심야이기 때문일 것이다. 쿵 우루루, 쿵 우루루 우루루…… 마치 어디 먼 하늘 한쪽이 무너지고 있는 듯한 음향이었다.

김학수는 그 우렛소리에 자기도 모르게 가볍게 몸을 떨었다. 둔중하면서도 격렬한 데가 있는 그 울림이 몸속으로 메아리가 되어 퍼져 드는 듯한 느낌이라고나 할까.

우렛소리가 멎자 곧 어디선지 새 울음소리가 들려 왔다. 두견새인 것 같았다. 커쿡커쿡 커쿡커쿡…… 마치 목을 쥐어짜는 듯한 울음 소리였다. 아마 두견새가 번개와 우렛소리에 놀란 모양이었다. 늙은 새인 것 같았다. 울음소리의 음질이 어딘지 모르게 그렇게 느껴졌다.

김학수는 소름이 끼쳤다. 등골에 싸늘한 기운이 쫙 훑어 내려가는 듯 으스스했다.

그 늙은 두견새의 울음소리는 끊이거니 이어지거니 하며 계속되었고, 간간이 마른번개도 번쩍였다. 물론 쿵 우루루 쿵 우루루 하고 우렛소리도 이어졌다. 그러나 하늘에는 달이 휘영청 밝을 뿐 구름 한 점 보이지 않았다. 여름밤의 후덥지근한 바람이 불어오고 있을 뿐이었다.

묘하게 으스스한 기운에 휩싸인 김학수가 또 술 한잔을 홀짝 넘기고 났을 때였다. 달빛이 찰랑찰랑 부서지는 물결 위에 까맣게 떠있던 낚시찌가 쑥 물속으로 잠겼다.

"야! 큰놈인데……."

낚시꾼의 육감은 빨랐다. 김학수는 얼른 두 손으로 낚싯대를 거머쥐고 불끈 힘을 주어 낚아챘다. 그러나, 낚싯대는 휘청 휘어질 뿐 고기가 딸려 올라오질 않았다.

"이것 봐라! 야, 이것……."

낚싯바늘이 무엇에 걸린 것 같지는 않는데 좀처럼 물 위로 고기가 떠오르질 않자, 김학수는 얼른 궁둥이를 들고 엉거주춤 일어서며 있는 힘을 다했다.

묵직한 놈이 물 위로 솟으며 냅다 꼬리를 쳤다. 물결이 부서지며 퉁겨 오르는 게 마치 달빛이 퉁겨 오르는 것 같았다. 퉁겨 오르는 달빛 속에서 고기는 더욱 눈부시게 번쩍 빛났다.

"히야—"

절로 탄성이 김학수의 입에서 튀어나왔다.

거창한 잉어였다. 월척은 물론이고, 김학수가 지금까지 낚은 고기 가운데서 가장 클 뿐 아니라, 그처럼 거대한 잉어를 아직 본 적이 없었다. 온통 몸의 비늘이 달빛 아래서도 황금빛으로 번들거렸다.

그런데 그 거창한 늙은 잉어를 낚아 올려 땅 위에 떨어뜨려 놓고 나자, 김학수는 이상하게도 온몸이 와들와들 떨리기 시작했다. 덜컥 겁이 나는 것이었다.

옆으로 척 드러누운 늙은 잉어는 아가미를 천천히 벌렸다간 천천히 다물곤 하면서 눈을 커다랗게 부릅뜨고 있었다. 그 부릅뜬 눈으로 자기를 낚아 올린 자를 노려보고 있는 듯했다. 눈이 어찌나 크게 느껴지고, 무섭게 번들거리는지 김학수는 숨이 칵 멎는 것 같았다.

두려움에 질려 와들거리며 내려다보고 있는데, 느닷없이 잉어가 홀떡 뛰어올랐다. 그 기세가 어찌나 날쌔고 억센지 뛰어오르며 온몸의 지느러미를 있는 대로 다 퍼드덕거린 바람에 김학수는 그만 두 손바닥으로 얼굴을 가리며 자기도 모르게,

"어이쿠—"

비명을 질렀다. 하마터면 잉어의 온몸으로의 공격에 보기 좋게 얼굴을 얻어맞을 뻔했다.

땅에 떨어진 늙은 잉어는 숨 돌릴 사이도 없이 또 한 번 냅다 퉁겨 올랐다. 첫 번째보다도 월등히 그 기세가 격렬했다. 마치 마지막 사력을 다해서 보복이라도 하듯 온몸으로 부딪쳐 오는 것이었다.

턱과 목줄기께를 강타당한 김학수는,

"으악—"

질겁을 하고 뒤로 휘청거리며 벌렁 넘어졌다.

그 바람에 술병도 넘어져서 아직 조금 남았던 술이 지르르 쏟아졌다.

커쿡커쿡 커쿡커쿡…… 늙은 두견새의 울음소리가 한결 선명하게 울려 퍼지고 있었고, 먼 하늘에는 또 마른번개가 번쩍였다. 쿵 우루루 쿵 우루루…… 울려오는 우렛소리를 김학수는 풀밭에 나뒹굴어진 채 먼 꿈결처럼 어렴풋이 듣고 있었다.

집에서 혼자 잠들어 있던 순주는,

"으악—"

소리를 지르며 번쩍 눈을 떴다. 꿈이었다. 이마에 식은땀이 끈적했다.

참 야릇한 꿈이었다. 커다란 고기였다. 무슨 고긴지 알 수가 없는데, 아무튼 집채만큼 엄청나게 큰, 번들번들한 늙은 고기가 뭍에서 불쑥 솟아 나와서 달려드는 것이 아닌가.

해변을 거닐고 있는 중이었다. 남편과 둘이 걷고 있는 듯도 했고, 여고 시절의 담임 선생님과 함께 걷고 있는 것도 같았다.

불쑥 솟아오른 고기가 냅다 달려들자 남자는 어느새 저만큼 앞장서서 달아나고 있었다. 순주 자신도 질겁을 하고 뛰어 달아나기 시작했다. 그러나 그 거창한 고기를 당해낼 도리가 없었다. 고기는 마치 물의 짐승처럼 뒤쫓아 와서 커다란 파도가 뒤로부터 덥석 삼키듯 덮쳐 버렸다. 으악— 냅다 비명이 나올 수밖에 없었다.

순주는 끈적한 이마의 식은땀을 손등으로 훔치며 부스스 일어나 앉았다. 아랫배가 당기는 듯 뻐근했다. 불을 켰다. 벽시계가 열두 시를 이십오 분 지나 있었다.

후덥지근했다. 얄궂고 겁나기도 한 꿈을 꾼 뒤의 얼떨떨하고 으스스하기도 한 기분을 가라앉히기 위해 한참 동안 멍청하게 앉아 있었다. 아랫배의 뻐근한 통증도 가라앉고, 정신도 가다듬어졌다. 꿈에 놀라 비명을 지르는 바람에 잉태가 된 아래쪽에 약간 충격이 간 모양이었다.

부스스 일어나 마루로 나갔다. 너무 끈적하고 후덥지근해서 얼굴이라도 좀 씻으려고 뜰로 내려섰다. 달빛이 뜰에 환하게 깔려 있었다. 우물가로 가는데 번쩍 먼 하늘에서 마른번개가 쳤다. 쿵 우루루 우루루…… 우렛소리가 뒤따라 울려왔다.

순주는 우물가에 서서 하늘을 휘둘러보았다. 구름 한 점 없는 하늘에 번개가 치다니 얄궂다고 생각하면서 두레박을 우물로 내려 보냈다.

시내인지라 물론 수도가 뻗어 있었으나, 마당가 남새밭 곁에 있는 우물물이 수질이 좋고 풍부해서 수도를 끌어들이지 않고, 그 물을 쓰고 있었다. 수돗물보다 자연수가 얼마나 더 좋으냐고 하면서 말이다.

우물이 있는 쪽으로 또 저만큼 담 너머로 커다란 고목나무가 드리워져 있었다. 오륙백 년이 넘었을 그런 거목이었다. 변두리 주택지이긴 하지만, 그런 고목나무가 서 있다는 것은 흐뭇한 일이 아닐 수 없었다. 그 고목나무와 이 우물이 썩 잘 어울린다고 하면서 김학수는 늘 기분 좋아 했다.

그러나 순주는 그 늙을 대로 늙은 고목나무가 별로 마음에 들지 않았다. 어쩐지 우중충하고 답답한 느낌을 주었다.

대야에 가득 물을 퍼 담았다. 그리고 그 앞에 쪼그리고 앉았다. 그런데 대야의 물에 달빛이 어리고 달빛 속에 시꺼먼 고목나무의 한쪽 가지가 비치는 것이 아닌가.

물에 두 손을 담그려던 순주는 주춤했다. 그 시꺼멓고 우중충한 고목나무 그림자가 으스스하게 느껴지는 것이었다.

번쩍, 어딘지 또 먼 하늘에서 마른번개가 쳤고, 쿵 우루루우우루루…… 우렛소리가 들려왔다.

순주는 가볍게 몸을 떨었다. 그러면서도 애써 목에 힘을 주며 두 손을 대야의 물에 담가 얼굴을 씻기 시작했다.

후쿡후쿡 후쿡후쿡…… 이번에는 고목나무에서 새 우는 소리가 들렸다. 부엉인지 뻐꾸긴지 잘 분간할 수 없었으나, 어쨌든 늙은 새의 청승맞은 울음소리였다.

왈칵 기분이 안 좋기도 하고, 으스스하기도 해서 순주는 얼굴을 씻는 둥 마는 둥 얼른 일어나며 대야의 물을 좌악 쏟아 버렸다. 그리고 후다닥 방으로 뛰어 들어갔다.

기분 나쁜 밤이었다. 잠자리에 누웠으나 쉬 잠이 오질 않았다. 아랫배가 어쩐지 좀 무겁고 뻐근했다. 그래서 순주는 가만히 한손을 아랫배로 가져가 슬슬 어루만졌다.

이튿날 아침, 잠이 깬 순주는 방 안을 둘러보았고, 바깥쪽으로 귀를 기울였다. 남편이 돌아왔는가 해서였다.

집 안이 조용했다. 아직 안 돌아온 게 분명했다. 도대체 자기가 대문을 열어준 일이 없으니 돌아왔을 턱이 만무하질 않는가. 순주는 슬그머니 아침부터 화가 치밀었다. 한참 더 자리에 늘어져 있다가 부스스 일어났다.

부엌에서 아침을 짓고 있을 때였다. 커덩커덩커덩…… 밖에서 대문 흔드는 소리가 들렸다.

"흥!"

순주는 콧방귀를 뀌었다.

커덩커덩커덩…… 그러다가,

"여보! 나야. 나. 문 열어!"

하고 소리를 지르고 있었다.

나야 나, 하면 누가 반가워할까 보냐고 입을 삐죽삐죽 내밀며 마지못해 순주는 부엌에서 나갔다.

대문 빗장을 빼자 밖에서 삐그득 문을 밀고 김학수가 들어섰다. 김학수는 들어서며 대뜸,

"여보. 이것 봐."

하면서 손에 든 것을 자랑스럽게 번쩍 순주 앞으로 내밀었다. 물론 그 늙은 잉어였다.

영물 같은 엄청나게 큰 잉어가 누렇게 번들거리며 불쑥 눈앞에 나타나자 순간 순주는 그만,

"으악—"

비명을 질렀다. 그리고 정신이 아찔해지는 듯 비실 그 자리에 무너지듯 쓰러졌다.

"아니 여보! 왜 이래, 왜 이래."

놀란 김학수는 손에 든 잉어랑 낚시도구를 땅에 떨어뜨려 버리고, 황급히 아내를 안아 일으켰다.

땅바닥에 털썩 떨어진 잉어는 옆으로 누워서 번들거리는 커다란 눈깔로 순주를 노려보고 있는 듯했다.

순주가 온통 하혈을 한 것은 그날 오후였다. 물론 유산이었다.

『화가 남궁 씨의 수염』(책세상, 1988년)

바다 밖 2제

기상(機上)에서

  비행기의 창밖으로 바다가 펼쳐졌다. 여기저기 가볍게 던져 놓은 듯 드문드문 떠 있는 구름송이들 아래로 청록색의 바다가 일망무제로 내려다보였다. 지중해였다.

  나는 맥주를 두어 모금 마셨다. 물론 기내에서 서비스하는 술이었다. 창밖으로 흐르는 구름덩이랑 아득한 지상을 내려다보며 마시는 술의 맛은 별미다. 더구나 지금은 지중해 위를 날고 있지 않는가. 곧 이탈리아에 닿는다고 생각하니 기분이 약간 설레기까지 한다. 그러나 몸은 나른했다. 아직 오전인데도 피로가 느껴졌다.

  희랍의 아테네공항을 출발하여 로마로 가는 중이었다. 김포공항을 떠난 지는 어느덧 이레 째였다. 문인 해외여행단의 일원으로 외국 여행길에 오른 것이다. 나는 해외여행이 처음이었다. 나뿐 아니라, 일행 중 한두 사람을 제외하고는 모두 첫 바다 밖 나들이였다. 태국에서 삼박사일, 희랍에서 이박삼일을 하고, 이탈리아로 향하고 있었다.

"한잔 안 해."

옆에 앉은 C형에게 말했다.

"한잔 할까."

C형도 맥주 깡통을 땄다.

"지중해로군."

"응."

"로마까진 별로 시간이 걸리지 않지?"

"응, 아테네에서 두 시간 정돌 거야."

C형은 심상하게 말하고 맥주 깡통을 입으로 가져갔다. 그는 신문사에 근무할 때 두어 차례 해외를 돈 일이 있어서 초행인 우리와는 달리 비교적 이번 여행길에 담담해 보였다.

두어 모금 마시고, 휴우— 나직이 숨을 내쉬며 뒤로 푹신 묻히는 것이 그 역시 피로한 모양이었다. 피차 오십을 넘은 터이니 그럴 수밖에. 여행이란 우리 같은 오십 객에게는 즐거우면서도 피로한 법인데, 더구나 단체로 스케줄에 맞추어 이 나라 저 나라를 도는 판국이니 말이다.

깡맥주 한 개를 비웠는데, 눈두덩이 제법 나른하고 혼혼했다. 오전이기도 하고, 피로하기도 해서 그런 것 같았다.

나는 아른한*(그런 것 같기도 하고 아닌 것 같기도 하여 아렴풋하다) 시선으로 끝없이 펼쳐진 지중해를 잠시 내려다보다가 푹신 뒤로 기댔다.

건너편 좌석에 앉은 W형은 담배를 피우며 책을 읽고 있었다. W형은 꽤나 독서가인 것 같았다. 김포공항을 떠나 비행기가 남지나해를 날고 있을 때도 어느덧 독서에 정신이 팔려 있었다.

나는 지그시 눈을 감았다. 웅웅거리는 비행음(飛行音) 속에 찌— 하는 소리가 느껴졌다. 그것은 나의 이명이었다. 몇 해 전에 폐결핵 치료를 했는데, 병은 나았으나, 그 부산물로 한쪽 귀에 이명이 생겼다.

이명은 몸이 쇠약해지면 누구에게나 일시적으로 나타날 수 있는 현상이지만, 그러나 마이신 주사의 부작용으로 생긴 이명은 그것과는 성질이 다르다. 그 소리부터가 판이한 것이다. 원기부족에서 오는 이명은 어디서 귀뚜라미가 울거나 앵— 하고 왕파리가 나는 것 같은 그런 부드러운 소리인데 비해, 약물의 부작용으로 생긴 이명은 한마디로 금속성이다. 찌— 매미 우는 소리 같기도 한데, 그게 날카로운 금속성 음향인 것이다. 피로할 때나 몸이 좋지 않을 때는 날이 번쩍이는 둥근 기계톱이 찰— 하고 철판을 자르며 돌아가는 듯 한결 요란하다. 여간 신경을 긁어 대는 것이 아니다.

처음 그런 이명이 생겼을 때, 나는 무척 당황했었다. 병원엘 다녀 봐도, 약방의 약을 먹어 봐도, 한약을 써 봐도 별 차도가 없었다. 마이신 주사에 의한 이명은 불치라는 말을 하는 한의사가 있었다. 그 말을 들었을 때는 절망감 같은 것이 오기도 했다.

"그러면 어떻게 하지요?"

물으니까,

"습관이 되면 괜찮아요. 너무 신경을 쓰지 마세요."

하고 대답하는 것이었다.

그 한의사의 말과 같이 몇 개월이 지나니 과연 별로 고통스러운 줄을 모르게 되었다. 낮으로 일에 열중을 하거나 움직이고 있을 때는 그 소리가 의식되지가 않아 이명이 있는지 없는지 망각해 버린 그런 상태가 된다. 문제는 자리에 누웠을 때이다. 밤에 잠자리에 들어 잠을 청할 때면 사위가 고요하기 때문에 그런지 이명이 온통 엄습해 오는 것처럼 울린다. 그리고 아침에 눈을 떴을 때 역시 유난히 크게 들린다. 그럴 때면 또 절로 휴— 절망적인 한숨이 나온다.

그러나 좌우간 체념을 한 상태로 세월이 흘러가고 보니 나중에는 심상해져 버린 것이다. 잠자리에 들었을 때나 아침에 잠을 깼을 때도 별로 괴로운 줄을 모르게 되고 말았다. 소음이 요란한 공장 같은 데에 처음 들어갔을 때는 몹시 고통스럽지만, 노상 그 속에서 생활을 하다 보면 면역이 되어 심상해져 버리듯이 말이다.

그러나 어쨌든 한쪽 귀에 금속성의 이명이 늘 달라붙어 있는 것만은 사실이다.

웅웅거리는 비행음과 함께 찌— 하는 이명을 느끼고 있는데, 어디선지 또 하나의 소리가 들려오는 것 같았다. 아련한 음률이었다.

지그시 눈을 감은 채 나는 미소를 지었다. 그것은 태국의 음률이라고 할까, 그런 것이었다.

비행음과 이명의 저쪽 배면에서 마치 메아리처럼 은은히 울려오는 듯한 그 음률은 물론 환청이었다. 지금 지중해 위를 날고 있는 비행기 속에 앉아 있는데, 방콕에서 혹은 빠따이야에서 나는 소리가 들려올 턱이 없다. 그러니까 그 음률은 환청이 되어 느껴질 정도로 나의 뇌리에 짙게 와닿았던 모양이다.

전에는 환청 같은 것을 경험해 본 기억이 없는데, 한쪽 귀에 이명이 생긴 후로는 과음을 한다든지 하면 곧잘 어디선지 헛소리가 들리는 듯한 착각이 일어나곤 한다. 아마 금속성의 이명 때문에 청신경이 피로해져서 그런 게 아닌가 싶다.

환청으로 어렴풋이 들려오는 음률은 두 종류였다. 태국 고유의 악기에서 울리는 소리와 가무잡잡한 얼굴의 낭자가 부르는 연연한 목소리의 노래였다. 샤르릉샤르릉 디용디용 쟈르릉쟈르릉 비융비융 비융비융…… 이런 남국 특유의 정서가 어린 부드럽고 느릿느릿한 가락의 악기음과 애상에 젖은 듯한, 그러면서도 감미롭고 낙천적으로 느껴지는 그런 가곡을 약간의 비음이 섞인 연한 목소리로 간드러지게 뽑아 대던 낭자의 노래가 한데 엉겨서 은은히 메아리져 오는 듯했다.

방콕의 로즈가든이라는 곳과 빠따이야의 밤 쇼 무대에서였다. 로즈가든 즉, 장미원이라는 곳은 말하자면 민속촌이었다. 그곳에 반야외무대로 된 공연장이 있는데, 여러 가지 민속춤과 놀이, 혹은 무예 같은 것을 하루에 몇 차례 시간을 정해 놓고 보여 주고 있었다. 우리 일행이 그곳에 간 것은 오후였는데, 시간이 알맞아서 처음부터 끝까지 잘 볼 수가 있었다.

그 여러 가지 공연 가운데서 가장 나의 흥미를 끈 것은 춤이었다. 물론 태국 고유의 민속 무용인데, 처음 보는 것이어서 그런지 무척 이색적이고 인상 깊었다.

처음에 한 사람의 낭자가 나와서 춤을 추다가, 뒤이어 여러 명의 낭자들이 쏟아져 나와 한데 어울려 추어 대는 그런 형식은 어디서나 볼 수 있는 상투적인 것이었지만, 우선 그 매무새가 특이했다. 모두가 똑같은 진홍의 옷을 입고 있는데, 한 자락으로 된 그것이 몸에 찰

싹 달라붙어서 육체의 선이 부드럽고 미끈하게 그대로 드러나 보였다. 다리 중간 부분부터 옷자락이 약간 옆으로 퍼져서 너울거렸다. 그리고 손가락마다 끝이 뾰족하고 기다란 황금빛 골무 같은 것을 모두 끼고 있었다. 그러니까 얼른 보면 실제의 두 배나 되어 보이는 길쏨길쏨한 황금빛 손가락들이 반짝반짝 빛났다. 옛 샴 문화의 어떤 면모가 느껴지는 듯한 매무새였다.

그 겉 매무새보다도 춤추는 몸놀림이 더 인상적이었다. 한마디로 부드럽고 느릿느릿했다. 샤르릉샤르릉 디용디용 쟈르릉쟈르릉 디용디용…… 악기들의 가락부터가 연하고 느렸다. 그런 가락에 맞추어 낭자들은 부드럽고 미끈한 몸의 선을 느릿느릿하게 이리 꿈틀거리고 저리 꿈틀거리면서 나울나울 하느작하느작 돌아갔다. 길쏨길쏨한 황금빛 손가락들이 수없이 원을 그리면서 허공에 반짝반짝 나부꼈다. 손바닥으로 하늘을 떠받들 듯 곧잘 위를 향해 펼치는 것이 또한 색달랐다.

그 춤에서 나는 태국이라는 나라의 풍토라 할까 생리 같은 것을 느낄 수 있는 듯했고, 그들이 이룩한 문화의 성격을 짐작할 수 있는 것 같았다. 불교 문화권의, 그것도 남방의 열대 속에서 무르익은 예술이라는 것을 알 수가 있었다. 부드럽고 조용하고 느릿느릿한 그 춤은 어딘지 모르게 낙천적이고 내세적인 것을 밑바탕에 깔고 있는 듯했다.

그 춤을 바라보며 나는 어떤 황홀감 같은 것에 가볍게 젖고 있었다.

"자네 저 춤이 무척 맘에 드는 모양이지?"

옆에 앉은 W형이 힐끗 나를 보며 싱그레 웃었다.

"좋은데…… 저 손가락들 노는 걸 좀 보라구."

"자네 술 취하면 이제 저런 춤을 추겠군 그래. 허허허……."

로즈가든에서 본 공연이 민속적인 것인데 반해, 빠따이야에서 관람한 것은 현대적이고 대중적인 흥행물이었다.

빠따이야는 방콕에서 버스로 대여섯 시간 걸리는, 해안에 있는 휴양지였다. 상하(常夏)의 나라여서, 말하자면 연중 개장인 해수욕장은 한산했다. 그 앞에 산호도라는 섬이 있는데, 바다 밑의 산호들이 육안으로 보일 정도로 물이 맑았다. 그리고 그곳 해수욕장의 모래는 흡사 밀가루처럼 부드럽고 고왔다.

국제 수준의 휴양지인 그 빠따이야에 있는 쇼 공연장으로 우리 일행은 밤에 구경을 갔다. 안내원의 말에 의하면 쇼 단원들의 대부분이 중성이라는 것이었다. 미소년들을 불알을 까고서 훈련을 시켜 쇼걸로 만들었다는 것이다.

그런 사전 지식 때문인지 무척 쇼가 흥미로웠다. 아닌 게 아니라 등장하는 쇼걸들이 얼른 보면 여성 같은데, 잘 눈여겨보면 어딘지 남성인 듯한 데가 있어 보였다. 모두 미인들이고, 가슴이 풍만하며, 몸매가 미끈미끈한 점은 그대로 여성인데, 훤칠 훤칠한 것이 어쩐지 골격이 실팍해 보였고, 다리와 팔의 근육이 덜 부드러워 보였으며, 무릎이나 손가락 같은 것을 자세히 보면 남성 티가 풍겼다. 목소리 역시 무심히 들으면 여자 목소린데, 잘 음미해 보면 남자의 성대에서 나오는 음색 같은 게 느껴지기도 했다.

그들이 불알을 깐 중성이라는 사실을 모르는 관객들은 아마 체격이 좋은 아가씨들이라고 생각하며 관람할 것 같았다.

그런 중성인 미인들이 연출하는 쇼여서 그런지, 어쩐지 더 멋있는 것 같고, 이색적이기도 해서 구미가 당겼다.

간혹 진짜 아가씨도 섞여 있는 것 같았다. 물론 확실한 것은 알 리가 없었으나, 보기에 남성 티가 어디에도 풍기지 않았다.

몇 안 되는 그런 쇼걸 가운데에 유난히 눈길을 끄는 아가씨가 하나 있었다. 그 아가씨 역시 진짜 여성인지, 혹은 불알을 까여서 그렇게 된 것인지 확실한 건 알 수가 없었지만, 내가 보기엔 십중팔구 여자인 것 같았다.

그 아가씨는 여느 쇼걸들보다 약간 키가 작았다. 살결도 좀 가무잡잡했고, 얼굴 생김새도 떨어지는 편이었다. 그러나 미인형이 아닌 용모인데도 묘하게 귀엽고 아리따웠다. 전형적인 태국 낭자라 할까, 남방 아가씨 같았다.

그런 자태보다도 아가씨가 부르는 노래가 일품이었다. 아랫입술이 좀 두꺼운 듯한 입을 방긋방긋 벌려가며 약간 비음이 섞인 매력 있는 목소리로 감미로우면서도 애상에 젖은 것 같은 그런 노래를 간드러지게 뽑아 댔다. 곡조가 높아질 때면 고개를 살짝 기울이며 턱을 부드럽게 쳐들곤 하는 것이 마치 살짝 아양을 떠는 듯 여간 아리따운 게 아니었다.

그 아가씨가 부르는 노래는 태국의 대중가요인 것 같았다. 무슨 뜻인지 가사는 알 수가 없었으나, 짐작건대 애달픈 사랑을 하소연하는 그런 내용인 듯했다. 이국정서라 할까, 남방 특유의 어떤 체취 같은 것이 짙게 풍기는 노래였다. 중성인 쇼걸들이 보여준 가지가지 연희도 이색적이었지만, 특히 그 아가씨의 노래는 인상적이었다.

로즈가든에서의 민속 공연과 그 밤무대의 쇼뿐 아니라, 태국은 여러 가지를 농후하게 나의 뇌리에 남겨 주었다. 수상시장과 황금사원

176

은 그중에서도 두드러진 것이었다. 어쩌면 태국 관광의 백미라고 할 수 있지 않을까 싶었다.

수상시장은 보는 사람에 따라서는 이맛살을 찌푸릴 그런 곳이었으나, 나는 오히려 이것이야말로 진짜 관광이로구나 싶을 지경이었다. 나뿐 아니라 C형도, 또 다른 몇 사람도 아주 인상적인 곳이라고 했다.

글자 그대로 물 위의 시장인데, 야자수를 비롯해서 갖가지 열대 식물이 우거진 밀림 속으로 굽이굽이 운하가 흐르고 있었고, 운하의 양쪽 기슭에 원두막 비슷한 크고 작은 판잣집들이 늘어서 있었으며, 가옥선(家屋船)이라 할까, 살림집을 겸하고 있는 배들이 무수히 떠 있을 뿐 아니라, 바나나니 야자열매니 망고니 하는 열대 과일을 파는 카누들이 흘러 다니고 있는 그런 곳이었다.

우리 일행이 유람선을 타고 그곳을 찾아간 것은 오전이었는데, 한산했다. 새벽녘에 시장이 열려서 조반 전에 상거래가 거의 끝난다는 얘기였다. 낮에는 그저 관광객들을 상대로 아낙네들이 과일이나 파는 정도라고 했다.

그런데 그 수상시장의 물이 어찌나 탁한지 한마디로 시꺼멓다고 할 수 있을 지경이었다. 냄새가 코를 찌를 법한 그런 탁수인데도 어찌 된 영문인지 도무지 악취가 풍기질 않았다. 묘한 일이라고 나는 생각했다.

물뿐 아니라, 집들도 배들도 그리고 사람들까지도 칙칙하고 눅눅하고 구질구질해 보였다. 전체적으로 약간 괴이한 느낌까지 주는 그런 곳인데, 그런 곳을 조금도 꾸미고 가꾸는 일 없이, 다시 말하면 화장을 하는 일 없이 세계 각국에서 모여드는 수많은 관광객들 앞에

있는 그대로 드러내 보여 주고 있는 게 놀라왔다. 태국이라는 나라
의 알몸뚱이를 본 것 같다고나 할까. 그런 묘한 감동 같은 것을 느끼
지 않을 수 없었다.

그날 저녁, 호텔에서 내가,

"오늘 구경한 것 중에서 수상시장이 제일이던데."

하니까, C형도,

"맞어, 대단한 곳이더군. 진짜 관광을 한 것 같애."

하고 맞장구를 쳤다.

C형과 나는 여행하는 동안 한방을 쓰고 있었다.

"만일 그곳을 깨끗하게 꾸며 놓았더라면 별것이 아니었을 거야."

"그렇지. 있는 그대로 보여 준다는 게 어려운 일인데, 그런 점에서
태국을 알아줘야 될 것 같애."

"맞어. 그리고 뭐 에메랄드사원이라던가, 그 황금빛으로 번쩍이던
절도 물건이더군."

"그렇더군."

불상을 에메랄드라는 보석으로 만들어 안치해 놓았다고 해서 에
메랄드사원이라고 부른다는 절도 매우 인상적이었다. 나는 어쩐지
그 절을 황금사원이라고 부르고 싶었다.

온통 절 전체가 황금빛으로 번쩍이고 있었다. 지붕이 있는 가옥형
의 불당들과 원추 모양의 탑처럼 된 많은 불전들이 전부 황금빛이었
다. 안내원의 말을 듣고 자세히 살펴보니, 황금 빛깔의 칠을 한데다
가, 콩알 크기만 한 거울 조각들을 수없이 다닥다닥 붙여 놓아서 햇
볕에 반짝반짝 더욱 눈부신 빛을 발하고 있는 것이었다. 먼 데서 보
면 온통 열대의 뜨거운 태양광선 아래 절이 황금빛으로 타고 있는

듯한 느낌이었다.

마치 어디 옛날이야기의 나라에라도 온 것 같은 착각이 들 정도의 이색적인 경관이었다. 야릇한 감동에 휩싸여 나는 한동안 멍멍하게 서 있었다.

수상시장이 태국의 생활을 보여 주고 있다면, 이 황금사원은 태국의 문화를 상징적으로 보여 주고 있다고 할 수 있을 것이다.

생활과 문화에 있어서, 태국 다음에 우리가 간 희랍에서 월등히 우수한 것을 보았다고 할 수 있다. 특히 희랍의 문화유산은 온 세계가 공인하는 그런 것이 아닌가.

이박삼일의 일정이어서 많은 것을 보았다고는 할 수 없지만, 좌우간 그 가운데서 파르테논 신전은 단연 일품이었다. 아테네의 아크로폴리스 유적지에 있는 신전인데, 기둥과 일부 벽면만 남아 있는 형해 같은 것인데도 대단히 웅대하고, 우아하고, 장엄하기까지 했다. 직선과 원으로 이루어진 기하학적 미라고 할까, 그런 것을 엿볼 수가 있었다. 그것 하나만으로도 옛 희랍의 문명을 미루어 짐작할 수 있는 듯했다. 그 신전이 아테네 시가의 어디에서나 보일 수 있도록 건축물의 높이를 제한하고 있다는 얘기였다. 말하자면 희랍 문화의 상징 같은 것이라고 할 수 있다.

그 밖에 무대에서 옷자락 스치는 소리도 좌석에 들릴 만큼 음향효과가 좋다는 에피다우로스의 고대 원형극장도 세계적인 문화유산이라고 할 수 있으며, 조금도 보수를 하지 않고, 폐허처럼 그대로 보존해 오고 있는 코린도 유적지도 볼 만했다.

그리고 박물관의 가지가지 진열품들 역시 희랍 문화의 우수성을 과시하고 있는 듯 눈부셨다. 희랍의 미를 한마디로 기하학적 미라고 할 수 있듯이, 모든 작품들이 하나같이 균형 잡힌 안정감을 주면서 섬세하고 우아하고 밝았다. 그래서 그런지 몰라도 어쩐지 남성미라 기보다는 여성미 쪽이 아닌가 하는 느낌이 들었다. 여성미라도 물론 서양적인 여성미 말이다.

온통 대리석으로 이루어져서 백색의 도시라고 할 수 있는 아테네 시가의 조망도 인상적이었고, 바다도 아름다웠다.

국가 예산의 육십 프로를 관광수입으로 충당하고 있다는 그런 우수한 나라를 보고 막 떠나온 터인데도, 어찌 된 영문인지 나의 귀에는 태국에서의 가곡 소리가 환청으로 울리고 있었고, 뇌리에는 황금 사원이 번쩍이고, 수상시장의 탁류가 굽이쳐 흐르고 있었다.

그렇게 동양 쪽 열대의 나라를 짙게 음미하고 있는데,

"자나?"

W형의 목소리가 환청을 휘젓듯이 날아왔다.

"아니."

나는 눈을 떴다.

"태국 아가씨들의 손가락 춤 생각을 하고 있었던 모양이지?"

W형은 싱그레 웃었다.

이 친구 남의 속을 용케 알아맞히는군 싶었으나, 그저 히죽 웃고 말았다. 그러고 보면, W형 역시 태국 쪽이 짙게 머리에 남아 있는 게 아닌가 여겨졌다.

다빈치공항

우리 일행이 내린 로마의 공항 이름이 다빈치였다. 물론 화가인 레오나르도 다빈치 말이다. 다빈치공항이라…… 과연 이탈리아답구나 싶었다.

로마를 보지 않고선 유럽을 구경했다고 하지 말라는 말이 있다. 자, 로마는 어떤 곳인가…… 약간 기분이 설레지 않을 수 없었다.

입국 절차를 마치고서 대합실로 나와 일행이 모두 모이기를 기다리고 있을 때였다. 나는 속으로,

"야, 이것 봐라."

하고 절로 눈이 번쩍 뜨이는 것을 어쩌지 못했다.

이미 방콕에서나 아테네에서 이국의 공항 풍경에 익숙해져 있는 터였으나, 그 두 곳에서는 볼 수 없던 광경을 이 다빈치공항에서 목격할 수가 있었던 것이다.

우선 공항 분위기부터가 서양 냄새를 물씬 풍기는 듯했다. 희랍도 서양임에 틀림없는데, 어쩐지 그곳에서보다 훨씬 짙은 서양 체취가 느껴졌다.

그리고 눈앞에 벌어진 광경도 결코 생소한 것은 아니었다. 영화나 텔레비전 프로에서 흔히 보아 온 그런 것이었다. 그러나 그런 광경을 직접 눈으로 보게 되니 신기하고 재미있었다.

어린애를 업은 한 여인이 여행용 손수레를 밀며 대합실로 모습을 나타냈다. 이십칠팔 세쯤 되어 보였다. 어쩌면 그보다 훨씬 나이가 적은지도 모른다. 서양 여자들의 나이는 겉으로 보아서 잘 가늠을 할 수가 없는 그런 면이 있다. 나이가 실제보다 더 들어 보이는 경우가 허다하고, 훨씬 덜 들어 보이는 경우도 간혹 있다. 동양인인 나의 눈으로는 아무래도 그 나이를 근사하게 짐작할 수가 없다.

어쨌든 그 정도 되는 여인이 나타나자, 마중 나와 섰던 사람들 가

운데서 한 남자가 얼른 그녀 앞으로 다가갔다. 다가간 그 남자 역시 내 눈에는 이십칠팔 세쯤 되어 보였다.

그들은 서로 반가움을 이기지 못하는 것처럼 얼싸안았다. 포옹에 이어 곧 입맞춤이 시작되었다. 말할 것도 없이 그들은 부부였다. 어린애 하나를 가지고 있는 젊은 부부였다.

그런데 그 젊은 부부의 포옹과 키스가 그렇게 간절하고 정다울 수가 없어 보이면서도 또한 자연스럽기만 했다. 아마 아내가 어린애를 데리고 친정에라도 갔다 오는 것일까. 아니면 어디 먼 곳의 친척한테 가서 오래 머물러 있다가 돌아오는 걸까. 좌우간 며칠만의 만남은 아닌 듯이 여겨졌다. 아무리 서양 사람들이지만, 며칠 동안 헤어져 있다가 만나는데 저렇게 간절하고 정답게 인사를 나눌 수가 있겠는가 싶었다. 물론 확실한 건 알 수 없는 일이었지만, 내 눈에는 아무래도 그렇게 비쳤다.

우리 일행은 모두 그 젊은 서양 부부가 연출하는 광경을 약간 신기한 눈으로, 조금은 어색하기도 한 그런 표정을 지으며 슬금슬금 바라보고 있었으나, 다른 서양 사람들은 누구 하나 눈여겨보는 것 같지가 않았다. 그들에게는 그저 예사로운 광경일 것이니 그럴 수밖에.

나는 그 젊은 서양 부부의 정답기 그지없는 만남의 모습을 보면서 문득 두어 달 전 김포공항에서 목격한 어떤 광경이 머리에 떠올랐다.

7월 초순 어느 날이었다. 나는 아내와 막내둥이 윤구와 함께 김포공항 대합실에 앉아 있었다. 사우디아라비아에서 오는 비행기가 도착하기를 기다리고 있었다. 대학 건축과를 졸업하고, 모 건축회사에 취직을 해서 곧 중동의 건설 현장으로 파견되어 간 장남 윤일이가 일 년 몇 개월 만에 한 달 휴가를 얻어 귀국하게 되었던 것이다.

비행기의 도착 시각은 오전 아홉 시 반으로 되어 있었으나, 열 시가 훨씬 지나서야 도착했다. 비행기가 도착하자, 대합실 여기저기에 앉아서 기다리던 사람들이 모두 승객이 나오는 출구 쪽으로 몰려들었다. 우리도 그쪽으로 가서 사람들 틈에 비집고 섰다.

그러나 출구의 문은 쉽사리 열릴 줄을 몰랐다. 입국 신고와 소지품 검사 관계로 시간이 꽤 걸린다는 것을 알고 있으면서도 왠지 모두 초조한 표정으로 이제나 저제나 하고 문이 열리기를 기다리며 자리들을 지키고 서 있었다. 물론 우리도 그렇게 서 있었다.

얼마나 지났을까. 문이 열리기 시작했다. 큼직큼직한 짐을 가진 승객이 한 사람씩 모습을 나타내기 시작했으나, 잇따라 나오는 게 아니라, 일이 분 혹은 삼사 분씩 간격을 두고 문이 열리곤 했다. 그럴 때마다 마중 나온 그 가족과 친지들이 환성을 올리기도 하면서 반가이 맞이하곤 했다. 거의 모두가 중동의 건설 현장에서 돌아오는 사람들이었다. 간혹 한두 사람 외국인이 모습을 나타내기도 했지만.

나는 차츰 가벼운 흥분 같은 것에 젖어들고 있었다. 물론 윤일이가 이제나 나오나 저제나 나오나 하는 초조감이기도 했지만, 한 사람씩 나타날 때마다 그 가족 친지들과의 만남의 장면이 또한 몹시 재미있고 인상적이었던 것이다.

감격적인 만남의 모습도 가지가지였다. 떠들썩하게 웃으며 손을 잡고 반기는 모습도 있었고, 벌겋게 얼굴이 상기되어 말이 잘 안 나오는 듯한 그런 만남도 있었으며, 아버지! 하고 달려드는 어린 아들을 반가움에 못 이겨 덥석 끌어안고 번쩍 쳐드는 그런 젊은 아버지도 있었다. 아마 거의 모두가 짧아도 일 년, 그렇지 않으면 이 년이나 혹은 그보다 더 오랜만의 귀국일 것이다. 더구나 열사의 나라에 가서 고생을 하다가 돌아오는 터이니, 그 만남의 감격은 정말 벅찬 것이 아닐 수 없으리라. 보는 사람에게까지 그 감격이 화끈하게 전해져 오는 것도 무리가 아니다.

그렇게 묘한 흥분에 휩싸인 듯한 분위기 속에 서서 윤일이가 나타나기를 기다리고 있는데, 윤일이는 좀처럼 나타나질 않고, 이번에도 문이 열리자 삼십쯤 되어 보이는 남자가 짐을 끌고 걸어 나왔다.

남자를 맞이한 가족은 세 사람이었다. 육십이 넘은 듯한 노인 내외와 스물 일여덟 되어 보이는 여자였다. 남자의 부모와 아내임이 틀림없었다.

그런데 이들이 만나는 모습은 다른 사람의 경우와는 달리 매우 조용했다. 물론 얼굴에 반가운 빛이 떠올라 있었으나, 조금도 호들갑스럽지가 않았다. 남자는 부모 앞에 공손히 절을 했고, 노인 내외는 그 인사를 말없이 받았다. 남자의 아내는 두어 걸음 떨어져 서서 별로 표정이 없는 듯한 그런 얼굴로 남편의 모습을 지켜보고 있었다.

부모에게 인사를 하고 난 남편과 시선이 마주치자 그 순간, 여자의 별로 표정이 없는 것 같던 얼굴이 왈칵 허물어지듯 발그레 물들면서 얼른 남편에게 다가갔다. 그러나 맞바로 앞으로 다가간 것이 아니라, 살짝 옆으로 다가가서 남편의 한쪽 어깨에 손과 얼굴을 함께 갖다 대며 그만 훌쩍훌쩍 울기 시작하는 것이 아닌가. 복받치는 뜨거운 반가움을 억지로 눌러 참으며 조용히 흐느끼는 그런 울음이었다.

아내의 울음과 동시에 남편의 두 눈 언저리도 살짝 붉어지며 눈물이 핑 고이는 게 보였다. 두 노인은 아들 내외의 그 광경을 안 보려는 듯 슬그머니 돌아서고 있었다.

　나도 그만 묘하게 뭉클해지면서 코끝이 찡해 오는 바람에 가만히 시선을 돌렸다.

　서양의 젊은 부부가 만남의 기쁨을 포옹과 키스로 간절하고 화끈하게 나누고 있는 장면을 보면서 문득 김포공항에서 목격한 그 젊은 부부의 조용하면서도 뭉클한 만남의 장면이 머리에 떠올라 나는 속으로,

　"매우 대조적이군."

하고 중얼거렸다.

　옆에 섰던 W형이,

　"좋지?"

하면서 빙글 웃었다.

　"좋은데."

　나도 힉 웃었다. 그러나 나는 그 광경이 신기하고 재미있으면서도 어쩐지 면구스러워서 기분이 묘했다.

　일행이 모두 모이자, 안내원을 따라 기다리고 있는 버스를 타러 대합실을 나서면서 이번에는 C형이 미소를 지으며 입을 열었다.

　"서양에 온 실감이 나지?"

　"글쎄 말이야."

　"로마는 정말 볼 만하다구."

　"그렇다더군."

　피로가 어디론지 말끔히 사라져 버린 듯 나는 걸음이 가볍기만 했다.

《소설문학》(1983. 12)

고도행(古都行)

경주의 고속버스터미널에 내린 나는 대합실 2층에 있는 다방으로 가서 차를 한잔 마시고, 전화번호부를 펼쳐 구학림의 전화번호를 찾아보았다. 구 씨여서 번호부의 앞 대목에서 쉬 찾을 수가 있었다.

"음, 있군."

나는 고개를 끄덕이며 미소를 지었다. 그가 경주에서 거주하고 있는지 어떤지도 잘 알지 못하는 터인데, 쉽사리 전화번호부에서 그의 이름을 찾을 수가 있었으니 반가울 수밖에.

그러나 그 '구학림'이가 옛 친구 구학림이 맞는지, 혹시 동명이인이나 아닌지 알 수가 없었다.

얼른 전화를 걸어 보았다. 전화를 받은 것은 여자였다.

"여보세요, 거기 구학림 씨 댁이지요?"

"예, 그렇심더."

"저…… 조각을 하시는 구학림 씨 맞죠?"

그러자 여자는 수화기 속에서 조금 웃는 듯하더니,

"댁은 누구십니껴?"

하고 물었다.

"친굽니다. 서울에 사는⋯⋯."

"아, 그렇습니껴. 지금 집에 안 계십니더. 볼일 보러 나갔심더."

"그럼 들어오면 서울에 있는 옛날 친구한테서 전화 왔더라고 전해 주세요."

"옛날 친구 누구시라 그럴까예?"

"황이라고 그러면 알 겁니다."

"예."

"지금 도착했는데, 불국사에 갔다가 또 전화하겠다고요."

"예, 예."

부인인 모양인데, 매우 상냥했다.

나는 기분이 좋았다. 이번 길에 구학림을 만날 수가 있을는지 의문이었는데, 쉽사리 그 전화번호를 알 수 있었고, 부인과 통화가 됐으니 말이다.

다방을 나온 나는 택시를 타고 곧바로 불국사로 향했다.

부산에서 발간되는 신문에 연재소설을 쓰고 있는 중이었다. 주인공 남녀가 불국사를 찾아가 하룻밤을 머물며 사랑을 나누는 그런 대목이 나오는데, 글을 쓰다가 나는 아무래도 직접 불국사를 한 번 내려가 보는 것이 옳겠다는 생각이 들었다. 머릿속에 떠오르는 불국사는 이십여 년 전의 불국사였다. 그 후 옛 모습대로 복원이 되었는데, 이십여 년 전의 퇴색된 모습의 불국사를 머리에 그리며 글을 썼다가는 자칫하면 독자들의 웃음을 살지도 모를 일이 아닌가. 그래서 조그마한 여행용 백을 들고 훌쩍 내려왔던 것이다.

불국사에 도착한 나는 역시 잘 왔다는 생각이 들었다. 이십여 년 전에 보았던 그 불국사와는 판이하게 달라져 있었다. 그때의 어딘지 모르게 조락한 것 같은 쓸쓸한 분위기는 간 곳이 없고, 으리으리하고 번들번들하게 일신되어 있었다.

우선 절 들머리의 경관부터가 전혀 새롭기만 했다. 온통 시멘트로 뒤덮은 널찍한 광장이 마련되어 있고, 광장 한편에는 여관과 매점들이 즐비하게 늘어서 있었다. 그런데 그 건물들이 옛 신라식 건축인 듯 큼직큼직할 뿐 아니라, 한결같이 청기와를 이고 있어서 장관이었다. 그리고 여기저기 석교니 석등 같은 것이 마련되어 있고, 이십여 년 전에는 볼 수 없던 절의 정문이 우람한 일주문으로 솟구쳐 있는 것이 아닌가.

마치 전혀 생소한 불국사에 온 듯한 느낌이었다.

경내에 들어서서도 역시 그런 느낌을 떨쳐 버릴 수가 없었다. 화강암과 시멘트로 반듯반듯하고 깨끗하게 온통 단장이 되어 있긴 했으나, 인위적인 조경에서 오는 부박함과 부자연스러움을 면할 길이 없어 보였다.

본사찰은 옛 신라 적 웅자(雄姿)를 잘 되찾은 듯이 여겨졌다. 단청이 선연한 빛으로 눈부시기만 했다.

청운교 백운교는 예나 이제나 변함없이 아름다웠고, 대웅전 앞마당의 다보탑과 석가탑 역시 언제 보아도 일품이었다.

나는 석가탑의 뭐라고 형언할 수 없는 그 균제(均齊)된 우아하고 청정한 아름다움에 한동안 넋을 잃고 서 있기도 했다. 그 탑 앞에 서면 조지훈 시인의 표현이 생각난다. 마치 소복한 여인의 뒷모습을 보는 것 같은 아름다움이라고 그는 노래했던 것이다. 탑의 어느 쪽으로 가서 서도 역시 앞모습을 볼 수 없는 여인의 안타까운 뒷모습 같은 그런 아름다움이라는 것이다. 과연 멋진 표현이 아닐 수 없다.

대웅전 주위에 전에는 볼 수 없던 회랑이 마련되어 있고, 새로 지은 불전도 여러 채 보였다. 한마디로 잘 복원을 해 놓았구나 싶었다.

그러나 경내를 고루 돌아보고 나오는 나의 기분은 썩 신통한 것은 못 되는 듯했다. 어쩐지 이십여 년 전에 보았던 그 불국사보다 오히려 못한 것 같은 느낌이었다. 조락한 듯한 분위기 속에 약간은 을씨년스럽기도 한 그런 퇴색된 모습으로 육중히 가라앉아 있던 이십여 년 전 그때의 불국사가 그립게 느껴졌다. 유서 깊은 고적으로서 불국사라는 그런 맛은 이제 거의 찾아볼 길이 없고, 훤하고 으리으리하게 단장을 한 새 관광명소로 불국사가 탈바꿈을 했구나 하는 느낌이었다. 더러 이끼도 끼고 단청도 바래어 어딘지 모르게 쓸쓸하면서도 장중하게 가라앉아 보이던 그런 고찰로서의 적요한 분위기를 시멘트와 화강암, 그리고 새 단청으로써 온통 뒤덮어 버렸다고나 할까.

안타깝다면 안타까운 일이었다. 내 기억 속의 불국사, 다시 말하면 유서 깊은 고적으로서의 불국사는 이제 흘러간 세월 저쪽으로 아득히 묻혀 버려 찾아볼 길이 없구나 싶으니 조금 쓸쓸하고 허전하기까지 했다.

정문인 일주문을 나선 나는 광장을 천천히 질러서 여관 구역 쪽으로 걸음을 옮겼다.

그곳에 있는 매점들은 볼만했다. 주로 기념품과 토산품 가게들인데, 마치 회랑식의 작은 박물관 같은 느낌이었다.

팔기 위해서라기보다도 관람시키기 위해서 진열해 놓은 듯한 매점의 갖가지 상품들을 구경하고 다니다가 나는 조그마한 불상 하나를 샀다. 관음보살상이었다. 석굴암의 내벽에 부조된 아름다운 여보살*(여자 보살)을 본뜬 입상(立像)이었다. 손바닥 위에 얹힐 정도의 것이었다.

매점 주인의 설명이 경주 남산에서 나는 옥돌로 만든 특산품이라 했다. 연한 물빛 같은 청회색이 감도는 돌로 꽤 정교하게 깎아 다듬은 불상이었다. 기념이 될 것 같았다.

매점들을 돌아보고 나서 나는 경주 시내로 들어갈 것인가, 이곳 여관에서 하룻밤을 묵을 것인가 망설였다.

어느덧 해가 뉘엿뉘엿 서녘 하늘로 기울어지고 있었다.

이곳 여관에서 하룻밤을 자 보는 게 옳겠다는 생각이 들어 나는 적당한 여관을 찾아 들어갔다. 그냥 바람이나 쐬며 구경을 하러 내려온 게 아니고, 신문소설 속의 남녀 주인공이 찾아올 현장을 미리 답사하러 온 터이니, 기왕이면 그들이 함께 묵으며 사랑을 나눌 여관도 직접 들어가서 하룻밤을 자 보는 게 나쁠 건 없겠다 싶었던 것이다. 여관의 숙박이야 뭐 어디나 별다른 게 있는 건 아니겠지만.

세수를 했다. 그리고 방 한쪽에 놓인 전화로 구학림의 전화번호를 부탁했다. 곧 신호가 왔다. 이번에는 바로 그였다.

"나야, 오래간만일세."

나의 말에 그는,

"야— 정말 오래간만이네. 오늘 내려왔다면서? 아깐 내가 잠깐 어디 나갔었지. 이거 정말 웬일이지? 정말 뜻밖인데…… 보자…… 십년도 안 넘었겠나. 만난 지가…….."

무척 반가운 듯 감격해하는 목소리가 수화기 속에서 화끈하게 느껴졌다.

"글쎄, 그럴 것 같은데…… 허허허……."

"지금 거기 어디지?"

"불국사야."

"혼잔가?"

"응."

"시내로 안 나오겠는가?"

"저…… 오늘밤 여기서 잘까 하는데…… 여관을 정했어."

"그럼 내가 그리로 가지."

"여기까지 올 거야? 미안한데……."

"미안하긴…… 오래간만인데 한잔 해야지. 무슨 여관인가? 내가 곧 갈 테니까."

　나는 여관 이름과 몇 호실이라는 것을 알려주고 수화기를 놓았다. 그리고 커다랗게 기지개를 켜고는 자리에 누웠다. 가벼운 피로가 느껴졌다.

　멀뚱멀뚱 천장을 바라보면서 나는 새삼 잘 내려왔다는 생각을 했다. 불국사가 이렇게 달라졌는데, 이십여 년 전 그때의 불국사를 머리에 그리며 소설을 썼더라면 어쩔 뻔했나 싶었다. 세상의 변화에 어두운 골방 샌님 같은 작가라고 웃음을 살 뻔하지 않았는가 말이다. 그리고 이십여 년 전의 친구를 수월하게 만나게 된 것도 여간 즐거운 소득이 아니었다. 수화기 속에서 화끈하게까지 느껴지던 구학림의 목소리가 아직도 귓전에 울리는 듯했다.

구학림과의 교우는 이십여 년 전 불과 일 년도 채 못 되는 동안이었다.

그 무렵, 나는 부산에 있는 모 대학에 다니고 있었고, 아내는 경주에서 국민학교 교사로 있었다. 결혼을 함과 동시에 나는 모 신문의 신춘문예에 소설이 당선되었다. 말하자면 학생 문인이 된 셈이었다. 소설가가 되는 것이 목적이었던 나는 신춘문예에 당선이 되자 학교는 그만두기로 했다. 형편도 어렵고 해서 군대에 갔다 와서 서울로 올라가 글 쓰는 것으로 몸을 세워 나가리라 마음먹었던 것이다. 그래서 징집영장이 나오기까지 빈둥빈둥 처가에서 신혼생활을 하고 있었던 셈인데, 그때 구학림을 알게 된 것이었다.

학림을 처음 만난 것은 내가 신춘문예에 당선된 그해 이른 봄이었다고 기억된다. 우대송이라는 친구를 통해서였다.

우대송은 같은 신문의 신춘문예에 희곡으로 입선이 되어 시상식 때 처음 만난 친군데, 경주의 육군병원에 근무하고 있는 군인이었다.

시상식이 끝나고 헤어지면서 우대송은 나의 손을 잡으며,

"황 형, 나 경주에 있소이다. 경주 육군병원에 있으니 한 번 놀러 오시오."

하였다. 나는 반가워서,

"아, 그래요? 나도 요즘 경주에 있지요."

하면서 웃었다.

"그래요? 영천에 안 계시고?"

"영천에도 집이 있고요."

신문에는 내 주소가 영천읍으로 나와 있었던 것이다. 고향집 주소를 적어서 응모를 했었다.

"그럼 잘 됐군요. 꼭 놀러 오시오."

"그러죠."

경주로 돌아온 나는 추위가 가고, 산야에 서서히 봄기운이 어리기 시작하는 어느 날 오후, 우대송 그 친구를 한 번 찾아볼까 하고 어슬렁어슬렁 집을 나섰다.

처가는 과수원이었는데, 과수원에서 별로 멀지 않은 곳에 황성 숲이 있고, 그 숲속에 육군병원 분동(分棟)이 있었다. 먼저 그곳으로 찾아가 보았다.

보초병에게 물어보니 처음에는 우대송이가 누군지 잘 모르겠는 듯 환자냐, 기간사병이냐고 반문을 했다. 환자지 사병인지 잘 모르겠는데, 좌우간 금년에 신춘문예에 희곡이 입선된 사람이라고 하니까 그제야,

"아, 보좌관님 말이군요."

하면서 웃음을 띠었다.

"보좌관님요?"

"예, 우리 병원 보좌관님입니다. 저쪽 본부에 계십니다."

"그래요? 보좌관이면……?"

"소령이죠. 우 소령님입니다."

"아, 그래요?"

나는 약간 뜻밖이라는 느낌이었다. 시상식 때는 사복 차림이어서 육군병원의 환자지, 사병인지, 혹은 장곤지 알 수가 없었던 것이다. 문학을 한다면 필경 환자거나 사병이겠지 싶으며 찾아왔었는데, 소령이라니, 약간 뜻밖이 아닐 수 없었다.

희곡을 쓰는 소령이라…… 멋있군, 싶으며 육군병원 본부 쪽으로

찾아갔다.

소령 계급장이 붙은 군복을 입은 우대송은 나를 반갑게 맞아 주었다. 퇴근 시간이 될 때까지 그의 방, 즉 보좌관실에 앉았다가 그와 함께 육군병원을 나섰다.

정문을 나서자 우대송이 입을 열었다.

"황 형, 감당이요, 주당이요?"

"……."

나는 그게 무슨 말인지 얼른 알 수가 없었다.

"주당이면 술집으로 가고, 감당이면……."

"아, 예, 허허허……."

그제야 나는 무슨 뜻인지 알아차렸다. 감당이란 단 것을 좋아하는, 즉 술을 못 마시고, 다방이나 다과점 같은 데나 찾아가 앉는 축을 뜻하는 것이었다.

"주당이올시다."

나는 서슴없이 말했다.

"잘 됐군요. 갑시다."

싱글 웃는 것이 우대송 자신도 벌써 대단한 주당이라는 것을 알 수 있었다.

잠시 걸어가다가,

"구학림이라는 조각하는 친구가 있는데, 그 친구하고 같이 어울리는 것이 어떨까요?"

하면서 나를 바라보았다.

"좋지요."

"재미있는 친굽니다. 술도 좋아하고……."

퍽 친한 사이인 것 같았다.

우대송은 나를 데리고 그 구학림이라는 친구의 집을 찾아가면서 대충 그에 관해 얘기해 주었다.

미술학교 조각과를 다니다가 중퇴했다는 것, 이름 있는 조각가는 아니지만, 경주 근처에서는 아는 사람은 알아주는 말하자면 아직 공부를 하고 있는 조각 지망생이라는 것, 자기가 보건댄 장래가 유망하다는 것, 그리고 미혼이라는 것, 장남인데 삼십이 넘도록 결혼을 안 하려고 해서 집에서 골치인 모양이라는 것, 어쩌면 독신주의가 아닌지 모르겠다는 것…… 대충 그런 이야기였다.

집이 황오리에 있었다. 집 바로 곁에 조그마한 동산 같은 봉황대가 있고, 그 기슭이 대밭인데, 꽤 오래 된 기와집이 그 대나무 숲을 배경으로 하고 있어서 정취가 넘치는 듯하면서도 어딘지 모르게 우중충하고 무거운 공기가 고여 있는 듯한 그런 집이었다. 고도의 고가다운 분위기라고나 할까. 좌우간 마당으로 들어선 나는 어쩐지 침울하게 가라앉아 가는 집이라는 그런 인상이었다.

안채와 사랑채, 그리고 또 한쪽 대밭 가에 조그마한 별채가 하나 있었다. 그 별채에 구학림이라는 친구는 들어앉아 있었다.

그는 나를 반갑게 대해 주었다. 우대송에게 이야기를 들었고, 또 당선 작품을 신문에서 읽었다면서 만나고 싶었는데 잘 왔다고 아랫목에 앉기를 권했다. 한마디로 마치 햇볕이라는 것을 모르는 사람 같았다. 은화식물 같은 인상이라고나 할까.

머리는 길게 뒤로 올백이었고, 코밑이랑 턱에 수염이 잡초처럼 지저분하게 돋아나 있었다. 그리고 열손가락의 손톱이 눈에 띄게 긴 게 아닌가. 아마 두어 달은 깎지 않은 것 같았다.

그런 몰골인데도 이상하게 불결하다는 느낌을 주지 않는 친구였다. 아마도 햇볕이라는 것을 모르는 듯한 그 살갗 탓인 듯했다. 빗질을 해본 일이 없는 듯한 더부룩한 머리와 지저분한 잡초 같은 수염의 밑바닥에 약간 파리하게 느껴질 정도로 희고 맑은 피부가 깔려 있고, 또 긴 손톱들이 하얗고 기다란 손가락 끝에 박혀 있질 않은가. 약간 괴이한 느낌은 줄지언정 그 긴 손톱들도 하얗고 긴 손가락 덕분에 결코 불결하다는 생각을 불러일으키지는 않았다.

그의 그런 외모에서보다도 나는 방 안 분위기에서 더 그의 개성이라 할까, 좀 특이한 성격 같은 것을 느낄 수가 있었다.

장방형의 좀 큰 편인 방이었다. 말하자면 그의 아틀리에인 셈인데 물론 기거를 겸하는 온돌방이었다. 벽에는 그림과 데스마스크 같은 조각품이 걸려 있고, 윗목 여기저기에 완성된 작품과 미완성인 것들이 아무렇게나 놓여 있으며, 재료와 기구들이 지저분하게 흩어져 있었다. 책이 꽤 꽂힌 책장도 하나 놓여 있고…… 그런 것은 여느 화가나 조각가의 아틀리에와 별로 다를 바가 없어 보였다.

그런데 내 눈길을 끈 것은 요강이었다. 윗목 한쪽 구석에 뚜껑이 덮인 커다란 놋쇠요강이 놓여 있는 것이 아닌가. 그 요강도 닦은 지가 몇 해 되는 듯 둔탁하게 빛이 흐려져 박물관에나 놓여 있음직한 그런 것이었다. 소변을 보러 바깥엘 나가지 않고, 간단히 방 안에서 해치운다는 것을 알 수 있었다.

요강이란 기동이 불편한 늙은이의 방이나 아낙네들이 기거하는 방 윗목에 밤으로나 놓여 있기 마련인데, 사지가 멀쩡한 젊은 사람의 방에 그것이 놓여 있다니, 더구나 밤도 아닌 낮인데 말이다. 오줌 누러 바깥에 나가는 것도 귀찮아하는, 게으르다면 한없이 게으른 그런 성격임을 짐작할 수 있었다.

만일 그런 요강이 여느 친구의 방에 놓여 있었다면 나는 절로 이맛살이 찌푸려졌을 것이다. 그러나 왠지 그 구학림이라는 친구의 방에 놓여 있는 요강은 불쾌한 느낌을 주기보다는 오히려 그의 외모와 어수선한 방 분위기에 잘 어울리는 것같이 여겨졌다. 뭐라고 할까, 은화식물 같은 인상의 인텔리라고 할까, 자의식 과잉형의 예술가라고 할까, 그런 그의 개성의 일단을 엿볼 수 있는 듯했다. 그의 예술에 대한 집념 같은 것, 외곬으로의 열정 같은 것을 그 요강이 설명해 주고 있다면 지나친 표현일까.

아무튼 나는 그 요강이 인상적으로 좋게 받아들여졌다. 그가 꽤 괴짜로구나 하는 생각과 함께……

요강뿐 아니라, 한쪽에 놓여 있는 쓰레기통 역시 그가 괴짜라는 것을 말해 주고 있었다.

쓰레기통이라는 것이 흔히 볼 수 있는 그런 것이 아니라, 아예 큼지막하고 움푹한 대바구니였다. 그야말로 마음껏 버릴 수가 있을 것 같았다. 조각을 하노라면 버릴 쓰레기가 여느 사람보다 많이 생기기는 하겠지만, 그러나 그 대형 쓰레기통은 절로 웃음을 자아내게 했다.

그런데 그 큰 쓰레기통이 휴지 같은 것으로 수북이 채워져 있을 뿐 아니라 넘쳐흘러서 온통 언저리까지 지저분하게 휴지가 흩어져 있질 않는가. 아마 앉은 자리에서 쓰레기통을 향해 휴지를 픽픽 던지는 모양이었다.

그런 점 역시 게으르다면 한없이 게으른 구학림이라는 젊은 조각가의 재미있는 성격의 일면을 보는 듯했다. 호감이 가면 갔지, 결코 이맛살을 찌푸리고 싶은 생각은 없었다.

"재미있는 친굽니다. 술도 좋아하고……."

아까 오면서 우대송이 하던 말이 떠오르며, 과연 재미있는 친구 군, 싶기도 했다. 요강과 쓰레기통은 그의 생활 분위기를 말해 주는 것에 불과했고, 그런 것보다 역시 그의 작품에 나는 관심이 갔다.

윗목 여기저기에 아무렇게나 놓여 있는 작품들 가운데서 유독 나 의 시선을 끌어당기는 것이 하나 있었다. 그것은 불상이었다. 그러 나 어디서나 흔히 볼 수 있는 그런 불상이 아니라 현대조각으로 탈 바꿈한 것 같은 불상이었다. 그러니까 사실적인 작품이 아니라 반추 상화 된 작품이었다.

반추상화 된 불상— 야, 그럴듯하구나 싶었다. 그의 조각가로서의 재질이 번뜩이고 있는 듯이 보였다.

장래가 유망한 친구라던 우대송의 말이 생각났다.

"흠—"

나는 속으로 꽤 감탄을 하면서 그 작품을 곧장 눈여겨 바라보았 다. 완성된 것인지, 아직 미완성인지 잘 분간이 가지가 않아서,

"저 작품 완성된 겁니까?"

하고 물어보았다.

"아직 좀 더 손을 봐야지요."

"좋은데요."

"앞으로 이런 식으로 불상을 좀 만들어 볼까 합니다. 종교로서의 불상이 아니라, 예술로서의 불상인 셈이지요."

"좋지요."

"불상을 저런 식으로 시도해 본 사람은 아직 아무도 없는 것 같심

더."

그러면서 구학림은 좀 자찬(自讚)이 되었다 싶은 듯 히죽 웃었다.

"그렇겠는데요. 아주 좋은 착안인 것 같애요."

나는 고개를 끄덕였다.

그러자 우대송도,

"독특한 세계지. 동양에다가 서양을 가미한 셈이지. 잘하면 독보적인 존재가 될 거니까, 잘 해보라구. 그런데 이 사람아, 저 쓰레기통은 벌써 독보적인 경지에 이른 것 같은데……."

하면서 웃었다.

그날 우리는 밤이 이슥토록 마셨다. 아마 삼차가 사차까지 하지 않았나 싶다. 세 사람이 모두 지고는 못 가도 마시고는 가는 그런 주당이었다.

그들과 처음으로 어울린 터인데도 나는 별로 스스럼 같은 것을 느끼지 않았고, 그들 역시 나를 허물없이 따뜻하게 대해 주었다. 우리들의 화제는 주로 소설이니 시니 희곡이니, 또는 그림과 조각 같은 것이었다. 말하자면 예술이라는 것이 우리들의 테마인 셈이었고, 거기에다가 사랑이니 뭐니 하는 그런 감미로운 것과 세상 돌아가는 이야기 따위를 가미해 가며 즐겁게 마시고 떠들었다.

그런데 조각이 전공인 구학림은 문학에도 조예가 깊은 편이었다. 작품도 꽤 읽은 듯 화제에서 멀뚱해지는 일이 거의 없었다. 그래서 더욱 의기투합하여 잔이 오갔고, 밤이 깊어가는 줄을 몰랐다.

두 번째 만났을 때는 이미 우리는 오랜 친구처럼 다정한 사이가 되어 있었다.

그렇게 어울리게 된 우리 셋은 마치 무슨 삼인 주당이라도 만든 듯 사흘이 멀다 하고 만나 마셔 댔다. 자연히 우리 삼인 주당의 단골 집이 두어 군데 정해졌고, 그 집 주모들은 우리가 가면 으레 함께 술 자리에 앉는 것으로 되었다. 어떤 때는 통금이 넘도록 마시고, 그대 로 그 집에서 쓰러져 자기도 했다. 요즘은 경주에 통금이 없지만, 그 무렵엔 밤 열한 시 반과 열두 시에 뚜— 하고 사이렌이 울렸었다. 통 금 예비 사이렌과 본 사이렌이었다.

술에 취하면 우대송은 곧잘 소년 시절에 익힌 일본 시인들의 시를 고래고래 암송해 대는 것이었고, 구학림은 병신춤이 특기였다. 구학 림의 병신춤은 그냥 흉내나 내는 그런 것이 아니라, 아주 일품이었 다. 꼭 곰배팔이 같은 병신이 춤을 추는 듯 그 표정이랑 몸놀림이 그 만이었다. 그가 일어서서 나그작나그작 휘청휘청…… 춤을 추어낼 것 같으면 우리는 배꼽을 쥐고 웃었다. 살결이 유난히 흰데다가 여 윈 편이고, 손가락도 길고, 손톱도 돋아나 있는 터이어서 영락없는 병신이었다.

한 번은 천렵을 갔었다. 일요일 오후였던 것 같다. 고기를 조그마 한 소쿠리에 거의 한 소쿠리나 잡아가지고 냇가의 숲에 냄비를 걸 어 민물고기 매운탕을 끓였다. 그리고 가지고 간 소주병을 까기 시 작했다. 사 홉짜리 두 개를 가지고 갔었는데, 그걸 다 비우고도 모자 라 마을 구멍가게에 가서 이 홉짜리를 두 병인가 세 병 더 가지고 왔 다. 그것까지 거의 바닥이 났을 때는 어느덧 중천에 휘영청 달이 밝 아 있었다.

"아— 다이도 바이다*('달도 밝다'라는 뜻)—"

마치 병신 혀 짧은 소리 하듯이 구학림이 달을 우러러보며 자리에 서 일어났다. 소주에 흥건히 젖어서 비실거리며 일어서는 것이 꼭 도깨비 같았다.

냇가 모래밭 쪽으로 비실비실 몇 걸음 걸어 나가더니 서서 좍―오줌줄기를 내뿜었다. 그리고 그 자리에서 덩실덩실 춤을 추기 시작했다. 물론 병신춤이었다.

"아― 다이도 다이도 바이다 바이다― 아―"

나그작나그작 휘청휘청…… 추어대는 춤이 여느 때 술집에서 추던 것보다 한결 멋들어지고 신명이 났다. 궤짝 속 같은 방 안이 아니라 달빛이 쏟아지는 후련한 강변의 모래밭에서 마음껏 추어대는 터이니 그럴 수밖에.

"얼씨구 좋다―"

하면서 우대송이 자리에서 일어났고, 껄껄껄 웃으며 나도 털고 일어났다.

"아― 좋구나―"

"다이도 바이고 바이고 또 바이다―"

"얼씨구절씨구 도쿠나 도아―"

휘영청 밝은 달 아래 우리 셋은 한데 어울려 건들건들 우쭐우쭐 나그작나그작…… 제멋대로 춤을 추어댔다. 달이 두 개가 됐다 세 개가 됐다 하며 빙빙 도는 듯했다. 마치 달밤에 춤추는 세 마리 도깨비들 같았다.

한참 그렇게 제각기 춤을 추어대다가 구학림이 냅다 중천의 달을 우러러 목청을 뽑았다.

"하늘에는 다이도 바이고."

칭칭이를 매기는 것이었다.

"치이나 칭칭 나아네―"

우대송과 내가 받았다.

"강변에는 모래도 많다!"

"치이나 칭칭 나아네—"

"우리들은 쇠주에 취해서,"

"치이나 칭칭 나아네—"

"얼씨구절씨구 미치겠네!"

"치이나 칭칭 나아네—"

밤이 깊어가는 줄도 모르고 정말 우쭐우쭐 미치는 것이었다.

한 번은 또 오릉(五陵)에 가서 술자리를 벌인 일이 있는데 그때는 우리 삼인만이 아니라, 두어 사람 더 어울렸었다. 오릉은 박혁거세 왕과 그 비(妃), 그리고 밑으로 세 왕의 능이라고 전해지는데, 다섯 개의 봉우리가 한데 모여 있어서 매우 장관이다. 숲도 울창하고, 잔디가 아주 잘 자라 있어서 술 놀이하기에 좋은 장소였다.

그곳에서 취했었는데, 그때는 낮이어서 그랬는지 구학림이 병신춤을 추는 것이 아니라, 잔디밭에 냅다 몸을 내던져 한 번 데굴 굴렀다가 벌떡 일어나곤 하는 그런 재주를 부려댔다. '우께미'라는 것이었다. 텀블링 비슷한 동작으로 유도의 한 가지 술법인 셈인데 묘기라고까지는 할 수 없지만 좌우간 재주는 재주였다. 해방되기 전 중학생 때 익힌 솜씨라면서 곧장 훌떡훌떡 재주를 부려댔다. 마치 부드럽고 눈부시게 깔린 잔디가 좋아서 못 견디겠다는 듯이.

구학림은 그런 식으로 술에 취하면 누구보다도 더 기분이 뜨거워지고, 그것이 밖으로 터져 나오려는 충동을 견디지 못하는 성격인 듯했다. 남달리 감성이 풍부하고 예민한 체질이라고나 할까. 그래서 우리는 그를 곧잘 '감격파'라고 불렀다.

그러나 그것은 술이 들어갔을 경우이고, 평소에는 감격파가 아니라 오히려 정반대로 우울파라고 할 수 있었다. 말이 적은 편이고, 어딘지 모르게 침울하게 가라앉아 있는 그런 표정이었다. 말하자면 예민한 감성이 평소에는 몸 속 깊숙한 곳에 잠자고 있다가 주기가 젖어들면 그제야 벌겋게 고개를 쳐드는 모양이었다.

아무튼 그런 성격이 어쩐지 예술이라는 것을 하는 사람답게 생각되어서 나는 그에게 짙은 친밀감과 함께 특이한 조각가로서의 장래를 은근히 촉망했다.

우리 삼인 주당은 그런 식으로 이따금 살짝 실성할 지경으로 놀아가며 봄여름가을을 보내고, 겨울이 시작될 무렵 우대송과 나는 경주를 떠났다. 우대송은 딴 부대로 전속이 되어 갔고, 나는 징집영장을 받아 군에 입대했다.

이듬해 병으로 제대를 한 나는 건강을 회복하자 서울에 일자리를 얻어 상경했고, 몇 해 뒤에 아내도 교편생활을 청산하고 살림을 하러 서울로 왔다. 그 뒤 처가도 과수원을 팔고 딴 곳으로 이사를 해서 경주와는 인연이 멀어 걸음이 끊어지고 말았다.

서울에 온 뒤로 구학림을 두 번인가 만났다. 볼일이 있어 상경한 구학림이 나를 사무실로 찾아주었던 것이다. 여전히 그는 더부룩한 머리에 파리하도록 흰 표정을 하고 있었다. 두 번째 만났을 때는 결혼을 해서 벌써 어린애가 둘이라고 했다. 내가 상경을 한 지도 어느덧 십 년 가까이 되어 있었다. 그런데도 그에게서는 예나 다름없이 은화식물 같은 인상이 풍기고 있었고, 계속 조각에 정진하고 있는 듯이 느껴졌다. 조각가로서의 그의 장래를 촉망하고 있던 터이라 나는 그때 약간 안타까운 생각이 들었다. 이미 사십을 넘은 터인데, 왜 아직 두각을 나타내지 못하고 있는가 하고 말이다. 지방에서는 조각가로서의 위치를 굳히고 있는지 알 수 없지만 중앙으로 불쑥 솟구치듯 밀고 올라오지 못하고 있으니…….

그 뒤로는 영 소식이 끊겨 버렸던 것이다. 그러니까 그를 마지막 만난 지가 어느덧 열두어 해 되는 것 같다.

친구란 오래 만나지 못 하면 절로 사이가 멀어져 버리기 마련이다. 친구뿐 아니라 일가친척도 다 마찬가지지만…….

그렇게 머리에서 희미해져 간 그가 문득 되살아나곤 하는 때가 있었다. 국전이나 기타 전시회에서 조각 작품을 대할 때였다. 구학림, 그는 뭘 하고 있는 것일까. 지방의 조각가로 주저앉아 버린 것일까. 그 인상적이던 반추상화 된 불상의 세계는 어디까지 이루어지고 있는 것인지…… 하고 그를 머리에 떠올리며 아득히 지나간 경주에서의 그 한 해를 짜릿한 그리움으로 회상하기도 했다.

불상의 반추상화— 특이한 조형이 아닐 수 없다. 지금까지 꽤 많은 조각 작품들을 보아 왔지만, 나는 아직 그런 조형을 시도해 본 작품을 단 한 점도 본 일이 없다. 모든 소재가 추상화될 수 있는 조형예술의 세계에서 유독 불상만이 제외되고 있는 듯한 느낌이다. 재미있는 사실이 아닐 수 없다. 불교라는 큰 종교의 심벌이기 때문에 외경감에서 감히 덤비질 못하는 것인지, 아니면 그런 착상을 미처 못하고 있는 것인지, 잘 알 수가 없다.

어느 쪽이 됐든 좌우간 내가 알기에는 오직 한 사람 구학림이 그 특이한 작업에 손을 댄 것이다. 작품의 성공 여부를 젖혀놓고라도 그런 사실만으로도 구학림은 이색적인 조각가라고 하지 않을 수 없을 것 같다.

그의 방 그 어수선한 분위기 속에 놓여 있던 반추상화된 불상, 완성품인지 아직 미완성품인지 잘 알 수가 없던 그 작품이 지금도 눈에 선히 떠오른다. 자칫하면 괴이한 것이 되기 십상일 것 같은데, 그런 느낌은 전혀 들지 않고, 한눈에 대뜸 야, 이것 봐라, 물건이구나 싶던 그 작품. 현대적인 감각을 산뜻하게 풍기면서도 결코 얄팍하지가 않고, 심오한 것이 감도는 듯 중량감이 느껴지던 작품. 어쩌면 동양과 서양이 잘 만나고 있는 듯한 느낌의 불상 작품. 그런 작품 세계가 갖는 묘한 매력을 새삼 머릿속에 그려보며 나는,

"아주 이색적인 것이지. 멋지고말고……."

혼자 중얼거렸다. 그리고 천장을 바라보며 하품을 한 번 했다.

그때, 똑똑 노크 소리와 함께 방문이 열렸다.

"오! 왔나."

나는 후닥닥 일어났다.

"야— 오래간만일세."

구학림은 환하게 웃으며 방으로 들어섰다.

"정말 오래간만이네."

"이거 정말 뜻밖인데……."

우리는 손을 잡고 흔들며 정말 감개무량해하였다.

그런데 나는 눈이 휘둥그레지는 느낌이었다. 구학림의 모습이 아주 딴판으로 달라져 있었던 것이다. 한마디로 신수가 훤했다. 더부룩한 머리에 안색이 파리하도록 하얗던 그 은화식물 같은 인상은 싹 사라지고, 적당히 살이 찐 혈색 좋은 종로의 호신사로 변해 있는 것이 아닌가.

자리에 앉아 담배를 꺼내 무는 그 손가락들도 살이 알맞게 올라서 옛날처럼 그렇게 길어 보이지가 않았다. 물론 손톱이 길게 돋아나 있지도 않았다.

"웬일로 혼자서 불국사에……?"

담배연기를 내뿜으며 구학림이 물었다.

"응, 좀 와봐야 할 일이 있어서……."

"불국사에 무슨 볼일이?"

"볼일이라기보다도…… 볼일은 볼일인 셈이지. 불국사가 어떻게 변했는가 좀 봐야 하겠기에……."

"무슨 고적 조사라도 하는가?"

"그게 아니라, 저……."

나는 약간 쑥스러웠으나, 사실대로 얘기하는 수밖에 없다 싶었다.

"신문에 연재를 하고 있는데, 불국사가 등장하게 되거든. 그래서 복원이 됐다고 하니 어떻게 달라졌나 싶어 한 번 와봤지. 옛날 불국사를 염두에 두고 소설을 쓸 수는 없잖아."

"말하자면 취재차 온 셈이구면."

"취재라기보다도 현장답사인 셈이지."

"많이 달라졌지. 옛날 불국사하고는 아주 딴판일걸."

"정말 영 딴판인데…… 딴 절 같다니까."

"신불국사지. 신불국사. 허허허……."

구학림은 너털웃음을 웃었다. 그런데 그 너털웃음이 조금도 부자연스럽지가 않고, 허연 그 신수에 잘 어울리는 그런 것이 아닌가.

나는 그의 그런 변모에 새삼 놀라고 있었다. 우울파가 아니면 감격파이던 괴짜 구학림이 이렇게 점잖은 신사로 탈바꿈을 하다니…… 불국사의 변모만큼이나 현저한 변화가 아닐 수 없었다.

그가 아직 조각을 계속하고 있는 것일까…… 나는 문득 그런 생각이 들었다. 어쩐지 그에게서 풍기는 체취가 소위 예술이라는 것을 하는 사람 같지가 않았던 것이다. 옛날에는 대뜸 그런 분위기가 풍기던 친구였는데 말이다.

궁금해서 물어볼까 했으나 왠지 그런 질문을 꺼내는 게 실례가 될 것 같은 묘한 기분이어서 그만두었다. 그만큼 그는 옛날과는 아주 딴판인, 좀 서먹한 느낌까지 들 정도로 허여멀쑥하고 번들번들하고 유들유들하기까지 한 그런 신사가 되어 있었던 것이다.

"불국사뿐 아니라, 경주 시내도 아주 딴 도시처럼 됐지."

"그렇더군. 택시로 지나오면서 보니까."

"옛날 우리가 술 마시고 다니던 그 시절의 경주는 이제 찾아볼래야 찾아볼 길이 없어. 영원히 사라져버린 셈이지. 나는 경주가 고향인데 어떤 때는 마치 낯선 곳에 사는 것 같은 착각이 되기도 한다니까. 말하자면 고향을 잃어버린 느낌이지. 허허허…….."

그는 또 점잖은 너털웃음을 웃었다. 그리고,

"자 일어나세. 나가서 한잔 해야지."

하면서 담배를 재떨이에 껐다.

여관 근처에 있는 술집에 들어가 마주 앉아 술잔을 주고받으며 구학림은,

"건강은 어떤가?"

하고 물었다. 나의 안색이 별로 신통치가 않아 보였던 모양이다.

"그저 그래."

"술은 자주 하는가?"

"이따금 하지."

"난 혈압이 좀 높아서⋯⋯."

"난 혈압은 괜찮은데 위장이 시원치 않아."

"인제 건강에 신경을 써야 할 나이가 됐지."

"자네 신수는 아주 훤해졌어. 옛날하고 딴판인걸."

"그런가? 허허허⋯⋯."

구학림은 기분이 좋은 듯 또 그 너털웃음이었다.

술이 좀 거나해지자 나는 아까 여관에서부터 궁금했던 일을 자연스럽게 물어보았다.

"자네 저⋯⋯ 불상 작품 말이야, 반추상화한 것 있었잖아."

"응."

"지금쯤은 아주 대단한 것이 됐을 텐데⋯⋯ 서울에 와서 한 번 전시회를 가져보지 그래."

그러자 구학림은 그저 말없이 웃기만 했다.

나는 그의 웃음 표정에서 혹시 이 친구가 조각을 포기해 버린 게 아닌가 하는 생각이 들었다. 그래서 나는 뭐라고 말이 나오는가 보려고,

"뭐하면 내가 서울에 돌아가서 한 번 주선을 해 볼 수도 있지. 잘 아는 화랑도 있으니까."

이렇게 말해 보았다.

"고맙네. 그러나⋯⋯ 허허허⋯⋯."

이번 너털웃음은 분명히 약간의 자조 같은 것이 깃들어 있어 보였다. 이 친구 조각을 포기한 게 틀림없구나 싶어 나는 불쑥,

"혹시 자네 조각을 그만둔 게 아닌가?"

하고 물었다.

그러자 구학림은 여전히 자조적인 웃음을 띤 채,

"글쎄…… 그만뒀다면 그만뒀다고 할 수도 있고, 계속하고 있다면 있다고도 할 수가 있지. 허허허……."

"그게 무슨 말인가? 도무지 아리숭한데……."

"좌우간 조각 비슷한 일을 계속하고 있는 셈이지."

"조각 비슷한 일이라니?"

조각이면 조각이지, 조각 비슷한 일이라니……. 나는 얼른 무슨 뜻인지 알 수가 없었다.

"자, 술잔이나 받게."

뭐 자꾸 구체적으로 알려고 애를 쓰느냐는 듯한 어조였다.

나는 말없이 잔을 받았다.

잔에 술을 찰찰 넘치도록 따라 주며 구학림은,

"우대송도 서울에 있는 모양이던데 종종 만나는가?"

하고 화제를 돌렸다.

"이따금 만나지."

"예편을 했다면서?"

"응, 요즘은 무슨 제약회사에 나가고 있는 모양이더군."

"옛날 서이*('셋'의 방언)서 마시고 다니던 시절이 좋았지. 안 그런가?"

구학림은 이십여 년 전 그 시절이 술기운에 실려 후끈한 그리움으로 다가오는 듯이 말했다.

"좋았고말고."

나는 맞장구를 쳤다. 그리고 잔을 쭉 비워서 구학림에게 권하며,

"자네 병신춤이 일품이었지. 요즘도 더러 추는가?"

하고 웃으면서 물었다.

"병신춤? 허허허……."

"천렵 갔다가 달밤에 강변에서 춤춘 일 기억나지?"

"나고말고,"

"지금 생각하면 그 무렵이 아마 가장 재미있었던 시절이 아닌가 싶어."

"그런 것 같애."

"어때, 오늘밤도 한 번 병신춤 추어볼 용의 없는가?"

나는 술기운에 약간 어눌해진 듯한 어조로 말했다.

그러자 그는,

"허허허……."

별로 마음에 없다는 듯이, 주기가 제법 오른 것 같은데도 점잖게 웃기만 했다.

그날 밤, 우리는 자리를 옮겨가며 꽤 취하도록 마셨다. 그런데도 끝내 구학림은 병신춤을 내놓지 않았다. 내가 혀 굳어진 소리로,

"어이, 학림이, 병신춤 한 번 춰 보라니까. 옛날에 추던 병신춤 말이야."

하고 재촉을 해도,

"점잖지 못한다니까구마. 이 친구야, 모양 같잖게 무슨 병신춤은……."

하면서 한사코 응하질 않았다.

나는 취중에도 이 친구 정말 달라졌구나 싶었다. 이십여 년 전 그무렵 같으면 추지 말라고 해도 벌떡 일어나서 몸을 베틀베틀 꼬아가

며 나그작나그작 휘청휘청 신명을 떨어댈 터인데 말이다. 이제 중로의 훤한 신사가 되어서 신명이 오히려 수치스러운 것으로 느껴지는 모양이었다.

열두 시가 훨씬 넘어서 구학림은 비틀비틀 택시를 타고 집으로 돌아갔다. 밤도 아주 깊었고, 술도 취했으니 함께 여관에 자자고 해도 경주엔 통행금지가 없다면서 기어이 돌아가는 것이었다. 그런 점도 옛날과는 매우 달라진 점이었다. 그 정도 취했으면 옛날 같으면 으레 아무 데서나 함께 꼬꾸라져 잤을 터인데 말이다.

혼자서 비틀비틀 여관으로 돌아가는 나는 취중인데도 어쩐지 허전하기만 했다.

이튿날 점심때쯤 나는 구학림을 집으로 찾아갔다. 점심이나 함께 하고 헤어지기 위해서였다.

아침에 늦게 일어난 나는 그에게 전화로 작별 인사를 하고 그냥 서울로 돌아갈까 하다가, 어제 그는 일부러 불국사까지 찾아와 주었는데 그냥 훌쩍 돌아간다는 건 옛 친구에 대한 도리가 아닌 것 같았고, 또 그의 집을 한 번 방문해보고 싶은 호기심 같은 것이 일기도 했던 것이다. 어제 술자리에서, 조각을 그만뒀다면 그만뒀다고 할 수도 있고 하고 있다면 있다고도 할 수가 있지, 좌우간 조각 비슷한 일을 계속하고 있는 셈이지…… 하던 그의 말이 생각났다. 도대체 무슨 일을 하고 있기에 그런 아리송한 표현을 한 것인지…… 한 번 가보고 싶었다. 그래서 점심이나 같이 하자고 전화를 걸었던 것이다.

그의 집은 옛날 그 위치에 있었다. 그러나 주변의 길이랑 집들이 온통 달라져서 전혀 낯선 곳 같은 느낌이었다. 봉황대와 그 기슭의 대밭이 그대로 있었기에 망정이지 그렇지 않았더라면 찾느라고 애를 먹을 뻔했다.

대나무 숲을 배경으로 기와집 안채는 옛 모습 그대로 있었으나 사랑채와 구학림이 기거하던 대밭가의 별채는 사라지고 없었다. 그 대신 사랑채와 별채가 있던 자리에 큼직한 건물이 하나 들어서 있었다. 제법 잘 짓는다고 지어 놓은 건물인데도 어쩐지 무슨 창고나 분교장의 두어 칸짜리 교실 같은 느낌이었다.

"아틀리에는 아닌 것 같고……."

나는 약간 고개를 기울였다. 개인의 작업장치고는 너무 덜렁하게 커 보였다.

"어서 오게."

하면서 구학림은 그 건물에서 나왔다. 작업복 비슷한 것을 입고 있었으나, 그 옷이 깨끗한 것이 손수 일을 하는 것은 아닌 것 같아 보였다.

"어제 꽤 취했지?"

내가 말하자,

"오래간만에 그렇게 마셨어. 아직 정신이 얼얼하다니까."

구학림은 한쪽 손으로 뒷덜미를 만지면서 고개를 두어 번 이리저리 돌렸다.

"그런데 주변이 영 달라졌군. 전혀 생소한 곳 같애. 저 봉황대 아니었더라면 잘 찾지 못할 뻔했어."

"달라지고말고……."

"이 건물은 뭔가?"

나는 그 덜렁한 건물은 턱으로 가리켰다.

그러자 구학림은 싱글 웃고,

"잠시 들어오게."

하면서 앞서 그 건물로 들어갔다.

뒤따라 들어간 나는,

"흠—"

고개를 끄덕거렸다.

들어선 곳은 조그마한 사무실이었다. 책상 두 개와 캐비닛 한 개, 그리고 소파가 하나 놓여 있었다. 여사무원 하나가 책상 위에 전표를 흩어놓고 정리를 해가며 주판알을 퉁기고 있었다.

한쪽 벽에는 그림이 걸려 있고, 구학림의 자리인 듯한 책상 뒤쪽 구석에는 조각 작품이 한 점 놓여 있었다. 반추상화된 불상이었다. 옛날에 구학림의 방에서 보았던 그 작품인지 다른 것인지 잘 알 수가 없었다. 그 작품인 것 같기도 하고 어떻게 보면 아닌 것도 같고……. 이십여 년 전에 본 것이라 기억이 분명치가 않았다. 좌우간 지금 보아도 그럴듯해 보이는 이색적인 불상 작품이었다.

그러나 그래서 고개를 끄덕거린 것은 아니었다. 사무실 옆의 널따란 작업장 광경이 한눈에 들어왔던 것이다. 사무실과 작업장 사이는 칸막이가 되어 있었으나 윗부분은 유리창이었기 때문에 안이 훤히 다 보였다.

얼른 보아도 십여 명이 됨직한 사람들이 흩어져 앉아서 일을 하고 있었다. 젊은 사람이 대부분이었으나, 개중에는 꽤 나이가 들어 보이는 사람도 있었고, 여자도 두엇 섞여 있었다. 그런데 모두가 불상을 만들고 있는 것이 아닌가.

나는 유리창으로 다가서서 작업하는 광경을 자세히 들여다보았다. 가지각색의 불상이었다. 그러나 절에 안치하는 그런 불상이 아니라 기념품이나 토산품 가게에서 파는 조그마한 인형 같은 불상들이었다. 그런 불상들을 기계로 깎기도 하고, 연장으로 다듬기도 하고, 문지르기도 하며 만들고 있는 것이었다. 재료가 돌이기도 했고 석고이기도 했고, 혹은 나무로 만들고 있기도 했다. 어떤 사람은 만들어진 불상에다가 금빛 칠을 입히고 있기도 했다.

그렇게 완성된 불상들이 작업장 한쪽 벽에 줄줄이 마련되어 있는 선반에 즐비하게 얹혀 있었다.

"허허허……."

나는 그만 나도 모르게 웃음이 나와 버렸다.

어떤 선반에 가지런히 얹혀 있는 불상이 눈길을 끌었던 것이다. 다름 아닌 바로 어제 내가 불국사 매점에서 산 그 불상과 똑같은 것이 수없이 나란히 놓여 있는 것이 아닌가. 남산에서 난 옥돌로 만들었다는 그 연한 물빛 같은 청회색이 감도는 관음보살상 말이다. 틀림없는 그것이었다.

내가 웃자, 곁에 와 서 있던 구학림이,

"와?"

하면서 조금 멋쩍은 듯한 미소를 지었다.

"저기 저 옥돌로 만든 불상, 어제 불국사 매점에서 하나 샀거든. 바로 저거야."

"아, 그래?"

"자네가 제작한 것이었구먼."

"허허허……."

구학림은 너털웃음을 웃고 나서,

"저게 젤 고급이지. 서울에서도 주문이 온다니까."

하였다.

그때, 따르르…… 전화벨이 울렸다. 여사무원이 전화를 받더니,

"사장님, 전홥니더."

하고 수화기를 두 손으로 내밀었다.

톨게이트를 지나자 버스는 속도를 더하기 시작했다. 나는 의자를 뒤로 젖혀서 비스듬히 기대 누워 지그시 눈을 감았다.

점심을 먹으며 구학림과 나는 두어 컵의 맥주가 제법 주기를 더해 오고 있었다. 간밤의 술기운의 나머지가 다시 솟구쳐 오르는 듯도 했다. 약간 피로했다.

안내양이 스피커로 간단한 인사와 안내 말을 했다. 그리고 잠시 후 안내양은 카세트를 틀었다. 음악이 흘러나오기 시작했다. 팝송이 었다. 처음엔 제법 경쾌한 음률이 흘러나와 기분이 가벼워지는 느낌 이더니, 차츰 소음에 가까운 그런 것으로 바뀌어갔다. 노래를 한다 기보다도 소리를 내지르는 듯한, 혹은 악을 쓰는 듯한 그런 괴상한 곡이었다.

나는 약간 이맛살을 찌푸리며 눈을 떴다. 고개를 돌려 바깥을 내 다보았다. 창밖으로 휙휙 지나가는 풍경이 낯설어서 지금 어디쯤을 달리고 있는지 알 수가 없었다. 경주에서 영천 사이를 달리고 있을 터인데, 옛날의 차도가 아니어서 도무지 가늠도 할 수가 없었다. 마 치 낯선 타향을 달리고 있는 듯한 느낌이었다.

그런 느낌과 함께 문득 나는 좀 묘한 생각이 들었다. 이번에 분명

히 불국사를 현지 답사했는데, 어쩐지 불국사를 찾아갔던 것 같지가 않고, 또 옛 친구 구학림을 만났는데, 왠지 그를 만난 게 아니라, 다른 사람을 만난 듯한 그런 묘한 기분이었다. 허전했다.

악을 쓰는 듯한 팝송이 한창 계속되자, 저쪽 창변에 앉은 육십이 좀 넘어 보이는 노신사가,

"안내양!"

하고 큰소리로 불렀다.

안내양이 다가오자 노인은,

"나 물 한 꼬뿌*('컵'의 일본식 표기) 주게. 그리고 다른 걸 틀어보지 그래. 이건 노래 같지도 않고 시끄러워서 어디…… 흘러간 노래나 한 번 틀어 봐."

걸걸한 목소리로 말했다.

안내양은,

"예."

하면서 힉 웃었다. 늙은 사람들은 할 수 없군, 싶은 모양이었다.

잠시 후, 옛 유행가 가락이 차내에 부드럽게 넘쳐흐르기 시작했다. 나는 조금 편안함을 느끼며 다시 지그시 눈을 감았다.

《세계의문학》(1981. 가을)

겨울 저녁놀

나이 탓인지 나는 근년에 와서 영혼의 문제에 대해 적지 아니 관심을 가지게 되었다.

사람은 죽은 뒤에 어떻게 되는 것일까. 한 가닥 연기로, 한 줌의 흙으로, 즉 영겁의 무로 사라져 버리는 것일까. 아니면 불가에서 말하는 것처럼 윤회전생하여 다시 이승에 현신하게 되는 것인지, 혹은 기독교의 교리처럼 영혼이 하늘나라로 가서 영생을 누릴 수도 있게 되는 것인지…… 헤아릴 길이 없다.

영혼이 있는지 없는지, 나로서는 알 길이 없지만, 없기보다는 존재하기를 바라고 싶다. 영혼이 없다고 하면 죽음이란 곧 영겁의 무로 사라져 버리는 것을 의미하게 되는데, 아찔한 노릇이 아닐 수 없다.

도무지 영겁의 무라는 것을 상상할 수가 없는 것이다. 너무나도 아득하고 공허해서 현기증과 함께 전율이 느껴질 따름이다.

그럼 영혼이 있되, 어떻게 존재하기를 바라는 게 좋을까. 나는 그

것이 윤회전생하는 형태로 존재했으면 싶다.

하늘나라에서 영생하는 것도 불멸을 의미하니까 매우 괜찮지만, 그 '영생'이라는 것도 '영겁의 무'와 마찬가지로 상상이 되지가 않는 것이다. 영원히, 영원히 한자리에 존재한다는 것, 바꾸어 말하면 영겁의 유(有)인 셈인데, 아무리 영혼이라고 하지만 그게 가능한 것인지, 나로서는 도무지 상상도 미치지가 않는다.

결국 생(生)했다가 멸했다가 하며 큰 원을 그리듯 끝없이 이어진다는 윤회설 쪽으로 기울어질 수밖에 없다. 매우 그럴듯하게 여겨지고, 어쩌면 실제로 그런지도 모른다는 생각이 들기도 한다.

원으로 돈다는 것 역시 무한을 의미하지만, 상상이 가능하다. 그리고 영혼의 존재방식으로서 가장 설득력이 있는 것이 아닌가 싶다.

그러나 그것 역시 그랬으면 하는 희망인 것인지, 꼭 그럴 것이라고 믿어지는 것은 아니다. 아무래도 헤아릴 길이 없으니 든든한 믿음이 생기질 않고, 노상 한 가닥 회의가 꼬리를 늘어뜨린다.

벌써 여러 해 전의 일인데, 겨울에 친구와 함께 송광사에 간 일이 있다.

송광사는 전라남도의 승주군엔가 있는 절로, 해인사, 통도사와 더불어 우리나라 삼대 사찰의 하나이다. 그 규모의 크기도 크기지만, 문화재로 지정된 여러 가지 재보(財寶)를 간직하고 있어 구경할 만한 절이다.

절 마당 한쪽에 고향수(枯香樹)라는 나무가 있는데, 나는 그 나무에 대해 적지 아니 관심을 가졌었다. 다른 진귀한 갖가지 문화재들보다도 오히려 그 나무가 훨씬 더 재미있고, 신기하게 느껴졌다.

말라버린 한 그루 향나무였다. 마치 시골 국민학교 운동장에 서 있는 국기게양대 같은 그런 우뚝한 한 개의 장대에 불과했다. 그러나 그 나무에 깃든 전설이 매우 그럴듯하고 재미있는 것이었다.

이 송광사에서 수도를 한 보조국사라는 고려 때의 고승이 심은 나무인데, 이 나무를 심으면서 국사는,

"내가 죽으면 이 나무도 죽을 것이요, 이 나무에 푸른 잎이 다시 피어날 때 나 또한 이승에 환생할 것이니라."

이렇게 말했다는 것이다.

국사가 죽자, 과연 나무도 따라 시들더니, 팔백 년이 흐른 지금까지 썩어 넘어지질 않고, 그대로 서 있다는 것이다.

푯말에 그렇게 설명이 되어 있었다.

그러니까 국사의 말대로라면 아직 그는 이승에 환생하지 않았다는 뜻이 된다.

과연 저 말라빠진 나무에 다시 푸른 잎이 피어나는 기적이 일어날 수 있는 것인지…… 나는 그 국기게양대 같은 보잘것없는 고목 앞에서 잠시 망연한 생각에 젖지 않을 수 없었다.

"재미있는 전설이군."

친구가 힝 웃으며 말했다. 힝 하고 웃는 것으로 보아 그 전설을 일소에 붙이는 듯했다.

군대에 오래 몸담아 있다가 예편을 한 친구였다.

"글쎄, 재미있는 전설인데…… 과연 이렇게 말라 굳어진 나무에 다시 잎이 피어날 수가 있을까?"

나는 그저 예사롭게 그의 의견을 떠보듯 말했다.

그러나 그는 한마디로 잘랐다.

"다 쓸데없는 소리지."

간단명료한 그 한마디에 나는 더 할 말이 없었다. 그래, 맞어, 다 쓸데없는 소리 같애, 하고 동의를 하고 싶으면서도, 한편 슬그머니 저항감 같은 것이 고개를 쳐드는 것이었다.

사실 나도 그 국기게양대 같은 고목에 다시 푸른 잎이 피어나리라고는 도저히 생각되지가 않았다. 그러나 그 전설 자체를 다 쓸데없는 소리로 일축해 버릴 수는 없을 것 같았다.

정말 그게 다 쓸데없는 소리일까. 그렇게 분명하게 단정을 내릴 수가 있는 것일까. 기적이니 뭐니 하는 것은 말짱 헛것이란 말인가. 그렇다면 윤회설이라는 것도 한낱 허구에 불과한 것이고, 결국 죽음이란 영겁의 무로 사라진다는 것을 의미하게 되는데, 정말 그렇게 끝나 버리는 것인지. 영혼이라는 것은 부재인지…….

나는 그런 이야기를 한 번 꺼내볼까 싶었으나, 친구의 의견이 뻔할 것 같고, 싱거울 것 같아 그만두고, 그저 지나가는 소리로,

"좌우간 팔백 년을 썩지 않고 서 있다니 신기하군."

이렇게 말했다.

그 말에 역시 친구는 간단명료했다.

"향나무는 원래 잘 썩질 않지."

"허허허……."

나는 웃음이 나와 버렸다.

사실이 그런지도 모른다. 향나무의 질이 원래 단단해서 팔백 년의 풍우에 썩지 않고 그대로 서 있는 게 아마 맞는 말일 것이다. 보조국사의 환생을 기다리느라, 국사가 환생하면 다시 잎을 피우기 위해서 썩지 않고 버티듯이 서 있는 것은 아닐 것이다.

그러나 한 가닥 여운도 남기지 않고 그렇게 싹 잘라 말해 버리는 그 친구가 약간 어이가 없었다. 어쩌면 그렇게 죽음이니 영혼이니 하는 것에 대해 조그만큼의 회의도 없는 사람처럼 단정적으로 나올 수가 있는 것인지…… 젊은 나이도 아니고, 오십이 넘은 황혼기에 접어든 사람이 말이다.

절 구경을 마치고 여관으로 돌아가면서도 나는 그 전설의 나무에 관한 생각이 머릿속에 가득했다.

그 말라 굳어진 국기게양대 같은 향나무에 정말 봄빛과 함께 노오란 새 움이 뾰족이 돋아난다면 어떨까. 영혼이 떠나간 시신이 다시 온기가 돌아와 부스스 눈을 뜨는 그런 놀라움을 보는 것과 다름이 없을 것이다. 그야말로 온누리의 사람들이 커다란 구원을 얻은 듯 환희에 들뜨지 않을 수 없으리라.

정말 그런 기적이 한 번 일어나 봤으면 얼마나 좋을까. 그 죽은 나무에 새 움이 돋아난다는 것은 곧 전설을 뒷받침하는 것으로, 윤회설을 실증하는 일이 되니, 다시 말하면 영혼의 불멸을 뜻하는 것이니, 그 얼마나 위안이 되는 일이겠는가 말이다.

그 향나무의 딱딱하게 굳어진 살을 뚫고 새로운 생명이 연하고 빛나는 눈을 내민 광경을 상상해 보면 눈이 부시고, 경이감에 절로 가슴이 두근거려진다. 그 꿈같은 광경을 맨 처음 발견한 승려의 경악과 환희에 찬 얼굴을 머릿속에 그려보며 말없이 걸음을 옮기고 있는데,

"무슨 생각을 그렇게 골똘히……."

하면서 친구가 힐끗 나를 보았다.

나는 그저 씩 웃기만 했다.

"아마 자네 그 나무의 전설이 잊혀지지 않는 모양이지. 그렇지?"

"……."

"다 웃기는 이야기지 뭐. 안 그래?"

"글쎄……."

사실 웃기는 이야기라는 말이 옳을 것이다. 그러나 나는 친구의 그런 말투가 싫었고, 그처럼 한 가닥 여운도 남기지 않고 싹 일소에 붙이는 데는 동의를 하고 싶지가 않았다.

"글쎄라니, 아니 그럼 자네 그 전설을 믿는단 말인가? 그 무슨 대사라 했지? 그 중이 다시 이 세상에 태어나면 그 말라죽은 나무에 새 이파리가 돋아난단 말인가? 그 말을 자네 곧이 믿는가? 허허허……."

친구는 재미있다는 듯이 나를 힐끗힐끗 바라보며 웃어댔다.

나는 슬그머니 반감 같은 것이 고개를 처드는 것이었으나, 입을 열어 봐야 통할 것 같지가 않아 꾹 누르며 터벅터벅 걸었다.

"말짱 헛거야. 죽으면 그만이야, 끝이야. 뭐 영혼이 있다고? 흥! 영혼 좋아하네."

나는 힐끗 친구의 표정을 보지 않을 수 없었다.

친구는 빈정거리듯 콧방귀까지 뀌어가며 내뱉고 있었다. 마치 영혼과 무슨 잘못 사귄 일이라도 있는 듯한 어조였다.

"자네는 별로 그런 경험이 없겠지만 나는 군인생활을 오래 해서 수없이 많은 죽음을 목격했단 말일세. 6.25 때는 말할 것도 없고, 월남전에 가서도 그야말로 파리 목숨처럼 허망한 죽음들을 입*(원전에는 '이'로 되어 있다)에서 신물이 나도록 보았단 말일세. 베트콩들에게 붙들려 가죽이 벗겨져서 육수간의 고깃덩어리처럼 나무에 매달려 있는 시체도 보았고, 반나체로 배때기에 칼을 맞고 발딱 뒤집어진 베트콩 여자 시체도 보았으며, 정글 속의 덫에 걸려 짐승처럼 대나무 창에 푹 관통되어 있는 그린베레*(베트남 전쟁 때 군인들이 위장하기 위해 썼던 모자)의 시체도 목격했을 뿐 아니라……."

친구는 그런 끔찍한 죽음들의 이야기를 마치 재미있는 과거담 늘어놓듯이 얼굴에 히죽히죽 엷은 웃음까지 띠면서 지껄여댔다.

나 역시 별로 끔찍하다는 느낌도 없이, 옛날이야기 듣듯 담담한 표정으로 듣고 있었다. 나에게는 그런 끔찍한 죽음의 목격담이 중요한 게 아니라, 친구의 결론이 중요했다.

한참 목격담을 지껄여댄 다음 친구는 또,

"말짱 헛거야."

하고 말했다.

말하자면 '말짱 헛거'가 친구의 결론인 것 같았다.

나는 힐끗 친구를 보았고, 친구는 아까와는 달리 얼굴에서 웃음을 거두고 제법 진지한 표정으로 결론을 내리듯 지껄여 나갔다.

"암, 말짱 헛거지. 목숨이 끊어지면 그만이야, 아무것도 아니야. 그것으로 끝이야. 영혼이 있다느니, 내세가 어떠니 하는 소리 말짱 잠꼬대 같은 소리지. 죽음에 대한 공포에서 나온, 살아 있는 사람들의 몸부림 같은 공연한 소리란 말일세. 영혼이 실제로 있다고 치면 그렇게 억울하게 비명으로 죽은 그 원한을 왜 못 푸느냐 말이야. 원혼은 저승으로 못 가고 이승을 떠돈다고 하는데, 그런 원혼이 얼마나 많은가. 전쟁으로 죽어간 원혼만 해도 수백만이 될 게 아닌가. 그 헤아릴 수 없이 많은 원혼들이 왜 자기들을 죽게 한 장본인을 그대로 내버려 두느냐 말이야. 병들어 시들시들 죽게 하거나 급사를 하도록 하지 않고서⋯⋯. 왜 원귀가 되어 나타나지 않느냐 그 말일세, 안 그런가? 내 말이 틀렸는가?"

나는 말없이 고개를 두어 번 끄덕거렸다.

사실 나 역시 그런 생각을 해 본 적이 있었던 것이다.

6.25 때 참혹하게 학살을 당한 사람들의 무더기 속에서 내 손으로 직접 육친의 시체를 찾아내어 안장을 한 경험이 있는 나는 그 뒤 이따금 깊은 밤 자리에 누워 잠들기 전에 눈앞에 그 목불인견이었던 시체의 바다를 떠올리며, 사후에 영혼이라는 것이 존재한다면 그처럼 억울하고 비통하게 죽어간 원혼들이 왜 보복을 하지 않는 것인가 알 수가 없었다.

그런 생각 끝에 결국 나는 영혼이니 뭐니 하는 것 다 살아 있는 사람들의 허구에 불과한 것 같아 가벼운 절망감 같은 것에 휩싸이며 잠이 들곤 했었다.

"말짱 헛거라니까, 죽음은 곧 무야. 끝이야. 아무것도 없어. 뭐 팔백 년이나 된 말라 굳어진 향나무에 새 이파리가 돋아난다고? 다 잠꼬대 같은 소리지."

친구의 얼굴에 다시 빈정거리는 듯한 엷은 웃음이 떠오르고 있었다.

말하자면 친구의 철저한 무신론은 전장에서 목격한 헤아릴 수 없이 많은 덧없는 죽음들에서 얻어진 결론인 셈이었다. 전장의 시체더미가 던지는 황량한 분위기에서 비롯된 허무의식이었다.

그의 허무의식이 너무 강렬하고 딱딱해서 저항감이 느껴지기는 했으나, 나는 더 맞설 아무 기력도 뒷받침도 없는 듯했다.

나 역시 강도는 다를지라도 그런 허무의식에 젖어 있다고 할 수 있는 터이니 말이다.

산허리로 비껴 흐르는 석양에 반짝반짝 나부끼는 게 있었다. 눈잎사귀였다. 희끗희끗 눈발이 비치기 시작하는 것이었다.

나는 묘하게 썰렁하고 허전해서 목을 움츠렸다. 눈 잎사귀가 목덜미에 와서 묻었던 것이다. 그러나 그 차가운 감촉 때문에 썰렁한 것만은 아닌 듯했다. 뭐라고 설명할 수 없는 그런 허전하고 쓸쓸하고 썰렁한 기운이 온몸을 휘감아 왔던 것이다. 휘파람이라도 쓸쓸하게 한바탕 불고 싶은 기분이었다.

아무 까닭도 없이 공연히 눈에 차가운 물기가 핑 어리면서 오스스 몸이 떨렸다.

말하자면 한 가닥 구원처럼 의지하려던 윤회설이라는 것마저 허망하게 허물어져 버리고, 영겁의 무라는 헤아릴 길 없는 시꺼먼 심연이 눈앞에 가로놓인 듯한 그런 절망감에서 오는 쓸쓸함이요, 썰렁함이요, 허전함이었다.

"눈이 오는군."

친구가 말했다.

"글쎄……"

"술맛이 나겠어. 가서 술이나 마시세."

"그러세."

나는 여전히 목을 움츠린 채 걸었다. 술을 마시러 여관으로 돌아가고 있는데도 좀처럼 그 묘하게 허전하고 썰렁한 기운에서 벗어나지지가 않았다.

나는 할아버지가 돌아가신 여섯 살 때에 이미 그런 야릇한 허무감이라 할까 비애에 젖어 전율을 한 경험이 있다.

할아버지가 돌아가신 것은 내가 여섯 살이 되던 그해 정초였다.

그 무렵 우리는 경북 칠곡군에 있는 동명이라는 곳에 살고 있었다. 아버지가 그곳 공립보통학교에서 교편을 잡고 있었던 것이다.

그러나 할아버지는 대구에 살고 계셨다. 대구 시내 칠성정(七星町)이라는 곳에서 한약국을 경영하며 할머니와 함께 살았다.

동명과 대구와는 별로 멀지 않는 거리였다. 이삼십 리 되는 것으로 알고 있다.

그래서 할아버지는 곧잘 우리 집에 오시곤 했다. 우리 집에는 할아버지가 오시면 기거하는 방이 따로 하나 있었다. 할아버지는 오시면 며칠 묵고 가시는 게 보통이었다. 연세가 많아서 이제 한약방 경영도 힘드는지 어떤 때는 열흘을 계시기도 했고, 한 달을 계시기도 했다. 돌아가실 무렵에는 몇 달 동안을 줄곧 와 계셨던 것으로 기억된다. 그래서 그 방을 나는 할아버지 방이라고 부르고 있었다.

할아버지는 나를 무척 귀여워해 주셨다. 내가 맏손자이면서 종손이기도 해서 퍽 소중하게 여겼던 것 같다.

할아버지는 오시면 으레 눈깔사탕이니 '요깡'(양갱) 같은 것을 두루마기 주머니에서 꺼내어 내 손에 쥐어 주었다. 나는 할아버지가 사가지고 오신 '요깡'이 무엇보다도 좋았다. 그 달면서도 팥내*(팥 냄새)가 나는 묘한 맛과 미끈미끈하면서도 말랑말랑하고 하박하박한*(과실 따위가 너무 익었거나 오래되어 물기가 적고 끈기가 없어 메마른 모양을 나타내는 말) 감촉은 여섯 살짜리 연한 혓바닥을 녹이기에 충분했다.

"할아버지, 대구에는 요깡 많아?"

내가 조그마한 눈을 반짝 뜨고 물으면,

"그래."

할아버지는 하얀 염소수염을 쓰다듬으며 미소를 지었다.

할아버지의 수염은 염소수염이었다. 염소수염일 뿐 아니라, 얼굴의 전체적인 인상이 할아버지는 염소 같았다. 흰 두루마기를 입고 갓을 쓴, 몸집이 작은 편인 할아버지가 저만큼 걸어오시면 꼭 흰 염소가 걸어오는 듯한 느낌이었다.

사실 할아버지는 흰 염소와 같은 선량한 인생을 사신 분이다. 가난한 시골 농가에 태어났으나 한학을 익혀 서당의 훈장이 되셨고, 나중에는 한약국을 차렸다. 맏이인 아버지를 사범학교로 보내어 훈도(일제강점기의 교사)가 되게 한 것도 할아버지의 선비 기질이라 할까, 선량한 성품의 결과라고 할 수 있다. 한마디로 할아버지는 가난한 시골 선비였다.

그런 할아버지인지라 집에 오시면 곧잘 어린 나에게 글을 가르치려 들었다. 천자책*(천자문을 쓴 책)을 펼쳐놓고 한 자 한 자 짚어가며 따라 읽으라는 것이었다. 네 살인가 다섯 살 때부터 나는 할아버지 앞에 그렇게 곧잘 무릎을 꿇고 앉아야만 했다.

그러나 나는 곧,

"할아버지, 무르팍 아프다."

하면서 몸을 비틀기 일쑤였다.

온돌방에 꿇어앉으니 조그마한 무릎이 아프기도 했지만, 그 천자책이라는 시커먼 글자밖에 없는 책이 싫었던 것이다. 그런 아무 재미도 없는 칙칙한 한자를 무엇 하러 배워야 하는지 따분하고 지겹기만 했다. '하늘 천 따 지 가물 현 누루 황'이 도대체 무슨 뜻인지도 알 수가 없고⋯⋯.

그 무렵 내가 늘 가지고 즐기는 책은 그림책이었다. 아버지는 학교 선생인지라 대구에 나가시거나 하면 곧잘 그림책을 사다 주었다. 그 원색의 그림책이 나는 어찌나 재미있고 좋은지 늘 끼고 다니다시피 했다.

지금도 기억하고 있는데, 그 그림책 가운데 처음으로 도회지에 나간 시골 개구리 이야기가 있었다. '고오히'(커피) 잔이 앞에 놓이자 잔에 담긴 갈색의 물이 신기해서 그 속으로 기어들어 가다가 '아이고 뜨거! 아이고 뜨거!' 하면서 개구리가 달아나는 대목이 어찌나 우습고 재미있는지 나는 곧잘 그 이야기를 친구들에게랑 어른들에게 들려주곤 했다.

집에 친척이나 누가 오면 아버지나 어머니는 으레 나에게 그 그림책을 펼쳐놓고 이야기를 하라고 시켰다. 어른들은 아직 혀가 잘 돌아가지 않는 어린 나의 이야기가 무척 귀엽고 재미있는 듯 싱글싱글 웃으며 내 머리를 쓰다듬어 주기도 했다.

그렇게 그림책에 재미를 들이고 있는 터인데, 할아버지는 아무 재미도 없는 붓글씨의 칙칙한 책을 펼쳐놓고서 억지로 가르치려 드니 마음에 내킬 까닭이 없었다. 더구나 꿇어앉혀 놓고서 말이다.

내가 무릎이 아프다면서 몸을 비틀면 할아버지는,

"요놈이 또 글공부가 하기 싫어서 꾀를 부리는구나."

하시면서 조끼 주머니에서 동전 한 닢을 꺼냈다. 할아버지 말을 잘 듣고 글공부를 열심히 하면 그것을 준다는 것이었다.

일 전짜리 동전이었다. 그 무렵 일 전짜리 한 닢으로 굵은 눈깔사탕을 서너 개 살 수 있었으니, 지금의 백 원 정도의 가치가 되는 게 아닌가 싶다.

　동전을 본 나는 비틀던 몸을 똑바로 하고서 다시,

　"하늘 천 따 지 가물 현 누루 황……."

하고 천자문을 읽어 나갔다. 그러나 몇 번 안 읽고서 손바닥 하나를
쑥 내밀며,

　"할아버지 인제 돈 도고(주어). 읽었으니까."

　빤히 쳐다보았다.

　"요놈이 글에는 정신이 없고, 돈에만……."

　그러나 할아버지는 싱그레 웃으시며 그 동전을 내 조그마한 손바
닥에 놓아주었다.

　나는 그것을 받아들자 얼른 자리에서 일어나 밖으로 뛰어나가며,

　"할아버지, 눈깔사탕 사 먹으로 간다."

　좋아서 어쩔 줄을 몰랐다.

　할아버지는 그런 내가 귀여우면서도 겉으로는 못마땅한 듯이,

　"저놈이 글공부를 더 안 하고……."

　쩝쩝 입맛을 다셨다.

　나는 할아버지를 향해 생글 웃으며 혀를 한 번 날름 내보였다.

　그렇게 나에게 일 전짜리 동전을 곧잘 주시고, 눈깔사탕이랑 '요
깡'을 사다 주시던 할아버지가 돌아가셨다는 얘기를 들었을 때 나는
야, 큰일 났구나 싶었다.

　그러나 어머니가 나에게,

　"할아버지가 돌아가셨단다."

하고 말했을 때 처음에는 그게 무슨 뜻인지 잘 알 수가 없어,

　"돌아가시다니…… 엄마, 돌아가시는 게 뭐고?"

반문을 했다.

"돌아가신다는 것은 죽는다는 말 앙이가."

"그럼 할아버지가 죽었단 말이가?"

"그래."

"야. 큰일 났구나."

나는 조그마한 눈이 동그래졌다.

곧 나는 쪼르르 다람쥐처럼 달려 나갔다. 이웃 친구들한테 그 소식을 알리러 가는 것이었다.

"야, 우리 할아버지 죽었다 아나. 죽었다는 말을 돌아가셨다고 한다 아나. 우리 할아버지 대구에서 돌아가셨어. 대구는 참 큰 도회지다 아나. 눈깔사탕도 많고, 요오깡도 참 많아. 우리 할아버지 대구에서 약국 하다가 돌아가셨어."

마치 무슨 자랑스럽고 신나는 일이라도 생긴 듯이 나는 이 집 저 집 찾아다니며 친구들을 불러내어 떠들어댔다. 추위에 손가락이 시려워 입김으로 호오 불어가면서 말이다.

할아버지의 장례식은 물론 대구에서 거행되었다. 나도 아버지 어머니를 따라 장례식에 갔다.

장례식 날은 무척 추웠으나, 나는 그저 즐겁기만 했다. 오래간만에 만난 사촌동생과 둘이 히히덕거리는 재미가 여간이 아니었다. 사촌동생은 나보다 한 살 밑인 다섯 살이었다. 여섯 살짜리와 다섯 살짜리가 어울려 할아버지 장례로 들뜬 듯 수런거리는 어른들 사이를 누비며 상에 얹어놓은 부침개니 삶은 돼지고기 같은 것을 얼른 한 조각 집어서 입으로 가져가 볼록볼록 씹어대며,

"맛좋다 그쟈?"

"참 고소하다."

"이거 우리 엄마가 만들었다 아나."

"우리 엄마도 만들었어. 우리 엄마도 이런 거 참 잘 만들어."

하고 떠들었다.

그러다가 고모한테 들켜서 뒤통수에 굵은 꿀밤을 한 개씩 먹고, 방으로 쫓겨 들어갔다. 말썽꾸러기 너희들은 밖에 나오지 말고, 방 안에 들어앉아 있으라는 것이었다.

방 안에 갇힌 꼴이 된 우리는 방문에 붙어 있는 손바닥만 한 유리로 바깥을 내다보며 구경하는 도리밖에 없었다. ㄷ자형 옛날 초가여서 조그마한 유리를 통해서도 마당이 한눈에 내다보였고, 어른들은 마당에 멍석을 깔고 거기서 장례 준비를 하고 있었다.

할아버지가 약국으로 쓰시던 아랫방이 빈소가 되어 있었는데, 그 빈소에 아버지랑 삼촌들은 들어가서 곡을 하고 어머니랑 숙모, 고모들은 바깥 멍석에서 곡을 했다.

곡소리가 울리자 동생과 나는 무슨 신나는 광경이라도 벌어진 듯 다투어 유리에 얼굴을 들이댔다.

"야, 너거 엄마 잘 운다."

내가 말하자,

"너거 엄마도 잘 우네. 히히히……."

동생은 재미 좋다는 듯이 킬킬거렸다.

"우리 엄마는 아이고 아이고 하는데, 너거 엄마는 애고 애고 하고 운다 그쟈?"

"응, 히히히……."

"애고 애고가 뭐고. 아이고 아이고 해야지."

내가 빈정거리자, 동생은 얼굴이 조금 빨개지며,

"애고 애고가 더 좋아."

하고 내뱉었다.

"앙이네, 아이고 아이고가 더 좋네."

"앙이네."

"기네."

"앙이라니까."

"기라니까."

"치! 앙인데……."

"기란 말이다, 임마! 까불지 마!"

나는 그만 조그마한 주먹 한 개를 쳐들며 동생을 쩨려보았다.

동생은 찔끔 목을 움츠리며 겁먹은 표정을 지었다.

그때 곡이 그치고, 어머니랑 숙모, 고모들이 지팡이를 놓고 돌아섰다. 그것을 본 나는 쳐들었던 주먹을 슬그머니 내렸다.

집 안에서의 장례 절차가 끝나고, 할아버지의 관이 대문 밖으로 운반되어 나가자, 동생과 나도 재빨리 방에서 뛰어나가 뒤따랐다.

집 뒤에 있는 도로에 영구차가 와서 정거해 있었다. 장지가 멀어서 상여로는 안 되는 모양이었다.

영구차는 신기했다. 버스 형으로 생긴 요즘 것과는 달리, 마치 상여처럼 겉모양을 울퉁불퉁 요란하게 깎아서 검정칠과 금빛으로 얼룩덜룩 칠을 해놓은 그런 차였다.

"햐, 차 참 좋다. 번쩍번쩍한다 그쟈?"

동생의 말에 나는,

"응."

대답은 했으나, 썩 마음에 드는 그런 멋진 차로 느껴지는 게 아니라, 어쩐지 좀 기분이 으스스하고 이상했다.

그 이상하게 번쩍거리는 영구차 속으로 할아버지의 관이 들어가고, 아버지랑 삼촌들 그리고 몇몇 친척 어른들이 올라타자, 부르릉 부르릉 요란한 소리와 함께 영구차가 미끄러지기 시작했다. 차가 움직이자 어머니랑 숙모, 고모들은 일제히 울음을 터뜨렸다. 빈소 앞에서 곡을 할 때보다 한결 서럽게 목 놓아 울었다. 다른 친척 아낙네들도 옷고름이나 소매 끝을 눈으로 가져가곤 했다.

나도 그만 코끝이 아리해지며 핑 눈물이 고여 올라 찔끔찔끔 울었다. 내가 울자 동생도 따라 울었다.

그러나 우리는 곧 울음을 그치고 멀리 먼지를 보오얗게 일으키며 사라져가는 영구차를 바라보았다.

동생이 아쉬운 듯이 말했다.

"차 저기 간다. 보이제?"

"응."

"차 참 빠르다 그쟈?"

"응."

나는 손가락이 시려서 호호 입김을 불며 멀리 보오얀 먼지를 쓸쓸하게 바라보고 있었다. 쌀쌀한 바람결에 희끗희끗 눈 잎사귀가 나부끼기 시작했다.

장례식에서 돌아온 나는 이웃 친구들에게 자랑스럽게 할아버지의 장례에 관한 이야기를 늘어놓았다. 특히 영구차에 대해서 지껄여댔다.

"우리 할아버지 관을 차가 싣고 갔다 아나. 시커멓고 번쩍번쩍 금

칠을 한 차다 아나. 참 좋더라 아나."

하고 자랑을 해댔으나, 상여밖에 본 일이 없는 친구들은 그게 도대체 어떤 찬지 잘 짐작이 가지가 않는 듯 눈을 멀뚱거리기만 했다.

며칠이 지나자 그 영구차 이야기랑 장례 이야기도 시들해지고, 나의 머릿속에서도 할아버지는 사라져갔다.

보름쯤 뒤의 일이라고 기억된다.

해질녘이었다. 서쪽 하늘이 유난히 곱게 타고 있었고, 빨간 해가 막 서산 너머로 가라앉으며 마지막 빛을 던지고 있었다. 그 선연한 석양빛이 맞바로 할아버지 방의 방문에 와서 비치고 있었다. 연한 보랏빛을 띤 금빛으로 방문이 물들어 보였다.

부엌문 밖에 서서 어머니가 저녁밥 짓는 것을 지켜보며 칭얼거리고 있던 나는 그 방문의 야릇한 빛깔을 보자 문득 검은색에 금빛 칠을 한 영구차 생각이 떠올랐다. 나는 그쪽으로 다가갔다.

가만히 방문을 열어 보았다. 물론 방은 비어 있었다. 할아버지가 그 방에 앉아 계실 턱이 만무했다.

그런데 나는 어찌된 셈인지 몹시 허전했다. 꼭 하얀 할아버지가 방 안에 앉아 계실 것만 같았던 것이다. 오늘쯤은 할아버지가 대구에서 여느 때처럼 또 찾아오셔서 방 안에 앉아 저녁 밥상을 기다리고 계실 것만 같았다.

"엄마!"

하고 나는 약간 호들갑스럽게 불렀다.

"와?"

부엌에서 어머니의 대답 소리가 들렸다.

나는 그 방의 방문을 열어놓은 채 쪼르르 다시 부엌문 쪽으로 갔다.

"엄마, 할아버지 방에 할아버지 없다."

그러자 어머니는,

"뭐라고?"

나를 뻔히 바라보더니 까르르 웃었다. 그리고 말했다.

"돌아가셨는데, 할아버지가 어떻게 그 방에 계시겠노."

"그럼 할아버지 언제 와? 엄마."

"오시다니, 돌아가셨는데…… 대구에 가서 니도 장사 지내는 거 안 봤나. 인제 안 돌아오신다."

이제 안 돌아오시다니…… 나는 그 말을 잘 이해할 수가 없어 멀뚱멀뚱 섰다가,

"할아버지 어디 갔는데 안 돌아와?"

하고 물었다.

"어디 가긴…… 돌아가셨지. 죽었단 말이다."

"죽으면 안 돌아오나? 엄마."

"그래."

"죽으면 어디 가는데?"

그 말에 어머니는 얼른 뭐라고 대답이 나오지가 않는 모양이었다.

"응? 엄마, 죽으면 어디 가는데 안 돌아와?"

그제야 어머니는,

"극락에……."

한마디 짤막하게 대답했다.

"극락이 어딘데?"

"……."

"응? 엄마."

"저 산 너머지."

어머니는 씩 웃으며 그저 건성으로 턱을 들어 서쪽 산줄기를 가리켰다.

나는 그 산줄기를 바라보았다. 어느덧 해는 다 가라앉고, 곱게 타던 저녁놀이 보랏빛으로 사위어가고 있었다.

나는 가만히 한숨을 한 번 쉬었다. 어쩐지 가슴이 도근도근*(놀라거나 불안하여 가슴이 자꾸 조금씩 가볍게 뛰는 모양을 나타내는 말) 뛰는 듯했다.

"저 산 너머에서 할아버지 뭐 해?"

"……."

"뭐 하는데 안 돌아와?"

그러자 어머니는 귀찮은 듯,

"몰라. 춥다. 방에 들어가아라."

하고는 이제 밥을 풀 모양으로 솥뚜껑을 열었다. 솥에서 김이 물씬 피어올랐다.

나는 배에서 꼬르르 소리가 나는 듯했다. 그러나 나는 배고프다는 생각보다도 할아버지가 저 산 너머 극락이란 데서 뭘 하느라 안 돌아오시는지, 정말 언제까지나 언제까지나 안 돌아오신단 말인지 알 수가 없고, 이상하기만 해서 다시 입을 열었다.

"엄마."

"와 자꾸 부르노? 방에 들어가라는데……."

"할아버지 정말로 언제까지나 언제까지나 안 돌아오나?"

"그렇다니까."

"내가 학교에 들어가도?"

"그래."

"6학년이 돼도?"

"그렇지. 하하하……."

주걱으로 놋그릇에 밥을 퍼 담고 있던 어머니는 재미있다는 듯이 또 까르르 웃었다.

나는 가만히 서쪽 산줄기를 바라보았다. 보랏빛으로 사위어가던 저녁놀이 이제 현저히 잿빛을 띠며 어두워지고 있었다.

나는 오스스 몸을 떨었다. 할아버지가 언제까지나 언제까지나 안 돌아오시다니…… 도무지 허전하고 아득하고 아찔하기까지 했다.

잠시 후 나는 홀쭉홀쭉 울기 시작했다.

"앙이, 와 울지?"

어머니의 말에 나는 그만,

"할아부지—"

부르면서 엉엉 큰소리로 울었다.

"얄궂어라. 할아버지 돌아가신 지가 벌써 보름이 넘었는데, 인제사 섧은 모양이지. 별 아이도 다 보겠네."

어머니는 중얼거리며 주걱으로 닥닥 누룽지를 긁기 시작했다.

《문예중앙》(1981. 봄)

두 축하연

某年 봄 某日

퇴근 시간이 가까워졌을 무렵, 총무부에서 공지사항 전달이 있
었다.

총무부의 공지사항이란 언제나 별로 반가운 것이 못 되었다. 요즈
음 지각하는 직원이 많으니 출근시간을 엄수하라거나, 신분증 갱신
이 있으니 며칠까지 증명사진 두 장씩을 제출하라거나, 혹은 오후
몇 시에 어디서 무슨 행사가 있으니 전원 참석해야 한다는 그런 따
위였다.

그러나 그날은 그게 아니었다.

"전달합니다. 오늘은 우리 회장님 생신이랍니다. 오후 세 시부터
회장님 댁에서 축하연이 있답니다. 두 시 정각에 회사 앞에서 버스
가 출발하니 한 사람도 빠짐없이 참석해 주시기 바랍니다. 산해진미
가 나올 모양이니 많이 기대하시고, 점심은 먹지 않고 가는 게 좋을

겁니다."

총무부 직원은 싱글싱글 웃으며 말했다.

실내의 여러 직원들도 모두 웃음을 터뜨렸다.

토요일 오후라 선뜻 마음이 내키지는 않았으나, 나도 가 보기로 했다. 다른 사람의 집에 초대가 되었다면 나는 꽁무니를 뺐을 것이다. 한 사람도 빠짐없이 참석해 달라는 것이지만, 그런 모임에는 슬쩍 빠져도 상관이 없다. 나는 그런 모임에 참석하는 것을 별로 좋아하지 않는다. 술자리도 가까운 친구끼리 오붓하게 어울리는 그런 것이라야지, 여러 사람이 모여서 와글와글 떠들어 대는 자리는 술맛도 나지 않고, 피로하기만 하다.

그러나 회장 집이라고 하니 가 봐야겠다는 생각이 들었다. 회장이라는 높은 자리에 있는 사람의 생일이라니까 가 봐야 된다는 것이 아니라, 회장이라는 사람쯤 되면 어떤 식으로 살아가고 있는가 한번 구경을 해 보고 싶었던 것이다.

회장이라고 하면 사장 위의 회장을 얼른 머리에 떠올리겠지만, 그게 아니라, 우리 직장은 연합회다. 그러니까 사무국장 위에 회장이라는 직위가 있는 것이다. 일종의 명예직인 셈이다.

회장실이 따로 마련되어 있기는 하지만, 출근하는 일은 거의 없다. 신년 시무식이라거나, 무슨 특별한 행사가 있다거나, 요긴한 사무가 있을 때, 그리고 언제든 마음이 내키면 불쑥 얼굴을 나타낼 뿐, 평소에는 자기 사업에 종사하고 있다.

그래서 회장의 얼굴을 볼 수 있는 것은 시무식 때나 무슨 행사가 있을 때뿐이다. 요긴한 사무가 있다거나 마음이 내켜서 들렀을 때는 하부 직원들은 왔다 가는 줄도 잘 모른다.

242

그리고 한 가지 재미있는 것은 회장이 독신이라는 점이다. 육십이 훨씬 넘은 노인인데, 지금까지 한 번도 결혼을 한 일이 없다는 것이다. 독신주의인지, 아니면 물건이 제구실을 못해서 별수 없이 독신생활을 한 것인지 아리송하다. 철저한 독신주의자라는 말도 있고, 그게 아니라 실은 물건이 번데기만밖에 안 하다는 설도 있다. 목욕을 하는데 보니 꼭 대여섯 살 먹은 어린애의 고추 같더라는 것이다. 실제로 누가 보았는지 어쨌는지 알 수 없지만, 좌우간 고자라는 설이 분분하다. 고자가 아니라면 남자가 무엇 때문에 혼자 살겠느냐는 것이다. 여자는 독신주의자가 될 수 있어도, 남자는 멀쩡해 가지고는 도저히 불가능하다는 것이다.

그러나 겉으로 보기에는 결코 고자로 보이지가 않았다. 코밑이랑 턱에 면도를 한 자국이 있었고, 이마도 번들번들 윤기가 났으며, 육십이 훨씬 넘은 노인인데도 아직 눈에 정기가 흘러 보였다. 불구의 남성 같은 그런 무기력한 구석은 아무 데도 없었다.

독신주의자든 고자든, 좌우간 회장은 사회적으로 존경을 받는 몸이다. 아주 젊을 때 미국으로 건너가 공부를 하고, 나중에는 독립운동에도 제법 깊숙이 발을 들여놓았던 것이다. 해방이 되어 고국에 돌아와서는 정계에 투신하여 거물급으로 놀았고, 사업가로서도 명성을 떨쳤다. 그런 저런 것이 후광이 되어 아무개라고 하면 지금도 다 알아준다.

그런 이의 사생활을 엿볼 수 있는 기회이니, 한 번 가보지 않을 수 없었다.

버스는 두 시 조금 지나서 출발했다.

"점심 어떻게 했어?"

같은 좌석에 앉게 된 기획실의 안 형이 물었다. 안 형은 아동문학을 하는 사람이다. 동화를 쓴다.

"우동 한 그릇 먹었어."

"나도 짜장면 한 그릇 했구먼. 점심을 안 먹고 가는 사람이 많던데……."

안 형도 웃었고, 나도 웃었다.

버스가 미아리 고개를 넘어서자 차창 밖으로 멀리 북한산의 세 봉우리가 엷게 채색된 수묵화처럼 바라보였다.

그것을 내다보다가 안 형이 불쑥 입을 열었다.

"집에 가 보면 우리 회장이 독신주의잔지, 아니면 고잔지 알 수가 있을 거야."

"글쎄…… 알 수가 있을까?"

"알 수 있지. 그 사생활을 보면 십중팔구 짐작할 수가 있어."

"정말 혼자 사는지, 여자가 있는지는 짐작할 수가 있겠지만…… 왜 독신생활을 하는지, 독신주의자라서 그런지 고자라서 그런지 그것까지 어떻게 알 수 있겠어?"

"아냐, 알 수가 있어. 냄새가 난단 말이야."

"냄새가 나?"

"그럼, 내 코는 아주 비상하지."

"독신주의자와 고자의 냄새가 다른가?"

"다르지. 안 다르겠는가 생각해 보라구. 소설가의 센스로 말이야."

안 형은 약간 외설스러운 듯한 그런 웃음을 띠었다. 나도 허허허 웃어 버렸다.

버스는 수유리 쪽으로 달려가고 있었다.

회장 집은 수유리에 있었다.

널찍한 정원에 정원수가 숲을 이루고 있었고, 그 깊숙한 곳에 이층 건물이 들어앉아 있었다. 큼직한 건물이었다. 그러나 왠지 호화주택이라는 느낌이 들지가 않았다. 흔히 말하는 호화주택과는 그 유를 달리하고 있었던 것이다. 건물이 크기는 했으나, 겉으로 보기에 조금도 사치스럽게 여겨지지가 않고 오히려 검소하다는 느낌이 들었다. 지은 지 꽤 오래된 듯한 건물이어서 겉모양이 요란스럽지가 않고, 수수하게 생겨 그런 느낌을 주는 것 같았다.

현관 근처에 목련이 여러 그루 서 있는데, 지금 한창 꽃잎들을 벌리려는 참이어서 여간 우아한 게 아니었다. 화사한 봄이 온통 이 집 현관 근처에 다 몰려와 있는 듯했다.

나는 목련을 여간 좋아하지 않는다. 꽃 중에서 무슨 꽃이 제일 마음에 드느냐고, 한 가지만 꼽으라 하면 선뜻 목련을 말할 것이다.

"정말 좋군."

그리고 나는 속으로, 이 정도로 해 놓고 살아야 되는 것인데……
하고 중얼거렸다.

건물 내부는 외부와는 달리 꽤 화려한 편이었다. 그러나 그 화려함이 조금도 천덕스러운 데가 없고, 품위가 있어 고상한 분위기를 이루고 있었다. 벽에 걸려 있는 그림들도 은은한 아름다움을 풍기는 그런 그림들이었다.

우리는 계단을 올라 이층으로 안내되었다.

이층 한쪽은 널따란 홀이었다. 칵테일파티가 준비되고 있었다. 버스를 타고 온 오십 명가량의 직원이 들어섰는데도 조금도 복잡하게 느껴지지가 않았다.

그런데 웬 아가씨들이 그렇게 눈에 띄는지…… 아마 칠팔 명은 될 것 같았다. 미끈미끈하고 어여쁜 처녀들이 홀을 드나들며 준비에 바빴다.

"웬 아가씨들이 저렇게……."

안 형을 돌아보며 말했다.

"기업체의 아가씨들이겠지. 회장이 경영하는……. 독신이니까 손녀들이 있을 턱은 없고……."

"그런 모양이군."

그리고 나는 약간 장난기가 동해서,

"냄새가 어때?"

하고 물었다.

"글쎄…… 아직 확실한 냄새가 안 나는군."

안 형은 코를 두어 번 벌름거리고 히죽 웃었다.

안 형과 나는 창가로 가서 바깥을 내다보았다. 북한산의 세 봉우리가 저만큼 손에 잡힐 듯이 바라보였다. 그 용자는 언제 보아도 좋다. 특히 거대한 한 덩어리의 바위처럼 불쑥 솟아 있는 인수봉은 일품이다. 봄이어서 연둣빛 놀이 은은히 감겨 있어서 더욱 볼 만하다.

"언제 보아도 좋아."

내가 감탄하듯 말하자,

"좋지, 정말 명산이야. 옛날에 이성계가 도읍을 잘 잡았어. 서울처럼 주위의 산세가 좋은 수도도 드물 거야."

안 형도 매우 기분이 뿌듯한 모양이었다.

수려하면서도 장엄한 북한산 봉우리들을 바라보고 있는데, 홀 안에 박수 소리가 일어났다. 회장이 들어선 것이다.

한복을 차려입은 회장은 오늘따라 얼굴이 더 훤해진 것 같았다. 어느 모로 보나 육십을 훨씬 넘어 칠십을 바라보는 노인으로는 여겨지지가 않았다.

회장이 홀 정면 쪽에 적당히 자리를 잡고 서자, 총무부장이 입을 열었다. 사회를 보는 셈이었다.

"오늘 회장님의 생신을 진심으로 축하드립니다. 그런 뜻에서 먼저 직원 모두 함께 인사를 올리기로 하겠습니다."

장내는 조용했다.

"일동 차려― 회장님께 경례―"

모두 고개를 숙여 절을 했다.

"다음은 선물 증정이 있겠습니다."

총무부장의 말이 떨어지자, 사무국장이 종이로 싼 네모반듯한 상자 하나를 들고 회장 앞으로 가 그것을 증정했다.

박수가 터졌다.

"이번에는 회장님의 생신을 축하하는 노래를 부르기로 하겠습니다. 제가 선창을 할 테니 모두 따라서 불러주시기 바랍니다."

그 말에 나는 생신을 축하하는 노래라니, 무슨 노랠까 싶었다. 얼른 그런 노래가 머리에 떠오르질 않았다. 생일을 축하하는 노래가 있는지, 나는 아직 그런 노래를 들어 본 기억이 없었다. 바짝 호기심을 동하는 것이었다.

총무부장은 한 번 침을 넘겨 목을 가다듬은 다음, 목청을 뽑았다.

"해피 버스데이 투 유―"

영어 노래였다.

그러자 모두 입을 모아,

"해피 버스데이 투 유—"

합창을 하기 시작했다. 남자들의 굵은 목소리 오십 개가량이 함께 울리니 홀 안이 우렁우렁 온통 넘치는 듯했다. 나는 약간 어리둥절한 느낌이었다. 그리고 어쩐지 실소 같은 것이 나왔다. '생신을 축하하는 노래'가 뭔가 했더니…….

"해피 버스데이 투 아워 프레지던트—"

합창은 마치 예행연습이라도 한 듯 미끄럽게 흘러넘치고 있었다. 나도 함께 부를까 하다가 그만두었다. 어쩐지 쑥스럽고 어색했던 것이다. 그러나 아무도 그런 기색이 없이 자연스럽게, 열심히 노래를 부르고 있었다.

나는 가만히 안 형을 돌아보았다. 안 형은 나와 시선이 마주치자, 씩 웃었다. 나와 안 형만이 입을 벌리지 않고 멀뚱히 서 있었다.

내 얼굴에서 약간 놀란 듯한 그런 표정을 읽었는지, 안 형은 나직한 목소리로,

"한 형 소설 소재 하나 생겼구먼."

하였다.

한복을 입고 서 있는 사람의 생일을 축하하는 노래가 영어로 된 노래이고 보니 어울리지 않는 것 같아 당혹감과 함께 실소가 나오기는 했으나, 그러나 놀랄 것까지는 없었다. 더구나 오늘의 주인공인 회장은 젊을 때 미국에 건너가서 공부를 하고, 독립운동도 한 터이니, 영어 노래로 생일을 축하한다고 해서 어색할 게 없었다. 어쩌면 오히려 격에 맞는 일인지도 몰랐다. 달리 우리말로 된 적당한 노래가 없으니 말이다.

내가 약간 놀란 것은 그래서가 아니라, 그 영어 노래를 부르는 직

원들의 세련된 태도 때문이었다. 아무도 쑥스럽고 어색하다는 그런 생각이 조금도 안 드는 듯, 자연스럽기만 한 표정으로 열심히 불러 넘기는 것이 아닌가. 마치 잘 몸에 밴 노래를 부르듯이 말이다. 언제부터 그렇게 세련이 되었는지, 정말 뜻밖이었고, 놀랄 일이었다.

젊은 축은 또 그렇다 치고, 나이가 꽤 된 부장급들까지 모두 마찬가지였다. 한 사람도 쑥스러워하는 기색이 없었고, 서툴러 보이지가 않았다. 쑥스러운 느낌을 가진 것은 나와 안 형 두 사람뿐이었다.

연한 청회색의 마고자를 입은 회장도 얼굴에 은은한 미소를 띠고 자연스럽게 노래를 듣고 있었다.

노래는 부드러운 여운을 남기며 끝났다.

그러자 회장이 입을 열었다.

"이렇게 축하를 해 주어서 고맙습니다."

회장은 약간 어조를 바꾸어,

"모두 노래를 썩 잘 부르는데요. 합창단을 하나 만들어도 되겠어요. 그런데 이럴 때 부를 우리 노래가 없을까······. 우리말로 된 생일 축하의 노래를 누가 한 번 만들어 보시지. 우리 연합회에서 작사 작곡을 공모해 보는 것도 좋겠고······."

이렇게 말하는 것이 아닌가.

뜻밖이었다. 회장의 입에서 그런 말이 나올 줄은 정말 예기치 못했다.

나는,

"흠—"

싶으며 회장의 얼굴을 새삼스럽게 바라보았다. 반백의 머리가 한결 기품이 있어 보였고, 연한 청회색 마고자가 잘 어울려 보였다.

나는 속으로 우리 회장은 결코 고자가 아니라고 생각했다. 고자 같은 무기력한 사람이라면 그런 소리가 입에서 나올 턱이 없는 것이다.

안 형을 돌아보았다. 안 형도 기분이 흐뭇한 모양이었다. 고개를 두어 번 끄덕끄덕했다.

나는 "냄새가 어때? 독신주의자야, 고자야?" 하고 농담을 꺼내려다가 그만두었다. 어쩐지 그런 농담을 하는 게 매우 실례가 될 것 같은 심정이었다.

"자아, 이제 먹읍시다. 차린 것은 별로 없지만, 맛있게 많이들 들어 주어요. 술은 얼마든지 공급할 테니까."

회장은 매우 기분이 좋은 듯 빙그레 웃었다.

나는 술맛이 날 것 같아,

"자아, 가지."

안 형에게 말하고는, 어여쁜 아가씨들이 서서 술을 따라 주는 테이블 쪽으로 성큼성큼 다가갔다.

某年 가을 某日

사촌동서 되는 사람이 사위를 보는 날이었다. 장녀를 시집보내게 된 것이다. 그러니까 나에게는 처 종질녀가 된다. 멀다면 멀고, 별로 멀지 않다면 멀지 않다.

결혼식장에 가 보는 수밖에 없었다.

나는 결혼식장 같은 데 가는 것도 별로 좋아하지 않는다. 아는 얼

굴 모르는 얼굴들이 들끓는 자리에 들어서면 공연히 신경이 팽팽해
지는 듯 피로하기만 한 것이다.

그렇다고 같은 서울에 살면서, 더구나 그 집 개혼(開婚)인데, 도리
상 안 가 볼 수가 없어서 아내와 함께 집을 나섰다.

"왜 하필 날짜를 일요일로 잡았을까?"

나는 아내에게 짜증 비슷한 소리를 했다.

"당신에게 일요일이 무슨 상관이에요?"

아내가 받았다.

직장을 그만두고, 집에 들어앉아 글 쓰는 것을 직업으로 하게 된
터이니, 아내 말마따나 요일과 상관없는 생활인 셈이다.

그러나 그런 자유스러운 생활인데도 역시 일요일이면 휴일이라는
생각이 들어 느긋해지고, 기분이 한가해진다. 아무리 급한 원고가
있어도 일요일에는 붓을 안 들기로 하고 있다. 등산을 가거나 극장
구경을 가거나 아니면 집에서 딩굴딩굴하다가 해질녘에 근처의 야
산으로 산책이라도 나선다.

그렇게 한가롭게 보내는 일요일인데, 오늘은 그게 망가뜨려진 것
같은 생각이 들었던 것이다.

그런 나의 일요일을 아내도 알고 있는 터이라,

"오래간만에 친척집 잔치에 가 보는 것도 좋잖아요."

짜증을 내지 말라는 듯이 부드럽게 말했다.

가을이라 하늘이 씻은 듯 시원했다.

나는 곧 기분을 일신해서,

"신랑이 뭐 하는 사람이라 그랬지?"

하고 물었다. 한 번 듣기는 들었으나, 건성으로 들어서 머리에 남아

있지 않았던 것이다.

"회사에 다니는 사람이라 그랬잖아요. 공대를 나와서 무슨 전자회사라든가, 일본사람하고 합자한 회사에 근무하고 있대요."

"……."

"그런데 나이 서른이 훨씬 넘었다나요. 서른셋이라든가 넷이라든가……."

"신부는?"

"질녀는 스물넷이잖아요. 나이 차가 너무 심해서 언니는 절대 반대였죠. 형부도 첨에는 반대했는데 저거 둘이 좋아서 안 떨어지겠다니, 별수 있어요."

"한 직장이었던 모양이지?"

"한 직장은 아닌데, 어떻게 연애가 됐던 모양이에요. 신랑감이 삼십을 훨씬 넘어서 혹시 재취가 아닐까 하고 언니는 의심도 했는데, 그건 아니래요."

"그럼 됐지 뭐."

결혼식장에 도착하니 이미 식이 진행되고 있었다. 주례가 주례사를 늘어놓고 있었다. 한쪽 가에 더러 빈 의자가 있어서 아내와 나는 가서 앉았다.

주례사처럼 듣기 지루한 것도 아마 드물 것이다. 판에 박은 듯한, 무미건조한 소리를 듣고 있자니 절로 하품이 나왔다.

그러나 그것이 그다지 길지가 않아서 다행이었다. 요즈음 예식장에서의 결혼식은 시간이 제한되었고, 오늘 같은 일요일에는 다음 차례가 줄을 서서 기다리는 형편이기도 해서, 나 같은 하객에게는 오히려 잘된 형상이었다.

식은 곧 끝났다.

웨딩마치에 발을 맞추어 걸어 나오는 신랑 신부의 얼굴을 본 나는 절로 미소가 지어졌다. 흡사 오누이처럼 많이도 닮아 보였던 것이다. 둥글넓적한 것이 둘 다 마음씨가 무던해 보였고, 신랑이 열 살가량 위라지만 그렇게 차이가 나 보이지도 않았다. 세상을 별 큰 탈 없이 잘 건너갈 한 쌍일 것 같이 여겨졌다. 연분이군, 싶었다.

그것으로 끝이었으면 좋았을 텐데, 혼주인 사촌동서를 만났더니, 집으로 가야 된다는 것이었다. 집에서 간단히 잔치를 벌인다는 것이다. 가까운 음식점에서 점심이나 내면 될 터인데, 번거롭게 집에 손님을 초대하다니, 옛 시골 식이었다.

아내는 당연히 가야 되는 것으로 생각하고 있었다. 어디 고궁에라도 가서 바람을 쐬고, 집에 들어갔으면 좋겠는데 말이다. 그러나 도리가 없었다. 더구나 사촌동서이긴 하지만, 손위가 아닌가.

택시를 잡아타고 그 집으로 향했다.

신랑 신부는 물론 신혼여행을 떠났다. 그러니까 축하해야 할 주인공들이 빠진 축하연이 벌어진 셈이다.

방이 네 개 되는 집이었으나, 시골에서까지 올라온 친척들과 혼주의 친지들, 그리고 신랑이 근무하는 회사의 같은 부서 직원들까지 초대가 되어 온통 어수선하고 시끌덤벙했다. 그야말로 시골 잔치 기분이었다.

손님들 중에서도 가장 어려운 손님이 신랑의 직장 손님들이었다. 그래서 큰방이 그들 차지가 되었다.

그런데 난처하게도 나에게 그들의 접대를 좀 맡아 달라는 것이 아닌가. 달리 그들을 접대할 만한 마땅한 남자가 집안에 없었던 것이다.

"한 서방이 좀 수고스럽지만 접대를 해 줘야겠어. 같이 앉아서 술이나 권하고, 함께 어울리면 되는 거니까."

손위인 사촌동서의 말에 나는,

"그러죠."

하지 않을 수 없었다.

그런 일은 나는 정말 질색이다. 알지도 못하는 사람들과 한 상에 어울려 앉아서 술잔을 권하고 받고 한다는 것은 견딜 수 없는 고통이다. 서로 안면이 있고, 좀 아는 사이라 하더라도 그런 자리는 술맛도 나지 않고, 어색하기만 할 터인데, 더구나 일면식도 없고, 나이들도 대체로 나보다 아래인 사람들과 어울려 앉다니…… 딱 질색이다.

오늘 재수 더럽구나 싶었다. 하지만 도리가 없었다.

모두 칠팔 명 되는 사람이 음식을 가득 차린 호마이카 상을 가운데 놓고 둘러앉았다. 나도 어설픈 기분으로 한쪽에 끼어 앉았다.

혼주인 사촌동서가 들어와 인사를 하고, 나도 인사를 나누었다.

그런데 손님 가운데 한 사람이 뜻밖에 일본사람이었다. 서른을 조금 넘어 보이는, 아직 젊은 사람인데, 인상이 말쑥하게 빠져 보이면서도 어딘지 수줍어하는 구석이 있었다. 서투르나마 우리말도 좀 지껄이는 듯,

"야마구찌 모리오(山口森雄)라 합니다."

하고 자기 소개를 했다.

곁에 앉은 사람이 설명을 덧붙였다.

"우리 과에 함께 근무하는 분인데, 오늘 신랑하고 특히 친한 사입니다. 책상도 나란히 붙어 있죠."

"아, 그렇습니까. 이렇게 와 주셔서 감사합니다. 자, 차린 것은 별로 없지만 많이들 드시고, 실컷 노시다 가세요. 나는 저쪽 방에 또 손님이 있어서…… 한 서방, 술 좀 많이 권해 드려."

사촌동서는 이렇게 인사치레를 하고는, 나에게 떠맡기고 나가 버렸다.

"자아, 듭시다 그럼."

나는 나이가 가장 많아 보이는 사람부터 시작해서 차례차례 술을 따라 주었다. 그리고 나도 잔을 받았다. 술은 정종이었다.

본래 내가 화술이 신통찮아서 주연은 자연히 자기들끼리 무르익어 갔다. 나는 그들이 주고받는 이야기를 그저 건성으로 들으며, 술잔을 비워서 적당히 아무에게나 권하곤 했다. 그리고 평소에 잘 피우지 않는 담배를 곧장 붙여 물었다.

잠시 후, 야마구찌가 나에게 잔을 권했다. 나는 그 잔을 받아 마시고 나서, 그에게 돌렸다. 그러자 그는 잔을 받아 훌짝 한 모금 마시고 앞에 놓으며, 약간 눈언저리가 발그레해진 얼굴에 좀 수줍은 듯한 미소를 띠며,

"옛날 우리 아버지도 한국에 와서 살았습니다. 국민학교 선생님 했습니다."

불쑥 이렇게 말했다.

"아, 그래요."

나는 두어 번 고개를 끄덕거렸다.

자기 딴은 우리나라에 대한 친밀감의 표시인 모양이었다. 그러나 나는 자기 아버지가 옛날에 우리나라에 와서 국민학교 선생 노릇을 했다는 그런 것보다도, 좀 수줍은 듯한 미소를 띤 그의 발그레한 얼

굴이 호감이 갔다. 여자처럼 사근사근한 친구로구나 싶었다.

술들이 좀 오르자, 하나 둘 윗도리를 벗었다.

"벗으세요. 벗으세요."

나도 약간 더운 듯해서 벗었다.

그러나 야마구찌는 벗을 생각을 않고 그대로 앉아 이것저것 한국 음식을 시식하듯 집어먹고 있었다. 얼굴을 보니 아무래도 좀 더운 것 같은데 말이다.

"야마구찌 씨도 벗으세요."

"예."

하고는 그제야 젓가락을 놓고, 윗도리를 벗었다.

술자리는 본격적으로 무르익어갔다. 얼굴들이 모두 벌겋게 물들기 시작했고, 말소리들도 억양이 높아갔다.

그런데 가만히 보니, 어쩐지 좌중이 그 야마구찌를 중심으로 돌아가는 듯했고, 필요 이상 야마구찌상, 야마구찌상 하면서 그에게 배려를 두는 듯했다.

좌중에 한 사람뿐인 다른 나라 사람이니, 그럴 법도 한 일이었다. 그러나 나는 어쩐지 그럴 필요가 없는데 싶었다. 그저 자연스럽게 대하면 좋을 텐데 말이다.

외국인이라도 그는 일본 사람이 아닌가. 옛날의 일을 생각하면 지금도 결코 아무렇지도 않은, 잔잔한 심정으로 대할 수는 없는 일본 놈, 왜놈…… 그러나 세월은 흘렀고, 세상은 바뀌었다. 그런 감정을 겉으로 드러낸다는 것은 오히려 이쪽이 용렬하다. 더구나 야마구찌 같은 젊은이는 옛 일본과는 아무 상관도 없는 후예가 아닌가.

그렇기는 하지만, 역시 여느 외국인을 대할 때와는 좀 다른 무엇이 있어야 되지 않을까 싶다. 필요 이상 친절을 베풀 필요는 추호도 없는 것이다. 그런 지나친 배려와 친절은 어쩐지 굽실거리는 것 같아 기분이 안 좋다. 아무리 세월이 흐르고, 세상이 바뀌었다 하더라도 쓸개만은 단단히 지니고 대해야 되겠다는 말이다.

나는 이런 좌석부터가 애당초 고역이었지만, 분위기가 묘하게 그렇게 돌아가는 듯해서 더욱 착잡한 심정이었다. 술기운이 제법 올라도 그 착잡한 심정은 잘 풀어지지가 않았다.

"자, 우리 이렇게 술만 마실 게 아니라, 지금부터 레크레이션으로 들어가기로 합시다."

놀기를 좋아해 보이는 한 젊은이가 선언하듯이 내뱉었다.

"노랠 부르자 그 말이지."

"그 말이겠지."

"좋지. 잔칫집에서는 노랫소리도 나고 해야 돼."

모두 한잔들 잘 된 터이라, 좋다고 떠들어댔다.

말을 꺼낸 젊은이가 나에게,

"노랠 해도 괜찮겠죠?"

일단 양해를 구하는 것이었다.

"예, 좋습니다. 좋습니다."

"자, 그럼 오늘의 신랑 신부를 축하하는 의미에서 지금부터 한 곡조 꽝!으로 들어가겠습니다. 누구 스타트를 끊을 용사 없습니까?"

그러자 나이가 좀 들어 보이는 한 사람이,

"자네부터 하게. 레크레이션 부장부터 시작해야지."

하였다. 모두 웃으며 찬성이었다.

"내가 레크레이션 부장입니까? 야, 이거 말단 직원이 오늘 대번에 부장으로 껑충 뛰어올랐는데…… 하하하…… 그럼 이 레크레이션 부장부터 한 곡조 꽝! 하겠습니다. 노랠 부르고 나서 이 잔으로 지명을 하겠는데 잔을 받은 사람은…… 어떻게 할까요? 잔도 비우고 노래도 부르기로 할까요? 아니면 노래를 부르든지, 벌주로 잔을 비우든지, 한 가지만 하기로 할까요?"

그러면서 그는 지금까지 주고받은 정종 잔이 아닌, 커다란 물 컵 하나에 술을 가득 채워가지고 들어 올려 보이며 벌쭉 웃었다.

그것을 본 야마구찌는 눈이 휘둥그레지며,

"소레오 노문데스까? 아마리 오오끼이데스요(그것을 마시는 겁니까? 너무 큰데요)."

하면서 고개를 내저었다.

"너무 잔이 크다잖어."

좀 나이가 들어 보이는 사람이 통역을 하듯 말하자, 그 레크리에이션 부장은 대번에 수긋해지며,

"그럼 어떤 것으로 할까……."

마땅한 잔을 찾느라 두리번거렸다.

그러자 또 야마구찌가,

"우다다께 우다이마쇼(노래만 부릅시다)."

불쑥 말했다. 얼굴에 수줍어하는 기색이 사라지고 없었다. 주기가 제법 올라서 그런 모양이었다.

"노래만 부르기로 하자는군 그래. 잔은 돌리지 말고."

"그래요? 그럼 그러죠 뭐."

또 레크리에이션 부장은 푹 수그러져 버렸다.

"그럼 노래만 부르기로 하겠습니다. 부르고 나서 지명을 할 테니,

지명을 받은 분은 반드시 책임을 이행해야 합니다."

약간 풀이 죽은 듯한 표정으로 침을 한 덩어리 꿀꺽 삼키고는, 냅다 아랫배에 힘을 주며 노래를 뽑아내기 시작했다.

나는 속으로 씁쓰레한 웃음을 웃지 않을 수 없었다.

레크리에이션 부장답게 제법 목청이 유창했다. "행복이 무엇인지 알 수는 없잖아요. 당신 없는 행복이란⋯⋯" 어쩌고 하는 노래였다.

노래를 마치자, 그는 좌중을 한 번 휘둘러보더니, 지명을 했다. 지명을 받은 사람은 미리 속으로 준비를 하고 있었던 모양으로, 곧 노래를 뽑아냈다. 그런데 일본 노래였다. "야마노 사비시이 미스우미니⋯⋯(산중의 쓸쓸한 호숫가에⋯⋯)" 어쩌고 하는, 옛날 일본 유행가였다.

나는 뜻밖이라는 생각이 들었다. 일본 노래가 나왔다고 해서 뜻밖이라는 것이 아니라, 서른네댓밖에 안 되어 보이는 사람인데, 어떻게 그런 옛날 일제강점기에 유행했던 일본 노래를 알고 있는지 의외였던 것이다.

일본어 강습소가 얼마든지 있고, 또 일본 노래 레코드나 테이프 같은 것이 수없이 나돌고 있으니, 굳이 배우려고 들면 어려울 게 하나도 없다. 그렇게 생각하면 별로 의외랄 것도 없지만, 좌우간 젊은 사람의 입에서 그런 옛날 일본 유행가가 흘러나오니 좀 이상한 느낌이 들지 않을 수 없었다.

그것도 서툰 구석이 있는 것이 아니라, 가사도 정확하고 곡도 틀림이 없이 제법 감정까지 섞어가며 미끄럽게 불러대는 것이 아닌가. 오히려 그런 노래를 부르던 시절에 태어났던 나 같은 사람보다도 월등히 멋지게 잘 부르는 것이었다.

야마구찌는 미소를 띤 얼굴로 가만히 듣고 있었다.

노래가 끝나자, 박수소리가 요란했고, 야마구찌는,

"야, 우마이데스네(야, 잘 부르는데요)."

언제 그런 노래를 다 배웠느냐는 듯이 고개를 끄덕거렸다.

그렇게 한 번 일본 노래가 나오자, 다음 지명을 받은 사람도, 그 다음 사람도, 한결같이 모두가 일본 노래를 끄집어내는 것이었다. 옛날 것을 부르는 사람, 요즈음 것을 부르는 사람, 나이가 꽤 되어 보이는 한 사람은 "벤세이슈꾸슈꾸 요루가와오와다……(말 채찍소리 조용조용히 밤 냇물을 건넌다……)" 어쩌고 하는 '나니와 부시'(일본 특유 의 노래, 우리의 판소리와 비슷한 것)를 이마에 핏대를 세워 가며 부르기 도 했다.

마치 일본 노래의 경연 같았다. 야마구찌를 위해서 그 경연이 벌어 지고 있는 듯한 느낌이었다.

놀랄 일이 아닐 수 없었다. 일본 노래를 한 곡조쯤 못 부르는 사람 이 없다는 사실도 놀랄 일이었지만, 한 사람의 젊은 일본인을 위해 서 그렇게 다투어 일본 노래 솜씨를 뽑아대도 조금도 쑥스럽거나 창 피한 생각이 들질 않고, 마냥 유쾌하기만 한 듯한 그 표정들이 더욱 놀랍기만 했다. 술기운에 쓸개가 흐늘흐늘해져 버린 것인지, 아예 그런 쓸개는 달고 있지도 않은 것인지 알 수가 없었다.

나는 입맛이 씁쓰레하기만 했으나, 명색이 주인 격이니 못마땅한 표정을 지을 수도 없어서, 그저 뻐덕뻐덕한 심정으로 고역을 감수하 고 앉아 있었다.

내가 그렇게 멋대가리 없이 앉아 있어서 그런지, 나에게 지명이 오 지는 않았다. 다행이라면 다행이었다.

이번에는 야마구찌가 지명되었다. 다른 사람은 다 한 곡씩 뽑은 것이다.

"자, 이번에는 야마구찌상이 한 곡 부르겠습니다. 모두 박수를……."

요란하게 박수들을 쳤다. 나도 그저 시늉 삼아 몇 번 토닥토닥 쳤다.

야마구찌는 잠시 무슨 노래를 부를까 생각하는 모양이더니, 싱긋 웃으며 입을 열었다.

"아리랑아리랑 아라리요—"

아리랑을 부르기 시작하는 것이 아닌가.

뜻밖이라면 뜻밖이었다. 나는 어쩐지 좀 웃음이 나왔다. 말하자면 한일 친선인 셈이었다.

모두 젓가락으로 장단을 맞추며 우쭐우쭐 어깨로 흥을 돋구어 댔다.

"……십리도 못 가서 발병 난다—"

노래가 끝나자, 또 박수가 요란하게 터졌다. 온통 방 안이 떠나갈 듯했다.

박수소리가 멎자, 야마구찌는,

"한국 노래 참 좋습니다. 나 참 좋아합니다."

이렇게 말하고는 빙글 웃는 것이었다.

그 말에 모두 기분이 좋은 모양이었다. 물론 나도 기분이 나쁘지는 않았다. 그러나 어쩐지 기분이 개운하게 좋은 것도 아니었다. 묘하게 씁쓰레한 느낌이었고, 실소 같은 것이 나오려 했다.

나는 소변이 마려워서 자리에서 일어났다. 그러자 누군가가, 한 곡조 불러야지 안 된다고, 못 나가도록 했다. 나는 소변을 보고 와서 꼭 부르겠다고 양해를 구하고 밖으로 나왔다.

줄줄줄…… 소변을 쏟으니 좀 속이 시원해지기는 했으나, 역시 심정이 착잡하고, 입맛이 떨떠름했다. 오늘은 아무래도 유쾌한 일요일이 못 되는 것이었다.

소변을 마치고, 다시 방으로 들어갈까, 그만둘까, 좀 망설이는데, 그쪽이 떠들썩했다. 사촌동서가 불려 들어간 모양이었다. 슬금슬금 다가가 보았다.

"오늘 이 경사스러운 날에 신랑의 장인어른께서 한 곡조 안 부르실 수 있겠습니까. 한 곡조 부탁드립니다."

레크리에이션 부장이 떠들어대고 있었다.

내가 앉았던 자리에 앉은 사촌동서는 빙그레 웃으며 권하는 잔들을 받아 비우고 있었다.

레크리에이션 부장은,

"야마구찌상까지 불렀는데, 주인장께서 안 부르시면 되겠습니까. 이 분은 야마구찌상입니다. 일본사람입니다."

아까 인사를 나누어서 알고 있는데, 일부러 또 그런 소리를 꺼내는 것이었다. 그러니까 가급적 일본 노래를 부르면 좋겠다는 암시 같은 것이 들어 있는 듯도 했다.

사촌동서는 야마구찌를 힐끗 한 번 보고는, 무슨 노래를 부를까 잠시 생각하는 듯하더니,

"그럼 서투르나마 흥부 내외 박 타는 대목이나 한 번 불러 볼까요."

하였다.

사촌동서의 입에서 무슨 노래가 나올 것인가 하고 호기심과 긴장

같은 것이 뒤섞여 있는 나는 흥부가라…… 됐어, 싶었다. 판소리를 부르겠다니 좀 뜻밖이기도 했다.

"어흠!"

사촌동서는 목청을 한 번 가다듬고 나서,

"여보소, 세상사람, 내 노래 들어 보소. 세상에 좋은 것이 부부밖에 또 있는가. 어기여라, 톱질이야—" 하고 내뽑기 시작했다. 제법 목소리가 풍부한 편이었고, 가락도 구성졌다. 보통은 넘는 솜씨였다. 사촌동서가 판소리를 하는 줄은 미처 몰랐었다.

냅다 뽑아 올렸다가 휘늘어뜨리곤 하는 우렁찬 가락이 온통 방 안을 뒤흔드는 듯했다.

야마구찌는 처음에는 재미있다는 듯이 싱글싱글 웃는 얼굴이었으나, 곧 그 우렁찬 가락에 압도가 된 듯 얼떨떨한 표정으로 바뀌었고, 마침내 주눅이라도 든 사람처럼 움츠러져서 눈만 끔벅끔벅하고 있었다.

"……여러 날 밥을 굶고, 엄동에 옷이 없어, 신세를 생각하면 벌써 아니 죽었을까. 어기여라 톱질이야— 당겨주소. 톱질이야— 우리도 이 박 타서 쌀도 일고 물도 떠서 가지가지 잘 써보세. 어기여라 톱질이야—"

"어, 조오타!"

툭! 무릎을 치는 사람도 있었다.

판소리가 끝나자, 나는 얼른 사촌동서 앞으로 잔을 내밀며,

"형님, 한잔 받으세요."

하였다.

나는 누구한테 형님이라는 말을 하는 일이 없다. 쑥스러워서 그

런 말이 안 나오는 것이다. 사촌동서도 손위니까 응당 형님이라고 불러야 한다. 그러나 지금까지 그렇게 불러본 일이 없다. 존칭을 생략해 버리는 것이다. 그런데 그때만은 내 입에서 서슴없이 그 말이 나왔다.

《문학사상》(1979. 11)

산길을 달리는 오토바이

1

국민학교 3학년짜리 윤구가 자전거 타기를 배운 것은 금년 봄의 일이다. 어느 날 학교에 갔다 돌아온 윤구가 "아버지! 나 자전거 배울 거야. 자전거 사줘."

불쑥 이렇게 말했을 때 나는 '야, 요 녀석 봐라' 싶었다.

"벌써? 니가 자전걸 배워?"

"왜 못 배워. 나보다 작은 애들도 다 배우는데…… 용호도 탈 줄 알고 상기도 탈 줄 안단 말야. 나도 배울 거야. 아버지! 자전거 사줘."

국민학교 3학년— 이제 열 살, 손목을 쥐어보면 아직 병아리 같은 느낌인데 벌써 자전거를 배우려 들다니…… 대견하다는 생각이 들어,

"좋아, 배워 봐."

나는 쾌히 승낙을 했다.

"야 신난다! 자전거 언제 사줄 거야? 아버지."

"사는 거는 나중에 5학년이나 6학년 되거든 사고 우선 빌려주는 자전거 있잖어. 한 시간에 얼마씩이지?"

"이백 원이야."

"그것으로 배우도록 해. 응?"

"예, 5학년 되면 자전거 꼭 사줘야 돼."

"그래."

"아버지, 이백 원 줘. 지금 배우러 갈 거야."

"짜식 성질도 급하다. 가만있어. 자전거를 혼자 배울 수 있는 줄 아니? 첨에는 뒤에서 누가 붙들어 줘야 되는 거야. 아버지 이것 쓰던 것 다 써놓고 같이 가자. 아버지가 타는 법 가르쳐 줄 테니⋯⋯."

"얼마나 기다려야 돼?"

"한 시간만 밖에 나가 놀고 있어."

"예, 아버지. 빨리 쓰고 나와."

윤구는 기분이 매우 좋은 듯 다람쥐처럼 뛰어나간다.

내일 갖다 줄 원고를 다 쓰고 나서 나는 기지개를 켜며 일어섰다. 막내 녀석 자전거 타는 것을 가르쳐 주러 나간다고 생각하니 좀 쑥스럽기도 하지만 기분이 괜찮았다. 얼마 전에 우리 아파트 울 밖에 자전거를 진열해 놓고 빌려주는 장수가 있었는데 어디로 장소를 옮겼는지 보이지 않았다. 윤구의 말이 저쪽 영동아파트 쪽으로 가면 거기에도 자전거 빌려주는 데가 있다는 것이다. 그쪽으로 가는 수밖에 없었다.

이백 원을 주고 어린이용 두발자전거를 한 시간 동안 빌려가지고 윤구를 태웠다. 그리고 내가 자전거 뒤를 붙들고 살살 밀어나갔다. 한 시간 동안 빌린 자전거를 우리 아파트 쪽까지 가지고 오기도 뭐해서 그냥 그곳 사람의 발길이 뜸한 길에서 가르쳐 주기로 했다.

윤구는 곧잘 넘어졌다. 내가 자전거에서 손을 떼기만 하면 두어 바퀴도 못 가서 픽 쓰러져 버리곤 했다.

"겁내지 말고 페달을 자꾸 밟아! 옳지. 옳지……."

그러나 손을 떼면 역시 마찬가지였다. 이리 쓰러지고 저리 쓰러졌다. 내 이마에서 땀이 날 지경이었다.

그렇게 내가 윤구와 자전거를 가지고 씨름을 하고 있는 것을 보고 지나가는 사람들이 싱긋 웃기도 했다. 오십이 다 돼 보이는 사람이 어지간히 할 일도 없는가 보다 싶은 모양이었다. 나 역시 좀 쑥스럽긴 했으나

"밟아! 밟아! 옳지. 그래. 어, 어— 헤에이."

곧장 소리를 지르며 열중했다.

그렇게 이삼십 분가량 붙들고 밀어주고 나니 나는 숨이 차는 듯해서 좀 앉아 쉬기로 했다.

"어디, 이제 혼자 한 번 해봐."

나는 길가에 굴러 있는 돌을 깔고 앉아 이마에 맺힌 땀을 닦았다.

윤구는 혼자서 한쪽 발로 땅을 디뎌가며 이리 비칠 저리 비칠 열심히 연습을 해댔다. 앉아서 가만히 보고 있기가 힘이 씌었으나 좌우간 조금씩 차차 나아지는 듯했다.

멀뚱히 바라보고 앉아 있던 나는 히죽 웃음이 나왔다. 윤구의 자전거 타는 모습이 어쩐지 꼭 나를 닮았구나 하는 생각이 들었던 것

이다. 자전거를 타고 내가 앉아 있는 쪽으로 향해 올 때보다도 저쪽으로 멀어져 가는 뒷모습이 흡사 나를 닮았다고 느껴졌다. 내 뒷모습을 내가 눈으로 잘 볼 수는 없는 것이지만 뒤통수가 어떻게 생겼는지는 대략 알고 있다. 뒷모습을 사진으로 찍은 일도 여러 번 있었으니 말이다.

윤구의 자전거 타는 모습이 나를 많이 닮았다는 생각이 들자 조금 부끄러운 것 같기도 하고 기분이 묘했다.

그리고 문득 내가 자전거를 배우던 시절이 머리에 떠올랐다.

내가 자전거를 배운 것은 국민학교 5학년인가 6학년 때였다고 기억된다. 그러니까 삼십칠팔 년 전의 일이다. 물론 일제 시절이다.

그 무렵은 자동차는 아주 귀했으나 자전거는 비교적 보급이 되어 있었던 것 같다. 시골에서도 학교 선생이나 면 직원 같은 사람들은 대개 자전거를 타고 출퇴근을 하는 터였으니까.

내가 다닌 국민학교에도 자전거로 통근을 하는 선생이 서넛은 되었었다. 그리고 학교용 자전거도 한 대 있었다.

학교용 자전거는 주로 소사가 차지하고 있었다. 소사는 그 자전거를 타고 이십 리 남짓 되는, 군청소재지인 읍내에 갔다 오는 것이 거의 일과처럼 되어 있었다. 학교에서 면사무소로 금융조합 같은 가까운 곳에 심부름을 갈 때도 으레 자전거를 타고 나섰다.

소사는 한쪽 눈이 약간 찌그러진 듯한 이십 세 가까운 청년이었다.

그 소사에게서 나는 자전거 타는 것을 배웠던 것이다.

소사는 한쪽 눈이 찌그러진 듯해서 별로 좋은 인상이 아니었다. 그 별로 좋지 않은 인상과 마찬가지로 성미도 좀 못된 편이었다. 생도들한테 곧잘 꽥꽥 소리를 질렀다. 그래서 아이들은 선생들보다도 오히려 소사를 더 두려워하는 형편이었다.

그런 소사에게 나는 자전거 타는 것을 가르쳐달라고 졸랐던 것이다.

일요일이 아니었던가 기억된다. 친구 두엇과 함께 학교에 놀러 가니 소사가 혼자서 자전거를 타고 운동장을 건들건들 돌고 있었다. 심심한 모양이었다.

우리는 그 자전거의 뒤를 따라 달렸다.

우리가 뒤를 따르자 소사는 힐끗 돌아보더니 비식 웃고는 냅다 속력을 내기 시작했다. 나는 처음에는 자전거의 뒤에 있는 짐받이를 한 손으로 잡고 달렸으나 자전거의 속도가 갑자기 빨라지는 바람에 손을 놓지 않을 수가 없었다. 하마터면 앞으로 곤두박질칠 뻔했다.

한참 그런 식으로 운동장을 돌던 소사가 자전거를 학교 현관 쪽으로 서서히 몰고 갔다. 이제 그만 탈 모양이었다.

그때 불현듯 나는 자전거 타는 것을 배우고 싶다는 생각이 들었다. 그래서 불쑥,

"나 좀 가르쳐 도고. 자전거 타는 거⋯⋯."

소사의 뒤통수에다 대고 말했다.

소사는 힐끗 나를 돌아다보았다. 그러나 아무 대답이 없었다.

"응? 나 자전거 좀 가르쳐 달라니까."

"⋯⋯."

"응?"

그제야 소사는 한쪽 발로 땅을 딛고 자전거를 멈추었다.

"배우고 싶나?"

"응."

"그래 가르쳐 주마."

"야—"

나는 신났다.

그러나 소사는 어딘지 모르게 귀찮은 듯한 그런 표정이었다. 마음이 별로 내키지 않으면서도 나에게 자전거 타는 것을 가르쳐 주지 않을 수 없었던 것은 내가 선생 아들이기 때문이었을 것이다.

아버지는 그 학교의 교원이었다.

아무튼 그렇게 해서 나는 자전거 타는 것을 배웠다.

어린이용도 아닌 어른 자전거에 올라 발이 간신히 닿는 페달을 밟을 때의 아슬아슬하고 바짝바짝 땀이 나던 일이 지금도 기억에 생생하다. 길에서가 아니라 널찍한 운동장에서였기 때문에 비교적 쉽게 익혔던 것 같다. 그 당일에 나는 제법 자전거를 굴릴 수가 있었던 것이다.

그날 저녁 나는 밥을 먹으면서 아버지 어머니에게 자전거 타는 것을 배웠다고 자랑을 늘어놓았다. 그러자 아버지는,

"소사가 가르쳐 주더나?"

하고 빙그레 웃었다.

그러나 어머니는 오히려 약간 미간을 찌푸리면서,

"조심해라 야. 벌써부터 자전거 타다가 다치면 우얄라 카노."

걱정스레 말했다.

말하자면 아버지와 어머니의 반응이 대조적이었다. 아버지는 벌써 자전거 타는 것을 배우려 드는 아들이 대견하다는 투였고, 어머니는 대견하기에 앞서 혹시 어디 다치지나 않을까 걱정이 된다는 투였다.

자전거 타기는 나를 몸살 나게 했다. 처음 배운 자전거의 그 아슬

아슬하고 짜릿한 재미는 나를 못 견디게 했다. 틈만 있으면 자전거를 타려고 들었다. 그러나 소사가 노상 그렇게 선생 아들이라고 특혜를 베풀어주는 것은 아니었다. 안타까운 일이었다.

그것을 타고 나는 곧바로 학교 교문을 나섰다. 운동장을 빙빙 도는 정도로는 이제 성이 안 찰 만큼 제법 자전거 솜씨가 늘어 있었던 것이다. 그리고 운동장을 돌고 있다가는 곧 소사의 눈에 띄어 회수당할 염려가 있기도 했다.

교문 밖으로 나온 나는 바짝 긴장이 되어 페달을 밟았다.

학교 앞에 수로가 있었다. 수리조합의 저수지에서 내보내는 물이 철렁철렁 흐르고 있는 인공의 물줄기였다. 그 제방 길을 자전거로 달리자니 조심스럽기만 했다. 가슴이 두근거리기까지 했다.

제방 길을 잠시 나가면 신작로가 교차되었고, 그 신작로를 좀 내려가면 면소재지 마을이었다. 거기서 읍내 쪽으로 향해 가면 다시 수로와 마주쳤고, 그 수로의 제방 길로 꺾어져 들어서서 한참 달리면 학교 교문이었다. 그러니까 빙 크게 들녘을 한 바퀴 도는 셈이었다. 이 킬로는 실히 되는 거리였다.

나는 그 코스를 중도에 한 번도 넘어지는 일 없이 무사히 한 바퀴 돌았던 것이다. 학교에 당도했을 때는 온 얼굴이 땀투성이였다. 나는 자랑스럽기만 했다. 마치 무슨 거창한 일이라도 성취해낸 것처럼 가슴이 부풀어 올랐다. 사실 나로서는 그 코스를 자전거로 일주한다는 것은 대단한 모험이었던 것이다.

그러나 나를 기다리고 있는 것은 호통이었다.

"야, 임마! 말을 하고 타야지. 자전거 잃어버린 줄 알았다."

소사는 시퍼런 얼굴로 주먹을 불끈 쳐들었다. 곧 한 대 내려칠 기세웠다. 단단히 화가 난 모양이었다.

"심부름을 가야겠는데 자전거가 있어야 말이지. 너 때문에 임마, 교장 선생한테 혼났단 말이다."

"……."

나는 그저 아무 소리 못 하고 자라목처럼 움츠리고만 있었다.

"자전거를 타도 운동장에서 탈 일이지. 끌고 나가긴 와 끌고 나가노. 한 번만 더 그래 봐라. 가만히 안 둘 끼니까. 알겠지?"

"응."

하고 나는 후다닥 내달아 버렸다.

역시 선생 아들이라는 덕을 본 셈이었다. 다른 아이가 그랬더라면 주먹을 두어 개 얻어맞았을 게 틀림없는 것이다.

나는 그 일로 해서 아버지에게도 꾸중을 들었다. 아마 소사가 아버지한테 일러바쳤던 모양이다.

그 이튿날 퇴근해 온 아버지가 저녁밥상에 앉아 불쑥 입을 열었다.

"너 어제 학교 자전거 말도 없이 끌고 나갔다며?"

"……."

나는 두려워서 눈을 약간 크게 뜨고 아버지를 바로 보기만 했다.

"와 허락도 안 받고, 니 맘대로……."

"……."

"와 대답이 없노. 타고 어딜 갔었어?"

그제야 나는 기어들어가는 듯한 목소리로 말했다.

"한 바퀴 돌았심더."

"한 바퀴 돌아? 어딜."

"신작로를 쭉 가다가 제방 길로 돌아왔심더."

아버지는 말없이 잠시 나를 바라보더니,

"잘못하면 큰일 난다. 제방에서 미끄러지기라도 하면…… 죽는다, 죽어."

내뱉듯이 말했다.

그러자 이번에는 어머니가 받아 나섰다.

"아이고 야야. 니 와 카노? 타도 학교 운동장에서나 타지. 와 밖으로 끌고 나오노 말이다. 제방에서 굴러 떨어지면 우예 되는지 모르나. 응?"

생각만 해도 끔찍하고 화가 난다는 그런 표정이었다.

"다시는 그러지 마라. 알겠지?"

"……."

나는 말없이 고개만 끄덕였다.

아버지는 이제 좀 누그러진 어조로 나왔다.

"자전거를 타는 거는 좋은데 말을 하고 타야지. 아무 말도 없이 끌고 나가면 누가 좋다 카나. 소사가 단단히 화가 난 모양이더라. 그리고 너는 아직 제방 길은 위험해. 잘못하면 큰일 난다. 절대로 자전거를 타고 학교 밖으로는 나오지 않도록…… 알겠지?"

"예."

나는 또렷하게 대답했다.

잠시 후 아버지는 자전거를 잘못 타면 죽을 수도 있다는 것을 자신의 실례를 들어 이야기해 주었다.

아버지가 아직 스물 두엇밖에 안 된 젊었을 때라고 한다. 하루는 자전거를 타고 못가를 돌고 있었다. 동료 교사의 낚시질하는 데 따라갔다가 아버지는 심심해서 자전거로 못가의 제방을 돌기 시작했던 것이다.

한참 그렇게 한가로이 제방 길을 돌고 있던 아버지는 '햐—' 하고 냅다 소리를 지르는 동료 교사 쪽을 힐끗 바라보았다. 휙 낚아챈 낚시 끝에 번쩍 하는 놈이 보였다. 꽤 큰 놈인 듯 퍼드득 퍼드득 햇빛을 튀기며 튕겨 오르고 있었다.

"야—"

아버지의 입에서도 무의식중에 감탄사가 튀어나왔다.

그런데 그 순간 삐그득 하고 자전거 바퀴가 빗나가더니만 자전거가 제방에서 미끄러져 시퍼런 못물을 향해 쏜살같이 굴러 내려가는 것이 아닌가.

"으악—"

아버지는 냅다 비명을 질렀다.

눈앞의 아찔한 순간이 지나고— 정신을 차려보니 뜻밖에 물속은 아니었다. 시퍼런 물속에 사정없이 곤두박였을 터인데 의외로 그게 아니었다. 자전거 앞쪽이 둑의 위쪽을 향해 있고 뒷바퀴가 절반가량 물에 잠긴 채 넘어져 있었다. 그러니까 무의식중에 아버지는 냅다 자전거 핸들을 꺾어 쏜살같이 미끄러지는 자전거의 방향을 돌렸던 것이다.

"그때 일을 생각하면 지금도 아찔하지. 하마터면 큰일 날 뻔했어. 헤엄을 못 치니, 물속으로 그대로 곤두박질쳤으면 죽었을지도 몰라. 그때 죽었으면 너는 이 세상에 태어나지 못했지."

아버지는 이렇게 말하며 약간 웃음을 띤 그런 눈으로 나를 바라보았다.

나는 얼떨떨한 느낌으로 아버지가 못에서 용케 살아난 장면을 눈앞에 그려보았다. 어머니 역시 그것 참 아슬아슬했다는 듯이 말없이 눈을 깜작거리며 숟가락질이었다.

"사람에게는 잠재력이라는 것이 있어. 그때 그 순간에 자전거를 돌려 세운 것은 내 힘이라기보다는 잠재력이지."

"잠재력이 뭔데예?"

"잠재력이라는 것은 보통 때는 겉에 나타나지 않고, 사람의 깊숙한 곳에 잠겨 있다가 아주 위급할 때 무의식중에 나타나는 힘을 말하지."

"……."

"나는 그때 자전거를 돌려 세울 생각을 할 새도 없었거든. 아찔한 순간에 나도 모르게 내 속에 있는 잠재력이 불끈 솟아나서 그렇게 자전거를 돌려 세운 기라 말이다."

"아부지."

"응?"

"나한테도 잠재력이 들어 있을까예?"

"허허허…… 들어 있겠지."

아버지는 재미있다는 듯이 웃었다.

아버지의 그런 이야기를 들은 뒤로 나는 물만 보면 아슬아슬했던 아버지의 자전거 사고의 일이 떠올랐고 세상에 태어나지 않았을 것이라는 사실이 생각할수록 신기하고 이상스럽기만 했다. 그때 아버지의 몸속 깊숙이 잠겨 있던 잠재력이라는 것이 불끈 솟아올라서 참 다행이었다고, 혼자 가만히 안도의 숨을 내쉬기도 했다. 만일 그것이 솟아오르지 않았더라면 어쩔 뻔했는가 말이다. 아버지는 어쩔 뻔했으며 나는 어떻게 될 뻔했는가.

그 신기한 잠재력이라는 것이 내 몸 속에도 들어 있으니, 한 번 시험해 볼까…… 이런 생각을 먹어보기도 했다. 자전거를 타고 한 번 학교 앞의 제방을 굴러가 볼까도 생각해 보았다.

그러나 나는 그 일을 해보지 않았다. 어쩐지 겁이 나는 것이었다. 만일 내 몸 속에 들어 있다는 잠재력이 솟아나지 않는다면 어쩔 것인가 말이다. 생각만 해도 으스스했다.

좌우간 그런 뒤로 나는 학교 앞 수로의 철렁철렁 넘쳐흐르는 물과 마을 근처의 강물, 그리고 저수지에 그득하게 담긴 시퍼런 물을 볼 때마다 나도 모르게 온몸이 으스스해 오는 것이었다.

그런 아득한 회상에 잠겨 있는데,

"아버지. 나 이제 탈 줄 안다. 이것 봐."

윤구가 자전거를 비칠비칠 제법 굴리면서 다가온다.

"옳지. 그렇게 자꾸 연습하면 돼."

나는 흐뭇했다.

윤구의 얼굴에 땀이 번들번들했다. 꽤나 지쳐 보였다. 나는 시계를 보았다. 어느덧 한 시간이 다 되어 있었다.

"인제 그만해라. 시간 됐다. 내일 또 타라."

"아버지, 조금만 더……."

"그만해. 처음부터 너무 무리하면 몸살 난다."

"저기까지 한 번만 더 갔다 올께요."

하고는 윤구는 재빠르게 페달을 밟아댄다.

서투른 솜씨에 냅다 페달을 밟으니 그만 자전거가 한쪽으로 휘청 기울어지더니 커덩! 하고 길가에 나가떨어져 버렸다. 윤구는 자전거 밑에 깔려 얼른 일어나질 못했다. 나는 후닥닥 가서 자전거를 일으켜 세웠다.

"어디 안 다쳤니?"

"……."

윤구는 무르팍과 한쪽 팔꿈치를 슬슬 어루만지며 부스스 일어난다.

"조심해야지. 자전거 탈 때는 항상 조심해야 되는 거야. 언제든지 앞을 똑바로 보고 사람이나 차를 잘 피해야 되고— 또 빨리 달리지 말아야 돼. 빨리 달리면 반드시 사고가 나는 거야. 알겠지?"

"예."

"자, 땀 닦고. 부라보콘이나 하나 사먹어라."

나는 백 원짜리 한 개를 꺼내 주었다.

윤구는 자전거를 잠시 나에게 맡겨놓고 다람쥐처럼 가게 쪽으로 달려간다.

2

아파트의 방 창문을 열면 후련한 들판이다. 들판 건너편에 기다란 제방이 가로놓여 있고, 그 저쪽은 산이다. 날씨가 좋은 날이면 멀리 남한산성의 성벽도 가물가물 눈에 들어온다.

나는 글을 쓰다가 붓이 잘 안 나가거나 머리가 흐릿해지거나 하면 창문을 활짝 열고 후련한 바깥 풍경을 멀뚱히 내다보기도 하고 팔다리를 건들건들 흔들며 심호흡 같은 것을 하기도 한다.

서울에서 이런 시골풍경 같은 후련한 공간을 방 안에서 내다볼 수 있다는 것은 매우 즐거운 일이다.

그리고 아파트단지 바로 곁에 산책하기에 알맞은 야산이 있다. 높이는 얼마 안 되지만 제법 나무가 우거져 있고 산길은 꽤 오르막내리막이 되어서 이른 아침의 산책뿐 아니라 일요일 같은 때 가벼운 등산 기분도 낼 수가 있다.

방 안에서 머리가 잘 안 풀리고 답답하면 슬슬 그 산을 찾아 나선다. 때로는 일요일 오후에 과자랑 사이다 같은 것 한 봉지 사 들고 아내랑 아이들과 함께 그 산 쪽으로 바람을 쐬러 가기도 한다.

작년 봄에 이사를 왔는데 이곳으로 온 뒤로는 무엇보다도 소음에 시달리지 않게 되어 좋다. 한강변에 있는 서부이촌동에 살 때는 강변도로를 달리는 차량들의 소음 때문에 여간 신경이 피로한 게 아니었다. 처음 이곳에 왔을 때는 마치 어디 한적한 시골로 옮겨온 듯한 느낌이었다. 서울에도 이런 주거지가 다 있구나 싶을 지경이었다.

이곳도 차츰 아파트랑 상가, 혹은 주택들이 들어서고 있어서 지금은 날로 서울 냄새가 짙어가고 있는 터이지만—

어느 날 오후 글을 쓰고 있는데 어디선지 난데없이 오토바이 소리가 들려왔다. 창문 밖 들판 쪽에서 멀리 들려오는 소리 같았다. 먼 거리에서 들려오는 소리면서도 그 울림이 여간 세게 느껴지는 게 아니었다. 그것도 한 대가 아니고 서너 대가 뒤를 이어 달리고 있는 듯했다. 고요하기만 한 들판에 난데없이 무슨 일인가 싶어 나는 일어나 창문을 열어 보았다.

세 대였다. 세 대의 오토바이가 제방 길을 냅다 질주하고 있었다. 그 달리는 속도가 어찌나 빠른지 거리가 꽤 먼데도 금세 저만큼씩 펑펑 앞으로 나아가고 있었다. 제방 길을 냅다 사정없이 달리는 모양이었다.

　그런데 그게 어른이 아니라 아이들처럼 보였다. 거리가 멀어 자세히는 식별할 수가 없었으나 아무래도 소년들인 것 같았다. 오토바이 역시 어쩐지 좀 작아 보이고―

　"원 아이들이 오토바이를……."

　나는 그 세 대의 오토바이가 제방 길을 가물가물 멀리 사라질 때까지 바라보고 있었다.

　아이들이 오토바이를 타다니…… 아마 중학생들쯤 되는 모양인데, 그러나 어른도 아닌 소년들이 더구나 자기들이 타기에 알맞은 그런 오토바이로 시골길 같은 제방 길을 냅다 달리다니……. 그렇다면 이건 분명히 무슨 볼일이 있어서가 아니라 스포츠 삼아서 그러는 모양인데…… 우리나라도 어느덧 거기까지 갔는가 싶으니 경이감 같은 것이 솟는 듯했다.

　아직 나는 오토바이를 타는 소년들이 있다는 말을 들어본 적이 없고 소년용 오토바이가 만들어져 판매되고 있다는 광고를 본 적이 없다. 그런데 실제로 저렇게 내 눈앞을 소년들이 소년용 오토바이를 타고 질주하고 있질 않는가. 어떻게 된 영문인지 어리벙벙해서,

　"여보, 아이들이 오토바이를 타고 달리는데……."

　부엌에서 김치를 담그고 있는 아내 쪽으로 가서 말했다.

　"응, 저쪽 제방 길을 세 녀석이 오토바이를 타고 냅다 달려가는데……."

　"잘못 본 거겠죠. 아이들이 무슨 오토바이를―"

　"아냐, 틀림없어. 틀림없는 아이들이야. 아마 중학교 1~2학년쯤 되는 것 같애."

"그래요?"

아내도 잘 믿어지지가 않는다는 그런 표정이었다.

며칠 뒤— 일요일 오후였다. 낮잠을 한숨 자고 난 나는 만화책을 보고 있는 윤구에게,

"산에 바람이나 쐬러 갈까?"

하고 말했다.

"아버지 혼자 가. 난 만화책 볼 거야."

"그래? 그럼 엄마하고 둘이 갈까. 엄마하고 둘이 초콜릿이랑 사탕이랑 카스테라 같은 걸 몽땅 사가지고 가야지. 사이다도 사고 콜라도 사고……."

"……."

"복숭아 넥타도 좋을 거야. 복숭아 넥타는 새콤한 맛이 희한하지."

그러자 윤구가,

"혜— 나도 갈 거야."

웃는다.

"하하하하……."

여중 3학년짜리가 재미있다는 듯이 깔깔거린다.

"승혜, 너는 안 갈래?"

"난 집 볼래요. 엄마랑 셋이 갔다 오세요."

열여섯 살짜리가 되어서 그런 유혹에 넘어가질 않는다. 근처에 있는 야산 같은 건 시시한 것이다.

그래서 결국 셋이 집을 나섰다.

가게에 가서 몇 가지 사 들고, 그 산의 등성이를 따라 오르막 내리막이 되어 있는 산길을 올라갔다. 중도에서 길이 두 가닥으로 갈라

진다. 곧바로 봉우리를 향해 올라가는 길과 산 옆구리를 감고 돌아
가는 길이다.

옆구리를 감고 돌아가는 길 쪽으로 들어섰다. 한참 가면 결국 저
쪽에서 산봉우리를 오르는 길과 마주치게 된다. 곧바로 봉우리로 오
르지 않고 산책 삼아서 건들건들 산 옆구리를 밟은 다음 봉우리로
오르기로 한 것이다.

윤구는 두어 번이나,

"아버지, 어디까지 가?"

하고 물었다.

어서 자리를 잡고 앉아서 사온 것을 먹자는 속셈이 뻔하다. 금강
산도 식후경이라는 말은 아이들에게 훨씬 들어맞는 말인 것 같다.
산 옆구리 으슥한 곳에 아카시아 꽃향기가 담뿍 고여 있었다. 그 골
짜기로 걸어 들어가자 마치 향기의 바다 속으로 잠기는 듯한 느낌이
었다.

"햐―"

"어머―"

나와 아내의 입에서는 거의 동시에 탄성이 흘러나왔다. 윤구도,

"냄새 좋다."

한마디 한다.

바로 집 근처의 야산에 이렇게 좋은 향기가 피어오르고 있다니 즐
거운 일이 아닐 수 없었다.

산 옆구리를 돌아 봉우리에 오른 우리는 먹을 것을 펼쳤다. 윤구
의 얼굴에 활짝 생기가 돈다.

줄줄이 늘어선 아파트랑 바둑판처럼 들어선 주택들을 조감하면서

한가롭게 앉아 사 온 것을 먹고 있는데 부릉부릉부르릉…… 어디선지 난데없이 오토바이 소리가 요란하게 울려왔다.

나는 귀가 번쩍 하는 느낌이었다. 며칠 전에 방 창문 밖으로 내다보았던 그 오토바이 소리에 틀림없는 것 같았다. 얼른 소리 나는 쪽을 바라보았다.

부릉부릉 부르릉…… 냅다 요란한 소리가 이 산봉우리 쪽으로 가까워져 오는 것이 아닌가. 오토바이의 모습은 아직 보이지가 않았다.

나는 어떻게 된 영문인지 알 수가 없어 얼떨떨하기만 했다. 아내 역시,

"웬 오토바이 소리죠?"

두 눈이 휘둥그레졌다.

산에 오토바이 소리라니 도대체 어떻게 된 영문인가 말이다.

부릉부릉 부르릉— 요란한 파열음과 함께 아니나 다를까 오토바이 하나가 불쑥 솟아오르듯이 봉우리 위로 뛰어오르는 게 아닌가.

빨간 색깔의 오토바이였다. 소년용이었다.

그런데 그 오토바이에 앉아 있는 것은 뜻밖에도 서양 아이였다.

"흐흠—"

나는 고개가 끄덕거려졌다. 그러면 그렇지 싶었다. 우리 아이들이 오토바이를 탄다는 말은 들은 적이 없었던 것이다. 아직 우리나라는 거기까지 가지는 못한 것이다. 며칠 전 미심쩍었던 일이 이제 활짝 풀렸다.

"어머, 미국 아이구나."

아내도 놀란 표정이었고, 윤구 역시 두 눈이 휘둥그레져가지고 그

오토바이를 멀뚱히 바라보았다. 평소에도 좀 큰 눈이 휘둥그레지니 덜컥 겁을 집어먹은 것처럼 보였다.

미국 아인지 영국 아인지 혹은 불란서 아인지 확실한 것은 알 수가 없으나 좌우간 그 서양 아이는 온 얼굴이 땀으로 번들거렸다. 땀에 젖은 노오란 머리카락이 이마를 내리덮고 있었고 푸르스름한 두 눈알이 반들반들 빛나 보였다.

봉우리 위로 뛰어오른 오토바이를 그대로 몰고 이번에는 내리막 길을 냅다 달려 내려가는 게 아닌가. 오토바이의 속도를 좀 늦추는 것 같지도 않았다. 부릉부릉 부르릉…… 울퉁불퉁하고 좁다란 산길을 거침없이 마구 달려 내려가는 것이 마치 무슨 조그마한 맹수가 질주해 가는 것 같았다. 겁날 지경이었다.

부르릉 부르릉 부릉부릉— 뒤따라 또 한 대가 불쑥 뛰어올랐다. 이번 아이는 머리가 갈색이었다. 눈빛도 갈색이었다. 이 녀석 역시 얼굴에 땀이 기름처럼 번들거렸다. 앞장서 달리는 아이에게 뒤질세라 숨 돌릴 겨를도 없이 마구 굴러 내려가는 것이었다.

정신이 얼떨떨할 지경이었다.

곧 또 한 대가 뒤를 따랐다. 이번에는 유난히 살결이 희고 눈알이 노오란 녀석이었다. 그야말로 흰둥이였다. 며칠 전처럼 세 아이였다. 세 아이가 요란한 오토바이 파열음으로 온통 산을 뒤흔들며 맹수 새끼들처럼 달려가는 모습을 나는 잠시 일어서서 가만히 지켜보았다. 열한두 살쯤 된 아이들 같았다. 서양 아이들이 우리 아이들보다 숙성한 터이니, 우리 아이들의 열서너 살짜리만씩 해 보였으나 실제로는 열한두 살밖에 안 되었을 것이다. 그러니까 '엘리멘터리 스쿨'의 5학년이나 6학년생들일 것이다. 분명히 중학생은 아닌 것 같았다.

중학생도 아닌 국민학교 녀석들이 오토바이를 몰고 길이라고 할 수도 없는 산길을 마구 달리다니…… 참 맹랑하고 놀랄 일이 아닐 수 없었다. 자칫 잘못하면 비탈로 굴러 떨어지거나 나무를 들이받아 어떤 사고가 날지 모르는 것이 아닌가. 말하자면 생사를 건 놀이를 즐기고 있는 셈이었다.

나는 이상한 감동 같은 것으로 가슴이 벅차는 듯했다. 얼떨떨하기도 하고 조금 으스스한 느낌이기도 하고 그러면서도 대단히 멋지다는 생각이었다.

우리 아이들은 도저히 흉내도 못 낼 그런 대목이 아닌가 싶었다. 우리 아이들뿐 아니라 우리 부모들도 도저히 비교가 안 되는 그런 일면인 듯했다. 우리 부모들 가운데 자기 어린 자식에게 오토바이를 사주고 그것을 제멋대로 몰고 다니도록 내버려둘 사람이 과연 있겠는가. 다시 말하면 생사를 건 놀이를 즐기도록 묵인하는 그런 부모가 있겠는가 말이다. 서양 사람들과 우리와의 종자로서의 차이가 그런 것이 아닐까 싶었다. 나는 문득 언젠가 본 일이 있는 '바이킹'이라는 영화가 생각났다. 그 영화의 인상적인 한 장면이 떠올랐다.

휘몰아치는 바람과 파도를 가르며 달리는 해적선의 갑판 위에 우뚝 선 우두머리의 모습— 한 손에 반달형의 시퍼런 도끼를 불끈 쥔 그 우두머리의 누르끄름한 머리카락은 온통 바람에 팔팔팔 미친 듯 나부끼고 있었고 움푹 꺼져 들어간 두 눈자위 속의 푸르스름한 눈알이 섬찍한 빛을 발하며 멀리 앞을 뚫어지게 응시하고 있었다. 앞니를 지그시 문 입가에는 회심의 미소 같은 것이 흐르고 있었다. 지나가는 상선을 발견하고 돌진해 가는 참이었다. 먹이를 발견한 맹수가 포효하며 달려가는 셈이었다.

영화에서 그 장면을 보았을 때의 전율과 비슷한 것을 나는 오토바이를 타고 달리는 세 소년에서도 느꼈던 것이다. 울퉁불퉁한 산길을 오토바이를 몰고 거침없이 냅다 내닫는 세 아이. 그 이마를 내리덮은, 땀에 젖은 머리카락과 반들반들 무섭게 빛나던 눈알들…… 어딘지 모르게 해적 우두머리의 그 으스스한 모습과 상통하는 것이 있었던 것이다.

그렇다고 세 소년의 오토바이 놀이와 바이킹의 해적 행위 사이에 어떤 연관성이 있다고 생각하는 것은 아니다. 10세기가량이나 옛날의 그 약탈과 침략을 일삼던 전투적인 바이킹과 지금의 이 소년들을 연관 짓는다는 것은 억지다.

그러나 적어도 세 소년의 피 속에는 옛날 바이킹의 그 피가 바로 그 피는 아닐지라도 그와 동질의 것이 혹은 유사한 인자가 흐르고 있는 것만은 부정할 수가 없는 듯했다.

한쪽은 해적 행위라는 무법적인 만행을 통해서 한쪽은 오토바이 타기라는 멋진 레크리에이션을 통해서 다 같이 섬찍하고도 겁나는 어떤 기질을 풍겨 보이고 있는 것이다. 생사를 개의치 않는 듯한 점에서 양자가 똑같다. 그런 기질에 접하는 이쪽의 반응도 똑같이 으스스한 전율인 것이다.

나는 평소에 서양 아이들을 무척 귀엽게 생겼다고 생각해 왔다. 어른들은 뭐 별로 정이 가질 않지만 아이들은 여간 깜찍하고 귀엽게 생기질 않은 것이다.

그런데 그런 귀여운 아이들의 내부에 깃들어 있는 무서운 것을 눈으로 본 듯한 느낌이었다. 무서운 종자들이라는 생각이 들었다.

세 오토바이는 산에서 굴러 내려가 들길을 마구 달리고 있었다. 맨 앞장선 녀석은 어느덧 제방 위로 뛰어올라 부릉부릉 부르릉…… 있는 속력을 다해 내닫고 있었고 두 녀석도 뒤질세라 냅다 뒤쫓고 있었다.

고요한 들판을 온통 오토바이 소리로 뒤흔들어 놓으며 제방 길을 까맣게 멀어져가는 세 대의 오토바이……. 나는,

'별수 없이 세계는 녀석들의 것이로군.'

이렇게 속으로 중얼거렸다.

내가 자리에 앉자 아내가 말했다.

"애들도 참…… 겁도 없지. 산으로 오토바이를 몰고 오다니……."

"글쎄 말야."

"서양 사람들은 우리하고 좀 다른가 봐요. 애들한테 오토바이 같은 것을 다 사주고…… 저렇게 몰고 다녀도 걱정이 안 되나 보죠."

그러자 윤구가,

"오토바이 타고 다니다가 사고 나면 죽지? 그지? 엄마."

겁을 먹은 듯한 커다란 눈을 굴렁거렸다.

3

며칠 뒤 볼일이 있어 나갔다가 해질녘에 돌아오는데 아파트 앞길에서 윤구가 자전거를 타고 있었다. 영동아파트 쪽에서 빌려주는 그 자전거라는 것이었다. 그것을 우리 아파트 쪽으로 끌고 와서 타고 있었다. 이제 자전거 솜씨가 제법이었다.

우리 아파트인 11동에서 10동과 9동 사이의 길은 평평한 편이었다. 윤구는 그 평평한 길에서 왔다 갔다 하고 있었다. 발을 땅에 딛는 일 없이 곧잘 자전거를 빙 돌려 방향을 바꾸곤 했다.

9동에서 8동 7동 쪽으로 가는 길은 제법 경사가 져 있다. 아마 10도나 15도가량은 되지 않을까 싶다. 보행에 힘이 들 정도는 아니지만 그곳을 올라올 때면 제법 숨이 헐떡거려지기도 하는 것이다.

그 경사를 이용해서 아이들이 곧잘 롤러스케이트를 탄다. 주로 중학생들이다. 맨대가리 중학생들이 한쪽 발에 롤러스케이트를 달고는 주르르— 미끄러져 내리며 무슨 대단한 모험이라도 하는 듯한 표정을 짓는 것이다. 그 드릴이 기가 막힌다는 듯이—

그리고 겨울철에 눈이 내리면 썰매타기에 안성맞춤인 장소가 된다. 썰매에 앉아서 미끄러져 내리며 아이들은 드릴을 만끽하는 듯이 떠들어대는 것이다.

그러나 그 경사진 길을 자전거로 굴러 내려가 보는 녀석은 아직 한 번도 본 일이 없다.

나는 불쑥 입을 열었다.

"윤구야."

"예?"

윤구는 자전거를 세웠다.

"너 저기 한 번 자전거 타고 내려가 보지."

"……."

"어때? 용기 없어?"

"겁나?"

"……."

윤구는 난처한 듯한, 그러면서도 아버지가 농담으로 그러겠지 하는 식의 표정으로 말없이 나를 바라보기만 했다.

"한 번 타고 내려가 보라니까."

"넘어지면 다친단 말야."

반발하듯 내뱉는 것이 아닌가.

"이 녀석아. 서양 아이들은 오토바이를 타고 산길도 다 달리는데……."

"……."

"병신같이……."

나는 슬그머니 화가 치밀었다. 그래서 냅다,

"다쳐도 좋으니까 타고 내려가 봐!"

버럭 고함을 질렀다.

그러자 그만 윤구는 두 눈이 휘둥그레지며 울상이 되어 버리는 게 아닌가. 금세 눈물이 어릴 듯한 휘둥그레진 눈으로 힐끗 나를 바라보는데 보니 꼭 겁을 집어먹은 당나귀새끼 같았다.

나는 말 안 들을 거야? 하고 불끈 주먹 한 개를 쳐들었다가 그만두었다. 억지라는 생각이 들었던 것이다. 스스로 그렇게 하고 싶어서 해야 되는 것이지 억지로 등을 떠밀어서 될 일이 아닌 것이다. 싫은 것을 억지로 그랬다가는 필경 자전거와 함께 나가떨어져서 팔뚝이라도 한 개 접쳐버릴지도 모른다. 짓궂은 일이 아닐 수 없다.

그리고 겁을 집어 먹은 당나귀새끼 같은 얼굴이 측은하게 여겨지기도 했다. 억지로 맹수 새끼를 만들 수가 없는 것이다. 당나귀새끼는 별수 없이 당나귀새끼일 수밖에—

"병신같이……."

나는 눈을 한 번 흘겨주고는 성큼성큼 걸음을 떼놓았다. 그러자 윤구가 내 뒤통수에다 대고,

"부모가 뭐 저래."

내가 뒤를 돌아보자 윤구는 달아나듯 얼른 자전거를 몰고 평평한 길 쪽을 내닫는 것이었다.

헉! 나는 웃음이 나왔다. 나는 우리 아파트 쪽으로 걸음을 옮기면서 곧장 히들히들 웃었다. 씁쓸하고 떨떠름한 웃음이었다.

《한국문학》(1979. 11)

소년 유령

6.25가 일어난 이듬해 봄, 그러니까 1951년 4월 어느 날, 나는 낡은 트렁크 하나를 들고 그 국민학교를 찾아갔었다. 전근 발령을 받았던 것이다. 두 번째 근무하게 되는 학교였다.

학교는 언덕 위에 있었다. 봄날이어서 운동장 가의 벚나무에는 꽃이 만발해 있었다. 벚나무가 어찌나 크고 많이 늘어서 있는지 마치 학교 전체가 벚꽃의 구름에 싸여 언덕 위에 둥실 떠 있는 듯한 느낌이었다.

그런 첫인상과는 달리 학교는 어수선했고, 어딘지 모르게 썰렁한 바람까지 이는 듯했다. 동란이 휩쓸고 간 흔적이 아직 그대로 남아서 그런 을씨년스러운 분위기를 이루고 있었다.

나는 학교 소사 집의 작은 방에 기숙을 하게 되었다. 바로 학교 곁에 소사 집이 있어서 편리했다.

소사는 마흔이 가까운 사람으로 성이 김 씨였다. 김 씨는 묘하게 눈이 노르끄름*(조금 어둡고 노르스름하다)했다. 물론 서양 사람처럼 그렇게 노오란 것은 아니었으나, 한국 사람으로서는 매우 드문 빛깔이었다.

김 씨는 그런 황갈색의 눈을 반질거리며 이야기를 곧잘 했다. 저녁으로 심심하면 내 방으로 건너와서 남폿불 아래서 이런 얘기 저런 얘기 늘어놓는 것이었다. 입담이 좋아서 무슨 얘길 해도 구수했다. 일요일 오후 같은 때는 함께 막걸리 잔을 나누며 얘기를 주고받기도 했다.

나는 그때 겨우 스물을 두엇 지났을 뿐으로 물론 미혼이었다. 그러니까 처자가 있는 사십 가까운 김 씨에 비하면 아직 새파랗다고 할 수 있었다. 그러나 나와 김 씨 사이에는 그런 연령 차이에서 오는 거리감이 거의 없었다. 술잔을 자연스럽게 주고받곤 했다.

화제는 여러 가지였다. 그때그때 생각나는 대로 뻗어나가곤 했다. 때로는 호랑이 담배 피우는 식의 옛날이야기를 김 씨는 입담 좋게 늘어놓기도 했다. 그러나 주로 6.25에 관한 얘기가 많았다. 전쟁은 아직 계속되고 있는 터였지만, 한 해 전 직접 공산당의 세상이 되었던 시기의 가지가지 얘기를 김 씨는 곧잘 화제에 올렸다.

그런 여러 가지 얘기 가운데 나를 몸서리치게 한 것이 한 가지 있었다. 세상이 도로 뒤집혀 공산당들이 물러가게 되면서 저지른 만행에 관한 것인데, 어떤 소년의 처절한 죽음은 정말 가슴이 뭉클하면서도 소름 끼치는 것이었다.

그 고장에 공산당들의 학살 선풍이 분 것은 10월이 다 갈 무렵이었다 한다. 9.28 서울수복으로 이미 한 달 전에 전세는 역전되어 국군과 유엔군들이 북으로 북으로 진격해 올라가고 있었으나, 그 고장에는 아직 수복의 손길이 뻗쳐오지 않고 있었다. 그렇다고 공산당들이 그대로 눌러앉아 있는 것도 아니었다. 공산당 정규세력들은 모조리 북으로 도주하고, 지방 잔도(殘徒)들이 산간벽촌을 근거지로 공비가 되어 준동하고 있었다. 그러니까 말하자면 행정 부재의 진공상태가 되어 있는 셈이었다.

그런데 10월도 다 가는 어느 날, 그 고장 군청 소재지에 미군이 진주해 왔다. 십여 대의 차량에 백사오십 명의 병력이었다. 미군이 들어오자 주민들은 거리로 쏟아져 나와 만세를 부르며 환영했다. 태극기를 손에 든 사람도 적지 않았다.

그러나 그것이 화근이었다. 미군은 잠시 머물렀다가는 곧 어디론지 떠나 버리고 말았다. 지나가는 길목에 잠깐 휴식을 취했을 따름이었던 것이다.

그렇게 훌쩍 미군이 지나가 버리자, 공비들은 만세를 부른 주민들을 닥치는 대로 학살하기 시작했다. 남녀노소를 가리지 않았다. 피비린내 나는 학살 선풍은 그 고장 일대에 번져 소위 반동이라고 지목된 사람들은 그 일가친척까지 죽였다.

율목리 정 씨네라고 하면 면내뿐 아니라, 이웃면에서까지 알아주는 집안이라고 한다. 그 정 씨네가 공산당들의 눈에 거슬려 적 치하에서도 많은 박해를 받았는데, 학살 선풍이 불어오자 공비들이 맨 먼저 달려들었다. 먼저 그 종가를 쑥밭으로 만들었는데, 그때 그 집의 외동아들인 열한 살짜리 현영이라는 아이가 보여준 태도는 가히 놀랄 만한 것이었다.

공비들은 그 집 식구를 모조리 결박하여 마을 뒷동산으로 끌어냈다. 그리고 동네 사람들도 모두 뒷동산으로 모이게 했다. 소위 인민재판을 연다는 것이었다.

정 씨 성을 가진 사람들은 놀라 대부분 도망을 쳐버렸으나, 타성바지들은 그들의 위압에 못 이겨 뒷동산으로 모였다. 대낮이었다.

소위 인민재판의 결과는 전 가족 타살형이었다. 누구 하나 이의를 제기하는 사람이 없었다. 장총과 죽창으로 무장한 살기등등한 공비들 앞에 감히 입이 떨어질 수가 없었던 것이다.

만사를 체념한 가장은 결박되어 꿇어앉은 채 마지막 읍소를 했다. 열한 살짜리 외아들만은 살려달라고, 그 어린 것이 무슨 죄가 있어서 죽어야 하느냐고, 가문을 잇도록 그것만은 부디 살려달라고…… 피맺힌 하소연이었다.

그러나 아버지의 그 말을 듣고 현영이는 꿇어앉았던 자리에서 벌떡 일어났다. 물론 어린 그 역시 두 손을 뒤로 온몸이 친친 결박되어 있었다.

현영이는 공비들을 향해 소리치듯 말했다.

"아닙니다. 우리 아버지를 살려주십시오. 우리 아버지는 몸이 아파서 약을 자시고 있는 중입니다. 약을 먹고 있는 아픈 사람을 어떻게 죽인단 말입니까. 나를 죽이고, 대신 우리 아버지를 살려주십시오."

뜻밖의 말에 모두 눈들이 휘둥그레졌다. 숙연한 기운이 감돌았다.

현영이는 계속 말했다.

"우리 아버지랑 우리 어머니, 그리고 우리 식구들을 모두 살려주고, 대신 나를 죽여주십시오. 정말입니다. 내가 대신 죽겠습니다. 자아, 나를 죽여주십시오."

현영이는 두어 걸음 앞으로 나서기까지 했다. 그의 눈에는 눈물이 반짝이고 있었다.

열한 살, 국민학교 4학년. 학급에서 반장 노릇을 하고 있는 똑똑한 아이이기는 하지만, 아직 어린 소년의 입에서 그런 소리가 나오다니 놀랄 일이 아닐 수 없었다.

숙연하고 숨 막히는 듯한 긴장 속에 동네 사람들은 공비의 우두머리 되는 자를 지켜보았다. 공비들 역시 약간 당황하는 표정으로 그들의 대장을 바라보고 있었다.

잠시 싸늘하게 굳은 얼굴을 하고 있던 우두머리 되는 자가,

"야, 요것 봐라. 뭣이 어째?"

하고 입을 열었다. 코언저리에 섬뜩한 웃음이 지나갔다.

"간이 배 밖에 났구나. 오냐, 죽여주마."

그리고 부하들에게,

"없애 버렷!"

명령을 내렸다.

그러자 공비들 가운데서 가장 나이가 적어 보이는 녀석이 냅다 달려들어 죽창으로 현영이의 아랫배를 쑤셨다.

"으악!"

열한 살짜리 어린 소년은 하늘을 향해 하얀 이빨을 악물었다.

그렇게 간단히 현영이를 해치운 다음, 공비들은 차례차례 온 가족을 모조리 죽였다는 것이다.

그 이야기를 듣고 나는 몸서리를 쳤다. 사람이 그렇게 잔혹할 수가 있을까 싶었다. 인간이라는 것에 대한 절망감이 등골이 떨리도록 엄습해 오는 것이었다. 생각할수록 그 현영이라는 소년이 가련해서 견딜 수가 없었다. 그리고 그 나이에 그런 태도로 나올 수가 있는 것

인지, 정말 놀랍기도 했고, 거짓말이 아닌가 싶기도 했다.

그런데 어느 날 밤, 나는 김 씨로부터 그 현영이에 관한 이야기를 또 듣게 되었다. 이번에는 참으로 괴이한 이야기였다.

봄비가 추적추적 내리는 밤이었다. 남폿불을 돋우어놓고 아랫목에 엎드려서 책을 읽고 있는데 김 씨가 방문을 열었다, 술상을 들고 들어오는 것이었다.

"웬 술입니까?"

"비도 오고 출출한데 한잔 합시다."

김 씨와 나는 술상을 가운데 놓고 마주 앉았다. 정말 비도 오고 출출한 판인데 잘 되었다 싶었다. 김치를 안주하여 막걸리 잔을 주고받았다.

이런 얘기 저런 얘기하다가 술기가 거나해지자 김 씨는 불쑥,

"귀신이 있다고 생각해요, 없다고 생각해요?"

이렇게 물었다.

난데없이 무슨 귀신은…… 싶어 나는 힉 웃어 버렸다.

"없다고 생각한단 말이죠?"

"귀신이 어딨어요. 없습니다. 괜히들 하는 소리지."

그러자 이번에는 김 씨가 노르끄름한 두 눈을 반질거리며,

"그렇게 말할 줄 알았어요. 허허허……"

웃었다. 그리고,

"귀신은 있어요."

단호한 어조로 말했다.

"직접 봤어요? 귀신을……."

"봤죠."

296

김 씨는 분명히 대답했다.

나는 김 씨를 똑바로 바라보았다. 이 사람이 참말로 그러나 일부러 그러나 싶어서…….

"그럼 오늘 밤은 그 이야기나 해드릴까. 어쩐지 기분 나빠 할까 봐 그 이야긴 안 하려고 했는데……."

김 씨는 매우 재미있다는 듯이 노르끄름한 눈에 웃음을 띠며 기분 좋게 막걸리 잔을 기울였다.

"기분 나빠 하다니, 왜요?"

"우리 학교에서 일어난 일이란 말입니다. 그런 이야길 들으면 학교에 대해 정이 떨어질까 싶어서……."

"어떤 일이 있었는데요? 어디 얘기해 봐요."

나는 바짝 호기심이 동했다. 귀신 같은 것이 있을 턱이 만무하다. 다 허튼 소리인 것이다. 그러나 그런 이야기는 묘하게 구미를 당기게 한다. 더구나 김 씨 자신이 직접 겪은 이야기라 하지 않는가.

"지난해 겨울, 어느 날 밤 이야기부터 시작해야겠어요. 12월 초순이었다고 기억돼요. 어느 날 밤, 나는 자다가 일어나……."

김 씨는 이렇게 이야기를 시작했다.

어느 날 밤, 나는 자다가 일어나 소변을 보러 밖으로 나갔다. 밖에는 싸락눈이 내리고 있었다. 사그락 사그락 눈 내리는 소리가 들릴 정도로 사위는 고요하기만 했다.

나는 눈이 하얗게 깔린 마당에 내려서서 싸락눈을 맞으며 볼일을 보기 시작했다. 줄줄줄…… 볼일을 다 보아갈 때였다. 어디선지 사람이 중얼거리는 듯한 소리가 들렸다. 학교 쪽인 듯했다. 나는 가만히 귀를 기울였다. 아이 목소리인 것 같았다. 이 밤중에 웬 아이일까…… 이상하게 생각하고 있는데, 이번에는 냅다 으악! 비명 소리가 일어나지 않는가. 나는 깜짝 놀랐다. 학교 교사 쪽이 분명했다.

볼일을 다 보았는지 어쨌는지도 모르고 나는 얼른 물건을 바지 속에 집어넣었다. 그리고 그쪽으로 달려가 보려 했다. 그러나 어찌 된 셈인지 별안간 온몸에 소름이 쭉 끼치며 오금이 얼어붙는 듯했다.

으악! 으악! 비명 소리가 연달아 두 번 또 들렸다. 그런데 그 비명 소리가 첫 번째보다는 현저히 작은 소리로 들렸다. 마치 어디 훨씬 먼 곳에서 들리는 듯한 느낌이었다. 그리고 그 여운이 이상스럽게 으스스한 기분을 자아내게 했다.

나는 부르르 온몸을 떨었다. 얼른 방으로 뛰어 들어가 이불을 뒤집어써 버렸다.

이튿날 아침, 나는 일찍 일어나 학교를 한 바퀴 돌아보았다. 교실 안을 일일이 살펴보기도 했다. 그러나 아무런 이상이 없었다. 틀림없이 간밤에 아이 하나가 죽었거나 기절을 했을 것 같은데, 아무 일도 눈에 띄지가 않았다.

아침을 먹으면서 아내에게 그 얘길 했더니, 아내는 당신이 잠결이어서 아마 헛들은 모양이라고 했다. 한밤중에 무슨 그런 소리가 학교 교실에서 날 턱이 있느냐고 했다.

나도 도무지 그게 꿈이었는지 생시였는지 아리송해져 버리고 말았다.

며칠 뒤였다. 물론 한밤중이었다. 이번에는 자고 있는 나를 아내가 황급히 흔들어 깨우는 것이었다. 내가 눈을 뜨자, 아내는 새파랗

게 질린 듯한 목소리로,

"여보, 여보, 정말 비명 소리가 들렸어요. 아이 하나가 죽은 것 같애요. 아이 무서워."

하면서 내 곁으로 파고들었다.

"학교 교실에서 들렸어?"

"예, 그런 것 같애요. 마루에 나가 요강에 오줌을 누고 있는데, 글쎄 으악 하고 비명 소리가 나지 않겠어요. 첨에는 중얼중얼 중얼거리는 소리가 들리는 듯하더니……. 얼마나 놀랐는지 오줌을 누다가 말고 그냥 뛰어 들어왔죠. 아이 무서워."

"글쎄, 며칠 전에도 그랬다니까."

나는 잠시 숨을 죽이고 있다가 부스스 일어나 남포등에 불을 켰다. 아내는 이불 밖으로 눈만 빠끔히 내밀고 나를 지켜보고 있었다.

"괜찮아. 일어나서 오줌을 마저 누라고."

"무서워요."

"무섭긴, 내가 있는데……. 오줌을 누다 말고 어떻게 잠이 들지?"

"히히히……."

"괜찮아. 일어나."

그러면서 나는 방문을 열고 마루로 나갔다. 어험! 헛기침을 하면서. 그러자 아내도 슬그머니 일어나 조심스럽게 마루로 나왔다. 운동장 가의 벗나무 가지를 스치고 지나가는 바람소리가 어렴풋이 들릴 뿐 별다른 기척은 없었다. 어디선지 멀리서 닭 우는 소리가 들려왔다.

아내는 가만히 요강에 가서 다시 앉는 것이었다.

이튿날 아침 역시 나는 일찍 일어나 학교를 돌아보았다. 물론 교실을 일일이 살폈다. 그러나 며칠 전과 마찬가지로 아무런 이상도 없었다.

참 괴이한 일이었다. 나만 혼자 들은 것이 아니고, 아내도 분명히 비명 소리를 들었다는데, 아무런 이상이 없다니…… 그렇다면 그 한밤중의 괴성은 도대체 뭐란 말인가.

"귀신인가 봐요."

아내의 말에 나는 힉 웃었다. 귀신이라니, 그때까지만 해도 나는 그런 것이 있으리라고는 생각지 않는 터였다. 그러나 절대로 귀신이 아니라고 말할 자신은 없었다. 오히려 내심 슬그머니 그런지도 모른다는 생각이 들기도 했다. 도무지 어떻게 된 영문인지 알 수가 없었다.

그런 일이 있은 뒤로 아내는 밤으로 마루에 놓아두던 요강을 방 윗목에다가 들여놓게 되었다. 나는 한밤중에 소변이 마려워서 잠이 깨면 밖으로 나가지 않고 요강 신세를 지게 되고 말았다. 그래서 그 뒤 우리 내외는 그 한밤중의 괴성을 더 듣지는 못했다.

해가 바뀌고, 2월로 접어들면서 학교가 문을 열었다. 그동안은 방학이었던 것이 아니라, 학교가 문을 닫고 있었던 것이다. 수복이 되어 치안과 행정기관은 움직이고 있었으나, 아직 교육계는 기능을 발휘하지 못하고 있었던 것이다.

오래간만에 학교가 문을 열자, 학생들이 모여들었다. 그러나 종전의 절반도 채 되지가 않았다. 아무튼 개학이 되어 녹이 슬 뻔했던 학교의 종이 다시 울리기 시작한 어느 날 해질녘이었다. 선생들도 다 돌아가고, 학교는 텅 비어 있었다. 나는 혼자서 교무실 난로의 불을 단속하고 있었다.

그런데 문득 유리창 너머로 텅 빈 운동장을 걸어 들어오는 한 아이의 모습이 보였다. 까만 책보를 허리에 동인 아이는 교실로 들어가는 듯 출입구 쪽으로 모습이 사라졌다. 나는 그저 예사로 생각했다. 교실에 뭘 놓아두고 갔다가 그걸 가지러 온 모양이라고.

곧 짜박짜박짜박…… 복도에 발소리가 들렸고, 이어 드르륵 교실 문 열리는 소리가 났다. 바로 교무실 옆 교실인 듯했다. 그렇다면 4학년 교실인 것이다.

난로 속의 재를 긁어내어 바케쓰에 담고 있는데, 이번에는 중얼중얼 중얼거리는 듯한 소리가 들렸다. 가만히 귀를 기울여 보니 책 읽는 소리였다. 틀림없이 교과서를 소리 내어 읽고 있는 것이었다.

그제야 나는 이상하다는 생각이 들었다. 이렇게 날이 저물고 있는데, 학교로 도로 와서 교실에서 책을 읽다니 웬 아인가 싶어 나는 일손을 놓았다. 그리고 교무실 문을 열고 복도로 나갔다. 책 읽는 소리는 어느덧 그쳐 있었다.

4학년 교실을 기웃거려 보았다. 그러나 아무도 없었다, 분명히 발소리가 나고, 드르륵 문 여는 소리가 들렸었는데, 교실 문은 그대로 닫힌 채였다.

4학년 교실이 아니라 그 옆 교실이었던가 싶어 다음 교실로 가보았다. 역시 문은 닫혀 있었고, 아무도 보이지가 않았다.

나는 도로 4학년 교실 쪽으로 왔다. 틀림없이 이 교실이었는데 싶어서 드르륵 문을 열고 안으로 들어가 보았다. 교실 안은 유난히 썰렁했다. 물론 사람이 들어온 흔적도 없었다. 그런데 운동장 쪽 창문이 하나 열려 있는 것이었다. 나는 그 열린 창문 쪽으로 다가갔다.

"아니!"

나는 깜짝 놀랐다. 열린 창문으로 운동장 가의 철봉과 그네가 보였는데, 그네에 아이 하나가 앉아 흔들흔들 흔들리고 있는 것이 아닌가. 분명히 허리에 까만 책보를 동인 아까 그 아이였다. 조금 전에 운동장을 걸어 들어와 교실 출입구 쪽으로 사라졌던 그 아이, 짜박짜박 복도를 걸어서 드르륵 교실 문을 열고 들어가 책을 읽던 그 아이가 어느새 저렇게 운동장 가로 가서 그네를 타고 있다니…… 도무지 어떻게 된 영문인지 나는 얼떨떨하기만 했다.

흔들흔들 그네를 타고 있는 그 아이를 눈여겨보던 나는 그만,

"으악!"

소리를 지르고 말았다. 그 아이는 다름 아닌 율목리 정 씨네 종손인 현영이가 아닌가. 나는 내 눈을 의심했다. 공비들에게 학살을 당한 아이가 저렇게 학교에 와서 그네를 타고 있다니…… 도저히 있을 수 없는 일이었다.

나는 휘둥그레진 눈으로 뚫어지게 아이를 바라보았다. 틀림없는 그 애였다. 교실 창가에서 운동장 가의 그네까지는 꽤 거리가 떨어져 있었으나, 사람을 못 알아볼 정도는 아니었다. 틀림없는 현영이었다. 나는 그 아이를 잘 알고 있었다. 아이는 유난히 하얀 얼굴에 아무 표정 없이 흔들흔들 그네에 흔들리고 있었다.

몸에 힘을 주는 것 같지도 않은데, 그네는 똑같은 진폭으로 흔들리고 있었다. 나는 온몸이 굳어진 듯 그 자리에 못 박혀 서서 아이를 바라보고만 있었다.

잠시 후, 아이는 분이라도 바른 듯한 유난히 하얀 얼굴에 생긋이 웃음을 띠었다. 나를 향해 웃는 게 분명했다. 순간 나도 모르게,

"악!"

또 비명이 터져 나왔다. 나는 눈앞이 아찔해지는 것을 느끼며 허둥지둥 교실을 뛰어나갔다. 집 쪽을 향해 복도를 마구 달렸다.

교사 밖으로 뛰어나온 나는 절로 힐끗 시선이 그네 쪽으로 갔다. 그런데 아이의 모습이 보이지 않았다. 아이는 홀연히 어디론지 사라지고, 빈 그네만 흔들흔들 흔들리고 있었다.

나는 주춤 그 자리에 멈추어 서서 흔들리는 그네를 멍하니 바라보고 있었다. 참 이상한 일이었다. 그네는 그칠 줄을 모르고 일정한 진폭으로 계속 흔들리고 있는 것이 아닌가, 마치 그네에 누가 앉아서 계속 굴러대는 것처럼.

나는 온몸에 소름이 좍 흐르는 것을 느끼며 나도 모르게 또 비명을 질렀다. 집 쪽으로 냅다 뛰었다. 그러나 이상하게 다리가 뻐득뻐득해진 듯 몸이 비실거렸다.

"빈 그네 흔들리는 게 왜 그런지 제일 소름 끼치던데요."

이야기를 마친 김 씨는 잔에 남은 막걸리를 쭉 비웠다. 그리고 노르끄름한 두 눈에 살짝 웃음을 띠며,

"너무 억울하게 죽으면 그 넋이 저승엘 안 간다지 뭡니까."

하고 나를 똑바로 바라보았다.

나는 가볍게 몸을 떨었다. 그가 한 이야기보다도 살짝 웃음을 띠고 나를 바라보는 김 씨의 반질거리는 황갈색의 눈빛이 이상스럽게 더 섬뜩한 느낌을 주는 것이었다.

내가 가볍게 몸을 떠는 걸 보자 김 씨는 기분이 좋은 듯,

"이제 귀신 없다는 소리 못 하겠지요?"

하면서 싱그레 웃었다.

나 역시 웃었다. 그러나 나는,

"개학이 되니까 아이 귀신이 학교가 그리워서 찾아왔다 그 말이죠? 이야기가 그럴듯한데요."

이렇게 말했다.

"그럴듯한 게 아니라, 사실이란 말입니다. 내가 지어낸 얘긴 줄 아시나 봐. 허, 나 참, 참말인가 거짓말인가 우리 집사람한테 물어보란 말입니다."

김 씨는 내가 곧이듣지 않는 게 몹시 안타까운 모양이었다.

나는 재미가 있구나 싶어 혼자 중얼거리듯이 말했다.

"어른 귀신 얘기는 많이 들었지만, 아이 귀신 얘기는 첨인데요. 그러니까 6.25는 아이 귀신까지 만들어낸 셈이군요."

『화가 남궁 씨의 수염』(책세상, 1988)

유령 이야기

　그들 세 사람이 송광사(松廣寺)에 도착한 것은 해질 무렵이었다. 순천에서 점심을 먹고 잠시 후에 떠났는데, 짧은 겨울 해는 어느덧 산등성이에 기울어지고 있었다.

　희끗희끗 눈 잎사귀가 나부끼기 시작했다. 수상한 날씨였다. 해가 있는데 눈발이 비치다니……. 마치 여름철의 여우비 같은 느낌이었다.

　햇빛을 받아 눈 잎사귀들은 순백의 광물질 편린처럼 반짝반짝 빛났다. 하늘에는 검은 구름이 움직이고 있었다. 바람도 조금씩 일기 시작했다.

　"날씨가 이상한데……."

　드라마 작가인 윤길홍이 말했다. 윤길홍은 코밑이랑 턱에 곱슬곱슬한 까만 수염을 기르고 있었다. 얼굴은 남달리 흰 편이어서 묘한 인상이었다.

"글쎄 말이야. 겨울 날씨가……."

베레모를 쓴 배수민이 맞장구를 쳤다. 배수민은 삽화가였다. 그는 콧대가 쪽 곧고, 이마가 아직 비교적 깨끗했다.

"여관부터 정하지."

곽인철이 말했다. 곽인철은 도수가 매우 높아 보이는 안경을 끼고 있었다. 공업전문대학의 전임강사였다. 물리학을 강의하고 있었다.

그들은 제각기 백을 하나씩 들거나 어깨에 걸치고 있었다.

버스에서 내린 그들 세 사람은 먼저 여관을 정했다. 지붕에 이끼가 푸릇푸릇 낀 제법 오래되어 보이는 여관이었다. 겨울이어서 방은 거의 비어 있었다.

방을 좀 뜨겁게 하라고 보이에게 일러놓고, 그들은 여관을 나섰다. 절을 구경하러 가는 것이었다. 날씨가 좋지 않았지만, 그러나 절 구경을 내일로 미루고 여관방에 들어앉아 버릴 수는 없었다. 방도 이제 불을 넣는 터여서 썰렁했고.

"이런 날씨에 절 구경을 하는 것도 멋이 있지."

베레모 밑에 이마가 깨끗한 배수민이 웃으면서 말했다. 그는 어깨에 카메라를 걸치고 있었다.

"멋 좋아하다가 고뿔 들겠다 야."

곽인철이 도수 높은 안경 속에서 조금 불만스럽게 두 눈을 굴렁거렸다. 아닌 게 아니라 그의 코끝은 어느덧 빨그레해져 있었다.

"좌우간 이상한 날씨야. 이상한 날씨……."

윤길홍은 눈이 부신 듯 두 눈을 가느다랗게 해가지고 하늘을 우러러보곤 했다. 여전히 눈 잎사귀들은 햇빛을 받으며 반짝반짝 나부끼고 있었고, 검은 구름은 움직이고 있었다. 윤길홍의 곱슬곱슬한 수염에 눈 잎사귀가 떨어져 하얗게 묻기도 했다.

절로 올라가는 길은 어느덧 눈에 덮이고 있었고, 공기는 싸늘했다. 이따금 바람이 지나갈 때면 귀가 아리기까지 했다.

저만큼 앞서 젊은 승려 한 사람 걸어가고 있을 뿐 그들 세 사람 외 관람객은 아무도 없었다.

"조용해서 좋기는 하군."

윤길홍이 말했다.

"좋고말고, 좀 춥기는 하지만…… 겨울여행이 그래서 좋은 거야. 봄철이나 가을철에 와 보라구. 기분 잡치지. 사람들 때문에……."

배수민은 마냥 유쾌하기만 한 표정이었다. 입술은 추위 때문에 약간 파리하기는 했지만.

그럴 수밖에 없는 것이 이번 여행은 바로 그가 제안했던 것이었다.

그들은 십여 년 전 한때 한 직장에 근무를 했었다. 잡지사였다. 윤길홍과 곽인철은 편집에 종사했었고 배수진은 사진과 그림을 맡았었다. 한 직장에 있을 때도 그들은 단짝이었지만, 서로 헤어진 뒤에도 곧잘 만났다. 만나면 으레 대포였다. 어쩌면 그들 사이를 그처럼 가깝게 한 것은 술이었는지도 모른다. 서로 막상막하의 실력이었다.

그러다가 금년에 와서는 한 달에 한 번씩 만나기로 일정한 날을 정했다. 일정한 회비를 가지고 모여서 술을 마시는 것이다. 말하자면 세 사람의 술 마시는 계인 것이다. 명칭도 그럴듯하게 '삼군자회(三君子會)'라고 했다. 이제 나이들도 어느덧 오십을 바라보는 터이니, 술도 알맞게 마시고, 매사에 원만한 군자가 되려고 노력해야 되지 않겠느냐는 뜻에서 그렇게 붙였다.

지난번의 모임에서 배수민이 제안했었다. 다음 달에는 한 번 여행을 하자고. 그러자 곽인철이 추운 겨울에 무슨 여행이냐고, 여행을 하려면 봄철이나 가을철에 해야지, 하고 반대 의사를 나타냈다. 그러나 배수민은 봄가을의 여행 못지않게 겨울여행도 독특한 멋이 있을 것이라고 했다. 봄가을에는 사람이 들끓어서 오히려 기분이 잡친다고, 그는 등산을 즐기는 터였다. 그런데 등산도 봄가을 사람이 들끓는 철보다 오히려 겨울이 더 호젓하고 산뜻한 맛이 난다는 것을 알고 있었던 것이다. 그리고 다음 달은 새해이기도 하고, 자네는 방학 중이기도 하니 좋지 않느냐고, 곽인철의 반대 의사를 누그러뜨렸다. 윤길홍은 찬성이었다. 그래서 이달에는 삼박사일 예정으로 겨울여행을 떠났던 것이다.

첫날은 불국사로 해서 부산까지 갔고, 다음날은 배로 여수까지 가서 오동도를 구경했고, 오늘은 순천을 거쳐 마지막 목적지인 이곳 송광사까지 오게 된 것이다.

여행 코스에 굳이 송광사를 넣은 것도 배수민이었다. 전남이 고향인 배수민은 송광사를 잘 알고 있었다. 이번 여행길에 두 친구에게 고향의 명찰이며 우리나라 삼대 사찰의 하나인 송광사를 꼭 구경시키고 싶었던 것이다.

해질녘이고 또 눈이 내리고 있어서 절 경내는 호젓하기 이를 데 없었다. 사람의 그림자 하나 얼씬하지 않았다. 그리고 대웅전을 비롯해서 모든 대소 전당(殿堂)이 다 굳게 닫혀 있었다. 국보와 보물 등 여러 가지 문화재가 소장되어 있는 박물관도 구경할 수가 없었다. 그저 웅장하고 고색이 창연한 사찰의 외경을 둘러보며 경내를 한 바퀴 돌고 나오는 수밖에 없었다. 해인사, 통도사와 함께 삼대 사찰의 하나답게 아무튼 거창했다.

카메라로 기념사진도 몇 장 찍고 나오다가였다.

"저기 저걸 보라구. 저게 뭔가 하면……."

배수민이 손가락으로 가리키며 그쪽으로 앞장서 걸어갔다.

나무 기둥이 하나 우뚝 솟아 있었다. 가까이 가 보니 그것은 말라 죽은 나무였다. 가지는 다 떨어져 나가고 굵은 줄기만 국기게양대처럼 솟아 있었다.

"이게 뭐야?"

"말라비틀어진 나무 아냐?"

윤길홍과 곽인철이 대수롭잖게 여기자, 배수민이 미소를 지으며 말했다.

"설명문을 읽어보라구."

팻말에 씌어 있는 설명문을 읽고 난 윤길홍은

"하하— 그것 참 신기한데, 흠—"

곧장 감탄을 하면서 그 나무를 우러러보곤 했다. 그러나 곽인철은 흥! 하고는,

"웃기는군."

하였다.

그것은 '고향수(枯香樹)'라는, 전설이 깃든 나무였다. 이것 송광사에서 수도 제생(濟生)을 하여 조계종의 종지(宗旨)를 확립한 보국조사라는 고려 때의 명승이 심은 향나무인데, 이 나무를 심으면서 보조국사는 '내가 죽으면 이 나무도 죽을 것이요, 이 나무에 푸른 잎이 다시 피어날 때 나 또한 이곳에 환생할 것이다'라고 말했다 한다. 과연 국사가 입적하자, 그의 말대로 나무도 시들더니, 팔백 년이 흘러간 지금까지 썩지 않고 그대로 서 있다는 것이다.

그 전설이 사실이라면 신기한 나무가 아닐 수 없다. 그리고 그 나무에 아직 잎이 피어나지 않는 것을 보면 보조국사도 아직 이승에 환생하지 않았다는 것을 뜻한다. 이 고향수에 대한 세 사람의 반응은 각각 달랐다.

배수민은 그 전설을 꼭 믿는 것도, 그렇다고 안 믿는 것도 아니었다. 그저 그런 신비한 전설이 깃들어 있는 나무이니 재미있지 않느냐 하는 태도였다. 그런 전설로 해서 이 절이 더 유서 깊게 느껴지고, 신도들의 신심을 더욱 불러일으킬 것이며, 관광객들의 호기심도 자아내게 하는 터이니 귀중한 나무가 아니냐 싶었다. 그러니까 다분히 전설을 긍정적으로 받아들이는 쪽이었다.

윤길홍은 그 전설을 믿을 뿐 아니라, 오히려 그 전설에 빨려 들어가 감탄해 마지않는 쪽이었다. 전적으로 긍정인 것이었다. 그렇다고 그가 불교신도는 아니었다. 장차 종교에 귀의를 한다면 불교로 가리라 마음먹고 있을 따름이었다. 불교의 윤회사상을 그는 생의 구원, 혹은 위안으로 막연히 생각하고 있었다. 그러니까 그가 그 전설을 전적으로 믿는 것은 종교적인 이유에서가 아니라, 세상에는 실제로 신비한 일이 있다고 확신하기 때문이었다. 과학의 힘으로는 도저히 설명할 수 없는 불가사의한 현상을 그는 실제로 경험한 일이 있었던 것이다.

그러나 곽인철은 딴판이었다. 그는 사람 웃긴다는 식이었다. 물론 물리학 선생답게 그는 모든 일을 과학적으로만 생각했다. 설혹 이 나무가 전설대로 보조국사가 죽자 동시에 시들어졌다면 그것은 어디까지나 우연의 일치일 뿐이며, 또 팔백 년 동안 썩지 않고 서 있는 게 사실이라면 그것은 이 나무의 질 탓이지, 다른 아무 이유도 없다는 것이다. 전봇대보다도 더 말라비틀어진 이 나무에 푸른 잎이 다시 피어나다니, 그리고 그때 보조국사가 다시 환생하다니, 배꼽이 웃을 노릇이라는 것이다. 그런 비과학적인 이야기가 도대체 어떻게 성립될 수 있느냐는 것이었다.

"향나무는 본래 질이 아주 단단한 거야. 팔백 년쯤 썩지 않고 견딜 수 있을지도 모르지. 그런 걸 가지고 괜히 신비한 나무니 어쩌니 하고……."

곽인철의 말에 배수민은 좀 입맛이 쓴 듯 씩 웃었고, 윤길홍은 뚱한 표정으로 고개를 가로저었다. 그러나 두 사람이 다 뭐라고 대꾸를 하지는 못했다.

이 고향수의 전설은 여관에 돌아가서도 또 화제에 올랐다.

여관에 돌아온 그들은 보이를 불러 우선 술을 청했다. 무슨 약초 같은 것으로 담근 좋은 술이 없느냐는 말에 보이는 약초 술은 다 떨어졌고, 뱀술이 있다는 것이었다.

"뱀술?"

배수민은 약간 이마를 찌푸렸다.

그러나 윤길홍과 곽인철은,

"그거 좋지."

"그거 한 번 마셔보자구."

서슴지 않고 말했다.

그래서 배수민도 좀 꺼림칙하기는 했으나, 뱀술을 마셔보는 수밖에 없었다.

뱀술은 노르스름한 것이 정종보다 약간 짙은 빛깔이었다. 맛도 향긋한 편이어서 조금도 역하지가 않았다. 그저 뱀으로 담근 술이라고 생각하니 기분이 좀 이상할 뿐이었다.

"뱀술을 유식한 말로 복주(蝮酒)라고 하지."

윤길홍이 웃으면서 말했다.

"뭐? 복주? 무슨 복 잔데?"

곽인철이 묻자, 윤길홍은,

"벌레 충 변에 이렇게 쓰는 잔데, 독사 복 자지, 살모사 복이라고도 하고."

젓가락 한 개로 술을 찍어 상에다가 '蝮' 자를 써 보였다.

"되게 유식하군. 그런 글자까지 어떻게 알고 있지?"

곽인철이 말하자, 배수민도,

"글쎄 말이야. 혹시 부친께서 독사연구소 같은 것 경영하셨던 게 아냐?"

하고 웃었다.

"헛헛허……."

곽인철도 재미있다는 듯이 도수 높은 안경 속에서 두 눈을 크게 웃었다.

"뭐? 말조심해."

윤길홍도 웃는 수밖에 없었다.

바깥은 눈보라로 변하는 듯 바람 소리와 이따금 쏴아 하고 바로 창문 앞까지 눈발이 뿌려왔다. 그리고 추녀 끝의 물받이가 들컹들컹 흔들리기도 했다.

방은 아랫목부터 따뜻해오고 있었다. 바람소리 때문에 좀 어수선한 느낌이긴 했으나, 좌우간 술맛이 났다. 겨울 산중의 여관방에서 마시는 뱀술은 묘한 정취를 자아내기도 했다.

주거니 받거니 혼혼히 취해가며 이런 얘기 저런 얘기 나누다가, 윤길홍이 문득 생각난 듯 말했다.

"그 고향수에 푸릇푸릇 싹이 돋아나면 얼마나 기가 막힐까. 정말 희한할 거야."

마치 눈앞에 그런 기적 같은 광경이 보이기라도 하는 듯 조금 황홀하기까지 한 표정이었다.

"또 사람 웃기는 소리 하는군."

곽인철이 씩 일소에 붙였다.

그러나 배수민은 슬그머니 윤길홍의 편을 들었다.

"물론 과학적으로 생각할 때 웃기는 소리지. 나도 그 죽은 나무에 싹이 트리라고는 생각 안 해. 그러나 절대로 싹이 안 튼다고 단언할 수는 없지. 세상에는 기적이라는 것이 있으니까 말이야. 자네는 매사를 그저 과학, 과학하고 과학을 신주처럼 떠받들지만, 과학도 한계가 있다는 걸 잊어서는 안 돼. 궁극에 가서는 막힌다는 것을 알아야 돼. 과학이 아무리 발달해도 이 우주의 신비, 또는 생명의 신비를 속속들이 밝히지는 못한다 그 말이야. 그래서 위대한 과학잘수록 결국은 신이라는 것을 믿게 된다잖아. 아인슈타인처럼 말이야. 자네가 아인슈타인의 절반 정도만 돼도 신을 믿게 될 걸세. 허허허……."

그러자 윤길홍이 매우 기분이 좋은 듯 잔을 훌쩍 비우고는,

"자, 한잔……."

하고 배수민에게 권했다.

지고 있을 곽인철이 아니었다.

"신을 믿는다는 것과 말라비틀어진 나무에 새싹이 돋아난다는 것과는 엄연히 차원이 다른 이야기라는 것을 알아야 돼. 신을 곧 죽은

나무에 돋아나는 싹 같은 것으로 생각한다는 것은 난센스야. 비과학적인 것은 곧 신이다, 이렇게 착각하면 안 돼. 신이란 결코 비과학적인 것이 아니야. 비과학적인 건 미신이지, 신은 아니야."

"그럼 신은 과학적인 것이란 말인가?"

"과학적인 것이라기보다 과학 이상의 것이라고 보는 게 옳지."

"그렇지, 과학 이상의 것이지."

"아직 과학이 도달하지 못한 영역에 속하는 것을 신이라고 보는데, 지금은 아직 과학이 그 영역까지 도달 못했기 때문에 신이라는 관념을 인정하고 있지만 그러나 언젠가는 과학이 그런 영역까지 깨끗이 정복하고야 말 테니, 그때는 미안하지만 신이 없어지는 거지. 그 대신 과학이 신의 위치에 군림하게 되지."

"자네는 신의 영역까지 과학이 도달하리라고 믿나?"

"믿지. 언젠가는 그렇게 돼. 멀잖은 장래라고 생각해. 요즘 과학이 발달해가는 속도를 보면 그 시기가 그다지 멀지않은 것 같애. 백 년 이내일지도 몰라. 아니, 백 년도 길어. 어쩌면 오십 년 이내일지도 모른다구."

"허허허…… 오십 년 이내에 과학이 신의 위치를 차지한다 그 말이지?"

"그렇지, 과학의 힘으로 생명을 제조해내면 그때는 신이 설 자리가 없어지는 거 아냐? 안 그래?"

"과학의 힘으로 생명을 만들어낼 수 있을 거 같애?"

"있지. 지금 실험을 거듭하고 있는걸."

"그럼 자네 말대로 하면 앞으로 오십 년이 지나면 이 세상에서 종교라는 것도 자취를 감추고 말겠군. 신이 없어지니 말이야."

"그렇게 되겠지. 신을 믿는 종교 대신 과학을 믿는 종교가 생겨날지 모르지."

"과학을 믿는 종교라…… 허허허…… 그것 참 희한한 종교도 다 보겠군."

곽인철의 어딘지 모르게 덜 뚫린 듯한 과학 절대주의 앞에서는 더 뭐라고 할 말이 없는 듯 배수민은 웃음으로 흐지부지 해버리고, 잔을 쭉 비웠다.

그러나 이번에는 윤길홍이 가만히 있지 않았다. 윤길홍은 곱슬곱슬한 까만 턱수염을 조금 곽인철의 앞으로 내밀며,

"자네, 죽음이라는 것을 어떻게 생각하나?"

하고 물었다. 두 눈은 술기운에 젖어 이상스럽게 윤기를 발하고 있었다.

"어떻게 생각하다니?"

곽인철은 새로운 도전에 약간 긴장을 하는 눈치였다.

"죽음이라는 것까지를 과학으로 밝힐 수 있다고 생각하는가 말이야?"

"그야 간단하지. 죽음이란 곧 세포기능의 정지를 말하는 것이지."

"숨이 끊어진다는 현상 그 자체는 그렇지만, 죽음 그 이후, 즉 사후의 세계 같은 것 말이야. 그 수수께끼를 과학의 힘으로 풀 수 있다고 생각해?"

"사후의 세계? 허허허…… 그런 게 있을까?"

곽인철은 토론할 흥미도 없다는 듯이 긴장을 풀며 술잔을 입으로 가져갔다.

"있지. 있고말고."

"허허허…… 글쎄……."

"자네, 요즘 흔히 심령과학이라고 하는 말 듣지도 못했나?"

"그건 정신착란에서 비롯된 일종의 망상이야. 미신이지. 결코 그런 건 존재하지 않아. 사후는 무야. 아무것도 없는 거야."

"천만에!"

윤길홍은 단호한 어조로 내뱉었다. 그리고 자신이 만만한 듯 두 눈에 약간 웃음을 띠는 여유까지 보이며 말했다.

"사후의 세계는 반드시 있어. 없다면 어떻게 해서 영혼이니 유령이니 도깨비니 하는 말 자체가 생겼겠는가 말이야."

하고 말했다.

"그건 신이라는 말이 생겼듯이 관념의 소산이지."

"아니야, 반드시 있어. 내가 직접 유령을 보았는데 그래."

"뭐? 유령을 봐?"

곽인철은 잠시 윤길홍의 얼굴을 바라보다가,

"헛헛허……."

크게 웃음을 터트렸다. 어이가 없는 모양이었다.

배수민 역시 약간 휘둥그레진 눈으로 윤길홍을 바라보았다.

"자네 뱀술을 마시더니 어떻게 된 게 아니야? 허허허……."

곽인철은 곧장 재미있다는 듯이 껄껄거렸다.

배수민도 웃었다.

그때 방문을 노크하는 소리가 났다. 보이였다.

"저녁상 어떻게 할까요? 지금 가져올까요?"

"밥은 그만두고, 술이나 더 가져와. 밥은 나중에 가져오라거든 가져오고……."

윤길홍이 지금 밥을 먹게 됐느냐는 듯이 보이를 쫓아 버리고는,

"농담이 아니야. 정말이라구. 내 얘길 들어보라구."

하고 필요 이상 진지한 표정을 지었다.

"그래? 정말 유령을 봤단 말이야?"

배수민이 그것 참 희한한 일이라는 듯이 두 눈을 반짝거렸다.

"정말이야. 나한테 누님이 한 사람 있었거든."

"야 그것 참, 어디 한 번 들어보자구."

배수민도 바짝 구미가 당기는 듯 조금 자세까지 고쳐 앉자, 곽인철도 도수 높은 안경 속에서 두 눈을 굴렁거리면서,

"허허, 그래? 어디 한 번 얘기해 봐."

침을 꿀꺽 삼켰다. 유령을 보았다니, 말 같지도 않은 이야기지만, 호기심은 매우 동하는 모양이었다.

윤길홍은 우선 잔을 들어 입안을 축이듯 훌쩍 한 모금 마시고는 젓가락으로 안주를 집었다. 그리고,

"우리 누님이 죽은 것은……."

하고 차근차근 이야기를 하기 시작했다.

바깥의 눈보라는 여전한 듯 바람 소리와 함께 이따금 쏴— 하고 눈발이 방문 앞에 흩뿌렸다.

우리 누님이 죽은 것은 내가 스물한 살 때의 일이었다. 1951년, 그러니까 6.25가 일어난 이듬해였다.

그러나 나는 그해에 누님이 죽었다는 것을 알고 있을 뿐, 언제 죽었는지 그 날짜를 모른다. 나뿐 아니라 우리 어머니도 모르고, 내 누이동생도 모른다. 그리고 누님의 죽음이 병사인지, 자살인지, 혹은

타살인지 그것도 확실치가 않다.

1951년은 1.4후퇴가 있었던 해다. 1.4후퇴 때 우리 가족은 누님 한 사람을 집에 남겨두고, 피난길을 떠나지 않을 수 없었다. 누님은 그 때 운신을 못하는 몸이었다. 늑막염을 앓고 있었다. 그러니 도저히 함께 피난길을 떠날 수가 없었던 것이다. 그렇다고 누님 때문에 다른 사람까지 피난을 안 가고 그대로 서울에 눌러앉아 있을 수도 없는 노릇이었다.

6.25가 터지고 서울이 공산치하에 들어갔을 때 우리는 어쩌다가 피난을 못 했었다. 그래서 적치 삼 개월 동안에 우리 집안은 엉망이 되고 말았다. 소방서 책임자로 있던 아버지가 그들에게 붙들려가 끝내 소식이 없어졌고, 어머니랑 누님도 불려 다니며 곤욕을 치렀다. 나는 그때 대학 1학년이었는데, 의용군에 끌려가는 것이 두려워 사촌형 집의 다락 신세를 지는 바람에 무사했다.

불 끄는 일에 종사한 것도 그들 말대로 반동인지, 좌우간 우리 집은 반동으로 낙인이 찍혀 재산까지 역산(逆産)이라 하여 쓸 만한 가재도구는 모조리 몰수를 당했다.

누님의 늑막염도 실은 그때 얻은 병이었다. 누님은 두 번 그들에게 불려가 곤욕을 치렀는데, 두 번째 집에 돌아왔을 때는 사람이 거의 못 쓰게 되어 있었다. 넋을 잃어버린 사람 같았고, 몸이 말이 아니었다. 몽둥이 뜸질을 당한 듯 등에 시퍼런 자국이 죽죽 수없이 나 있었다.

누님이 그처럼 그들에게 시달림을 받은 것은 그들 말대로 '반동 놈의 딸'이라는 이유도 있었지만, 그것보다도 재산을 몰수해 갈 때, 분에 못 이겨 그만 자기도 모르게 '이 날강도 같은 놈의 새끼들아!'

하고 욕지거리를 퍼부었던 것이다.

그들이 몰수해 간 가재도구 속에는 누님의 혼수로 마련해 놓은 미싱*('재봉틀'을 속되게 이르는 말)도 들어 있었다. 그 무렵 미싱이라면 꽤나 귀한 물건이었다. 국산이란 엄두도 못 내던 시절이다. 그런데 어찌어찌 용케 마련해 놓은 그 새것과 다름없는 미싱까지 그들이 가져가려는 것이 아닌가. 그러니까 우리 집에는 미싱이 두 대 있었다. 하나는 어머니의 낡은 것이었다. 그들이 '이 반동 놈의 집엔 재봉틀이 두 대나 있네. 남들은 하나도 어림없는데' 하면서 누님의 혼숫감 미싱까지 꺼내자, 누님은 얼른 달려들어 그것을 감싸듯 안았다. 하나만 가져가면 됐지, 두 갤 다 가져가느냐고, 이것만은 제발 좀 봐달라고 애걸을 하면서. 그러나 그들은 아랑곳이 없었다. 누님이 기어이 안 놓으려고 버둥거리자, 사정없이 냅다 발로 차 밀어내 버렸다. 그래서 누님의 입에서 그만 자기도 모르게 욕지거리가 쏟아져 나왔던 것이다. 아버지를 붙들어가 어째 버렸는지 소식이 없는 데 대한 분노까지 함께 폭발을 했던 셈이다.

두 차례나 불려가 누님은 모진 곤욕을 치렀는데, 그들은 별로 따질 건더기가 없으니까 공연히 나를 가지고 들볶았다. 대학에 다니는 동생이 있다는데 어디다가 숨겼느냐고, 틀림없이 네년이 빼돌려 놓았다고, 어디다가 피신시켰는지 바른대로 대라고 말이다. 그러나 누님은 불지를 않았다. 내가 어디 가 있는지 누님이 확실히 모르기도 했지만, 그러나 사촌형 집이 시내 어디메에 있는데, 혹시 거기 가 숨었을지도 모른다는 정도는 입 밖에 내려면 낼 수도 있었던 것이다. 누님은 몸에 시퍼런 자국이 날 만큼 몽둥이뜸질을 당하면서도 끝내 모른다고 입을 열지 않았던 것이다.

물론 그런 사실을 나는 나중에 들어서 알았다. 누님이 그런 몹쓸 곤욕을 치른 게 내 탓인 것만 같아 나는 어쩌할 바를 몰랐다. 누님이 그때 고통을 못 이겨 짐작이 가는 대로나마 입을 열었더라면 내가 어떻게 되었을까 생각하니 아찔하기까지 했다. 그리고 누님이 코허리가 시큰하도록 고마웠다.

수복이 되어 국군이 들어오자, 나는 자진 입대를 했다. 그리고 곧 통역장교가 되어 미군을 따라다녔다.

누님은 그때 골병이 든 몸이 끝내 풀리지 않고, 늑막염이 되고 말았던 것이다.

그런 몸서리나는 변을 당했으니, 이번에 또 그들이 몰려온다는데 그냥 서울에 눌러앉아 있을 수는 도저히 없었던 것이다. 더구나 이번에는 중공군까지 몰려온다는 것이 아닌가. 누님을 그냥 남겨두고라도 피난길을 떠나지 않을 수가 없었다. 차라리 이대로 모두 한자리에서 죽어 버리자고 어머니는 통곡을 했으나, 결국 모진 게 목숨이었다. 병자를 혼자 남겨둔 채 발길을 떼놓았던 것이다. 어머니, 누이동생, 그리고 이모, 이렇게 세 사람이었다. 그 무렵, 홀몸이 된, 자식 하나 없는 이모가 우리 집에 와서 함께 살고 있었다. 누이동생은 그때 여중 1학년인가 2학년이었다.

그들이 집을 나설 때, 누님은 잠들어 있었다. 잠이 들었는지, 울다 지쳐 까무러쳐 버렸는지 알 수가 없는 일이다. 아무튼 큰방 아랫목에 이불을 덮고 바짝 야윈 새하얀 얼굴로 조용히 눈을 감고 누워있었다. 누님의 머리맡에는 온갖 것이 다 놓여 있었다. 전란 중이라 약이나 음식 같은 것이 흔했을 턱이 없지만, 좌우간 집에 있던 약이란 약, 음식이란 음식, 그리고 깨끗이 씻은 요강이랑 심지어는 화장품까지 놓여 있었다. 누님이 베고 있는 베개 밑에는 지폐까지 놓여 있었다.

그때의 광경을 상상하면 나는 지금도 몸서리가 쳐진다. 사람이란 결국 그처럼 독하기 이를 데 없는 존재인 것이다. 그렇다고 어머니랑 누이동생, 또 이모를 나무랄 생각은 추호도 없다. 그때 내가 있었다 하더라도 그들과 마찬가지로 별 도리가 없었을 것이다. 병자를 업고 피난길을 떠날 수는 없었을 것이다.

물론 나는 장교복을 입고 전선을 누비고 있는 몸이라, 집에 그런 끔찍한 일이 생긴 줄을 꿈에도 몰랐다.

내가 일 주일간의 휴가를 얻어 서울 집을 찾은 것은 그해 가을이었다. 그동안 줄곧 미군전투부대를 따라 일선을 누비고 다니느라 나는 가족들의 안부도 모르고 있었다. 1.4후퇴 때 피난을 갔는지, 갔다면 어디로 갔는지, 피난을 가서 대구나 부산 같은 데에 그대로 눌러앉아 있는지, 아니면 서울로 돌아왔는지, 그런 것도 전혀 몰랐다. 휴가를 얻은 나는 막연히 그저 서울의 집을 한 번 찾아보았던 것이다. 집이 그대로 남아 있는지도 의문이었다. 집을 떠난 지 꼬박 일 년만이었다.

그런데 용케 집도 그대로 남아 있었고, 또 집에 가족들이 있었다. 피난을 갔다가 돌아와 있었던 것이다.

중위 계급장을 달고 나타난 나를 본 어머니는 한동안 입을 딱 벌리고는 말을 못했다. 그리고 그만, '아이고 길홍아' 하면서 붙들고 울음을 터트리는 것이었다. 옆에서 누이동생도 덩달아 질금거렸고, 이모도 눈시울을 붉히며 반가워했다. 물론 누님의 모습은 보이지 않았다.

"어머니, 누님은?"

나의 묻는 말에 어머니는 넋을 잃은 사람처럼 대답을 못했다. 누이동생이,

"죽었어, 오빠."

하고 다시 울먹였다.

누님이 죽은 자초지종의 이야기를 들은 나는 어처구니가 없을 따름이었다. 뭐라고 말을 했으면 좋을지 입이 얼어붙는 듯했고, 눈물도 나오지가 않았다. 아찔한 현기증 같은 것이 눈앞을 지나갔다.

이야기 중에서 나를 가장 전율케 한 것은 가족들이 피난을 갔다가 돌아왔을 때의 누님의 죽어 있는 광경이었다.

가족들은 피난을 대전까지밖에 가지 못했다. 가지 못한 것이 아니라, 안 간 것이었다. 다른 사람들은 대구로 부산으로 밀려 내려갔으나, 우리 가족들은 대전에서 멈추었다. 그렇게 누님을 집에 두고 떠나온 터라, 도저히 더 멀리 내려갈 수가 없었던 것이다. 전선이 곧장 밀려 내려온다면 하는 수가 없었겠지만, 전세가 호전되는 듯했던 것이다. 서울이 다시 수복되기만 하면 누구보다도 먼저 집으로 달려가 봐야 될 게 아닌가.

몇 달 뒤, 집에 돌아와 보니 누님은 죽어 있었다. 큰방 아랫목 그 자리에 그대로 누운 채였다. 머리맡에 놓아두었던 것들은 깨끗이 없어졌고, 베개 밑에 넣어두었던 지폐도 간 곳이 없었다. 그런데 누님은 어이가 없게도 거의 알몸으로 시체가 되어 있었다.

가족들이 그 장면의 설명을 얼버무렸지만, 짐작건대 누님은 그런 몸으로 능욕을 당할 대로 당했던 모양이었다.

인간이란 그처럼 추악하고, 잔인하고, 무서운 존재이기도 한 것인

지…… 나는 치를 떨었다.

그리고 어머니가 다락에서 조그마한 항아리 하나를 꺼내놓으며, 그 속에 누님의 유골이 들어 있다는 말을 했을 때도 나는 적잖이 충격을 받았다. 화장을 하고, 뼈를 버리기가 너무나 가슴 아파 내가 돌아올 때까지나마 그대로 간직하고 있다는 것이었다.

나는 울기 시작했다. 그제야 짙은 슬픔이 걷잡을 수 없이 줄줄줄 녹아내리는 것이었다. 누님이 가련해서 견딜 수가 없었다.

그날 밤, 나는 많은 술을 마셨다. 부대에서 가지고 나온 양주를 반 병 넘어 비웠다. 물론 얼음 같은 것이 있을 턱이 없으니 스트레이트로 말이다. 어머니는 본래 술을 입에도 대지 않았는데, 그날 밤은 조그마한 유리잔에 반 잔 정도 마셨고, 이모도 한 잔을 비웠다. 그리고는 내가 혼자서 그렇게 마셨던 것이다.

술에 취한 나는 이모가 이부자리를 해준 작은방에서 혼자 잠이 들었다. 그 방은 본래 내가 거처하는 공부방이었다.

그런데 몇 시쯤 되었을까. 나는 썰렁한 한기를 느끼며 어렴풋이 잠이 깨었다. 무슨 소리가 들린 것 같기도 했다. 아직 술기 때문에 정신이 몽롱했다. 방 안은 어두웠다. 바깥에 바람이 불고 있는지, 쏴— 쏴— 하는 소리가 들렸다. 나는 이불을 코끝까지 끌어올리며 다시 잠을 청하려 했다.

그러나 정신이 몽롱한 가운데 머리가 약간 띵해서 그런지 쉬 잠이 오지가 않았다.

반수반성(半睡半醒) 상태로 누워 있는데, 들컹들컹…… 대문 흔드는 소리가 들렸다. 나는 가만히 귀를 기울였다. 쏴—쏴— 바람 부는 소리에 섞여 어렴풋이 들리기는 했으나, 그것은 틀림없는 대문 흔드는 소리였다. 이 밤중에 누가 대문을 흔드는 것일까. 나는 약간 긴장이 되기도 했다.

들컹들컹 들컹들컹…… 대문 흔드는 소리는 매우 규칙적으로 들려왔다. 들컹들컹 두 번 흔들고 나서 또 들컹들컹 두 번, 또 두 번…… 이렇게 말이다. 그리고 세게 흔드는 법도, 여리게 흔드는 법도 없이 일정한 힘으로 계속 그렇게 흔드는 것이 아닌가.

그래서 나는 사람이 아닌가 보다고 생각했다. 사람일 것 같으면 차츰 힘을 더해서 나중에는 커덩커덩 쾅쾅 냅다 흔들고 두들겨댈 게 아닌가. 여보시오! 혹은 문 열어요! 하고 고함을 지르면서 말이다.

나는 바람에 대문이 그렇게 흔들리는 것이라고 생각했다. 그래서 긴장을 풀고 으으윽 크게 하품을 하며 돌아누웠다. 눈두덩이 무거워지며 스르르 눈이 감겼다. 그때였다. 똑똑 똑똑…… 하는 소리가 들렸다. 바로 지척에서였다. 나는 번쩍 눈을 뜨고 소리 나는 쪽으로 귀를 곤두세웠다. 바로 방문이었다. 똑똑 똑똑……. 방문을 누군가가 밖에서 가만가만 노크하는 듯했다. 똑똑 두 번 두들기고 나서 똑똑 두 번, 또 두 번…… 가만가만 일정하게 그렇게 두들기는 것이 아닌가.

"누구야!"

나는 벌떡 일어났다. 그러자 뚝 소리가 그쳤다.

한참 동안 나는 어둠 속에 주먹을 불끈 쥐고 앉아서 방문을 노려보고 있었다. 온몸이 얼어붙는 듯했고, 머리칼이 곤두서는 느낌이었다.

얼마 동안 그렇게 숨을 죽이고 앉아 있던 나는 슬그머니 긴장을 풀었다. 노크 소리가 아니라고 생각했다. 사람이 노크를 했을 것 같으면 무슨 기척이 있을 것인데, 누구야! 하자 전혀 아무 반응이 없지 않는가 말이다. 아마 귀뚜라미나 쥐새끼 같은 것의 수작이 아닌가 싶었다.

후유— 크게 숨을 내쉬며 나는 도로 자리에 무너지듯 비실 드러누웠다. 그러자 똑똑 똑똑…… 소리가 나는 것이 아닌가. 아까와 똑같은 그 소리였다. 분명히 그것은 방문을 노크하는 소리였다. 귀뚜라미나 쥐새끼의 수작이 아니었다.

"누구야! 누구!"

다시 벌떡 일어난 나는 왈칵 그만 방문을 열어젖혔다. 썰렁한 바람이 방 안으로 몰려들어올 뿐, 문밖에 아무도 없었다. 그믐께라 달은 없었으나, 별이 총총한 밤이어서 마당의 물건들이 어렴풋이 그 모습을 드러내고 있었다.

"누구야? 응?"

그러나 쇄—쇄— 지나가는 바람 소리뿐이었다.

나는 부르르 몸을 떨었다. 등골을 타고 찬물이 좍 흘러내리는 듯했다. 어이가 없었다. 방문을 노크했으면 거기 누군가가 서 있어야 할 것인데, 아무도 없다니 도대체 어떻게 된 영문인가 말이다.

"누구냔 말이야?"

나는 약간 떨리는 목소리로 말하고는 얼른 도로 문을 닫아 버렸다. 어쩐지 으스스하고 기분이 나빠 자리에 눕기가 바쁘게 이불을 얼굴까지 뒤집어쓰고 말았다.

한참 동안 그렇게 이불 속에 얼굴을 묻고 있다가 좀 답답하기도 하고, 또 노크소리가 어떻게 되었는지 궁금하기도 해서 슬그머니 얼굴을 내밀어 보았다. 쇄—쇄— 바람 소리가 들릴 뿐, 노크 소리는 나지가 않았다. 숨을 죽이고 나는 가만히 방문을 바라보고 있었다.

얼마나 지났을까. 그러나 아무 일도 없었다. 아으윽 나는 크게 기지개를 켰다. 머리가 여전히 띵했다. 아무래도 내가 뭔가 잘못되어 있는 게 아닌가 싶었다. 독한 양주를 과하게 마신 탓으로 청각에 약간 이상이 생겨 그런 엉뚱한 소리가 들린 것처럼 착각한 게 아닌가 싶기도 했다.

어둠 속에서 멀뚱멀뚱 눈을 뜨고 있다가 잠시 후 나는 틀림없이 그런 모양이라고 생각하며 히죽이 웃었다. 여전히 아무 일도 없었던 것이다. 그런 걸 가지고 공연히 벌떡 일어나 방문까지 열어젖히며 누구야! 하고 소리를 질러댔으니 가관이 아닐 수 없었다. 누가 보았더라면 살짝 실성을 한 줄 알았을 게 아닌가. 모두 잠든 이 깊은 밤중에 말이다. 나는 큭큭큭…… 혼자서 자꾸 웃었다.

그렇게 긴장이 풀리고, 웃음이 나오자 곧 잠이 쏟아져 왔다. 그런데 막 잠의 수렁 속으로 미끄러지듯 빨려 들어가는 판인데, 이번에는 난데없이 방문이 스르르 열리는 소리가 나는 것이 아닌가. 스르르— 그것은 분명히 방문 열리는 소리였다. 그리고 썰렁한 한기까지 얼굴에 확 끼쳐 왔다. 마치 바깥의 바람이 방 안으로 몰려들어오듯 말이다.

나는 소스라치게 놀라며 또 벌떡 일어났다. 그런데 이상한 것은 분명히 방문 소리가 나고, 한기까지 확 끼쳤는데, 방문은 그대로 닫혀 있는 것이 아닌가. 어둠 속이라 확실하지는 않았으나, 아무래도 그대로 닫혀 있는 듯했다.

나는 얼른 머리맡 쪽을 더듬었다. 재떨이 옆에 굴러 있는 라이터가 손에 잡히자 찰칵 불을 켰다.

아니나 다를까, 방문은 그대로 닫혀 있었다. 질급을 할 노릇이었다. 도대체 이게 어찌된 영문이란 말인가. 스르르 문 열리는 소리가 틀림없이 나고, 한기까지 확 끼쳐 와서 소스라치게 놀라 뛰어 일어났는데, 방문이 아무렇지도 않게 그대로 닫혀 있다니…… 기가 찰 노릇이었다. 나는 온몸에 소름이 쪽 끼쳐 바르르 떨었다.

잠시 나는 휘둥그레진 눈으로 방문을 바라보고만 있었다. 그때, 어디선지 멀리서 닭 우는 소리가 들려왔다.

꼬꾸대 꼭꾜— 꼬꾸대 꼭꾜—

그 계명성(鷄鳴聲)이 꼬끼요— 하고 길게 여운을 남기며 사라지자, 나는 후유— 절로 큰 숨이 내쉬어졌다. 마치 지금까지 얼어붙었던 숨이 스스로 녹아내리는 듯한 그런 안도의 숨이었다. 묘한 일이었다. 이제 일이 끝난 것 같은 기분이었고, 온몸에 돋았던 소름이 풀리고, 따스한 피가 돌기 시작하는 듯했다. 실제로 방 안에 감돌던 한기도 어느 결에 가신 게 아닌가.

참 이상한 일이었다. 나는 가벼운 피로를 느끼며 자리에 드러누웠다. 그리고 곧 잠이 들었다. 이제 아무 일도 없었던 것이다.

이튿날 아침 늦게 잠이 깬 나는 간밤의 일이 생시였는지, 꿈이었는지, 잘 분간할 수가 없었다. 실제로 대문 흔드는 소리, 방문 노크하는 소리, 여는 소리, 그리고 닭 우는 소리……. 그런 일이 있었던 것 같기도 하고, 그게 다 꿈속의 일이었던 것 같기도 했다. 도무지 아리송하기만 했다. 술은 말짱 깨어 있었으나, 기분은 개운치가 않았다. 몸이 좀 나른하고, 멍한 느낌이었다.

양치질을 하고, 세수를 하자, 정신이 제대로 돌아오는 듯했고, 그리고 간밤의 일이 결코 꿈이 아니었다는 생각이 들었다.

분명히 그런 괴이한 일이 있었던 것이다.

아침밥을 먹으며 나는 가족들에게 물어보았다.

"혹시 누가 간밤에 내 방문을 노크 안 했어요? 노크하거나 열어보거나 한 일 없어요?"

그러자 모두 멀뚱한 표정으로 나를 바라보았다. 그게 무슨 소리냐는 듯이.

"그럼 참 이상한데……."

내가 알 수 없는 일이라는 듯 고개를 기울이자,

"왜, 무슨 일이 있었는데?"

어머니가 물었다.

"아 글쎄, 간밤에 말이에요, 몇 시쯤 됐을까……."

나는 간밤에 있었던 그 괴이한 일을 대강 이야기했다.

그러자 누이동생이,

"아이 무서워. 귀신 아니야?"

하면서 찔끔 목을 움츠렸다.

"하하하, 귀신은 무슨……."

이모는 대수롭지 않은 듯 웃으며,

"잘못 들었겠지. 술이 많이 취했더라, 보니까. 내가 이부자릴 해주니까 엉금엉금 기어가서 푹 쓰러지던데…… 술에 취해서 헛소릴 들은 거야. 귀신은 무슨 귀신……. 밤으로 더러 쥐가 설치더라."

이렇게 말했다.

이모의 그 말에 나는 더 뭐라고 할 말이 없었다. 이모의 말이 맞는지도 모른다 싶었다. 그러면서도 어쩐지 석연치가 않았다.

어머니의 표정은 어딘지 모르게 좀 예사롭지가 않고, 혹시나 하고 속으로 무슨 생각에 잠기는 듯했다. 그러다가 가만히 입을 열었다.

"닭이 울고부터는 아무 일도 없더냐?"

"예."

"……."

어머니는 아무래도 무슨 짚이는 게 있는 듯했다. 그러나 더 아무 말도 하지 않았다. 얼굴에 짙은 우수 같은 것이 서려 보였다.

그날 밤, 나는 잠자리에 누워서 책을 읽고 있었다. 물론 어젯밤과 마찬가지로 그 방에서 혼자였다. 그날은 술을 한 모금도 입에 대질 않았다. 저녁을 먹고 큰방에 잠시 앉았다가 곧 내 방으로 건너갔던 것이다.

처음엔 일찍 잠을 자려 했다. 그러나 도무지 잠이 오질 않았다. 그래서 머리맡으로 촛불을 당겨놓고 누워서 외국잡지를 한참 뒤적거리다가, 포켓북으로 된 에로소설을 읽기 시작했다. 미군장교한테서 빌려가지고 온 것이었다. 그런데 그 에로소설이 의외로 재미가 있어서 오히려 오는 잠을 쫓아가며 그것을 읽고 있었다.

밤이 얼마나 깊었을까. 책은 어느덧 절반 이상 넘어가 있었다. 사위는 고요할 대로 고요했다. 그날 밤은 바람도 한 점 없었다.

책에 정신이 팔렸던 나는 문득 누군가가 자박자박 마당을 걸어 들어오는 기척을 느꼈다. 큰방에서 자다가 누군가가 변소라도 갔다 오는 모양이라고 생각했다. 나는 잠시 책을 놓고 기지개를 켰다. 촛불은 어느덧 다 녹아가고 있었다.

나는 그만 불을 끄고 잘까 말까 하다가, 지금 한창 어찌나 화끈화끈한 대목인지 도저히 그냥 덮어두고 잠이 올 것 같지가 않아 초를 새로 한 자루 세웠다. 그리고 달짜근한 침을 한 덩어리 꿀꺽 삼키고 다시 책을 펼쳐 들었다.

그때, 자박자박 발자국 소리가 내 방 마루 앞에 멎었다. 그리고 신을 벗고 살쁜 마루로 올라서는 기척이 났다.

나는 아마 어머닌가 보다고 생각했다. 지금까지 방에 불이 켜져 있으니까, 아직 안 자고 뭘 하는가 싶어서 변소에 갔다 오며 열어보려고 내 방 쪽으로 오는 줄 알았다.

그러나 마루로 올라선 다음에는 아무 기척이 없었다.

"어험!"

나는 아직 안 잔다는 표시로 헛기침을 한 번 했다. 그러나 아무 반응이 없었다.

"어머니십니까?"

역시 조용했다.

나는 이상한 생각이 들어 벌떡 자리에서 몸을 일으켰다. 그리고 책을 놓고, 얼른 방문을 열어 보았다.

아무도 없었다. 썰렁한 한기가 얼굴에 확 와 닿았을 뿐 마루에는 아무도 서 있지 않았다. 그런데 방문을 열자 촛불이 걷잡을 수 없이 나불거렸다. 곧 꺼질 듯이 나불나불 춤을 추어댔다. 마치 바람이 방 안으로 불어 들어오기라도 하는 것처럼 말이다. 썰렁한 한기가 얼굴에 와 닿기는 했지만, 어젯밤 같이 바람이 불고 있는 것은 아니었는데……"

나는 촛불이 꺼질까 봐 후다닥 도로 방문을 닫았다. 참 이상한 일이었다. 자박자박 발자국 소리가 분명히 들리고, 마루로 올라서는 기척이 틀림없이 났는데, 아무도 없다니…… 또 착각이었단 말인가. 어젯밤 일까지 떠올라, 나는 별안간 기분이 으스스해졌다. 썰렁한 한기가 머리끝에 몰리는 듯했다. 지금까지 달콤하고 화끈화끈한 에로소설에 흐늘흐늘해진 몸이 어느새 빳빳하게 굳어져 있었다.

나불거리던 촛불이 문이 닫히자 조용해졌다. 그러자 그때, 방문에 무엇이 어른거리기 시작했다. 그림자였다. 거무스름한 그림자가 처음에는 희미하게 어른어른 덮이더니, 그것이 차츰 선명해지는데 보니 사람의 그림자가 아닌가.

나는 눈이 휘둥그레졌다. 방문에 사람의 그림자가 비치다니, 있을 수 없는 일이었다. 바깥은 별이 총총하긴 했으나, 그믐께라 어두운 밤이었다. 그러니 설령 사람이 방문 밖에 와서 섰다 한들 어떻게 그 그림자가 문에 비칠 수가 있는가 말이다. 더구나 방 안에 불이 켜져 있는데…… 이치에 닿지 않는 일이었다. 그러니까 방문에 그림자가 비치려면 촛불과 방문 사이에 무엇이 있어야 되는데, 촛불과 방문 사이에는 아무것도 없었다. 촛불은 내 머리맡에 놓여 있었고, 나는 누워서 책을 읽다가 일어나 앉았으며, 방문은 내 옆쪽에 있었다. 그래서 내 그림자는 방문과는 오히려 반대편에 가까운 벽과 천장을 온통 커다랗게 덮고 있었다.

그런데 방문에 사람의 그림자라니…… 이게 도대체 어떻게 된 영문인가. 그림자는 사람의 전신이 아니라, 윗부분이었다. 머리와 어깨, 그리고 허리께까지가 비치고 있었다.

나는 온몸의 피가 싸늘하게 거꾸로 치솟는 듯한 느낌이었다. 그러나 가만히 있을 수가 없어, 뻐덕뻐덕 굳어진 듯한 팔을 뻗어 한 손을 방문으로 가져갔다. 그리고,

"누구요!"

왈칵 방문을 열어젖혔다.

바로 방문 앞마루 끝이었다. 거기 누군가가 앉아 있었다. 앉아 있는 뒷모습이 희끄무레하게 눈에 들어왔다. 얼른 보아도 여자였다. 흰 치마저고리를 입은 여자가 방문이 열려도 뒤도 돌아보지 않고 정물처럼 앉아 있는 것이 아닌가.

나는 숨이 탁 멎는 듯했다. 턱이 달달달 떨렸다. 그러나 그런 중에도 나는 혹시 어머니나 이모가 변소에 갔다 오다 그렇게 마루 끝에 앉아 있는 게 아닌가 하는 생각이 들어,

"누굽니까? 어머닙니까?"

떨리는 목소리로 물어보았다.

그러나 그 순간, 여자가 홱 얼굴을 돌렸다. 하얀 얼굴이었다.

"으악—"

나는 질겁을 하고 냅다 고함을 질렀다.

누님이었다. 그 하얀 얼굴은 틀림없는 누님의 얼굴이었다. 여월 대로 여윈 해골 같은 앙상한 얼굴로 나를 바라보며 누님은 씩 웃는 것이 아닌가.

"아이고메—"

나는 나도 모르게 벌떡 몸을 일으켰다. 마치 어디로 도망이라도 치려는 것처럼. 그러나 다음 순간 눈앞이 핑 돌았고, 나는 비실 쓰러졌다.

내가 정신을 차렸을 때는 날이 희부옇게 밝아오고 있었다. 어머니와 이모가 머리맡에 앉아 있었다.

"아이고, 이제 정신이 돌아오는 모양이구나."

"아이고 야야, 도대체 어떻게 된 일이지?"

어머니와 이모는 반가움과 근심이 뒤섞인 그런 표정으로 나를 내

려다보았다.

나는 마치 깊은 악몽의 수렁에서 빠져나온 것 같은 기분이었다. 온몸이 탈진한 듯 나른했고, 머리가 무겁고 약간 어질어질했다.

날이 밝고, 정신이 좀 차려지자 나는 간밤의 그 괴이한 일을 이야기했다. 내 이야기를 듣자 가족들은 모두 얼굴에서 핏기가 싹 가셨다.

"오빠, 그게 정말이야? 아이고 무서워."

누이동생은 새파랗게 질렸고, 이모는 눈이 휘둥그레 가지고,

"아이고 맙소사. 세상에 세상에⋯⋯ 그래서 그렇게 소리를 질렀구나. 난 깜짝 놀라 무슨 일인가 싶어서 뛰어 일어났지. 아이고 별일도 다 있지. 별일도⋯⋯."

곧장 으스스하면서도 신기하고 얄궂어했다.

어머니는 두려움과 슬픔이 뒤섞인 그런 눈빛으로 말없이 나를 바라보고 있더니,

"틀림없는 너거 누나더나?"

하고 다져 물었다.

"예, 틀림없었어요."

"옷은 무슨 옷을 입고?"

"하얀 치마저고릴 입었던데요."

"⋯⋯."

어머니는 잠시 침통한 얼굴로 말이 없더니,

"뼈를 묻어줘야겠구나."

혼자 중얼거리듯이 말하고는 나직이 한숨을 쉬었다.

그날 우리는 누님의 유골을 산에 갖다 묻었다. 아침을 먹자 곧 어

머니와 나, 그리고 이모도 함께 세검정 쪽의 산을 찾아가서 적당한 자리에 단지째 뼈를 묻었다.

그날 오후, 나는 부대로 돌아갔다. 아직 휴가가 며칠 남아 있긴 했으나, 나는 집에 머물러 있고 싶은 생각이 조금도 없었다. 이틀 밤의 일을 생각하면 정나미가 떨어져서 도저히 더 집에서 밤을 맞이하고 싶지 않았다.

내가 부대로 돌아간 그날 밤, 그러니까 누님의 유골을 산에 묻은 그날 밤, 이번에는 어머니가 괴이한 일을 당했다. 당했다기보다 이번에는 목격했다고 하는 편이 옳을 것이다. 나의 경우는 틀림없이 당한 셈이지만 어머니의 경우는 당한 것은 아니었다. 물론 그 이야기는 나중에 다시 휴가를 와서 들은 이야기다.

그날 밤, 자정이 훨씬 지났을 무렵, 어머니는 소변이 마려워서 자리에서 일어났다. 요강이 마루에 있었다. 마루에 나가 요강에다가 소변을 보고 있는데 어디선지 여자 우는 소리가 들렸다. 서럽게 흐느껴 우는 소리였다. 대문 밖에서였다. 어머니는 이 밤중에 누가 저렇게 대문 밖에서 서럽게 울고 있는가 싶어서 요강에서 일어나자 고무신을 끌고 마당으로 내려섰다.

어머니가 대문 쪽으로 다가가자 여자의 울음소리는 그쳤다. 어머니는,

"누구요? 이 밤중에……."

하면서 대문을 열었다.

그러나 밖에는 아무도 없었다.

그제야 어머니는 이상하다 싶으며 왈칵 무서운 생각이 들었다. 그런데 여자의 울음소리가 또 들렸다. 이번에는 저만큼 먼 곳에서였다.

대문 앞에 개천이 흐르고 있는데, 개천 저만큼 멀리 희끄무레한 것이 서서 흐늘거리고 있는 것이 아닌가. 그리고 그곳에서 여자의 울음소리가 들려왔다. 어느새 여자가 그렇게 먼 곳으로 갔는지 참 이상했다.

가만히 보니 여자의 흐늘거리는 모습이 차츰 작아지는 듯했고, 울음소리도 점점 멀어지는 듯했다. 여자가 울면서 어디론지 멀리 멀리 사라져 가는 모양이었다.

방으로 뛰어 돌아온 어머니는 이불 속에 푹 얼굴까지 묻었다. 그리고 새우처럼 오그린 온몸을 바르르 한 번 떨고는 숨을 죽였다. 잠시 후, 어머니는 후유― 나직이 한숨을 쉬었다. 어머니의 두 눈에서는 지르르 눈물이 흘러나왔다.

그 후 다시는 그런 괴이한 일이 없었다.

이야기를 끝낸 윤길홍은 얼굴이 벌겋게 상기되어 있었다. 술기 탓이기도 했지만, 옛날 그 섬뜩하고 아픈 기억을 되씹은 셈이어서 가볍게 흥분이 되어 있었다. 윤길홍은 잔을 들어 쭉 비웠다.

그러자 배수민이,

"아니, 그게 정말이야?"

하고 물었다.

실컷 지금까지 이야길 듣고 나서 정말이냐고 묻다니……. 윤길홍은 좀 어이가 없어서 아무 대꾸를 하지 않았다.

"정말이라면 그것 참 세상이 놀랄 일인데."

배수민의 말을 받아 곽인철이 비식 웃으며 말했다.

"정말은 무슨 정말, 윤길홍이가 창작해낸 괴기드라마지."

"허허허……."

"본래 이 친구 괴기드라마 좋아하잖아. 말하자면 오늘밤 드라마는 전쟁이 만들어낸 유령 이야기군. 허허허……."

그러자 윤길홍은 슬그머니 화가 치밀었다. 별로 들추고 싶지 않은 과거의 끔찍하고 슬픈 집안의 상처를 자기딴은 마음먹고 들추어 보인 셈인데, 괴기드라마니 어쩌니 하고 농담으로 받아들이다니…….

"뭣이 어째?"

"……."

"사람을 뭘로 아는 거야?"

그러자 곽인철은,

"아니 이 사람, 화를 내나?"

뜻밖의 일에 눈이 둥그레졌다.

배수민도 약간 당황하는 표정을 지었다. 그러나 그는 곧,

"화가 나게 됐잖아, 실컷 남의 이야길 듣고는 괴기드라마니 어쩌니 하니 말이야. 안 그래? 허허허……."

웃었다. 분위기를 부드럽게 휘저은 셈이었다. 그리고 윤길홍에게 말했다.

"아, 이 사람아, 그런 기가 막히는 이야길 왜 지금까지 안 했었나? 오늘 처음으로 공개하는 거지?"

"지금까진 그런 이야길 할 계제도 없었고, 또 별로 하고 싶지도 않았어. 그런데 오늘은 용케 그런 이야기가 나오게 됐잖아. 정말 드라마가 아니야. 내가 그렇게 실없는 사람인 줄 알어?"

윤길홍도 씩 웃었다.

그때였다. 똑똑 똑똑…… 방문에 노크소리가 났다.

그 소리에 세 사람은 일제히 방문 쪽으로 얼굴을 돌렸다. 마치 약속이라도 한 듯 세 사람은 바싹 긴장이 되어 있었다.

윤길홍의 코밑이랑 턱에 돋아난 곱슬곱슬한 수염이 가늘게 떨리는 듯했고, 배수민의 쪽 곧은 콧대가 더욱 빳빳해 보였다. 곽인철의 두 눈은 도수 높은 안경 속에서 곧 튀어나올 것처럼 휘둥그레져 있었다.

"누구야!"

배수민이 소리를 질렀다.

방문이 열렸다. 보이였다. 보이가 얼굴을 들이밀며,

"이제 저녁상 가지고 올까요?"

물었다.

"아이고 깜짝이야. 간이 덜렁했네."

곽인철이 자기도 모르게 중얼거렸다. 그러자 배수민이,

"과학지상주의자가 제일 놀라는군. 뭘 그렇게 간이 덜렁하도록 놀라나?"

하고 웃었다.

"허허허……."

윤길홍이 기분 좋다는 듯이 마주 웃었다.

"왜요? 왜 그렇게 놀라세요?"

보이가 물었다.

"야, 유령이 온 줄 알았어."

배수민이 대답했다.

"뭐요? 유령이 와요? 하하하…… 웃기시네. 세상에 유령이 어딨어요. 아저씨들 뱀술 잡수시더니 어떻게 된 게 아닙니까? 하하하……

저녁상은 어떻게 할까요?"

"그래, 이제 가져와."

"예, 알겠습니다."

보이는 재미있다는 듯이 문을 쾅 닫고는 휘파람을 불며 사라져 갔다.

눈보라는 여전한 듯 바람소리와 함께 쏴아 하고 마루에 눈발 흩뿌리는 소리가 들렸다.

《월간문학》(1978. 7)

탈춤 구경

저녁을 먹고 나서 한상운 씨는 거실의 소파에 비스듬히 기대앉아 신문을 펼쳐 들었다. 그러나 기사를 읽으려는 게 아니었다. 텔레비전 프로를 보는 것이었다.

'국악의 향연'이라는 프로가 눈에 띄었다. 벽에 걸린 시계를 보았다. 마침 시간도 알맞았다. 이삼 분 있으면 시작인 것이다.

한상운 씨는 신문을 탁자 위에 놓고, 일어나 텔레비전 쪽으로 가서 다이얼을 돌렸다. 그리고 돌아와 다시 푹신한 소파에 묻혔다.

잠시 후, 프로는 시작되었다. 가야금 산조였다. 애수를 머금은 듯한 은은하고 아리아리한 가야금의 선율— 언제 들어도 짜릿한 것이 가슴에 와 닿는 듯 좋았다.

한상운 씨는 지그시 두 눈을 감았다. 약간의 식곤증이 이런 경우 오히려 더 기분을 좋게 하는 듯했다.

가야금의 선율이 한창 무르익자, 부인도 슬그머니 방에서 나와 소파에 와서 앉았다.

"박귀희로구나."

부인 김 여사는 대뜸 화면의 주인공을 알아보았다.

한상운 씨는 눈을 뜨고 담배를 한 대 붙여 물었다.

"좋지? 가야금 소리는 언제 들어도 좋단 말이야."

"박귀희는 그냥 가야금을 타는 것보다 병창을 해야 신이 나지."

"맞어."

"참, 그때 같이 봤었죠?"

"언제?"

"왜, 불타기 전의 시민회관에서 명창 대회를 할 때 말이에요."

"응, 맞어, 벌써 십 년도 넘었을걸. 그때 박귀희 참 신나더군."

"가야금 병창을 하면서 우쭐우쭐 춤까지 추었지 뭐예요."

"글쎄 말이야. 신명이 대단한 여자더군."

잠시 후, 가야금 산조가 끝나고, 마치 두 내외의 대화에 반응이라도 하듯이 이번에는 가야금 병창이 시작되었다.

선율부터가 아까의 산조와는 달랐다. 아까는 애수를 머금은 듯한 아리아리한 음률이더니, 이번에는 절로 어깻바람이 날 것 같은 경쾌하고 구성진 가락이었다. 그 가락에 어울려 멋들어지게 흘러나오는 창 소리— 정말 신명났다.

"조오타!"

한상운 씨는 툭 무릎을 한 번 쳤다.

김 여사는 싱그레 웃었다.

그러자 방에 엎드려 만화책을 보고 있던 국민학교 3학년짜리 민수가 하하하…… 웃으며 후닥닥 뛰어나왔다. 그리고 저도,

"조오타!"

궁둥이를 한 번 탁 치고는,

"얼씨구절씨구……."

하면서 한바탕 춤을 추어댔다.

"허허허……."

"저런 녀석 봤나. 하하하…… 애도 참 싱겁긴……."

두 내외는 마냥 기분이 좋기만 했다. 식후의 유쾌한 한때였다.

순주도 자기 방문을 열고 얼굴에 미소를 띠며 나타났다. 여중 2학년생인 순주는 아버지 곁에 와서 앉았다.

"아버지, 가야금 병창이 무슨 뜻이에요?"

"가야금 병창이라는 건 말이야……."

한상운 씨는 담배를 재떨이에 끄고, 턱으로 텔레비전 화면을 가리키며,

"바로 저런 거야. 저런 거."

하고 말했다.

그러자 모두 웃었다. 특히 민수는 재미있다는 듯이 켈켈켈…… 묘한 소리로 웃었다.

"그러지 말고 가르쳐 줘요. 가야금 병창이 뭐예요?"

순주가 다시 묻자, 김 여사가 얼른 대답했다.

"가야금을 타면서 노래를 부르는 걸 가야금 병창이라는 거야."

알았다는 듯이 순주는 고개를 두어 번 끄덕이고 나서 다시,

"남사당은 뭐야?"

물었다.

"남사당은 말이지……."

김 여사는 얼른 다음 말이 이어지지가 않았다. 알고는 있으면서도 잘 설명이 되지가 않는다고나 할까.

그러자 한상운 씨가 입을 열었다.

"쉽게 말하면 요즈음 극단패인 셈이지. 옛날 우리나라의 극단패라고 생각하면 돼."

"그럼 배우들이란 말이군요. 아버지."

"응."

"내일 저녁에 말이죠, 덕수궁에서 남사당의 공연이 있대요."

"덕수궁에서?"

"예, 야외 공연이래요. 무슨 탈춤이라더라…… 무슨 탈춤을 춘대요."

"……."

"아버지 구경 가요."

"그럴까…… 보자, 내일은 토요일이지?"

"예, 저녁 여덟 시부터래요."

한상운 씨는 아내를 바라보며,

"어때, 내일 저녁 모두 구경하러 갈까?"

의향을 물었다.

"좋아요. 갑시다. 야외 공연 같으면 더 멋있겠군요. 더구나 밤에…… 한창 녹음도 짙어지고……."

그러자 민수가,

"야, 신난다!"

냅다 소리를 지르며 좋아서 어쩔 줄을 몰랐다.

"내일 저녁을 기대하시라!"

순주도 기쁨을 감추지 못해 짝짝짝…… 손뼉을 쳐댔다.

이튿날 저녁, 한상운 씨네 가족들은 덕수궁으로 구경을 갔다.

'남사당'이라는 민속극 연극 단체에서 '봉산탈춤'을 야외 연희하는 것이었다.

여덟 시부터였지만, 거의 삼십 분이나 지나서 시작되었다. 덕수궁 안쪽 동물 우리가 있는 곳 광장에서였다.

관객들은 둥근 연희장 가에 빙 둘러앉거나 둘러섰다. 더러는 멀찍이 담장 가의 나무가 있는 비탈에 자리를 잡고 앉기도 했다.

한상운 씨네 가족들도 처음에는 나무 밑의 적당한 바위에 자리를 잡고 앉았다. 그러나 연희장 가까이로 이동해 갔다.

솜뭉치에 기름을 적셔 불을 붙인 횃불이 여러 개 타오르면서 징이 울리고 삘릴리 삘릴리…… 날라리 소리와 함께 연희가 시작되자, 멀찍이 떨어진 곳에 궁둥이를 붙이고 앉아 있을 수가 없었던 것이다. 마이크 장치가 안 되어서 말소리도 제대로 들리지 않았고, 연희자*(행동과 대사를 중심으로 여러 사람 앞에서 재주를 부리는 사람)들도 잘 보이지가 않았다.

맨 먼저 자리를 박차고 일어난 것은 민수였다.

"난 여기서 안 볼래."

하면서 냅다 뛰어가자, 순주도 자리에서 일어나 뒤를 따랐다.

그러자 김 여사도,

"우리도 가까이 갑시다."

아무래도 궁둥이가 들먹거려지는 모양이었다.

타오르는 여러 개의 횃불과 빙 둘러선 관객, 그리고 삐이삐이 삘릴리 삘릴리…… 날라리 소리와 함께 춤을 추기도 하고, 서로 지껄여

대기도 하는 연희자들. 그런 광경을 멀찍이서 한눈으로 바라보는 것도 퍽 이색적이어서 좋았다. 좀처럼 볼 수 없는 색다른 정경이었다.

그러자 한상운 씨도,

"가까이 가야 탈이 보이겠군."

하면서 자리에서 일어났다.

탈춤은 역시 가까이서 탈바가지를 똑똑히 보면서 구경을 해야 제맛인 것이다.

먹중들이 상좌들과 희롱을 하는 장면이었다.

시꺼먼 바탕에 흰 눈썹과 조그마한 동자만 까맣게 찍힌 흰 눈, 그리고 입이 벌겋게 찢어져내린 먹중의 탈바가지가 횃불을 받아 번들거렸다. 상좌의 탈바가지는 대조적으로 하얀 빛깔이었다. 보오얗게 분을 발랐다는 형용인지 온통 하얀 안면에 초승달 같은 새까만 눈썹과 빨간 입술이 인상적이었다. 마치 무슨 도깨비들 같았다. 숫도깨비와 암도깨비들이 횃불 아래서 춤을 추고, 희롱을 해대는 느낌이었다. 괴이쩍으면서도 묘하게 보기가 괜찮았다.

먹중이 긴 소매를 너풀거리며 추어대는 춤은 특히 이색적이었다. 춤에 온통 힘이 넘쳤다. 팔다리를 쭉쭉 내뻗으며 홀떡홀떡 뛰는 장면은 일품이었다. 나불나불 부드럽게 추어대는 상좌들의 춤과는 대조적이었다. 온몸을 가지고 추는 남성적인 춤이었다.

"야—"

"잘 한다—"

"신난다—"

환호 소리와 함께 요란한 박수가 터지는 것도 무리가 아니었다.

한상운 씨도 환하게 웃으며 박수를 쳐댔다.

박수 소리가 가라앉자, 먹중은 춤을 마치고, 이번에는 사설을 늘어놓기 시작했다.

"……천지가 개벽 후에 만물이 무성이라, 산 절로 수 절로 하니 산수간에 나도 절로, 때마츰 춘절이라, 산천 경계 구경코저 죽장망혜 단표자(簞瓢子)로 이 강산에 들어오니…… 유상노비(柳上鷺飛)는 편편금(片片金)이요, 화간접무(花間蝶舞)는 분분설(紛紛雪)이라, 삼춘가절이 좋을시고 도화 만발 점점홍(點點紅)이로구나. 무릉도원이 예 아니냐……"

사설도 구성졌다.

한상운 씨의 입에서는 절로,

"좋구나―"

소리가 흘러나왔다.

옆에 선 김 여사는 싱그레 웃었다.

연희의 절정은 사자가 등장하는 장면이었다. 눈알이 툭 불거지고, 두 콧구멍이 뻐끔하게 뚫렸으며, 아가리가 옆으로 한없이 찢어진 큼지막한 탈바가지를 쓴 사자가 마부에 이끌려 엉금엉금 기어 나오자,

"와―"

"야―"

"사자다―"

온통 환호성들이었다.

털이 숭얼숭얼한 장구를 뒤집어쓰긴 했으나, 밑으로 드러난 네 개의 다리는 그대로 사람의 다리였다. 네 개의 다리가 앞뒤로 두 개씩 발을 맞추어 저벅저벅 걷고 있었다.

"히히히…… 사람이다. 사람! 구두를 신었다!"

민수는 좋아서 어쩔 줄을 몰랐다.

순주도,

"두 사람이다. 두 사람."

하면서 킥킥 웃었다.

먹중과 사자가 희롱을 하는데, 사자는 큼지막한 아가리를 쩍쩍 벌렸다 오므렸다 하는 것이 아닌가.

하하하…… 히히히…… 웃음들이 터지고, 박수 소리가 요란했다.

희롱을 해대던 먹중 여덟 사람과 사자가 나중에는 한데 어울려 춤을 추었다. 우쭐우쭐 휘청휘청 끄덕끄덕…… 제각기 독특한 탈춤을 신나게 추어댔다. 특히 사자의 춤은 볼 만했다. 커다란 몸집이 이리 끄덕 저리 우쭐렁 자유자재였다.

환성과 박수 소리와 타오르는 횃불, 상기된 관객들의 얼굴…… 이런 것이 온통 한 덩어리가 되어 분위기는 마냥 후끈후끈 무르익었다. 덕수궁의 밤이 벌겋게 타오르는 느낌이었다.

미얄할미*(봉산탈춤, 양주 별산대놀이, 송파 산대놀이 따위의 탈놀음에 등장하는 인물의 하나)와 영감의 희롱, 그리고 강남노인(江南老人)의 사설을 끝으로 연희가 끝난 것은 열 시가 가까워서였다.

덕수궁을 나선 한상운 씨네 가족은 택시를 잡아탔다. 택시로 집을 향해 달리면서 한상운 씨는 혼자 중얼거리듯이 말했다.

"우리의 고유한 것을 아끼고 보존하는 일은 참으로 좋은 일이야."

그러자 김 여사도,

"맞아요. 덮어놓고 남의 것만 좋아하는 풍조는 고쳐야 해요. 요즘 우리 것을 찾고, 가꾸어 나가는 운동이 활발해지더군요. 좋은 일이에요."

이렇게 맞장구를 쳤다.

국민학교 3학년짜리 민수는 그게 무슨 뜻인지 잘 모르겠는 듯 멀뚱한 표정을 짓고 있었으나, 여중 2학년생인 순주는 그 말을 새겨듣는 듯 가만히 귀를 기울이고 있었다.

며칠 뒤, 저녁을 먹고 나서였다. 한상운 씨네 가족들은 거실 소파에 앉아 텔레비전 연속극을 보고 있었다.

연속극이 끝나고, 광고 선전이 시작되자, 순주가 가볍게 하품을 한 번 했다. 그리고 문득 생각이 난 듯 입을 열었다.

"엄마, 나 저…… 무용연구소 다닐래."

"별안간 무용연구소는?"

"우리 학교 근처에 무용연구소가 생겼어. 고전무용을 가르친대."

"뭐, 고전무용?"

"응, 부채춤도 추고, 장고춤도 추고, 가야금도 가르쳐 준다는 거야."

"……."

"그리고 탈춤도 가르쳐 준다지 뭐야."

그러자 김 여사는 그만 비식 웃음이 나왔다.

"왜 웃는 거야? 엄마."

순주는 어머니의 표정을 가만히 바라보았다. 어쩐지 그 웃음이 비웃음인 것 같고, 약간 어이가 없는 듯한 그런 것으로 느껴졌던 것이다.

한상운 씨 역시 코언저리에 묘한 웃음을 띠고 있었다.

아버지 어머니의 그런 웃음을 눈치 채지 못한 민수가 불쑥 입을 열었다.

"탈춤도 가르쳐 준대? 누나, 정말이야?"

"정말이라니까."

"야, 신나겠는데…… 나도 배웠으면 좋겠다."

"엄마, 무용연구소 다녀도 괜찮지?"

순주가 다시 묻자, 김 여사는 얼굴에서 웃음을 싹 씻어 버리며,

"안 돼."

고개를 가로저었다.

"왜 안 돼?"

순주는 뜻밖이어서 어리둥절한 표정으로 이번에는 아버지를 바라보며,

"아버지, 정말 안 돼요?"

하고 물었다.

"응, 그런 건 아무나 배우는 게 아니야."

"우리의 고유한 것을 아끼고 보존하는 일은 참으로 좋은 일이라고 아버지가 그랬잖아요. 고전무용은 전부 우리의 고유한 것이잖아요. 부채춤도, 장고춤도, 가야금도, 그리고 탈춤도 말이에요. 그런데 왜……."

"아끼고 보존하는 일은 좋은데, 니가 직접 배울 것까진 없어. 그런 건 아무나 배우는 게 아니란 말이야."

"그럼 누가 배우는데요?"

"글쎄, 그렇다면 그런 줄 알아."

한상운 씨가 무뚝뚝하게 내뱉자, 맞장구를 치듯 김 여사도 약간 어조를 높여 말했다.

"그런 뚱딴지같은 것 배울 시간이 있거든 공부나 열심히 하고, 피아노나 열심히 치란 말이야."

《한국문학》(1976. 8)

전통적 사유방식의 유보와 일상의 미학

권경미(부산외국어대학교)

거대담론에서 미시담론으로의 변화와 화석화된 전통
- 「화가 남궁 씨의 수염」, 「조상의 문집」

하근찬을 일컬어 '한국전쟁과 태평양전쟁을 소재로 30년 이상 작품을 써낸 일작품주의 작가'라는 평가가 지배적인데 이 평가는 중의적이다. 전쟁 소재를 그의 전 작품에 힘 있게 밀어붙일 정도로 뚝심 있는 작가라는 평가가 그를 긍정적으로 평가하는 시선이라면 전쟁 소재가 아니라면 작품을 제대로 쓸 수 없는 작가라는 창작자의 한계를 날카롭게 비판하는 시각이기도 하다. 그래서 그런지 하근찬 작품에 대한 제대로 된 평가는 그의 초기작인 1950~1960년대에 집중돼 있다. 하근찬의 후기작이 문학 평단과 학계에서 크게 주목받지 못한 것은 사실이나 그렇다고 해서 그의 후기작을 그의 문학사에서 경시하거나 소홀하게 다루어서는 안 될 것이다. 1950~1960년대 그의 문학이 민족과 국가 이데올로기 속 민중의 애환처럼 공동체와 운명을 같이 하는 개인의 비극을 조망했다면 1980년대 하근찬은 작가 개인의 일상을 기록하는 일에 집중했다.

하근찬은 민족적 전통 문제를 초기작부터 꾸준히 중요하게 다루었다. 그가 민족의 전통을 중요하게 다룬 이유는 근대적 민족국가 형성이 좌절된 것을 직접 경험했기 때문이며 이로 인해 그에게 전통은 공동체를 온전히 회복할 수 있게 하는 기제였기 때문이었다.

그래서 그는 전통을 매우 밀도 있게 다루었다. 사학자인 에릭 홉스봄은 전통이 '공인된 규칙에 의해 지배돼 특정한 의례나 상징적 성격을 갖는 일련의 관행이며 특정한 가치와 행위 규준을 반복적으로 주입함으로써 자동적으로 과거와의 연속성을 내포'하게 한다고 보았다. 에릭 홉스봄은 전통을 통한 과거와의 연속성이 '현재의 국민적 정체성 확립에 큰 역할'을 한다고 보았다. 즉 전통이든 역사든 과거로부터 내려온 인과적 흐름의 결과가 아니라 '지금 여기 현실'의 인식과 질서가 과거에 개입해 만들어낸 상상의 사유라는 것이다.*

하근찬이 전통에 천착한 점도 전통이 민족국가 공동체의 결핍을 과거와 현재를 잇는 유기적 통시체 역할을 할 수 있을 것이라고 기대했기 때문일 것이다. 그러나 1980년대 문학에서 하근찬은 전통에 대해 다른 태도를 보이고 있다. 그는 전통을 사회 회복을 위해 강조했던 이전과 다르게 전통에 대해 판단을 유보하고 있다. 「화가 남궁 씨의 수염」이 그 대표적인 작품이다.

「화가 남궁 씨의 수염」은 화가 남궁 씨, 남궁 씨의 조부와 부친의 수염을 둘러싼 이야기이다. 화가 남궁의 조부는 고향을 지킨 종손으

---

* 에릭 홉스봄 외, 박지향·장문석 역, 『만들어진 전통』, 휴머니스트, 2004, 17~40쪽.

로 '너불너불'한 수염을 지녀서 화가 남궁이 생각하는 점잖게 나이든 노인의 표상이었다. 남궁의 부친은 젊은 시절 외지에서 직장 생활을 하다 퇴직한 뒤 고향에 정착한 후부터 수염을 길렀는데 남궁 조부에 비해 초라한 수염을 지녔다. 남궁도 50대 후반이 되자 그의 조부와 부친처럼 수염을 길렀는데 수염이 그가 아쉬워했던 그의 부친 수염에도 미치지 못하자 남궁과 그 일행은 그 원인을 찾는다. 일행들은 남궁 가문의 유전이 원인일 것이라고, 혹은 도시 환경과 같은 후천적 이유가 영향을 미쳤을 것이라고 보았다. 남궁은 그의 조부, 부친, 자신의 수염의 모양은 고향을 지킨 시간에 비례해 풍성하고 고향을 등진 시간에 비례해서 초라하다고 보았다.

할아버지의 얼굴은 온통 허연 수염에 뒤덮여 있는 듯했다. 양쪽 귀밑으로부터 시작해서 코밑이랑 턱에 수염이 너불너불한데, 그 허옇고 푸짐한 수염이 앞가슴까지 시원스레 흘러내리고 있었다.(「화가 남궁 씨의 수염」, 53쪽)

남궁의 부친의 수염은 할아버지의 수염처럼 푸짐하지도 않았고, 너불너불하게 앞가슴까지 흘러내리지도 않았으며, 또 말년이 되어도 허연 빛깔로 곱게 바뀌지도 않았다. 한마디로 할아버지의 수염에 비하면 어림도 없었다.(「화가 남궁 씨의 수염」, 58쪽)

귀밑으로부터 시작되는 구레나룻은 아니었으나, 코밑과 입언저리 그리고 턱이 제법 검은 수염으로 덮여 있었다. 그러나 수염이 길지 않고, 곱슬곱슬하게 뒤엉긴 듯이 보였다. 어쩐지 제대로 쑥쑥 뻗어나질 못하고, 박토에 돋아난 풀처럼 영양실조에 걸려 오그라들고 있는 느낌이었다.(「화가 남궁 씨의 수염」, 62쪽)

"내 수염이 할아버지나 아버지보다 못한 게 아무래도 고향을 등졌기 때문이 아닌가 하는 생각이 들어요. …… 평생을 고향을 지키며 사신 할아버지가 제일 수염이 훌륭했고, 객지생활을 하다가 고향으로 돌아가신 아버지의 수염이 그 다음이며, 내가 꼴찌인 걸 보면 그런 생각이 들기도 하거든."(「화가 남궁 씨의 수염」, 70쪽)

소설 속 남궁이 풍성한 수염의 원천을 고향에 두며, 선영을 지키고 조상에 제례를 올리는 종손의 사명을 다할 때 이상적인 노인의 형색을 갖추는 것으로 인식한 것을 통해 하근찬 역시 전통 수호를 긍정적으로 보는 것으로 해석할 수 있다. 여전히 고향으로 대변되는 전통 수호가 사람의 성숙과 삶의 궤적을 상징한다고 볼 수 있을 것이다. 그런데 (하근찬은 삭제) 남궁이 수염 기르는 것을 포기하고 그 수염을 자신의 신체가 아니라 그의 회화에 재현함으로써 '전통 지키기'에도 변화가 생긴다.

남궁이 일어나 손을 내밀었다. 보니까 그의 얼굴에서 수염이 사라지고 없었다.(「화가 남궁 씨의 수염」, 73쪽)
회백색의 은은한 선들이 흘러내리고 있는데, 그것이 이번에는 다발을 이루듯 아래로 내려올수록 그 폭이 좁아지고 있었다. 그 그림에는 윗부분에 느껴질 듯 말 듯하게 희미한 청록색의 산봉우리 같은 것도 어른거리고 있었다.(「화가 남궁 씨의 수염」, 75쪽)

남궁은 정작 자신은 수염을 깎고, 조부에게서 본 이상적인 수염을 〈회귀〉라는 시리즈로 화폭에 재현했다. 조부로부터 내려온 관습이 후손인 남궁의 육체에 현현하지 않음으로써 전통이 행위로 실행되는 '현장성'을 포기했다. 전통이 몸에 기입되고 몸으로 체현돼 나타날 것에 대한 중단인 것이다. 수염으로 상징된 전통을 회화를 통해 이미지로 재현함으로써 전통이 실천이 아닌 관조의 대상이 됨을 보여주고 있다. 수염으로 환기된 전통은 신체를 떠나 전시의 영역이 되었다. 일상의 시공간으로부터 멀어진 것이다. 전통은 현실 앞에서 무기력해지는 반면 의례화되고 기념화되는 대상이 된 것이다. 전통에 대해 판단을 유보하거나 전통과 거리를 두고자 하는 작가의 태도는 「조상의 문집」에도 잘 드러나 있다.

「조상의 문집」은 송 노인이 조부인 문학사 송인도의 문집 출간을 둘러싼 이야기를 다루고 있다. 송인도는 일제강점기 망국의 설움을 한시(漢詩) 등으로 표현한 『매산문집』을 남겼는데 송 노인은 이 문집을 집안의 가보를 넘어 문학적으로도, 역사학적으로도 큰 의의가 있다고 여겨 문집을 출간해 널리 알리고자 했다. 문집 출간에 장애가 되는 건 한자로 된 이 문집을 읽을 수 있는 사람이 자신을 포함해서 문중에는 아무도 없다는 것과 문집 출간에 드는 비용 문제였다. 송 노인은 아들이 문집 출간에 전혀 관심이 없자 고향에 내려가 문중 사람들의 도움을 받아 문집 일부를 출간해서 돌아왔다. 흥에 겨운 송 노인은 마을 경로당에 들러 가문 자랑과 더불어 주위 노인들에게 문집을 무료로 한 권씩 나눠주었다. 문집 출간에 비판적이었던 아들 앞에서 생색을 내던 송 노인은 아들이 사 온 호떡 포장지가 바로 그 문집임을 알게 되자 그 충격을 이기지 못하고 끝내 사망하고 만다.

이 소설은 송 노인이 목숨처럼 여겼던 가문의 문집이 현실에서 얼마나 푸대접을 받는지를 보여준다. 가문의 종손인 송 노인의 아들 명준은 아버지의 간곡한 청에도 문집 발간에는 조금의 관심도 없다.

"세상에 펴낼 가치가 없는 거니까 그러죠."(「조상의 문집」, 116쪽)

"요즘 세상에 이런 책이 무슨 가치가 있단 말입니까? 책을 만들어
보았자 읽지도 못하잖아요. 생각해 보세요. 이렇게 한문투성인 책을
누가 거들떠보기나 할 것 같애요?"(「조상의 문집」, 116쪽)

증조부가 우국적인 선비였다는 것은 과거에 여러 번 들어서 알고
있는 터이지만 애국자라는 말을 들먹이자 어쩐지 웃음이 나왔다. 애
국자라는 말 자체가 김이 다 새버린 용어처럼 싱겁게 들릴 뿐 아니라,
벌써 칠십 년 전에 돌아가신 옛 학문을 한 시골 선비인 증조부에게는
결코 어울리지 않는 말로 여겨지는 것이다.(「조상의 문집」, 118쪽)

"책을 만드는 데 돈이 얼마나 드는지 아세요?"(「조상의 문집」, 117쪽)

명준은 세 가지 이유로 증조부의 문집 발간에 부정적이다. 그는
해독이 불가능한 한자책이 문집으로 가치가 있는지 여부가 불분명
하며, 애국자인 증조부가 정작 애국적 행위를 했는지 의심스럽고 더
나아가 애국이라는 가치가 당대에 의미가 있는지 모호하며 결정적
으로 문집 발간에 큰 비용이 발생하므로 굳이 문집을 출간한 이유
가 없다고 보았다. 명준의 생각은 1980년대 젊은 세대가 갖는 조상,
전통에 대한 관념을 단적으로 보여준다. 세대에 따라 조상과 전통에
대한 생각에 현격한 단절이 생겼으며 송 노인과 같은 세대라 하더라
도 경로당 노인이 문집을 호떡 포장지로 내어줬다는 점에서 전통을
이해하는 방식이 다 다름을 보여준다. 송 노인은 가문의 문집이 보
편 전통일 거라고 생각했지만 결국 가문의 문집은 그저 한 집안 안

에서만 유효하고 정작 한 집안이라도 모두 공감할 수 없음을 보여준다. 어쩌면 전통이 한 가문 안에서만 통용되는, 개인적 관습에 지나지 않을 수도 있다는 걸 엿볼 수 있는 것이다.

이 장면을 전통의 달라진 위상에 대한 풍자로도 해석할 수도 있으나 전통을 지키고자 하는 송 노인이 정작 문집을 아예 독해할 수 없다는 점에서 현실에서 힘을 쓰지 못하는 전통을 보여주는 것으로 읽는 게 타당할 것이다. 이를 통해 하근찬은 화석화된 전통, 유물로서의 전통을 보여주고 있다.

예술의 전복성과 자본의 영합 사이
- 「공예가 심 씨의 집」, 「고도행」

전통이 어느새 전시와 기념의 대상이 되고 그 자리에는 작가 하근찬의 현실이 놓여 있다. 전시와 재현은 예술의 영역이다. 그렇다면 전통이 재현되고 전시된다는 것은 자연스럽게 예술과 만나게 돼 있다. 하근찬의 1980년대 작품에는 유독 작가, 문인, 예술가가 많이 등장하며 이들이 예술가 정체성에 대해 고민하는 장면 역시 잘 드러나 있다. 하근찬은 이제 예술가로서의 삶과 그 정체성에 대해 이야기하고 있다. 「공예가 심 씨의 집」에는 공예가, 「화가 남궁 씨의 수염」에는 화가와 미술관 관장, 「이국의 신」과 「유령 이야기」, 「바다 밖 이제」에는 문인, 「고도행」에는 조각가가 등장한다. 소설 속 예술가는 모두 전업 작가이다. 소설 속 예술가는 예술로 생계를 이어가면서 자신만의 독특한 예술가적 정체성을 갖고자 한다. 전업 작가는 자신만의 개성적인 예술세계를 펼쳐야 하기도 하지만 예술가는 그 예술로 살림을 돌봐야 한다. 그래서 전업 예술가는 예술 노동자이며 그때의 작업은 노동으로서의 예술이다. 하근찬의 소설 속 예술도 이와 크게 다르지 않은 면모를 보인다.

랑시에르는 예술을 기존의 감각경험으로부터 자유로운 이질적 감각 형태를 가시화하여 그것에 가치를 부여하는 활동으로 봤다. 랑시에르의 예술관은 플라톤을 이해할 때 훨씬 쉽게 다가온다. 플라톤은 예술가가 사회의 해를 끼치므로 추방해야 되는 대상이라고 봤다. 플라톤의 이 견해를 다른 측면에서 해석하면 예술가는 사회 전복적인 힘을 지닌 존재자가 된다. 플라톤에게 예술가의 사회 전복적인 힘은 예술가가 장인과 같은 기술[지식]을 가지고 있지도 않으면서 장인의 산물을 넘어 자연이나 그리스의 신까지 모방하는 것은 물론 그 모방이 장인의 일과 자연의 일을 혼합시키므로 사회의 질서를 교란할 수 있는 힘이었다. 플라톤은 이 힘을 부정적으로 보고 시인(예술가)을 추방해야 한다고 보았고, 랑시에르는 바로 이 힘을 사회의 구습과 구질서에 맞설 수 있는 대안적이고 저항적인 힘으로 봤다. 랑시에르에게 예술은 기존에 형성된 감각을 새롭게 분할할 수 있는 추동력이며, 그 힘으로 인해 정치적인 의미를 갖는다.* 이로 인해 노동자가 "낮의 노동을 밤의 고게트로"로 감각을 재분할할 때 기존의 위계된 질서를 전복하며 혁명을 이룰 수 있다고 보았다.** 하근찬 소설에서도 예술이, 예술가의 삶이 직접 드러나 있다. 그렇다면 랑시에르가 말한 감각의 재분할이 하근찬의 소설에도 적용이 될까.

---

*   랑시에르, 오윤성 역, 『감성의 분할』, 도서출판b, 2008, 63~65쪽.
**   랑시에르, 안준범 역, 『프롤레타리아의 밤』, 문학동네, 2021, 75~76쪽.

「공예가 심 씨의 집」은 장도(粧刀) 공예가 심용의 집안 이야기를 담고 있는 소설이다. 가업을 이은 심용은 현재 장식용 칼을 제작하는 공예가로, 예술가로 불리지만 그의 증조부 심만술은 조선 말기 이름난 대장장이였다. 시골 장터 대장장이로 농기구를 만들던 심만술은 예종정랑이 된 죽마고우의 부탁으로 장도를 제작하게 된다. 심만술은 일 년 내내 정결한 몸과 마음으로 동녘에 해가 뜨기까지의 새벽에만 장도를 제작했다. 죽마고우는 그렇게 완성된 장도를 보고는 혼이 깃든 칼이라면서 그를 경기도 여주 관아 야장으로 천거했다. 그 이력으로 심용의 집안은 장도를 제작하는 공예가가 되었다.

심만술은 농기구를 제작하던 장인이었다. 심만술은 죽마고우의 부탁이 아니었다면 농기구 외 자신의 작업을 위해 따로 정성을 쏟거나 시간을 투자하지 않았을 것이다. 노동자였던 심만술이 일 년 동안 내내 칼 만들기에 몰두한 것은 낮에 노동하도록 분할된 노동자의 감각을 새롭게 재분할한 것을 보여준다. 공장 노동자의 존재론적 변화는 내일의 노동을 위한 밤을 휴식이 아니라 문학, 미술, 음악 등의 예술 행위로, 자신의 시간, 신체, 감각을 다른 방식으로 사용할 때 이뤄졌다. 심만술 역시 마찬가지이다. 그는 1년 내내 새벽 시간을 다르게 사용함으로써 노동자에서 예술가로 존재론적 전회를 이뤘다.

"놀랐네. 정말 칼 속에 자네 혼이 들어 있는 모양일세. 그렇지 않고서야……."(「공예가 심 씨의 집」, 26쪽)

"그러나 이 칼은 보통 칼과 달리 심만술 그 사람의 혼이 깃들어 있어서 세상에 이것 말고 또 있을까 말까 한 그런 귀중한 칼이지. 다시 말하면 대단히 무서운 칼이며, 대단히 값진 칼이지. 내가 죽은 다음에 이 값진 칼을 너희들이 간직하는 것보다 그 사람에게 돌려주어서 그 자손들이 대대로 가보로 보관하는 편이 옳을 것 같아. 그 사람의 혼이 깃들어 있는 물건이니 그 자손들이 소중히 보관하는 것이 옳지 않겠어? 말하자면 그 사람의 혼을 그 사람의 자손들이 섬기는 셈이 되는 거지."(「공예가 심 씨의 집」, 28쪽)

그래서 심만술의 칼에는 그의 혼이 담겨 있다. 심만술은 칼에 혼을 깃들기 위해서 그가 지금껏 농기구를 만들 듯이 칼을 제작해서는 안 되며 예술가로서 자신의 시간을, 감각을 새롭게 구성해야 했다. 하근찬은 심만술이 장인에서 예술가로 변모한 것에 주목하면서 예술가란 작품에 혼을 불어넣을 수 있는 사람이며 그렇게 혼이 깃든 작품이 진정한 예술품이 될 수 있다고 역설하고 있다. 다만 하근찬은 예술이 얼마나 쉽게 상품이 되며, 예술가가 얼마나 자본에 포섭되는지도 함께 보여준다. 그는 소설에서 예술의 자본화, 상업화, 산업화를 잘 보여주면서 예술이 그 생명력을 빠르게 소진할 우려가 크다는 걸 강조하고 있다.

눈앞에 펼쳐진 작업실의 광경은 예상과는 판이했다. 한마디로 조그마한 공장 같았다. 일하는 사람의 수효가 열서너 명 되었고, 돗자리 같은 것을 깔아 놓고 그 위에 앉아서 작업을 하는 것이 아니라, 큼직한 작업대 세 개가 놓여 있고, 그 양쪽에 가지런히 걸상에 앉아서 일들을 하고 있었다. 거의가 여자들이었다. 그러니까 그들은 도제라기보다 그대로 직공이었다.(「공예가 심 씨의 집」, 32쪽)

장도가 손으로 만들어지고 있는 것이 아니라, 기계로 만들어지고 있는 셈이었다. (……) 그러니까 이미 그것은 민예라기보다 가내공업이었다.

"야— 바로 공장일세그려."(「공예가 심 씨의 집」, 32-33쪽)

화자인 '나'는 심용의 작업실이 작품 창작 공간이 아니라 공장임을 보고 그가 제작하고 있는 장도가 실은 예술이 아니라 상품인 것을 확인한다. 별도의 도안이 있고 특별 주문제작을 받기 때문에 일반적인 공장형 장도와 차이가 있긴 하지만 '나'는 심용이 공예가라기보다 사업가에 더 가까운 사람이라고 판단하고 있다. 하근찬은 자본 앞에서 무기력해지는 예술이 우리의 현실임을 풍자적으로 그리고 있다. 이렇게 예술이 자본에 금세 잠식되는 모습은 「고도행」에서도 확인할 수 있다.

「고도행」은 '나'가 작품 고증을 위해 경주로 답사를 가서 이십여 년 전에 경주에서 만났던 조각가 구학림과의 재회를 담고 있다. 이십 년 전 구학림은 대단한 잠재력이 있는 조각가로 자신만의 예술가적 색채를 찾기 위해 고군분투하고 있었다. '나'가 언론에서 신진 조각가를 소개할 때나 역량 있는 조형 전시가 있을 때마다 구학림을 떠올렸던 건 그가 당시에 예술가로서 정체성을 찾으려고 부단히 애를 썼던 기억이 있었기 때문이고 '나'가 옆에서 지켜봐도 구학림에게 뛰어난 재능이 있었기 때문이었다. 20년 후 재회한 구학림은 경주를 찾은 관광객 대상으로 불국사 특산물인 불상을 대량 납품하는 업체를 운영하고 있었다.

얼른 보아도 십여 명이 됨직한 사람들이 흩어져 앉아서 일을 하고 있었다. 젊은 사람이 대부분이었으나, 개중에는 꽤 나이가 들어 보이는 사람도 있었고, 여자도 두엇 섞여 있었다. 그런데 모두가 불상을 만들고 있는 것이 아닌가.

(……)

다름 아닌 바로 어제 내가 불국사 매점에서 산 그 불상과 똑같은 것이 수없이 나란히 놓여 있는 것이 아닌가. 남산에서 난 옥돌로 만들었다는 그 연한 물빛 같은 청회색이 감도는 관음보살상 말이다. 틀림없는 그것이었다.(「고도행」, 215쪽)

그때, 따르르…… 전화벨이 울렸다. 여사무원이 전화를 받더니,

"사장님, 전홥니다."

하고 수화기를 두 손으로 내밀었다.(「고도행」, 216쪽)

구학림의 작업실 역시 창작실이 아닌 공장이었다. 불국사 기념품 가게에서 불국사 특산품으로 팔던 불상의 제작자가 구학림이었고 구학림의 불상은 전국에서 주문을 받을 정도로 인기도 좋았다. 심용과 구학림은 모두 예술가와 사업가 사이에 서 있다. 예술가가 지닌 감각의 재분할은 고착화된 사회 질서에 균열을 가할 수 있다. 반면 예술가의 사회 순응적 태도, 체제에 영합한 태도는 그 전복적 힘을 상실한다. 그렇기 때문에 심용과 구학림은 타락하고 변질된 예술가의 모습을 상징한다. 하근찬은 예술가의 전복적인 힘을 상실한 사업가인 이들을 향해 판단의 잣대를 들이밀지 않는다. 좋은 예술가, 나쁜 사업가와 같은 구도로 보지 않고 비교적 담백하게 이들의 행보를 그리고 있다. 생계를 책임지는 예술가가 현실 속 예술가의 또 다른

면일 수 있음을 하근찬은 그리고 있다.

현실과 타협하는 심용, 구학림과 달리 「공예가 심 씨의 집」심용의 딸은 예술의 길을 가는 것으로 그려지고 있다.

내가 예상했던 민예의 작업실 같은 분위기였다.(「공예가 심 씨의 집」, 36쪽)

방문이 있는 쪽의 벽 구석에는 두 개의 목발이 세워져 있었다. 그러나 한쪽 다리는 성한 모양이었다.(「공예가 심 씨의 집」, 37쪽)

여고생처럼 어깨에 닿을 듯 말 듯한 단발머리를 하고 있었으나, 얼른 보아도 서른이 다 되지 않았을까 싶었다. 결혼할 나이를 넘긴 노처녀인 셈이었다. 그녀는 앞에 놓인 밥상만 한 작업대 위에서 은인 듯한 납작한 쇠붙이에다가 무늬를 새기고 있는 중이었다.(「공예가 심 씨의 집」, 37쪽)

그 아담하고 우아한, 귀물스러운 작품들은 물론 아까 심 씨의 방에서 본 옛 장도처럼 섬뜩하고 외경스러운 느낌을 주지는 않았으나, 대신 어떤 짜릿한 아픔 같은 것이 짙게 풍기는 듯해서 나는 묘하게 숙연해졌다. 갖가지 장식들이 현란하게 반짝이는 그 작품들이 어쩌면 한 불행한 처녀의 비애의 결정인 것처럼 느껴졌다.(「공예가 심 씨의 집」, 38-39쪽)

심용의 딸은 공장형 노동자와 함께 작업하지 않고 혼자 혼수품으로 쓰일 공예를 제작하고 있는데 그 모습에서 '나'는 옛 장인의 혼을 느낄 수 있었다. 심용의 딸이 머물고 있는 작업실은 '나'가 생각한 공예가다운 작업 환경을 갖추고 있으며 공예품 역시 장인의 손길을 느낄 수 있는 창작물이었다. 심용의 딸은 예술다운 공예품, 예술가다운 자태, 예술가의 공간다운 작업실 이 모든 것을 갖추고 있었다. 다만 그 예술가다운 면모는 심용의 딸에게 생활감이 전혀 느껴지지 않는 데서 완성된다. '나'는 심용의 딸이 지닌 예술혼의 실체를 딸이 지닌 신체장애에서 오는 한의 정서와 결혼 적령기를 넘어서도 혼인을 하지 못한 여인의 서러움이 결합된 슬픔의 감정으로 보았다. '나'에게 드러난 하근찬의 이러한 시각은 1980년대에 예술가가 생계와 무관하게 자신만의 예술 세계를 펼친다는 것이 얼마나 어려운지를 보여준다. 또 한편으로는 하근찬의 여성을 바라보는 가부장적 남성 시선 역시 느낄 수 있다. 심용 딸이 가진 예술의 근원을 그의 신체장애와 독처(獨處)에서 찾는 것, 그 부정적 정서로부터 기인한다고 본 점은 아쉬운 대목이다.

기억에서 이야기로, 산 자에서 유령으로
-「소년 유령」, 「유령 이야기」

  하근찬의 1980년대 문학은 전통을 새롭게 해석했다는 점에서, 일상에서 미학을 발견했다는 점에서 그 이전의 문학과는 다르다. 그러나 하근찬 문학의 핵심이라고 할 수 있는 전쟁 그리고 전쟁기억은 그의 1980년대 문학에도 고스란히 드러나 있다. 하근찬에게 전쟁, 전쟁기억은 그의 문학 전체를 관통하는 주제이다. 그리고 그 문학적 근원은 1970년대 후반 문학에서 잘 형상화되어 있다. 이 전쟁 소재, 전쟁기억 방식이 하근찬 문학 전반기와 후반기를 연결해 줄 수 있는 고리이다. 이 공통 소재가 하근찬 문학을 단절이 아니라 연속으로 볼 수 있게 한다. 다만 하근찬이 다루는 1970년대 후반 전쟁과 전쟁 기억은 그 이전의 작품과 다르게 전개된다.

1970년대 말, 1980년대 초반은 태평양전쟁, 한국전쟁 이후 30~40년의 시간이 흘러 당대 사람들에게 전쟁과 전쟁기억은 생생할 수 없었다. 하근찬은 전쟁효과에 주목한 작가이다. 그는 사건으로서의 전쟁이 아니라 전쟁으로 일어난 비극, 아픔, 비참함 등 전쟁이 끝나도 여전히 전쟁의 흔적으로 고통받는 사람과 현실을 그렸다. 전쟁효과를 그린만큼 하근찬 문학 속 전쟁은 현장성과 비극성을 함께 가지고 있다. 그런데 1970년대 말, 1980년대에서 전쟁과 전쟁기억은 현장성과 거리가 있다. 하근찬이 그토록 생생하게 말하고자 한 전쟁효과는 점점 사건으로서, 증언으로서만 남아 있고 그 경험을 체험한 증언자는 비중이 줄었다. 사건으로서의 전쟁, 역사로서의 전쟁에 현장성과 현재성을 주기 위해 하근찬은 전쟁을 이야기화(내러티브화)하는 방식을 취했다. 내러티브화는 실제 사건을 유물적 역사로 고정하는 것이 아니라 유동적이고 비결정적인 방식으로 존재케 한다. 사건이 가진 진실성은 현실 안에서 위력을 발휘할 수 있지만 사건을 후경화한 내러티브는 현실과 공존하면서 일상의 한 요소로 자리 잡을 수 있다.

일상에 주목한 하근찬의 미시적 담론은 전쟁기억을 이야기하는 방식에도 변화를 주었다. 「소년 유령」과 「유령 이야기」에는 모두 유령이 등장한다. 「소년 유령」은 한국전쟁 때 공산당이 점령하던 마을에서 인민재판으로 몰살을 당한 일가족의 11살 난 외동아들이 인민군에게 살해당한 후 그 소년이 다니던 학교에 유령으로 출몰한다는 이야기이다. 「유령 이야기」는 몸이 불편한 누나를 두고 피난을 떠난 가족의 이야기이다. 한국전쟁 중 인민군이 집안의 귀중품을 빼앗자 이에 저항하던 누나가 부상을 입게 되고 부상당한 누나만 집에 두고 피난을 떠나게 되었다. 피난에서 돌아온 가족은 인민군에게 능욕당한 채 죽은 누나를 발견하게 되었고 그 이후 죽은 누나가 유령으로 나타났다는 이야기이다.

나는 휘둥그레진 눈으로 뚫어지게 아이를 바라보았다. 틀림없는 그 애였다. 교실 창가에서 운동장 가의 그네까지는 꽤 거리가 떨어져 있었으나, 사람을 못 알아볼 정도는 아니었다. 틀림없는 현영이었다. 나는 그 아이를 잘 알고 있었다. 아이는 유난히 하얀 얼굴에 아무 표정 없이 흔들흔들 그네에 흔들리고 있었다.(「소년 유령」, 302쪽)

누님이었다. 그 하얀 얼굴은 틀림없는 누님의 얼굴이었다. 여윌 대로 여윈 해골 같은 앙상한 얼굴로 나를 바라보며 누님은 씩 웃는 것이 아닌가.(「유령 이야기」, 332쪽)

이 두 소설은 인민군에 의해 전투가 불가능한 어린이와 여성이 학살되었고 그 어린이와 여성이 모두 유령으로 나타난다는 공통점을 가지고 있다. 전쟁의 참혹함은 어린이와 여성처럼 자신의 몸을 적극적으로 방어하기 어려운 전쟁 취약층에게 가장 큰 피해가 있음을 하근찬은 지적하고 있다. 이 두 소설에서 흥미로운 점은 이 두 인물이 모두 유령으로 귀환한다는 것과 전쟁기억을 '이야기화(내러티브화)' 했다는 점이다. 유령으로의 귀환과 전쟁기억의 이야기화는 사실 목적이 같다. 이야기화는 전쟁을 장기 기억화하는 것이며 이로 인해 기억 정보의 진실성 유무보다 전쟁기억 그 자체를 오랫동안 보존·유지할 수 있다. 역사적 사건은 규명이 가능하기에 역사적 사건의 관건은 진실성이다. 역사는 진실 위에 놓여 있다. 반면 이야기는 흥미로움과 지속성이 관건이다. 하근찬은 전쟁, 전쟁기억을 진실로 대변되는 역사적 사건에서 재미와 즐거움을 주는 이야기로 변환했다.

유령은 죽었으되 죽음이 지닌 부동성(浮動性)을 지니지 않고 있다. 유령은 완전히 죽은 다음에야 비로소 유령다움을 획득한다. 블랑쇼는 죽음에 대해 "죽음은 진리의 길"이며 "인간으로서의 소명"이며 그로 인해 인간은 죽음으로부터 시작하여 존재하는 존재자라고 했다. 블랑쇼는 죽음이 진실을 은폐하거나 가리는 것이 아니라 오히려 죽음을 통해 진리가 드러나며 인간의 존재 그 자체를 증명한다고 본 것이다. 또한 그는 이미지가 없는 상황에서도 순간적으로 드러나는 가시성은 주체의 소멸 즉 죽어감의 수행을 통해서만 가능하다고 보았다.* 블랑쇼가 언급한 죽음으로 얻게 된 '가능성'은 유령이 출현할 때 비로소 실현된다. 유령의 유령다움은 그 자신이 죽었던 장소로 귀환하거나 죽음의 원인이 된 상황이나 사람에게 나타남으로써 이뤄진다. 이렇게 귀환하는 유령의 본질은 역사에서 지워진 채로 희미하게만 드러나는 흔적을 추적함으로써 현재를 구성하는 모든 것들을 다시 바라보고 우리의 사유 구조를 전면적으로 반성해내게 하는 것을 목적으로 한다. 한국전쟁 이후 30여 년의 시간이 흘렀지만 하근찬의 소설에서 전쟁으로 학살당한 소년과 여성은 그들 인물을 직접 기억하는 사람들의 기억과 증언 안에 머물지 않고 민족의 집단기억으로 확장되는 효과가 있다. 다만 증언자의 기억을 바탕으로 한

---

*   블랑쇼, 이달승 역, 『문학의 공간』, 그린비, 2010, 126~127쪽.

기록이 아니라 이야기 속 유령의 귀환은 믿거나 말거나 식의 흥밋거리가 되면서 지속성은 있지만 진실성은 현저히 떨어진다.

김 씨는 내가 곧이듣지 않는 게 몹시 안타까운 모양이었다.

나는 재미가 있구나 싶어 혼자 중얼거리듯이 말했다.

"어른 귀신 얘기는 많이 들었지만, 아이 귀신 얘기는 첨인데요. 그러니까 6.25는 아이 귀신까지 만들어낸 셈이군요."(「소년 유령」, 304쪽)

"아니야, 반드시 있어. 내가 직접 유령을 보았는데 그래."

"뭐? 유령을 봐?"

곽인철은 잠시 윤길홍의 얼굴을 바라보다가,

"헛헛허……."

크게 웃음을 터트렸다. 어이가 없는 모양이었다.

배수민 역시 약간 휘둥그레진 눈으로 윤길홍을 바라보았다.

"자네, 뱀술을 마시더니 어떻게 된 게 아니야? 허허허……."(「유령 이야기」, 316쪽)

「소년 유령」, 「유령 이야기」에서 유령을 직접 본 화자의 이야기를 듣는 청자는 전쟁통의 학살은 믿지만 그 피해자가 유령으로 귀환한다는 것은 믿지 못한다. 유령을 직접 본 화자도 그게 사실임을 입증할 길이 마땅하지 않다. 유령을 봤다는 것은 당사자만이 아는 진실일 뿐이기 때문이다. 유령의 존재 자체가 모두가 동시에 경험하거나 함께 체험하는 것이 아니므로 언제나 체험자만이 증명 불가능한 진실을 안고 있을 뿐이다. 그렇기 때문에 유령은 '이야기'가 된다. 소수가 경험한 사실을 다수는 사실이 아니라 이야기로 받아들인다. 이야기이기 때문에 증명 여부는 중요한 의제가 아니다. 이야기로서의 유령은 허약하다. 사실의 범주가 아니기 때문에 더욱 그러하다. (그렇지만 삭제) 이야기이기 때문에 거부감 없이 누구에게나 전파될 수 있다. 죽음과 한 몸인 유령의 진실성을 따지자면 끔찍하고 잔혹하기 때문에 어떤 사람에게는 수용하기 어려운 소재가 된다. 그렇지만 유령 이야기는 부담 없이, 거부감 없이, 자연스럽게 많은 사람들에게 수용 가능하다는 점, 하근찬이 유령의 이야기를 본격화 점에 주목해야 한다. 그렇다면 유령 이야기에는 진실성, 사실성은 모두 휘발되는가. 꼭 그렇지도 않다.

유령은 자신의 죽음 그 자체를 죽음으로써 스스로 증명하고 있기 때문에 존재 자체가 증거물이 된다. 즉 유령이 출현한다는 것만으로도 진실성이 유지되는 것이다. 또한 유령은 억울한 죽음의 전말이 완전히 드러나고 결자해지해야 소멸되기 때문에 전쟁 유령 이야기가 있는 한 전쟁 서사는 종결되지 않았음을 방증한다. 그러므로 소수에게만 진실인 비극적 사건이 유령으로, 그리고 진실과 거리가 먼 이야기로 나타남으로써 되레 더욱더 진실과 사실을 보여주는 장치로 그 역할을 한다.

민족 정체성과 중산층의 일상성 사이

한 작가의 작품 활동은 작가의 생애 경험과 궤를 같이 한다. 작가의 신념이 매우 뚜렷하다 해도 생의 서사 앞에서 굴절되고 이지러지기 때문이다. 집단 정체성, 민족 정체성, 두 번의 전쟁 경험 등은 분명 하근찬 문학의 시작이자 고향일 것이다. 그렇지만 작가의 나이듦 속에 그 집단 경험, 공동 기억은 일상과 현실과 분투할 수밖에 없다.

하근찬은 1970년대 후반부터 작가 자신과 그 주변의 소소한 일상에 주목하고 있다. 일상 속 전통은 일그러지고 희화화되며 가벼워진다. 현실 속 전통이 가벼워질수록 전통은 의례화되며 기념화된다. 전통이 현실이 아니라 전시의 대상이며 지켜야 할 유산의 자리로 이동하는 것이다. 하근찬은 바로 그 지점을 잘 보여주고 있다. 그리고 민족적·집단적 정체성은 어느새 예술가라는 개인 정체성을 심도 있게 다루는 것으로 변모했다. 예술가는 피안의 세계를 그리는 것이 숙명이지만 현실 속 예술가는 눈앞 손익에 무기력해진다. 하근찬은 현실 속 계산 앞에서 작아지고 무기력해지는 예술가 혹은 사업가의 모습을 보인다. 이 장면은 하근찬이 몸담고 있는 1980년대 풍경이자 세계인 것이다. 그렇기 때문에 하근찬의 1980년대 문학에서 1990년대의 일상 문학을 미리 맛본 기분을 저버리기 어렵다. 그러다 보니 자연스럽게 하근찬 문학의 뿌리인 전쟁은 진실성 자체를 따지기 어려운 유령으로 귀환하고, 역사적 사건은 이야기로 우리의 일상으로 파고든다. 그렇지만 위약해 보이는 이 유령 이야기는 하근찬의 1950~1960년대 문학과 1980년대 문학을 이어줄 수 있는 강력한 테제로 작용한다. 왜냐하면 1950~1960년대의 태평양전쟁과 한국전쟁을 기억에 의한 기록에서 1970년대 후반 이후 전쟁 이야기화로 변화를 줌으로써 강력한 사적 기억에서 느슨하지만 집단 기억으로 전환했다는 점에서 하근찬 문학사의 연속성을 볼 수 있기 때문이다.